ÉCOLE LE VITRAIL
5927 RUE BOYER
MONTRÉAL (QUÉBEC)
H2S 2H8

L'ODYSSÉE FANTASMAGORIQUE DE

JANIE JOLLY

Le Lac Enchanté

Tome : 2

Édition :
Éditions Mamiche
Courriel : mamiche123@videotron.ca
Site Internet : www.editionsmamiche.com

Couverture, carte, illustrations intérieures :
Annie Rodrigue
Courriel : www.mail@moonlight-whispers.com

Mise en page et révision :
Les Productions Littéraires Du Quai Penché
Courriel : quaipenche@videotron.ca

ISBN : 978-2-9809489-1-6
Dépôt légal – Bibliothèque et Archives nationales du Québec, 2010
Dépôt légal – Bibliothèque et Archives Canada, 2010

Imprimé au Canada sur papier recyclé.

DÉDICACE

Ce deuxième roman est spécialement dédié à deux nouvelles « *Âmes* » qui ont déjà réussi à toucher mon « *Cœur* » de Grand-Mère!

À mes deux dernières charmeuses et non les moindres… mes petites-filles adorées!

À toi… « *Emma* », ma petite perle!
Ainsi qu'à « *Daphné* », ma petite fleur!

Je vous offre mes rêves… mes chéries.
Maintenant, il n'en tient qu'à vous de poursuivre les vôtres!

REMERCIEMENT

À la douce mémoire de ma Mère.

Je tiens à rendre hommage à ma Mère... partie avec sa « *Clef du Paradis* » à un âge respectable; elle m'a légué en héritage... l'amour de la lecture et de l'écriture!

Poète à ses heures... j'aimerais vous présentez, celui qui toucha le plus mon « *Cœur* »!

Je vous présente...

L'eau de rose

Une étrange vapeur parfumée, une essence sublime
Quelle est-elle?
Cette odeur de rose remplit toute la pièce, jusqu'au plus profond
de moi-même.
Dans ce décor féérique... ajouté à cette fraîcheur insondable, je
me sens partir en voyage.
Entourée d'une multitude de nuages d'un blanc, si immaculé,
qu'il reflète les plus profondes qualités de mon âme si sereine!
À travers toutes ces sensations merveilleuses, je découvre la
vérité!
Ce qui défile dans mon esprit... est tout ce que je vis; l'amour,
la joie, la liberté totale.
Une merveilleuse vie... signée à « L'eau de Rose »!

Signée... Irène Lemire Blanchette

Maman... merci!
J'ai trouvé ma « *Voie* »!

Ma chère fille, Stéphanie,

Je tiens à te remercie du fond du coeur pour la relecture du manuscrit.

Je t'aime.

TABLE DES MATIÈRES

	Dédicace	5
	Remerciement	7
	Table des matières	9
	Préambule	11
	Introduction	17
1	Expérience sans égale	29
2	Curiosité mal placée	39
3	Journée sans pareil	45
4	À fleur de peau	57
5	Le Jour J de Janie	69
6	Retrouvailles uniques	81
7	Pure amitié	89
8	Le voyage précipité	99
9	L'impasse	113
10	Le pot aux roses	127
11	Un défi de taille	139
12	Le complot tramé	153
13	Belle échappée	161
14	Tête-à-tête	183
15	Forces de la nature	199
16	Métafort le transport adapté	211
17	Les nœuds magiques	223
18	Un secret de Polichinelle	233
19	Le royaume des rondades	243
20	Le voleur de bijoux	265
21	Mensonges... par-dessus... mensonges	275
22	Porte mystérieuse	281
23	Les vecteurs de l'ADN	291
24	Déroulement hasardeux	299
25	Chasse gardée	311
26	Marché conclu!	333
27	Cul-de-sac	347

28	Matelot d'un jour	355
29	Le Cap Charivari	365
30	Chloé... la Fée Enchanteresse	375
31	Surprise après Surprise	393
32	L'arc-en-ciel	405
33	L'invitée d'honneur	417
34	La fusion des cœurs	431
35	La transformation	445
36	Le Monde d'Anaïs	459
37	La Sphère Bleue	469
38	L'affrontement	501
39	Sauve qui peut!	523
40	Retour renversant!?!	537
	Note de Janie	449

PRÉAMBULE
LA VOIX D'EN-HAUT

Le chaleureux « *Vieillard* » à la barbe blanche, la « *Voix d'En-Haut* », demeurait juché dans l'arc du soleil levant. Sublimement assis sur son trône au reflet d'or, formé par une pelletée de nuages protubérants, il ressemblait comme deux gouttes d'eau au « **Druide de la Forêt Magique** ».

« *L'Immuable* » détenait le « ***Droit Ultime*** » à l'accès aux informations du « *Grand Livre des Éphémérides** » », situé dans « **l'Univers des Univers... des Sphères Célestes** ».

*****

Lui, « l'Unique » savait que...

Peu importe ce que Janie Jolly avait vécu, vu et entendu, cette expérience sortait de l'ordinaire! Cette trajectoire inusitée avait à tout jamais changé le parcours de la « *Destinée fantasmagorique* » de l'Humaine!

La vie de Janie ne redeviendrait plus jamais comme auparavant, puisqu'elle avait découvert des « *Forces surnaturelles* » latentes qui sommeillaient au « *Centre de son Cœur* » et qui, maintenant, étaient appelées à se manifester, de plus en plus, au grand jour.

---

* Éphémérides : livre d'événements importants survenus le même jour

Janie avait été poussée à vivre des expériences évolutives par le biais de son ami imaginaire Ketchouille. De cette manière inusitée, elle avait exploré un **« Monde parallèle »**, celui de la **« NooSphère »** : le **« Monde »** de l'imaginaire et de la créativité!

Cette **« Sphère de l'Esprit »** avait été spécialement conçue à la hauteur de ses aspirations, là où… toutes ses pensées pouvaient germées et se recréer! Et… le plus étonnant s'avérait que toutes ses idées, paroles et actions étaient conservées et inscrites, à tout jamais, dans le *« Grand livre des Éphémérides »*. Toutes les données des *« Vies »* reposaient sans fin dans **« l'Égrégore Central »**, le siège des imageries mentales et transcendantes*… où rien ne se perd!

*****

Le « Maître d'Œuvre » demeurait conscient que…

Peu de Créatures, incroyablement, saisissaient l'opportunité de voyager dans le **« Monde Astral »**, soit parce qu'elles ne le connaissaient pas… ou bien… qu'elles craignaient d'y égarer leur *« Âme »*. Elles ne voulaient pas minimiser les risques que comportait cette mystérieuse aventure et certaines âmes apeurées, à tort ou à raison, ne souhaitaient pas y perdre la raison en effectuant un faux pas dans le **« Monde Morose »**! Cette dernière possibilité les apeurait… plutôt, les horrifiait!

*****

---

* transcendantes : qui s'élèvent au-dessus des autres

« L'Absolu » n'avait rien dissimulé… et *néanmoins…*

Ce **« Monde des Astres »** avait été caché… interdit, puis banni pour empêcher les *« Créatures »* de le découvrir. Ce pouvoir de dissimulation avait été exercé par les *« Intrus »*. Ces parasites causaient des interférences afin de maintenir les pensées de ces premières embrouillées. Ainsi, ils les gardaient dans l'ignorance et la servitude la plus totale dans le but de posséder un jour, le *« Contrôle Planétaire »*! Par conséquent, les *« Créatures »* ne pouvaient plus s'épanouir et utiliser les *« Pouvoirs mystérieux »* qui siégeaient dans leur *« Esprit »* endormi, et ce, dans un **« Monde »** d'illusion… rempli de tromperies et de représailles*.

Pourtant, le **« Monde Astral »** restait, sans contredit, à qui avait déjà emprunté sa trajectoire inconsciemment ou consciemment, le tremplin par excellence pour se propulser dans le ***« Monde de la Magie Blanche »***, dite du ***« Cœur »***!

*****

Le « Grand Tout » connaissait la « Voie Magique », il savait parfaitement que…

La voie à suivre se voulait assidue, imprégnée de détermination, de sincérité et d'amour inconditionnel pour éveiller l'étincelle de *« l'Esprit Créatif »*, qui sommeillait au fond de chaque *« Âme »*. C'était le prix à payer pour que *« l'Esprit »* accepte de s'unir à *« l'Âme »*. Une fois ces deux sources d'énergie unies, elles ouvraient la porte, de la *« Haute Magie »*! Cette force dans les mains des *« Âmes »* en évolution, leur

---

* représailles : riposte violente à titre de vengeance

donnait un « Pouvoir Infini ». Ce germe original avait été engendré à l'intérieur de chaque « *Créature* » et nulle n'y était soustraite!

*****

L'Absolu avait donné à tous, sans exception, une « Clef de Voûte Codée » détenant tous ces « Pouvoirs secrets », et ce, dans le but ultime que chacun puisse y décoder sa propre route à suivre, parce que...

Parmi les « *Créatures* », très peu d'entre elles savaient que leur « *Chemin de Vie* » avait été choisi, tracé d'avance et écrit à l'encre des « *Génies* »!

Aucun « **Être** » n'avait été abandonné et dépourvu de ressources. Tous possédaient la faculté[*] d'ouvrir les « **Portes** » et d'y découvrir leurs pouvoirs extraordinaires. Ces derniers étaient maintenus endormis par les forces mentales des « *Intrus* ». Et le jour venu, « *l'Essence* » de chacun, libéré de toutes les manigances secrètes, pourrait vivre pleinement ses convictions profondes, et demeurer seul « **Maître de sa Destinée** »!

*****

Le « Très Puissant » ne laissait rien au hasard et c'était pour cette raison que...

Janie y était arrivée par la « **Grande Porte** » avec sa « *Clef du Paradis* » suspendue à son cou et guidée par nul autre que « *l'Archange Uriel* » et accompagnée de son inséparable ami imaginaire « *Ketchouille* », caché dans ses pensées.

---

[*] faculté : pouvoir

14

Tout était écrit dans le « *Grand Livre des Éphémérides* ». Janie, depuis la **« Forêt »** fantasmagorique jusqu'aux fins fonds marins et plus encore, devrait prendre conscience qu'elle demeurait, sans aucun doute, la « *Créatrice de sa Destinée* », qu'elle l'était dans un lointain passé et... qu'elle le serait toujours!

*****

Pour l'instant, « l'Origine » uniquement, savait que...
Seul, l'ordre devait régner pour qu'un plan parfait puisse s'exécuter.

*****

Le « Maître » connaissait par cœur la trajectoire qu'emprunterait « l'Humaine au Grand Cœur » mais...
Jamais au grand jamais, il n'oserait divulguer son « *Chemin de Vie* », puisqu'il était tenu de garder le « *Grand secret* » du cheminement des « *Âmes* » en *évolution*!

La voix d'en haut

INTRODUCTION

JANIE JOLLY

ZZZJANIEZZZ
ZZJANIEZZ
ZJANIEZ
JANIE
AN
NI
E

*****

Janie, depuis son retour sur **« Terre »**, se réveillait chaque matin en sursautant, tiraillée entre la douleur physique et morale. Sa sœur cosmique, Chanceuse LaCoccinelle, esseulée* dans **« l'Astral »**, l'interpellait sur un ton plaintif, en gémissant son nom inlassablement!

L'Humaine au Grand Cœur se rendait visiblement compte qu'elle venait de franchir une étape importante de sa vie et que son existence ne prendrait plus jamais la même tournure!

*****

---

* esseulée : solitaire

La journée marqua son arrivée lorsqu'une bourrasque se brisa contre la fenêtre de sa chambre.

Elle se remettait à peine de son rêve cauchemardeux que les effets secondaires, déjà, la secouaient de la tête aux pieds. L'espace vide la rendait vulnérable aux turbulences et lui coupait les jambes. Elle ressentait ses *« corps subtils »*, en vibration, qui s'amusaient à jouer au yo-yo avec son *« corps physique »*. Elle se tenait debout à côté de son lit, accrochée à sa courtepointe pour ne pas tomber. Visiblement, ce branle-bas intérieur l'étourdissait!

Aussitôt, qu'elle déposait un pied sur le tapis de sa chambre... les effets s'estompaient. Quelque peu ébranlée, elle avança lentement vers la fenêtre, afin d'admirer le petit jour se lever au rythme du **« Soleil »**. Des pieds de vent lisérés comme des rubans enveloppaient la maison d'immenses rayures. Elle adorait ces rayons qui tranchaient les nuages et formaient des lisières lumineuses et vaporeuses, en série, tout en s'élargissant pour illuminer la **« Terre »** et lui donner la couleur du mystère. Elle pensait que, dans ces moments-là, les **« Portes du Ciel »** étaient ouvertes!

Elle s'accouda sur le rebord du châssis et se laissa réchauffer par les jets chaleureux qui la réconfortaient plus qu'à l'habitude! Puis, elle arrêta son regard sur des pétales de roses qui jonchaient les dalles du pavé. Plutôt rare pour le début du printemps puisque les bourgeons commençaient à peine à poindre!

Les foliacées[*] éparpillées à gauche et à droite attendaient avec impatience de connaître le sort qu'allait éventuellement leur réserver la nature. Les

---

[*] foliacées : plantes à feuille

plus audacieuses jouaient, virevoltaient et dansaient sans se soucier du lendemain. Les plus vulnérables, plus attachées à la matière terrestre, se cramponnaient au sol pierreux. Puis soudainement, le vent parallèle, en plongée, trancha l'air comme un coup d'épée et sans ménagement nettoya la place en balayant tous les pétales. Puis, il les dispersa au diable vauvert[*], empressé d'accueillir la splendide journée annoncée.

À cet instant précis, elle prit conscience que l'existence de toute « *Création Céleste* » demeurait fragile et incertaine et qu'elle ne tenait que par un fil ou un souffle, tout comme ces quelques pétales emportés mystérieusement par les ailes du courant d'air.

Qu'est-ce qui la maintenait en vie?

*****

Janie savourait la tranquillité dans laquelle s'enveloppait la demeure familiale. À cette seule pensée, elle frissonna de bien-être. En sécurité, elle se jeta de tout son long sur son lit afin de continuer à rêvasser, puisque tout le reste de la maisonnée était endormie.

*****

La tournure troublante qu'avait pris son escapade dans « **l'Astral** », bien que mystérieuse et heureuse à la fois, avait changé la vision de sa courte, mais intense existence.

---

[*] au diable vauvert : très loin

À tort ou à raison, la séparation spontanée avec sa sœur cosmique avait-elle eu sa raison d'être? Un déferlement de larmes avait rougi ses yeux d'ébène lorsqu'elle avait passé en revue... toutes les excuses possibles comme... les « j'aurais donc dû... », les « parce que... », les « si j'avais su... » et les « peut-être que... » Et par-dessus tout, les « mais... »!

Janie comprit que seul le *« Moment Présent »* demeurait garant de son futur. Quant au passé, lui, il disparaissait sans gêne, en un rien de temps, une fois son boulot accompli. Il avait joué son petit scénario du mieux qu'il le pouvait et s'était évaporé dans un espace inconnu, et cela sans espoir de retour.

Puis, **« l'intemporel »***, sur lequel... elle ne possédait aucune emprise, décida de bousculer tous ses réveils matinaux à la recherche d'une solution miracle pour l'attirer dans la **« NooSphère »**. Ce voyage n'était pas bidon**! Afin de lui rappeler qu'elle y avait mis les pieds, tous les matins, sans exception, son amie l'interpellait à fendre l'âme.

ZZZJANIEZZZ
ZZJANIEZZ
ZJANIEZ
JANIE
AN
NI
E

Janie se demandait à chaque vision, par quel moyen elle parviendrait à sauver sa sœur cosmique

---

* intemporel : qui n'est pas touché par le passage du temps
** bidon: faux

puisque de toute évidence... Chanceuse n'avait pas péri dans la gueule du crotale.

Les idées embrouillées par ces brusques réveils, elle ne s'apercevait pas que Ketchouille la surveillait du coin de l'œil. Ce prestidigitateur était incorporé dans la paroi murale de sa chambre à coucher. Il grimaçait, sautait, puis, en dernier recours, bourdonnait de toutes ses forces pour attirer son attention. Il attendait patiemment que Janie sorte de sa nostalgie pour traverser les frontières de son **« Monde Virtuel »**, afin de lui venir en aide. L'Humaine ne reconnaissait plus le signal qu'elle avait convenu avec l'ami imaginaire de sa tendre enfance et le bourdonnement ne parvenait plus à traverser le mur de vibrations négatives qu'elle construisait à petit feu! Cet arrêt brusque des communications entre eux, était causé par les étourdissements et attribuable aux fréquences entremêlées. Ketchouille, à l'avenir, devrait attendre une demande formelle de la part de Janie avant de s'ingérer* dans sa vie! Après tout... n'était-elle pas « *Maîtresse* » de sa destinée?

Compte tenu des perpétuelles lamentations de sa sœur cosmique et les nerfs à bout par l'attente, elle décida de changer de tactique pour réussir à la rejoindre le plus rapidement possible. *« Si on ne lui venait pas en aide en haut dans '' l'Astral '' peut-être qu'en bas sur '' Terre '' trouverait-elle... la réponse à ses questionnements? »*

Elle utilisa donc... quelques techniques que lui avait enseignées Mamiche; la méditation, l'imagerie mentale et en fin de compte, elle effectua des respirations, des plus profondes aux plus rapides,

---

* s'ingérer : s'introduire

dans ses moments libres. Ces méthodes se montrèrent infructueuses pour la transporter dans la « **NooSphère** », mais, au moins, cela avait réussi à la relaxer.

Mamiche Francine lui avait prodigué le conseil suivant : « Il faut savoir... lâcher prise! En temps et lieu, ton subconscient, qui connaît parfaitement ton *« Chemin de Vie »*, influencera ton inconscient. Ce dernier, stimulé par ton désir répété, te guidera au travers de la voie de ton cœur et t'aidera à trouver la bonne route à suivre! »

Sa Grand-Mère demeurait, sur « **Terre** » sans contredit, sa seule source de référence en matière d'expériences extrasensorielles*. Janie l'aimait profondément puisque sa Mamiche la considérait toujours comme une personne à part entière et non comme une enfant irresponsable.

Elles étaient liées par une affinité intérieure inexplicable et rien de pouvait les séparer. Elles étaient unies par la plus pure chimie qu'opérait la *« Magie du Cœur »*. L'amour inconditionnel accomplissait de vrais miracles.

Janie, adolescente, basculait plus souvent qu'à son tour dans la confusion. Pour la première fois, son désir d'indépendance prenait le dessus sur le raisonnement et parfois... même avec les précieux conseils de Mamiche, elle voulait vivre sa propre vie sans dépendre des autres!

Impatiente, elle désirait tout gérer à sa manière. Déçue, elle avait complètement oublié la notion du lâcher prise. Et outre, ses pensées embrouillées influençaient son jugement et enfreignaient la bonne marche de ses actions. Sans s'en rendre compte, elle

---

* extrasensorielles : qui ne se fait pas par les sens

construisait un mur de vibrations négatives qui la séparait davantage de son amie Chanceuse LaCoccinelle.

À plusieurs occasions, elle avait passé outre la voie de son « *Cœur* » et du même coup cela... avait causé la disparition de sa « ***Pensée Magique*** »!

Même le passé et le présent s'en mêlaient en ne se conjuguant qu'à... un seul et même temps... le futur! Pourtant, ce temps n'appartenait qu'à l'avenir et ne verrait peut-être jamais le jour!

Maintenant, elle commençait à agir comme les adultes, en espérant un lendemain plus prometteur qui tardait à arriver! Tous ces signes annonciateurs perturbaient sa vie : flashs, visions nostalgiques, sons longs et déchirants, dédoublements corporels étourdissants, tous ces signes, invraisemblablement, promettaient des déroulements troublants! Et c'est pourquoi... ces intrusions matinales, lui donnaient des sueurs froides et la glaçaient de la tête aux pieds!

Il s'avérait parfois difficile pour la jeune fille au « *Cœur d'Or* », qui venait tout juste de fêter ses quatorze ans, de sauver le « **Monde** ». Tout semblait en place pour lui enlever le goût d'atteindre ses buts.

L'écho perpétuel des cris de détresse que lui lançait sa sœur cosmique, en plus des sifflements stridents qu'émettait le crotale venimeux avec les écailles de sa queue... tous ces éléments rassemblés la gardaient constamment en alerte! Ce harcèlement moral quotidien lui évoquait avec nostalgie sa cuisante défaite[*]!

Pourtant, elle se souvenait parfaitement de tous les efforts soutenus qu'elle avait déployés afin de sauver Chanceuse d'une mort plus que certaine. Elle

---

[*] cuisante défaite : défaite douloureuse

avait dû éviter les effroyables contrecoups de l'implacable *« Sorcière Embrouillamini »* aux pouvoirs surnaturels. Dès qu'elle avait aperçu l'ombre malicieuse se projeter sur le sol vaseux, Janie avait crié, mais la sorcière, faisant fi de ses cris, avait tenté de se souder à sa peau comme une sangsue. L'ensorceleuse, follement enragée, l'avait poursuivie sans relâche, parce que la petite Humaine avait réussi à déjouer tous ses plans maléfiques et cela... aucune sorcière ne pouvait le supporter!

On ne jouait pas avec la *« Magie »* et encore moins avec une *« Sorcière »* et cela, Janie l'avait appris à ses dépens! Elle devait certainement posséder un pouvoir de fascination pour avoir désarçonné* l'intransigeante Embrouillamini. Détenait-elle l'âme d'une *« Grande Magicienne »*?

L'arrivée brutale d'un tremblement de terre l'avait empêchée de compléter sa mission. À cet instant précis, tous les personnages hors du commun qui la talonnaient s'éclipsèrent spontanément sans laisser de trace visible.

Visiblement incapable de tenir sa promesse envers sa sœur cosmique, un seul baume avait soulagé son cœur en désarroi**. Une rencontre inespérée qui était arrivée à point... l'apparition de la belle *« Mariange »*! Cette dernière avait mis un frein à sa corde d'argent et ainsi ralenti sa course effrénée. Puis, Janie avait réalisé que ce tête-à-tête inattendu n'avait été en aucun cas un élément du hasard, car elle croyait à l'existence des *« Anges »*. Cette Créature intangible évoluait sur la route de sa *« Destinée »* pour une raison bien spéciale!

---

* désarçonné : dérouté
** désarroi : trouble, angoisse

Cette messagère aérienne, au charisme indéniable, ressemblait étrangement à un Samurai féminin, provenant d'une époque lointaine. Elle se tenait droite et fière dans sa longue tunique ceinturée, garnie de larges manches satinées qui s'apparentaient aux ailes de son « *Ange Gardien* ». Une combattante à coup sûr, mais aussi une pacifique, puisqu'il émanait du « *corps translucide de l'Esprit transcendant* »... une forte énergie d'amour, de paix et d'harmonie. Manifestement, « *l'Ange* » d'une autre époque s'était unie, en se reliant par des faisceaux, au centre de son « *Cœur* ». Janie avait remarqué dans un bref moment, ces rayons lumineux, lors de sa sortie de la bouche du serpent à sonnettes. Ces luminosités se dirigeaient directement, non seulement sur ses fontanelles, mais aussi sur sa poitrine. Elles avaient pénétré son troisième chakra, situé au niveau du plexus solaire, à l'endroit même où se tissent les véritables émotions. « *Mariange* », responsable des coordinations « *éthériques** » », avait émis plusieurs courants vibratoires par sa roue énergétique logée à la hauteur de son diaphragme**. Parmi ces filaments dorés, certains s'étaient déployés pour former un bouclier de protection tout autour de son « *corps astral* ». Sans hésitation, la « *Créature* » incorporelle lui avait prêté main-forte, afin de la secourir « *in extremis**** » ». « *Mariange* » avait réussi tout un exploit!

Ainsi, Janie avait pu rejoindre son « *corps physique* », la partie endormie, sans anicroche. Elle avait effectué une sortie spectaculaire, telle une

---

* éthériques : très pures
** diaphragme : muscle qui sépare la poitrine du ventre
*** in extremis : au dernier moment

fusée, sous le regard abasourdi de l'ophidien* qui en avait perdu tous ses moyens.

Qui aurait pu imaginer que… « *Mariange* » représentait le bras droit de son « *Ange de la Destinée, Altaïr 315* »? Elle épaulait haut la main le « *Messager* » officiel attitré à l'évolution céleste de Janie. « *L'Esprit* » transcendant l'incarnation** du bien, possédait de toute évidence un don surnaturel.

Grâce à cette manière avant-gardiste, elle n'avait subi aucun choc émotif lorsque… son cordon translucide l'avait fait traverser les « **Portes du Savoir.** » Elle avait pris une longue inspiration pendant que ses deux « *corps* » se superposaient infailliblement, en se centrant l'un au-dessus de l'autre comme de vieux habitués de la métamorphose. Immédiatement, en ouvrant les yeux, elle avait réalisé que la fusion des « *corps* » s'était effectuée à la perfection, du moins… c'était ce qu'elle pensait jusqu'à ce jour!

Maintenant, elle devait faire face à la réalité et elle se devait de prouver, hors de tout doute, que son odyssée fantasmagorique n'avait pas été seulement le fruit de son imagination, même si toutes ses preuves avaient été pulvérisées!

Il lui restait un grand mystère à élucider avant de retourner dans « **l'Astral** »! Ketchouille avait réussi à la faire traverser dans son « **Monde virtuel** », une « **Galaxie** » inconnue et étrangère à notre « **Système Solaire** ». Comment y était-il arrivé? Et quel tour de passe-passe avait-il utilisé pour surgir ainsi d'une dimension inexplorée, échappant totalement à la « **NooSphère** »? Elle dut admettre que Ketchouille

---

* ophidien : reptile dépourvu de pattes
** incarnation : personnification

possédait plusieurs trucs dans son chapeau et un flair du tonnerre, parce qu'il était parvenu à lui remettre en main propre sa « *Clef du Paradis* » et ce, malgré les « **Mondes** » qui les séparaient! Existait-il d'autres plans de vie inobservables à découvrir qui se situaient entre la « **Forêt Magique** » et les bas-fonds du « **Lac Enchanté** » ou bien... encore plus mystérieusement dans le « *Centre même de notre Cœur* »? Certainement, puisque son ami imaginaire et l'ange d'une nouvelle génération l'avaient aidée, au travers ce « **Monde** » inconnu à la saveur d'infinité, à retrouver sa route. Tous les deux s'étaient montrés loyaux jusqu'à la dernière minute! Sans leur intervention, elle aurait terminé ses jours comme un légume dans le « **Bas-Astral** ». L'horrifiant gouffre, ce passage qui mène à différents « **Mondes** » maléfiques et qui dissimule l'un des moins souhaitables, appelé le « **Monde Morose** », était marqué au fer rouge!

Toutefois, elle se réjouissait d'avoir conservé une infinitésimale[*] partie de sa double vision qu'elle avait héritée lors de son voyage légendaire.

Kassandra, la « **Fée Marraine de la Pierre-Aux-Fées** », la descendante de la « *Race Rouge* », imperceptible à l'œil nu pour le commun des mortels, lui était apparue. Elle lui avait confirmé, dans une brève apparition, que sa mission était loin d'être terminée. Pouvait-elle changer son existence, même si... cette dernière était apparemment écrite d'avance dans le « *Grand livre des Éphémérides* »?

Certains jours, elle voulait tout oublier! Le seul moyen qu'elle avait trouvé pour s'évader... était de rêver à la belle Princesse aux yeux d'ébène, Einaj.

---

[*] infinitésimale : infiniment petit

Dans ces moments-là, le « **Ciel** » et la « **Terre** » n'existaient plus!

Janie prenait conscience qu'elle était parvenue à expérimenter ce que peu de « *Créatures Terrestres* » réussissent à exécuter dans leur vie : Le mystérieux « **Voyage Astral** ». Cette escapade hors de son « *corps physique* » avait été une expérience unique et étrange à la fois. L'aventure exceptionnelle d'avoir vécu dans un « **Monde Parallèle** » demeurerait à jamais gravée dans son cœur.

Cette preuve lui suffisait pour poursuivre sa route. Elle avait donné sa parole : « *Ne jamais abandonner son amie Chanceuse* ».

Saurait-elle sortir de cette nouvelle aventure... sans séquelles, étant donné qu'elle avait provoqué la sortie des fantômes du placard?

Les « *Intrus* », ces indésirables, lors de sa traversée, avaient réussi à franchir les « **Portes du Savoir** » en s'incorporant à ce moment-là... aux virus de la grippe qui l'habitaient. Maintenant, par sa faute, elle devrait affronter une panoplie « *d'Entités** » en mal de vivre qui n'hésiteraient pas à lui lancer au visage un sac d'embrouilles et pour cause; elle avait osé jouer avec la « *Magie* »!

À présent, elle était convaincue qu'il existait d'autres plans de vie inobservables à découvrir situés dans « **l'Univers des Univers** ». Elle se demandait toutefois... comment elle parviendrait à y accéder, puisque... ni le « **Monde Terrestre** » ni le « **Monde Astral** », de toute évidence, n'étaient prêts pour la « *TÉLÉPORTATION* »!

---

* Entités : Êtres ou essences

CHAPITRE 1
EXPÉRIENCE SANS ÉGALE

Entre-temps...

Janie était dans tous ses états, car, malgré tous ses efforts pour rejoindre Chanceuse, rien de ce qu'elle avait tenté n'avait réussi! De plus, depuis son retour sur **« Terre »**, elle n'avait reçu aucun signe de reconnaissance de la part de sa troupe d'avant-coureur, qui demeurait caché, à tort où à raison, dans **« l'Astral »**. Elle ne ressentait plus la chaleur de son Ange de la Destinée, Altaïr, ni de son bras droit Mariange pour lui confirmer leurs présences bienfaitrices. Même la *« Voix d'En-Haut »* s'étouffait dans les nuages de **« l'Ionosphère »**. Et... la pire des catastrophes, Ketchouille la boudait! Elle ne devait s'attendre à rien de plus car ils habitaient tous dans l'autre **« Monde »**. Elle se sentait complètement délaissée par sa *« Famille imaginaire »*.

Jour après jour, elle se questionnait à savoir... qui avait coupé les ponts et dans quel but? Tout prenait des proportions démesurées. Elle n'aurait jamais cru que son odyssée avait existé, si les cris de désespoir de son amie Chanceuse LaCoccinelle ne l'avaient pas pourchassée, et cela, sans répit dans ses interminables cauchemars!

En fin de compte, rien n'allait à son goût, sauf qu'un beau matin... elle se réveilla au son des gazouillements des hirondelles bicolores.

-Tiens! Je n'ai pas eu de cauchemar!

Janie, enfin libérée de ses songes angoissants, ressentit une force intérieure l'habiter. Elle reprit confiance et se sentit prête à soulever des montagnes! Au-delà du rêve, elle devait poursuivre sa vie!

La réalité du quotidien la poussa à mettre tous ses projets de l'avant. Les jours se bousculaient, tant et si bien, qu'elle manquait de temps pour se tourmenter au sujet de son retour dans « **l'Astral** ». Les vacances approchaient à grands pas et du même fait... son départ tant attendu pour le camp de jour! **« L'Académie les Rêveries »** jouissait d'une grande renommée. À chaque année depuis trois ans, elle anticipait[*] ce départ vers l'indépendance.

Cette année, l'été brusqua les habitudes du frisquet printemps. Ce dernier, pourchassé par les rayons insistants du soleil, termina sa course plus tôt que la normale saisonnière. L'heureux **« Soleil »** dans l'immensité azurée venait précocement[**] d'y installer sa saison!

-Youpi! Une journée pédagogique!

Elle allait finalement boucler ses valises. Elle courut de long en large, de la penderie à ses tiroirs, et de sa commode jusqu'à son lit. Elle passa tout au peigne fin pour ne rien oublier. Le dernier cri de la mode obligeait!

-Veste, chandail, camisole! Chapeau, non, casquette? Hum! Sac à bandoulière? Ohhh... que oui! Puis, elle soupira, car tous ses effets personnels devaient rentrer dans un sac de voyage et un bagage à main! Elle devait appliquer la consigne établie par l'organisation du camp; un mois... une valise!

---

[*] anticipait : du verbe anticiper, prévoir à l'avance
[**] précocement : de bonne heure, plus tôt que la moyenne

Janie avait gardé l'habitude de parler à voix haute, dès qu'elle se retrouvait toute seule dans sa chambre à coucher. Ce comportement enfantin avait débuté avec l'apparition de son ami imaginaire, qu'elle avait prénommé Ketchouille. Janie zieuta furtivement sa valise.

-Bon! J'ai enfin terminé! Euh! Oui!

Aussitôt complétée, elle s'arrêta devant son miroir ovale comme elle le faisait des dizaines de fois par jour, surtout dernièrement. Puis, elle jeta un coup d'œil à son nouveau « *look* ». Elle était convaincue qu'elle ne passerait pas inaperçue avec cette coupe de cheveux éméchés sur les côtés, le dernier cri[*] en coiffure. Ensuite, elle replaça sur son cou élancé, son bijou porte-bonheur, sa « ***Clef du Paradis*** ». Elle tenait à ce bijou comme à la prunelle de ses yeux.

-Ma grande! Tu es parfaite! se dit-elle à haute voix, tout en retouchant pour la deuxième fois à sa chevelure quelque peu déplacée.

Subitement, sa main se mit à picoter sur sa cicatrice où elle avait été piquée par un « *Lucifuge* », lors de sa traversée de la **« Forêt Magique »** dans la **« NooSphère »**. Et, plutôt que de s'acharner à gratter sa piqûre qui la démangeait, elle décida d'arrêter son choix sur un truc bien particulier!

-Bon! Viens ici, toi!!!

Elle empoigna son oreiller au passage et recommença à s'adonner à son passe-temps préféré des dernières semaines. Elle voulait améliorer, sans faute, sa technique d'enlacement pour être prête le temps venu, à embrasser un « *Être* » cher... à son cœur! Les yeux fermés, elle ne cessait d'écrabouiller la bourre plumeuse afin qu'elle épouse la forme

---

[*] dernier cri : dernière mode

parfaite de ses lèvres. L'oreiller, étouffé par les étreintes, ne pouvait plus se libérer de l'emprise de la jeune passionnée. D'un seul coup, Janie embrassa son oreiller comme... s'il s'agissait de son petit ami. Toutes ces contorsions avaient pour but de la rassurer... en prévision du jour où elle embrasserait un garçon!

-Ouf! C'est essoufflant! pensa-t-elle.

Elle soupira en ouvrant les yeux, car sa stratégie manquait de finition et surtout d'un amoureux!

Pourtant, elle savait que, peu importe les techniques, le baiser devait s'unir avec le cœur et non devenir un concours d'adresse! Janie se grisait* de pensées affectueuses, tout en se concentrant sur ses coups de cœur... Christophe ou Vincent? Ces derniers étaient plus âgés qu'elle, mais les plus jeunes garçons ne l'intéressaient pas... ils étaient trop enclins à dire des conneries! Elle décida de recommencer et subitement, une sensation nouvelle l'envahit et la bouleversa! Était-elle en train de perdre la raison puisqu'à l'heure actuelle... elle flottait déjà au septième ciel**?

À partir de ce dernier baiser, son esprit s'évada dans la rêverie et elle plongea dans son histoire préférée... celle de la belle *« Princesse aux yeux d'ébène »*. Cette action lunatique adoucissait son quotidien et l'aidait à oublier le sentiment oppressant qui tourmentait sa conscience. Serait-elle capable de retourner dans **« l'Astral »**, afin de sauver Chanceuse, sa sœur cosmique?

Janie rêvassait déjà... à la *« Belle Princesse Einaj aux yeux d'ébène »* et surtout, à son *« Prince*

---

* se grisait : s'enthousiasmait
** septième ciel : au comble du bonheur

charmant ». Elle tenait toujours fortement son oreiller entre ses bras.

« M'aimes-tu? Moi…, ta Princesse? » questionna-t-elle?

Dès qu'elle termina sa question, un *« Moment Magique »* s'opéra!

Sans tarder, un rayon de soleil pénétra fougueusement[*] par sa fenêtre et s'élança en flèche en direction du miroir. Au contact du faisceau lumineux, la glace grise éjecta des étincelles miroitantes dans tous les sens. Ces fragments métalliques brillèrent d'une telle intensité qu'ils atténuèrent les contours de la pièce. Complètement encerclée par les parcelles argentées, en forme de spirale, Janie se retrouva collée à la paroi vitreuse métallisée et cela… n'était pas sans lui rappeler sa mésaventure dans la grande salle de **« l'Antre[**] »**!

Bouche bée, elle se questionnait sur cette illusion d'optique. S'agissait-il d'un effet secondaire occasionné par la fatigue accumulée durant la période d'examens, ou bien… était-ce à cause des efforts fournis pour améliorer sa technique amoureuse? Ou était-elle guidée par son instinct à suivre sa *« Destinée »*?

« Oh! Euh!!! »

La *« Princesse »* se pavanait, de l'autre côté du miroir, en attendant l'entité qui s'amusait à vouloir s'ingérer dans son existence.

Janie, le corps transformé en petits électrons[***] phosphorescents… sans tarder, décida d'entrer en scène. Les particules luminescentes de l'Humaine

---

[*] fougueusement : ardemment
[**] Antre : grotte mystérieuse où habite le Gardien des Lieux
[***] électrons : particules de l'atome

s'élancèrent sur l'enveloppe translucide de la noble Princesse Einaj. Elle trouvait cette scène cathodique plutôt amusante, car l'action se déroulait à la manière d'une joute d'improvisation.

Sous la force du champ électromagnétique en activité, les deux visages se livraient au jeu de substitution. Les deux intervenantes, chacune leur tour, jouaient à la fois sur les deux tableaux. Janie usurpait la couronne d'Einaj et cette dernière la reprenait aussitôt que les atomes de l'Humaine se débranchaient de ses faisceaux cristallisés.

« *Wow! C'est flllyant!* »

Janie, remplie d'émotions, n'en revenait pas. Elle était devenue à la fois la spectatrice et le spectacle.

Lorsque son identité virtuelle fut confirmée, son *« corps éthérique »* s'inséra automatiquement par ondes vibratoires dans l'organisme de la *« Princesse »*. Simultanément, elles s'associèrent. Il s'en suivit une double exposition! La vraie joute allait commencer et cette synergie[*] changerait le cours de *« l'Histoire »*!

Les deux *« corps »* reliés se ressemblaient comme des jumeaux identiques. Conçues par *« l'Esprit »*, les deux enveloppes limpides et constituées d'énergie ondulatoire lumineuse s'amalgamèrent comme un gant! Les deux corps s'associèrent, se mélangèrent et se dédoublèrent!

À ce moment précis, Janie ressentit dans son cœur toute l'intensité des émotions qu'éprouvait la *« Princesse Einaj »* envers son *« Prince »*. Elle n'avait jamais expérimenté cette chimie des *« Esprits »* réunis! L'Archange Uriel lui avait-il transmis le *« Don d'Ubiquité »*? Cette faculté tant

---

[*] synergie : action coordonnée de plusieurs éléments dans un but commun

34

recherchée permettant de se dédoubler et d'exister sur plusieurs plans de vie, et ce, au même moment!

Le quotidien de Janie venait de s'évaporer et ce qui l'attendait allait la subjuguer*.

Elle pénétra comme si de rien n'était dans l'histoire « *d'Einaj* », à l'époque médiévale des Rois et des Maîtresses des Lieux.

Janie se retrouva face à face avec les parents de la noble « *Einaj* ». Ces derniers, momentanément, devenaient donc... les siens.

Et... la suite des événements, jamais révélés auparavant, demeurait plutôt surprenante! S'agissait-il d'un complot? Elle devrait en aviser Mamiche dès son retour de voyage, car ces derniers dénouements s'avéraient d'une importance capitale! Ces faits nouveaux l'intéresseraient au plus haut point, tout comme ceux et celles qui espéraient en savoir encore plus sur « *l'Escarboucle* ». Cette pierre précieuse avait un lien direct avec la « *Saga familiale*** » de Mamiche!

Soudainement, un bruit de ferraille retentit contre le mur de sa chambre. Secouée, sa corde d'argent, en un clin d'œil, l'entraîna dans son « *corps physique* ».

Dans l'espace d'une fraction de seconde, son « *corps cathodique* » traversa une seconde fois le « *corps vaporeux* » de la « *Princesse* ». Au contact, le « *corps* » supra volatile « *d'Einaj* » s'effrita en poussière d'étoiles.

L'Humaine, à rebrousse-poil, réintégra le tourbillon métallique qui l'avait saisie et cristallisée en particules miroitantes. Puis, l'énergie vitale de Janie passa au travers de son oreiller et entra dans

---

* subjuguer : charmer
** saga familiale : succession de péripéties dans la famille

son plexus solaire. Aussitôt que les vibrations se stabilisèrent à l'intérieur de son troisième chakra, elle perçut son enveloppe corporelle, étape par étape, et ce, par de petites ondulations, se réfléchir à nouveau sur la surface polie argentée du miroir. Elle se rendit compte que son « *corps physique* » avait disparu du miroir pour une période de temps indéterminée. Puis, elle réalisa qu'elle avait réintégré le **« Monde »** de la réalité.

-Incroyable! s'exclama-t-elle. C'est flllyant! Euh!!! Peut-être que je me suis téléportée ou dématérialisée?

Elle venait d'expérimenter, en pleine connaissance de cause et pour la première fois... un « *Voyage Astral éveillé* »... donc conscient! Maintenant... elle était convaincue que le moyen de parvenir à son but consistait sans contredit à lâcher prise et à laisser la pure « *Magie* » se révéler d'elle-même!

Janie voulait tellement ressembler à la « *Princesse* » qu'elle avait concentré toutes ses forces, son esprit et sa volonté à forger* un rêve en trois dimensions, tout en s'imaginant devenir elle-même une « *Royauté* ». Elle avait atteint objectif et cela relevait de la « *Grande Magie* »! Elle devait percer ce mystère à tout prix.

« *La pensée crée, lui rappelait souvent Mamiche* ».

Entre ses instants de conscience et ses grands moments de rêverie, Janie avait fini par boucler sa valise et prit le temps de noter son « *Rêve Astral* » afin d'en parler avec sa Grand-mère adoptive.

Mamichou allait connaître des dessous inattendus à cette légende dite familiale!

---

* forger : imaginer

Janie avait inscrit dans son carnet de notes sa découverte... intitulée : **« NOTE DE JANIE »** s'adressant à Mamiche concernant un événement étonnant se rapportant à la *(Princesse aux yeux d'ébène!)*

Incroyablement, à la fin de ce volume, la note s'y retrouve, comme par magie!

Puis elle entendit d'autres bruits, encore plus forts, retentir de la chambre de son frère.

Anthony avait fait exprès pour la déranger, et de plus, elle le soupçonnait de la surveiller à son insu. Heureusement qu'il ne l'avait pas surprise à embrasser son oreiller, car elle aurait subi ses moqueries pour le reste de ses jours!

Son frère d'humeur joyeuse, tambourina à la porte de sa chambre.

-J'entre? lança audacieusement Anthony.

Janie ouvrit rapidement, en souriant à son cadet.

-Pas question... et tu seras bientôt débarrassé de moi! Je suis enfin prête pour *« l'Académie »*!

Ils se chamaillèrent comme à l'habitude et la journée s'acheva... en beauté. Exceptionnellement, le souper eut lieu dans la salle de cinéma maison, en visionnant un excellent film d'aventures.

Janie resta pendue aux lèvres de l'actrice. Cette dernière représentait une Grand-Mère tremblotante qui énonçait péniblement une phrase surprenante... *« Et dans cette forêt... vit toujours, isolé du monde, un abominable lycanthrope!?! »*

CHAPITRE 2
CURIOSITÉ MAL PLACÉE

La fin de l'année scolaire arrivait à grands pas et Janie devait réviser toutes ses matières académiques. Studieuse, elle aimait avant tout obtenir de bonnes notes; cela la rendait heureuse.

Le lendemain matin, Anthony, comme toujours, cogna à poings fermés sur le mur mitoyen qui les séparait.

-Janie! Tu es réveillée?

-Non, je rêvais! dit-elle en soupirant.

Elle était convaincue que son frère n'allait pas s'arrêter là!

Depuis un certain temps, sous aucun prétexte, elle lui défendait catégoriquement d'entrer dans sa chambre. Elle adoptait une position ferme, car elle ne voulait surtout pas qu'il découvre que son corps changeait. À sa grande joie, jusqu'à présent, il n'avait encore rien remarqué.

Elle se retourna tout doucement dans son lit et à ce moment-là, le sommier à ressorts craqua.

Il s'agissait d'une parfaite opportunité pour s'ingérer dans la vie de sa sœurette!

-Tu m'as parlé? insista Anthony, l'oreille collée sur sa boîte de conserve appuyée sur le conduit d'air. Il n'attendait qu'un seul murmure de la part de sa sœur pour entrer en scène.

Janie, qui depuis un certain temps avait tendance à s'énerver, haussa la voix.

-Non! Je ne t'ai rien demandé! Ah! Ce qu'il peut me taper sur les nerfs lorsqu'il joue à l'innocent! marmonna-t-elle.

-Qu'as-tu dit?

-Chut! Tu oublies que le samedi... on se calme les neurones. Si tu continues, tu vas réveiller Maman!

Comme toujours, il rejeta du revers de la main le conseil de sa sœur et répliqua avec force et conviction...

-L'avenir appartient à ceux qui se lèvent tôt!

Anthony redéposa son oreille sur la boîte métallique. Le récipient, dont l'ouverture était appuyée sur le retour d'air adjacent* à la chambre à coucher de Janie, servait de système d'espionnage acoustique. Ainsi, il pouvait l'épier à sa guise, en écoutant ses conversations. Sa nouvelle découverte demandait de l'ajustement et aussi beaucoup de patience, car de longs moments de silence s'installaient lorsque Janie se retrouvait dans la lune! Malgré tout, il adorait utiliser cette invention récente que lui avait fait découvrir son grand cousin Jonathan-Michel. Maintenant, son parrain était devenu son idole par excellence!

Anthony, toujours collé, attendait la moindre faille provenant de son aînée et surtout la parole qui lui donnerait accès à sa chambre. Il releva les sourcils à la minute où il l'entendit marmonner. Cette fois-ci, elle ne réussirait pas à lui cacher la vérité! Il croyait qu'il s'agissait de son ami imaginaire Ketchouille. Il se plaqua l'oreille et retint son souffle pour ne rien manquer de la conversation.

_____

* adjacent : qui a un côté commun avec...

Au même instant, Galarneau darda ses rayons en toutes directions. Ces derniers pénétrèrent par la fenêtre entrouverte de Janie. Elle leva les bras vers le ciel et ferma les yeux.

-Viens me réchauffer! dit-elle en regardant le **« Soleil »** de plein fouet.

Anthony lâcha son attirail inventé, et se précipita dans la chambre de sa sœur, croyant la surprendre avec son ami imaginaire.

-Taratata! Tu m'as demandé? Eh bien... me voici... me voilà!

Il s'arrêta sur une patte, sec raide, en fixant Janie en petite tenue. La mâchoire lui tomba sur le menton!

Surprise, elle ne trouvait rien de drôle dans sa piètre comédie, surtout qu'elle avait troqué son pyjama de coton pour un vêtement de nuit, plus court, assorti d'un maillot de satin à bretelles.

-Sors d'ici immédiatement!

-Euh!

Sans délai, un malaise s'installa entre eux. Lui, qui pensait voir Ketchouille, devint le visage rouge comme la crête d'un coq, en découvrant que sa sœur portait, sous sa camisole... un soutien-gorge.

Hors d'elle, elle le poussa fortement à reculons vers la sortie et rajouta vivement, en le pointant du doigt...

-Je te défends d'en parler à qui que ce soit! Bouche cousue!

Normalement, depuis leur tendre enfance, ils effectuaient ce signe de la croix sur le cœur en prêtant serment de garder le secret : le rituel de la non-divulgation. Aujourd'hui, Anthony ne semblait plus vouloir jouer à ce petit jeu, depuis qu'elle l'avait jeté à la porte sans scrupule comme un vulgaire étranger.

-Ne compte plus sur moi!

-Allez, promets!

Son frère ne répondit pas et riait dans sa barbe... car il connaissait « *Son* » secret!

Tous les deux étaient affectés par leurs hormones de croissance. Ils échangèrent un regard de feu. Janie essayait par tous les moyens depuis quelques mois de ne pas attirer l'attention sur sa poitrine en développement... cela la gênait!

-JJJANIE! hurla Anthony insulté.

Elle était convaincue qu'il ne perdrait pas une minute pour divulguer son secret au grand jour. Elle respira un bon coup avant de crier de rage. Puis, elle entendit des pas résonner au fond du couloir. Ce qui devait arriver... arriva!

-Anthony! Viens m'aider à préparer le déjeuner.

La voix de sa mère demeurait ferme et ne contenait aucun ressentiment. Janie trouvait qu'elle était dotée d'une patience extraordinaire envers son frère.

-Et Janie? tonna Anthony.

-Ton avenir t'attend... mon audacieux. Tu as mené du tapage, et bien maintenant, nous allons concocter de délicieuses crêpes avec une sauce à l'orange, lui dit-elle en l'empoignant sous le bras.

-Ah non! C'est trop long!

-Nous devons commencer tout de suite, si nous voulons finir ton projet!

Anthony ne désirait plus continuer de peinturer sa chambre à coucher. Il ne pensait qu'à rejoindre Hugo, son nouvel ami sportif avec qui il aimait partir à la conquête de jolies filles!

Janie resta muette, afin de ne pas allumer d'autres feux et être interpellée, à son tour, par sa mère. Puis, des pas saccadés retentirent dans les marches de l'escalier, en plus de quelques bougonnements. Évidemment, ce grognement provenait de son frère en rogne.

« Bien fait pour lui! pensa-t-elle. »

Janie ressentait l'humeur massacrante de son frère, juste à la manière dont il brassait les chaudrons dans la cuisine. Puis, elle détourna son attention vers son éphéméride annuelle*, afin de la consulter.

Qu'avait-elle de prévu pour la journée ou plutôt que lui réservait cette journée exceptionnelle?

---

* éphéméride annuelle : calendrier dont on retire une feuille par jour

Curiosité mal placée

CHAPITRE 3
JOURNÉE SANS PAREIL

Janie jeta un coup d'œil à son calendrier et sa journée s'annonçait plus chargée qu'elle ne l'aurait souhaitée! Les vacances sonnaient aux portes de l'été et la joie s'inscrivait sur son visage, chaque fois qu'elle retirait une feuille de son calendrier. Elle avait commencé le compte à rebours et il ne restait plus que trois semaines avant le début de son camp d'été. Quel bonheur! Elle allait retrouver son Ti-Boule Blanc et... son jeune mentor, Vincent.

Janie comptait les minutes qui la rapprochaient de son objectif final; « *l'Académie les Rêveries* ». Elle prévoyait se rendre à la bibliothèque, cette matinée, dans le but bien particulier de compléter sa recherche sur les « *virus* »!

Chaque année, la même histoire se répétait! Elle savait parfaitement que les bonnes notes ne tombaient pas du ciel comme par miracle. Pour ce dernier trimestre, elle devait passer en revue, sans exception, tous ses travaux scolaires de l'année, en plus de finaliser sa théorie sur les microbes : comment agissaient ces cellules virulentes sur le système immunitaire? En pratique, elle voulait prouver avec sa thèse que ces microbes pouvaient gruger autant le physique que le moral. Du jamais vu... à son point de vue!

Elle désirait ardemment, un jour, devenir une grande docteure et sa découverte exceptionnelle sur les maladies contagieuses, qu'elle nommait les « *Virulentus* », lui ouvrirait certainement un jour, l'entrée au « *Monde médical* »!

Janie devait rencontrer Sophie chemin faisant. À l'endroit prévu, son amie brillait par son absence. Elle était déçue, mais ne s'inquiéta pas outre mesure. Aussitôt arrivée à la bibliothèque, elle parcourut des yeux, dans un silence absolu, la salle commune ainsi que toutes les rangées. Sophie n'y était pas! Plutôt surprenant venant de sa part, puisqu'elle ne dérogeait jamais à ses promesses. Seul un empêchement sérieux pouvait lui faire manquer à sa parole. Cela contrariait ses plans, mais elle n'avait plus une minute à perdre et immédiatement, elle plongea dans plusieurs ouvrages de référence qui concernaient le sujet du métabolisme humain. Entre deux pages, elle zyeutait les alentours, espérant apercevoir sa camarade de classe. Après un certain laps de temps, Janie réalisa que l'heure du dîner avait sonné, car son estomac criait famine! Ankylosée, elle sortit le nez de ses bouquins pour de bon, plia bagages pour revenir à la maison, satisfaite de ses découvertes prometteuses.

À proximité de sa résidence, elle constata que sa mère montait à toute vitesse dans la camionnette accompagnée de son frère.

Josée, trop préoccupée par les derniers événements fâcheux, ne l'avait pas vue arriver. Par contre, Anthony l'avait repérée au premier tournant.

-Salut! Vous partez!?! s'exclama Janie étonnée.

-Ahhh! Oui et non! J'allais justement te chercher à la bibliothèque pour t'aviser de notre départ. Tu viens avec nous acheter de la peinture?

-Peinture! Qu'est-ce qui se passe? Euh!!! Elle n'osa rien rajouter en voyant des mèches verdâtres dans la chevelure de sa mère.

-Je t'expliquerai en route! soupira Josée.

Janie se retenait de ne pas rire, car le moment aurait été mal choisi.

-Tu montes? lança Anthony impatient!

-Non! Je dois demeurer à la maison. J'attends Sophie! J'espère qu'elle viendra dîner!

-Ahhh! s'exclama Josée. Vraiment?

Dans tout ce brouhaha, sa mère avait complètement oublié son invitation.

-Tu te souviens? Tu l'as invitée lors du dernier cours de natation!

Josée la fixa quelques secondes avant de démarrer le moteur du véhicule.

-Ah! Ça me revient! D'accord. S'il te plaît, verrouille la porte derrière toi.

-Je reste!

Anthony, prêt à débarquer, avait déjà la main sur la portière.

-Pas question! Nous avons commencé ensemble et nous terminerons cette aventure en équipe mon garçon!

-Maman! Ce n'est pas juste! clama-t-il, haut et fort!

-Tu veux rire! Il s'agit de « *TON* » projet, soutint-elle, et de « *TON* » dégât!

Sur ces derniers mots, Josée démarra le véhicule et Anthony attacha sa ceinture de sécurité. Il avait tellement débattu son point de vue sur la nouvelle décoration dans laquelle il aimerait vivre, qu'il n'avait rien à redire. Et de plus, il s'était mis les pieds dans les plats... plutôt dans le pot de peinture.

-À tantôt! lança sa mère en sortant du garage.

-Salut à vous deux!

Janie tourna rapidement les talons en direction de la porte d'entrée, se frottant les mains avec un petit sourire accroché aux lèvres.

Son frère, lui, demeura les yeux rivés sur son super jeu électronique, le « *Game Boy!* »

Enfin à l'intérieur, Janie se précipita dans la salle de jeu familiale, afin d'utiliser son superordinateur, en attendant sa meilleure amie.

Aussitôt qu'elle ouvrit la session, Justine, sa nouvelle amie clavardeuse lui envoya immédiatement un message texte. À chaque fois, Janie cherchait des yeux et des index, les lettres sur le clavier. Qu'importe le doigté et la vitesse, le plaisir de clavarder l'emportait haut la main sur les techniques non maîtrisées et, souvent même sur l'orthographe! Janie ne perdait aucune occasion de lui raconter ce qu'elle avait vécu d'extraordinaire dans sa « **Forêt Magique** ».

Les deux adolescentes s'en donnaient à cœur joie.

*-Slt…! Tjrs… en ligne? (Salut. Toujours en ligne?)

-Kidou! J'ai du tmps libre! (Coucou! J'ai du temps libre!)

-Ça va?

-Sup…b! (Super bien!)

-Tu vas tjrs ché ta Tante a l'autone? (Tu vas toujours chez ta Tante à l'automne?)

-Wii wii. J'bcp hate de visité ta « **Forêt Magique!** » (Oui oui. J'ai beaucoup hâte de visiter ta « Forêt Magique! »)

-Vrm…! Lol! (Vraiment…! Rire!)

-Moi… mon endroit enchanté… c'est l'océan!

-Lucky! (Chanceuse!)

-Ouais!

---

* Le clavardage est en italique et la traduction a été mise entre parenthèses.

Chacune réalisait qu'elles étaient choyées de disposer d'un endroit de prédilection pour s'évader de la ville afin de retrouver leurs forces morales et physiques. Deux emplacements complètement différents l'un de l'autre et qui détenaient des forces récurrentes particulières!

*-J'aimerais bien visité ta « **Forêt** », kan j'irai passé 2 s'maines de vac, chez ma Tante Gigi! Veux-tu?* (J'aimerais bien visiter ta « **Forêt** », quand j'irai passer 2 semaines de vacances, chez ma Tante Gigi! Veux-tu?)

-C'est dak! J'hâte de te présenter le « Grand Chêne ». C'est l'ami d'la famille et y possède dé pouvoirs surnat. (C'est d'accord! J'ai hâte de te présenter le « *Grand Chêne* ». C'est l'ami de la famille et il possède des pouvoirs surnaturels).

-Lol! Tu mintrigue! (rire! Tu m'intrigues!)

-Crois-moi! Jte l'di! (Crois-moi! Je te le dis!)

Janie et Justine s'amusaient à utiliser l'argot des internautes que Josée n'approuvait pas toujours lorsqu'elle était là. Mais... sa mère ne se trouvait pas à la maison et elle céda à la tentation. *« L'occasion fait le larron* *»* comme aurait dit Mamiche. Ces vieux proverbes perduraient de nos jours et sa Grand-mère aimait continuer à employer ces archaïsmes** qui ressemblaient à du jargon aux oreilles de certains adolescents.

Les filles, elles, utilisaient le jargon électronique.

-J'en croi pas mes YX. Juste à t'entendre parlé de ton arbre... g la chair de poule! » (J'en crois pas mes yeux. Juste à t'entendre parler de ton arbre... j'ai la chair de poule!)

-Cn'est pas tout... son duramen dégage un énergi! Une sorte de chaleur vivifiante qui t'enveloppe.» (Ce n'est pas tout... son duramen dégage une énergie! Une sorte de chaleur vivifiante qui t'enveloppe.)

---

* L'occasion fait le larron : (proverbe) La malhonnêteté n'attend que l'occasion pour se manifester

** archaïsmes: de la même famille qu'archaïque, très anciens

-Koi... un duramen??? (Quoi... un duramen???)

-Lol... j'veu dire son cœur! (Rire... je veux dire son cœur!)

-Pr vrai!?! Un arbre avec un cœur? (Pour vrai!?! Un arbre avec un cœur?)

Sa copine internaute était évidemment très intéressée par ces nouveautés.

-En tk... ça r'ssemble à ta tite coquille de mer qui produit un brui de vague! (En tout cas... ça ressemble à ta petite coquille de mer qui produit un bruit de vague!)

Justine demeurait la seule, jusqu'à présent, à lui démontrer de l'intérêt pour la « *Haute Science* » d'autrefois pratiquée par les « *M.A.G.E.* ». Ces notions mystérieuses s'étaient perdues au fil du temps et Janie était ravie d'impressionner sa nouvelle amie!

-Té sup...cool! (Tu es super cool!)

Justine trouvait cette histoire plutôt trippante.

Janie, elle, n'avait pas entendu l'arrivée des bricoleurs; elle sursauta... lorsque la porte d'entrée s'ouvrit avec fracas. Qui d'autres que son frère pouvait manifester autant de vacarme? Personne!

-Tasse-toi... c'est à mon tour! ordonna-t-il à sa sœur.

-Dsl! Je dois te quité... le g est arrivé! (Désolé! Je dois te quitter... le gars est arrivé!)

-Dak, Alp! (D'accord, à la prochaine!)

Aujourd'hui, Janie ne voulait pas jouer au jeu du pouvoir et lui céda sa place sans rouspéter. Elle rejoignit sa mère qui semblait dominée par ses préoccupations.

En effet, Josée devait assumer seule, les responsabilités du ménage en l'absence de son mari, parti en congrès pour une semaine. Travail obligeait!

L'ainée devait admettre que sa petite maman chérie avait vécu une matinée plutôt mouvementée.

Elle s'était bien gardée de rire de ses mèches vert lime. Surtout, quand elle constata que son pantalon était, lui aussi, taché de peinture et que cette couleur jurait sur son jean en denim bleu foncé!

-Anthony! Viens finir de nettoyer.

-D'accord Mam!

-Maman! Tu te souviens de Justine, ma camarade internaute qui habite dans les Cantons de l'Est... la nièce de Madame Ménard, la propriétaire de la boutique de fleurs? On avait discuté qu'elle pourrait passer quelques jours à la maison, lorsqu'elle visiterait sa tante!

-Bon, on verra! répondit sa mère distraitement.

Janie comprit que le moment était mal choisi pour obtenir une réponse positive.

Josée commençait à s'exaspérer et ne pensait qu'à s'avancer dans les travaux déjà entamés qui lui causaient tout un mal de tête.

S'approchant de sa Mamounette, Janie la serra dans ses bras pour l'encourager.

-Je prépare le dîner? lança-t-elle pour faire plaisir à sa mère.

Aujourd'hui, plus que de coutume, elle estimait devoir l'aider, afin de lui rendre la vie plus agréable. Josée se dévouait tellement pour eux!

-Tu cuisines... maintenant?

-Mamiche m'a enseigné une recette délicieuse... pas piquée des vers*!!!

-Eh bien! Je te donne carte blanche!

Janie avait reçu immédiatement l'approbation de sa mère. Cette autorisation lui prouvait toute la confiance qu'elle accordait à sa grande personne. Et ça... elle adorait!

---

* pas piquée des vers : délicieuse

Soulagée, Josée retrouva son sourire instantanément.

Anthony, lui, tirait de la patte pour retourner au boulot. Elle le rappela à l'ordre pour une seconde fois.

-On nettoie le dégât et on continuera demain! Je crois que nous avons besoin de nous changer les idées! Et puis ce soir, tu débutes ta première partie de soccer de la saison. Tu dois te sentir d'attaque pour compter ton premier but de l'année!

Cette idée de plein air redonna de l'entrain à son fils.

-Ouais!!!

Pendant ce temps... Janie concoctait le délicieux macaroni aux quatre fromages que se plaisait à cuisiner sa Grand-mère. Elle ne soupçonnait aucunement que ce mets exquis possédait un philtre magique. Il devait provoquer, à la longue, des débordements émotifs de bonheur incontrôlable et des hoquets de joie hystérique. Une recette secrète directement sortie du **« Grimoire »** de Mamiche.

GRIMOIRE DE MAMICHE
Page 1, 618
« Le Nombre d'Or »
RECETTE SECRÈTE
Des
PÂTES ARC-EN-CIEL

ÉTAPE 1

LA CUISSON DES PÂTES

1. Porter à ébullition 8 tasses « D'eau de Source »
(Eau naturelle)
Lorsque l'eau bouille…
2. Mettre amplement des « Cristaux de quartz »
(Sel)
3. Incorporer 2 tasses de « Rayons d'arc-en-ciel »
(Pâtes alimentaires trois couleurs)
4. Laisser mijoter 15 minutes à feu moyen/fort.
5. Déposer les rayons, « Les pâtes »
Dans le « Filtre Magique »
(Passoire)
Afin qu'ils demeurent « Al Dente! »
6. Une fois égouttée les mettre de côté.

ÉTAPE 2
LA GARNITURE

Puis, dans la casserole vide
1. Ajouter, 1/3 de tasse « Philtre »
(Huile)
2. Fondre 1/3 de tasse « D'or en barre »
(Beurre)
3. Saupoudrer 2 à 4 lamelles de « fleurs sacrées»
(Ail)
Pour chasser les
« Fantômes du Placard ».
4. Incorporer 2 cuillères de « Poudre Magique »
(Farine)
5. Couvrir de ¼ de tasse de « Suc laiteux»
(Lait ou Crème)
6. Étendre les « Particules naturelles râpées »
(Fromage préféré)
7. Ajouter les pâtes cuites, en mélangeant le tout
uniformément.

Et...

Le tour de Magie se veut complet!!!

ATTENTION AUX EFFETS SECONDAIRES
AVANT D'INGÉRER CES INGRÉDIENTS MÉLANGÉS

*ρ⌐περχυσσιονσ[1]
*Χαρ ιλσ πευϖεντ σε φαιρε σεντιρ φυσϑυ ◊ λ ⌐τερνιτ[2]

*↔ΘΡΕΧΟΜΜΑΝΔΑΤΙΟΝΣ ΣϽΡΙΕΥΣΕΣϾ
λ. Πευτ προδυιρε υν ηοϑυετ ευπηοριϑυε
2 ϑοιε δε ϖιϖρε εν σαυτ δε χραπαυδ
3 Χρισε αιγυ⌐ δε γλουσσεμεντσ ιντερμιναβλεσ
4 Χηαντερ αυ λιευ δε χηιχανερ

*****

Ils démirent la table tous ensemble, en un temps
record! Les enfants s'amusaient à grimacer, à sauter
et turluter.

L'objectif demeurait à savoir lequel des deux
parviendrait à faire rire leur mère aux larmes.

La journée se termina dans l'euphorie totale! Un
« *Moment Magique* » de pur délice venait de se créer
et ils ne seraient pas près de l'oublier!

---

* Répercussions
* Équilibre entre le pouvoir, le sentir et le savoir

« RECOMMANDATIONS SÉRIEUSES »
l. Peut produire un hoquet euphorique
2 Joie de vivre en saut de crapaud
3 Crise aiguë de gloussements interminables
4 Chanter au lieu de chicaner

CHAPITRE 4
À FLEUR DE PEAU

L'après-midi s'était écoulé aussi rapidement que la matinée, mais cette fois-ci... sans anicroche!

Janie n'avait pas encore reçu un seul retour d'appel de son amie Sophie et elle s'inquiétait de son absence inexplicable. Elle avait décidé de réviser ses notes scolaires, et ce, dans la cour arrière confortablement installée dans sa balançoire préférée, à l'ombre du grand chêne. Déterminée, elle ne voulait pas seulement être *« hot »* dans la manière de s'habiller, mais aussi au niveau académique... finalement, elle désirait la *« totale »* dans tout!

Tous devaient s'ajuster à l'horaire de fin d'année jumelé à celui du début des activités estivales. Cette adaptation progressive ne s'avérait pas toujours de tout repos! Il fallait être bien organisé.

Chacun vaquait* à ses occupations quotidiennes, lorsque Josée les interpella...

-Allons-y, l'heure a sonné!

En deux temps trois mouvements Anthony avait enfilé son chandail de soccer portant son numéro préféré : le 14. Puis, il descendit rapidement rejoindre sa mère.

-Me voici! Il dribblait son ballon sous ses jambes en tournant autour de la table du salon.

---

* vaquait : du verbe vaquer, s'occuper de...

-Présente! s'exclama Janie en replaçant ses cheveux devant le miroir de l'entrée.

-Ça suffit la beauté! Dépêche... ça presse! insista Anthony.

-Eille! Respire par les oreilles mon petit frérot!

-Tu sais que ton frère aime arriver parmi les premiers sinon... le premier!

-Quoi de neuf!!! Mam...

Anthony prit le plancher en lui coupant la parole.

-Al... lez... al... lez... les... fil... les... et... que... ça... bouge! Ne faites pas poireauter le champion des « Gothas* »! s'exclama-t-il à haute voix.

Il rattrapa son ballon du bout des doigts en sifflant et mit fin à son petit passe-temps préféré en s'assoyant sur le tabouret.

Janie devint rouge de colère...

-L'espèce... il me coupe la parole!

-Voyons ma fille! Je constate que ta puberté t'affecte sérieusement! Mais c'est normal.

-Comment ça normal!?! Moi, je me sens comme un volcan en éruption! Ce n'est pas... ma pu... ber... té... qui m'énerve... c'est plutôt mon frère avec ses conneries!

Bref! Le passage de l'enfance à l'adolescence pour Janie, qui avait atteint ses quatorze ans en février, s'avérait difficile surtout que ce changement hormonal... égalait à cycle menstruel, et ça... elle ne voulait pas que sa mère dévoile... un autre de ses grands secrets!

-Chill! Les hormones en folie, s'exclama Anthony. Il devait absolument rajouter son grain de sel!

Josée constatait bien que lui aussi commençait sa préadolescence... elle devait ajuster son tir et se

---

* Gothas : personnalités importantes et aussi nom du club de soccer

montrer encore plus patiente et plus ferme... surtout en l'absence de son mari.

-Anthony! Assez!!! Je discute sérieusement!

Contrarié, il sortit de la maison en rouspétant à haute voix, le dos tourné.

-On ne peut jamais blaguer avec les filles. Ahhh! que vous êtes compliquées!!!

-On y va... si nous ne voulons pas arriver en retard pour son match! dit Josée.

Anthony s'exerçait toujours à dribbler pour devenir plus agile et ce, tout en chantant à tue-tête pour se faire entendre. Sur un rythme martelé, il scandait des paroles *« hip-hop »* de son dernier répertoire rap!

-*Yeah, yeah, yeah... les super... super... super gars! Tous bolés... bolés... bolés... yeah, yeah... yeah, yeah! Yeah, Yo! Yeah, Yo! Yo, yeah! On déclasse les Nanas... les petites Nanas... yeah, Yo! À cent mille à l'heure. Yeah, Yo! On est né avec du génie... nous les super bolés! Ce n'est pas comme les filles qui ne pensent qu'aux peccadilles! Ho, yeah!*

-Tu chantes faux! lança sarcastiquement Janie.

Josée, étonnée, intervient immédiatement.

-Bonté divine... mon fils, quelle chanson!?! Ces paroles proviennent directement de ta roche et non de ton cœur! D'où tiens-tu ces idées?

Anthony grimaça.

-Hugo et moi!

-Bon! Je vois! Eh bien! Tu diras à ton nouvel ami qu'il devrait se tourner la langue sept fois avant de parler. Je crois que ce que vous supposez véridique dans vos têtes... n'est nulle autre que de la prétention et que cela ne mène à rien de bénéfique. Maintenant, je te préviens; une dernière impolitesse et une conséquence suivra!

Anthony baissa l'échine. Cette fois-ci, il n'aurait pas gain de cause sur le sujet du respect en général. Pendant ce cours trajet, en marchant, sa mère lui asséna* un petit cours de morale.

Soudainement, presque arrivée au parc qui se situait non loin du domicile, Josée changea d'air et devint soucieuse.

-Ça va? questionna Janie.

-Ah... zut! J'ai oublié mon cellulaire! Moi aussi parfois, tout comme toi... j'ai la tête dans les nuages!

-Tu veux que je retourne à la maison le chercher?

-Inutile! Je dois faire demi-tour. Monsieur Bérichon doit avoir ma confirmation aujourd'hui pour ne pas retarder les travaux de construction de notre « Centre de Santé ».

En disant ces mots, les yeux de Janie étincelèrent. Cette occasion en or arrivait juste à point. Elle n'aurait pas pu inventer meilleure stratégie afin de rencontrer son beau Christophe.

-Eh bien... je me porte volontaire pour livrer ta soumission en main propre à Monsieur Bérichon!

-Je te remercie! Mais ce sera plus vite ma chouette par télécopieur.

Janie, visiblement déçue, insista...

-Mamounette... Allez!

-Ma puce! Je dois le signer avant de l'envoyer!

Janie aurait souhaité revoir Christophe, le fils de M. Bérichon. L'ancien ami d'activités parascolaires d'Anthony travaillait avec son père au commerce familial les fins de semaines et durant les congés scolaires. Elle se demandait s'il éprouvait toujours des sentiments à son égard, enfin... elle osait le croire! L'attitude distante qu'il avait manifestée à la

---

* asséna : du verbe asséner, imposa avec force

fin de l'année semait le doute dans son esprit. Loin des yeux... loin du cœur... comme dirait Mamiche!

-Bon! Si jamais... tu changes d'idée!

-Salut! lança Anthony.

-Bonne joute mon gars!

Aussitôt dit, Anthony alla rejoindre Hugo.

Josée reprit la conversation à voix basse.

-Merci! Je préférerais que tu reviennes à la maison avec ton frère. Je ne veux pas qu'il s'éternise avec ce nouvel ami.

-Hugo?

-Oui. Il se laisse influencer et je n'aime pas ça! Compris?

Janie, pour l'instant, servait d'intermédiaire et perdit son entrain. Elle n'osa pas répliquer car elle ne désirait pas lui causer plus d'ennuis.

-Si tu insistes, répéta-t-elle, désappointée.

Josée, préoccupée, fila en vitesse à son domicile. Les minutes étaient comptées!

***

Un coup de sifflet retentit et l'entraîneur regroupa sa nouvelle équipe avant le début du match. Un court discours et la joute débuta

En l'absence de Sophie, Janie rejoignit les jeunes amoureux... Megan et Frédéric déjà assis sur le banc des admirateurs en se tenant la main!

La partie se termina rapidement et les vainqueurs s'en donnèrent à cœur joie pour se péter les bretelles*!

Victorieux, Anthony se vantait, haut et fort, d'avoir fait gagner son équipe. Bras dessus, bras dessous, il se pavanait avec son coéquipier Hugo. La superbe passe de son ami, frappée avec la tête à la dernière minute, les avait menés vers un succès

---

* se péter les bretelles : se vanter

impressionnant. Et voilà qu'ensemble, ils savouraient leur première victoire de l'année!

Anthony cherchait du regard la séduisante Zoé, au teint basané et à la chevelure bouclée comme une poupée de porcelaine.

Janie l'interpella.

-Viens! Nous devons rentrer!

-Où est maman?

-Elle a dû régler une affaire urgente.

-Tu n'as pas vu Zoé? Elle m'avait pourtant promis qu'elle assisterait à ma joute.

-Pouh!!! Pour qui... te prends-tu, au juste? Tu connais... le « *Top* » du « *Top* »... des garçons, insista-t-elle, le fameux champion du hockey, le beau Nicolas? Ce soir, elle l'accompagnait, à sa pratique!

Janie savait qu'elle piquerait l'amour-propre de son frère, en vantant les mérites de son concurrent. À son tour d'endurer ses moqueries!

-Hum!!! Et le vainqueur du soccer, qu'en fais-tu? Un autre championnat et je le mets dans ma poche, ce pantin de Nic!

-Vantard! Tu es jaloux! De toute manière, tu ne lui arrives pas à la cheville!

Anthony se tenait la tête sur le côté avec un sourire narquois accroché aux commissures* des lèvres, celui qu'elle détestait au plus haut point.

-On verra bien!

-Si tu crois qu'elle éprouve un béguin pour toi! Eh bien! Tu te mets le doigt dans l'œil, car... les petits yeux langoureux n'étaient pas pour toi!

-C'est à suivre! dit-il, sur un ton qui n'entendait plus à rire. Tu arrêtes... où je parle de ta camisole!!!

---

* commissures : coins

-Ah! Tu te livres au chantage! Eh bien... répète un seul mot et tu verras bien ce qui t'arrivera!

Anthony coupa court à la conversation en reniflant longuement et bruyamment. Il savait que cela lui donnait mal au cœur. Il n'était aucunement question qu'il se laisse impressionner par les menaces de sa sœur.

Puis, Janie aperçut au loin, son amie Sophie avancer à pas de tortue.

-Tiens! Voilà la petite rapide! ricana Anthony.

Les paroles déplaisantes de son frère la blessèrent!

-Ah!!! Espèce de nouille! Et puis, zut! Ça ne vaut pas la peine que je m'obstine, car je ne te comprends plus!

Hugo, confiant, s'approcha d'elle et se présenta en lui tendant la main.

Elle lui sourit. Il semblait courtois et aussi plutôt mignon. *« Il n'est peut-être pas si bête que ça! »*, pensa-t-elle.

-Salut beauté! lança-t-il en la reluquant. Puis il lui tapa un petit clin d'œil insignifiant, tout en regardant son frérot.

Cette attitude plutôt cavalière refroidit les ardeurs de Janie.

-Tu vois! Les filles tombent toutes dans le même panneau lorsqu'on leur fait les yeux doux.

« Quel casse-pieds », se dit-elle.

Son piège de séducteur chevronné[*] manquait totalement de finition. Janie ne daigna même pas lui donner la main. Elle ne devait s'attendre à rien de mieux de ce garçon prétentieux et décida de lui tourner le dos.

---

[*] chevronné : qui a beaucoup d'expérience

À fleur de peau

Insulté de constater qu'elle n'avait pas cédé à son charme, surtout devant son auditoire féminin... il se retourna immédiatement vers Anthony et répliqua à haute voix sur un ton méprisant...

-Oh!!! On dérange la Princesse!?! Tu sais, ta sœur n'est pas une nana comme les autres. Je la trouve bizarre!

-Viens! Tu ne comprendrais pas! Je vais t'expliquer une affaire de filles, plutôt de fillettes, lui dit Anthony.

Une fraction de seconde, Janie eut peur qu'il ne dévoile son secret. Elle ne voulait pas courir le risque qu'il étale la nouvelle au grand public et l'asséna d'un regard foudroyant qui n'entendait plus à rire.

Anthony, cette fois-ci, reçut de manière assommante le message de mettre, sans plus tarder, un frein à ses conneries.

Mine de rien, les coéquipiers se topèrent dans les mains.

Janie se tourna vers Sophie pour se calmer les pompons[*].

Les garçons en profitèrent pour s'éloigner tout en portant des commentaires additionnels pour combler le silence.

-Hé! Regarde! Les nanas se confient des secrets, s'exclama Hugo pour se montrer « cool »!

-Vite! Décampons d'ici, répliqua Anthony qui n'avait qu'une idée en tête... disparaître du champ de vision de sa sœur.

-Tu as raison, sinon on va se retrouver dans le trouble! Les filles... quand elles placotent, ce n'est jamais bon signe! dit l'exubérant Hugo, en ricanant fortement.

---

[*] calmer les pompons : se calmer les nerfs

Les gamins pouffèrent de rire de nouveau et se sauvèrent à toute vitesse.

Sophie, les épaules courbées, n'osait pas relever la tête.

-Enfin te voilà! Où étais-tu passée? questionna vivement Janie.

-Ouf!!! Je m'excuse!!! Mille fois! En plus, j'ai failli ne pas pouvoir venir ce soir, répliqua-t-elle totalement émue.

Pendant que sa camarade de classe lui expliquait en long et en large les péripéties de sa journée, Anthony en profita pour se faufiler en douce vers le dépanneur Fran-Gin.

Janie essaya tout de suite de consoler son amie. De plus, elle remarquait que Sophie tenait la tête basse afin de dissimuler sa poussée d'acné. Ces pustules s'avéraient l'affaire du siècle pour les adolescentes! Janie constatait qu'elles se transformaient toutes, d'une manière ou d'une autre.

Sophie lui parla de ses affreux boutons sur son visage qui repoussaient les garçons et demeura songeuse en regardant Anthony s'éloigner.

-Qu'est-ce qui te tourmente, mon amie?

-C'est que, si cette acné ne disparaît pas... elle s'approcha pour lui souffler à l'oreille... je ne pourrai jamais embrasser ton frère, euh... de gars!

-Chut! Tu sais quoi? Eh bien... moi non plus!!!

-Toi!?!

Elles s'esclaffèrent bruyamment. Quel soulagement! Elles se retrouvaient toutes les deux dans le même bain!

Janie percevait à peine la silhouette de son frérot.

-Regarde-le agir! Et dire que Maman comptait sur moi pour le ramener à la maison avant la tombée de la noirceur.

-On peut les rattraper... si tu veux!

-Pas question! Il pousse sa chance trop loin! Tant pis pour lui. Il joue avec le feu et je te garantis qu'il ne rigolera pas longtemps. Mon père revient demain de son congrès et je t'assure qu'il va lui faire entendre raison!

Sophie approuva même si elle affectionnait particulièrement Anthony.

Le déclin du jour s'amorça et les deux amies, bras dessus, bras dessous, retournèrent à leur domicile l'âme en peine, car elles ne se reverraient pas, sachant que Sophie devait partir pour Vancouver.

-Amuse-toi bien avec tes copains de l'Académie!

-Et... toi... tu me remportes le premier prix!

Elles étaient inséparables depuis la maternelle. Sophie apprenait le piano depuis l'âge de cinq ans et elle possédait un talent fou. Cette année, elle participerait à la grande finale nationale des « *Virtuoses musicaux* ».

L'amitié l'emporta haut la main sur les petits tracas personnels. Le « *moment présent* » demeurait le plus important. Elles se donnèrent une dernière accolade avant de se séparer, étant donné qu'elles seraient un mois sans se voir. Le jour « *JJJ* » : le « *Jour J pour Janie* » que l'adolescente attendait avec impatience; ce « *Grand Jour* » était enfin arrivé!

Elle tomba rapidement dans un sommeil profond, après cette journée bien chargée d'émotions et d'expériences concluantes.

À fleur de peau

CHAPITRE 5
LE JOUR J DE JANIE

Tout était revenu au calme dans le foyer familial, depuis que leur père était rentré de voyage. Sa présence faisait toute la différence du monde. Cet homme se distinguait par sa force de caractère inébranlable. De toute évidence, son regard profond et sa voix grave en disaient long... il ne répétait pas deux fois le même avertissement. Ça, c'était clair! Il possédait une main de fer dans un gant de velours!

Resplendissante, Janie l'était des pieds à la tête! De plus, elle débordait de joie. Toute la famille avait effectué une agréable randonnée en camionnette, jusqu'au camp d'été les « Rêveries » situé dans la magnifique région du Saguenay... là où la forêt et l'océan se marient en harmonie avec la nature. Janie amorçait sa troisième année et donna des bisous à ses parents en les rassurant qu'elle se comporterait correctement cette année. Une fois suffit! pensa-t-elle en se remémorant sa première année.

-C'est promis, maman... je t'écrirai! Oui papa, je serai à mon affaire!

Anthony piétinait sur place en attendant de dire au revoir à sa sœur. L'été s'annonçait tout autrement pour lui, puisque son père l'avait inscrit à une école de patinage de vitesse reconnue : Mandel Pro., même le nom sonnait comme une équipe gagnante. Il recevrait une formation spécialisée où il devrait se surpasser, non pour plaire aux autres, mais pour lui-même. Son père était persuadé que cette activité, hors du cercle d'amis habituels, pousserait son fils, à devenir pleinement autonome.

Après les accolades, ses parents se dirigèrent vers la porte de sortie et prirent quelques pas d'avance sur Anthony afin qu'il puisse passer quelques instants… en tête à tête avec sa sœur.

-Bonne chance au soccer!

-Merci! Et… ne commets pas trop de bévues!

-Tu adoreras ton camp de patinage!

-Qu'est-ce que tu en sais?

-J'en suis persuadée!

-Euh!!!

-Eh bien! Il y a aussi des filles, rajouta-t-elle.

-Tu blagues!

-Tu verras bien!

Elle lui administra, le signe de confiance mutuelle qu'ils avaient convenu ensemble depuis leur tendre enfance et qui s'effectuait en secret et rapidement du bout des doigts : l'incontournable geste du bouche cousue et croix sur le cœur.

-Wow! Bonne nouvelle!

-Allez… viens! lança son père. Ce dernier se dirigea vers la porte d'entrée pour y déposer la grosse valise et le sac à main de sa fille sur un énorme chariot prévu à cet effet. Henri-Paul, l'homme à tout faire du Manoir, le salua de son couvre-chef tout en surveillant les bagages de tous les arrivants comme s'il s'agissait d'un trésor national.

Rapidement, Anthony lui donna un petit bec du bout des lèvres sur la joue, mais… pas de câlin cette année. Les séparations demeuraient toujours difficiles, même si tous les deux ne voulaient pas le démontrer.

Janie réalisa que son frère avait beaucoup changé, ces derniers temps. Il la dépassait déjà de quelques centimètres et son tempérament devenait de plus en plus chatouilleux tout comme le sien.

Il courut en direction de ses parents et ne se retourna pas parce que cela ne portait pas chance. Enfin, c'est ce que sa superstitieuse de sœur s'amusait à lui raconter!

Les anciens et nouveaux amis de l'Académie arrivèrent lentement, les uns après les autres par différentes pistes de randonnée pédestre qui sillonnaient les jardins rustiques.

« *Tous les chemins mènent à Rome* », répétait sans cesse Mamiche.

Janie, à son tour, emprunta son parcours préféré, celui des roseraies. En face, à flanc de montagne, se dressait avec dignité le vieux Manoir entortillé de vigne et de rosiers sauvages grimpants. Son reflet s'étalait de long et en large sur la surface de l'immense lac et miroitait sur la fine couche d'eau réchauffée par le soleil. Ce site enchanteur devenait avec le temps encore plus ensorceleur... comme si une touche de magie, chaque année, semblait vouloir parachever* de mystère, ce tableau champêtre.

Le charme paisible de la vaste campagne l'envahit d'une vive émotion lorsqu'elle traversa le petit pont construit en pierre des champs. Tout était parfaitement agencé; elle admirait le spectacle grandiose de la nature qui avait fignolé une superbe œuvre d'art tout au cours des ans. Cela n'était pas sans lui rappeler la **« Pierre-Aux-Fées**** »**! Ce trajet, par contre, lui ramenait au visage la bêtise qu'elle

---

* parachever : mener à son complet achèvement
** voir : La Forêt Magique, Tome 1

avait commise la première année. Elle respira à pleins poumons.

Heureusement, la fin de cette aventure s'était terminée sans trop de conséquences graves. Naturellement, les parents de Janie avaient tout de même été avisés de l'incident et avaient préféré ne pas la sermonner outre mesure, puisqu'elle avait appliqué les recommandations du Comité du Camp d'été à la lettre. Et de plus, chaque année, malgré ce contretemps, elle désirait ardemment y retourner!

Pour sa part, Janie n'oublierait jamais ce qu'elle avait vécu sur ce site de villégiature, deux années auparavant!

Cette année-là, lors de son premier séjour à l'Académie, Janie avait entendu des rumeurs au sujet d'une bête qui hurlait à la pleine lune. Elle aimait tellement les histoires rocambolesques que son imagination l'avait emporté sur sa raison! Cette première année s'était avérée particulièrement mouvementée.

Elle était entrée immédiatement dans le jeu et s'était imaginé qu'il s'agissait peut-être d'un « *Loup-garou* »! Elle avait supposé un tas de dénouements mystérieux qui avaient piqué sa curiosité. Par contre, il ne fallait pas qu'elle se laisse tenter par les parcours des sentiers inconnus la nuit; Mamiche n'était pas avec elle pour danser au clair de lune. En revanche, elle avait espéré trouver le repère de cette créature chimérique… si vraiment elle existait!

À l'Académie, après les cours de formation, juste après le souper, tous avaient une heure allouée pour fraterniser. Les jeunes pouvaient se balader en groupe ou deux par deux, pourvu qu'ils ne se retrouvent jamais seuls dans le boisé avoisinant ou près du lac. Tout se passait sous la surveillance des « *SG* », les surveillantes graduées.

Janie avait décidé de faire équipe avec Marie-Pier, la voix d'or de la chorale! Elle aimait beaucoup sa nouvelle copine! Elle n'était pas sans lui rappeler sa téméraire amie « *Astrale* », Chanceuse LaCoccinelle.

Elles devinrent rapidement complices, jusqu'au jour où Vincent, l'apprenti écuyer-soigneur, avait découvert Janie en flagrant délit!

Le jeune garçon était chargé de seconder M. Victor Labonté, le Maréchal-ferrant et de surcroît, son grand-oncle. Il prenait son travail très au sérieux puisque ce boulot d'été lui permettait de payer ses études et, par la même occasion, il pouvait pratiquer son sport favori, l'équitation!

Fiable et doté d'un caractère responsable, il jouissait d'une excellente réputation. On le connaissait pour l'amour inconditionnel qu'il portait à la race chevaline et aussi pour sa grande détermination à vouloir participer à la « *Coupe du Monde* » en sauts d'obstacles.

Finalement, Janie trouva la cachette du « *Loup-garou* » en question. Ce dernier n'était nul autre qu'un cheval sauvage essayant de recouvrer la santé. Il n'avait fallu qu'un seul regard de la part de Janie au travers d'une brèche, pour que la bête malade, de peine et de misère, s'approcha du trou. Le mal en point flageolant accepta d'emblée la pomme que lui tendait la gamine qui, par la suite, devint sa soigneuse!

Le Chef des bâtiments, Victor et son petit-neveu, Vincent, avaient trouvé la loque*, par inadvertance, lors d'une journée de chasse. Elle gisait sur le sol

---

* loque : très mal en point

boueux d'une remise désaffectée; l'écume blanche sortait de sa gueule grande ouverte et s'écoulait sur son ventre noirci, creusé par la faim. Ses longs cils effilochés ne protégeaient plus ses yeux hybrides bouffis de douleur. La bête, plongée dans un profond désespoir, était demeurée repliée sur elle-même, rendue à sa dernière heure.

À la suite de cette découverte, Janie, à la moindre occasion, allait nourrir en cachette, le mal-portant de pommettes sauvages. Elle savait qu'elle désobéissait aux « *lois* » de l'Académie, en ne respectant pas les consignes de demeurer à l'intérieur des clôtures barbelées et en risquant sa vie en approchant une bête sauvage maintenue à l'écart. Marie-Pier, pour sa part, l'aidait à distance, et lui servait de patrouilleuse. Personne ne pouvait la soupçonner. Puis, un jour, ce qui devait arriver… arriva!

Vincent, qui avait découvert le pot aux roses, avait tardé à déclarer le méfait à l'administration. Il avait remarqué que le cheval atrophié appréciait la nouvelle venue. La seule présence de Janie apaisait l'animal, ne fut-elle que de courte durée.

Le Vieux Victor avait surveillé à distance les agissements des deux délinquants. Puis, il avait sommé son jeune neveu d'assumer ses responsabilités et d'aviser le Comité de l'intrusion, sinon… il les préviendrait à sa place. Ce jour d'été demeurerait à jamais gravé dans la tête de Janie.

Le « *Grand comité* », réuni dans la grande salle, n'entendait pas à rire! La vaste pièce normalement si accueillante avait baissé pavillon et revêtu ses habits d'apparat* pour cette cérémonie de débat. Les

---

* habits d'apparat : Habits de circonstance pour la cérémonie

tentures de velours cramoisies affirmaient l'heure de sa condamnation.

Le Comité des sanctions avait organisé tout un coup de théâtre. Il avait mis le paquet pour démontrer à tous qu'on ne devait pas... contrevenir aux lois de l'Académie. Pourtant, tout ce décorum[*] n'impressionnait pas pour autant la jeune accusée!

Afin de créer une barrière pour bloquer ses émotions, Janie s'était imaginée une mise en scène et s'était appropriée le rôle de prétendue coupable. Elle avait eu l'occasion de visiter le Palais de Justice avec sa Tante Bouggy et d'apprendre la procédure à suivre lors des comparutions.

Tous l'avaient examinée de la tête au pied; jamais un tribunal n'avait jugé une jeune prévenue au *« Pouvoir de guérisseuse »*.

Janie se doutait bien qu'elle serait expulsée en les voyant tous la scruter comme si elle arrivait d'une autre planète.

Le *« Comité de Direction »*, après une courte délibération, ne semblait pas d'accord sur la sentence à rendre. Par contre, à l'unanimité, ils s'accordaient à appliquer une sanction exemplaire afin de décourager tous les audacieux qui oseraient désobéir!

La Directrice, sur un ton protocolaire, avait questionné son comité.

-Est-ce que... j'ordonne l'expulsion sur-le-champ?

Puis, avant de se prononcer, elle avait fait un signe de la main au Chef d'établissement pour l'inciter à délibérer à huis clos. Aussitôt, Victor habillé de sa toge s'était avancé près du bureau style ministre et avait soufflé un mot à l'oreille de Mme Janson.

---

[*] décorum : protocole, cérémonial

Janie reconnaissait à peine la douce dame de la terrasse. Elle l'avait souvent aperçue dans des tenues fleuries portant de grands chapeaux de paille, à cueillir des fleurs dans son jardin à la française, tout autour du ponceau. Pour l'occasion, elle avait revêtu une tenue formelle : une robe à collet monté en crêpe de chine, et le plus frappant était qu'elle démontrait un visage d'une sévérité implacable* qui traçait des rides profondes sur son front.

-Oh! Vous croyez que ce genre de discipline s'impose pour régler ce problème déplorable? demanda-t-elle, en écarquillant les yeux d'une voix étonnée.

-Hummm!!! Il n'y a aucun doute! L'expulsion n'est rien à côté de cette corvée! s'était exclamé Victor du haut de ses six pieds, six pouces. Vous constaterez qu'il s'agit d'une première offense, poursuivi-t-il et, rajouta-t-il avec insistance, la bête... se remet tranquillement de sa maladie.

Après délibération, la Directrice avait repris la parole.

-Voilà! M. Labonté... nous appuyons votre recommandation, articula-t-elle d'un ton sec en détournant les yeux. Que cette sanction serve d'exemple. Mademoiselle, vous serez chargée... enfin... Monsieur Victor, s'il vous plaît, prononcez le verdict. Après tout, il en va de votre décision!

Janie s'apprêtait à accepter toutes les besognes, pourvu qu'elle ne soit pas bannie de l'Académie. Elle se tenait droite... respectant ses convictions profondes; elle n'avait agi que pour le bien, malgré sa curiosité maladive.

---

* implacable : dont on ne peut apaiser la dureté

Le Maréchal-ferrant avait pris sa voix la plus solennelle afin de donner la sentence finale, au nom du Comité.

-Dites-moi… Qui voudrait tous les jours ramasser les pommes de route d'un cheval malade? Personne!?! Alors!!! L'honneur vous revient d'acquitter cette tâche ingrate, ma belle!

Janie, bouche bée, avait retenu un haut-le-cœur. Elle, qui normalement avait envie de vomir sur les crachats de son frère, devrait s'endurcir la couenne… et de toute évidence se boucher le nez.

Vincent, pour sa part, avait rougi et baissé la tête, n'osant pas regarder la réaction de Janie. Il trouvait que son « *Mentor* » n'y était pas allé de main morte avec ses recommandations, et le vieux Victor avait rajouté en prenant sa défense…

-Vous comprendrez qu'il s'agit d'un travail ardu! Cette petite, à force de persévérance, a réussi à apprivoiser l'animal. Et je dois vous avouer que cette bête indomptable se rétablit sérieusement, en présence de notre jeune soigneuse! Puis, insistant devant le « *Conseil* » : mais comme la « *loi* » demeure toujours la « *loi* », elle devra exécuter cette corvée une fois par jour, à la pause de fin de journée. Elle se fera aider par le jeune écuyer et cela, sous ma surveillance!

Victor était emballé par les résultats et surtout par le « *Don* » indéniable que possédait Janie, la petite-fille de Mamiche. La Grand-mère, à l'époque, était l'amie d'enfance du « *Mentor* ». Il ne désirait pas la voir expulser et voulait découvrir la force qui se cachait derrière le « *Don* » de Janie!

Vincent n'avait pas bronché. Le Maréchal-ferrant n'avait rien rajouté de plus; il était évident que son oncle voulait qu'il conserve son poste au manoir.

Janie avait accepté d'emblée les conditions inhabituelles devant tous les Académiciens.,

Tel un magistrat respectable de la « *Cour des Instances* », la Dame en noir avait clos la séance d'un vibrant coup de maillet.

Tous étaient retournés au dortoir dans une grande agitation. Les commentaires avaient fusé et tous avaient été d'accord pour ne pas contrevenir aux lois de l'établissement.

Janie, par la suite, avait été reconduite par le Maréchal-ferrant et son jeune écuyer. Il voulait s'assurer que sa guérisseuse comprenne bien la démarche qui lui avait été imposée, qu'elle se sente en sécurité et qu'elle comprenne aussi pourquoi Vincent devait l'aider!

À son retour, les lampes à l'huile avaient été allumées et les étoiles commençaient à tapisser la **« Voûte Céleste »** d'un bout à l'autre du firmament. Cette image l'avait calmée profondément et elle en avait profité pour respirer l'air pur de la campagne. Soulagée que tout ce bourbier soit terminé, et ce, sans expulsion, elle pensait déjà au lendemain.

Elle s'était rappelée les paroles de Mamiche : « tout s'arrange dans la vie... après la pluie vient le beau temps! » Elle avait gravi les marches du grand chalet lentement. Elle avait vu la surveillante, responsable des allées et venues, l'attendre sur le seuil de la porte. Cette dernière l'avait enjoint de la suivre à l'intérieur.

Janie s'était retournée pour saluer d'un signe de tête, M. Victor, la vieille connaissance de Mamiche et avait souri à Vincent. Le Maréchal fumait calmement sa pipe et avait effectué le même mouvement de salutation avec son chapeau de paille qui contrastait avec son habit de circonstance. Elle était persuadée que cet homme mûr, tel un grand-père, l'avait sortie de ce foutu pétrin. Il avait dû y réfléchir à deux fois avant de présenter cette corvée humiliante. Malgré tout, elle se montra infiniment reconnaissante; il avait réussi à contourner les lois du camp, afin que le Comité ne l'expulse pas. L'imposition des mains sur Ti-Boule Blanc... avait certainement eu un rôle à jouer! Ce geste se voulait-il aussi efficace que le croyaient les hommes d'écurie? Janie n'y avait vu que de l'amour pour l'animal en détresse!

Cette année-là... elle prit conscience de tout son potentiel en devenir et ne pensa qu'à revoir Ti-Boule Blanc et aussi le beau Vincent!

Le Jour J de Janie

CHAPITRE 6
RETROUVAILLES UNIQUES

Deux années s'étaient écoulées depuis cette sanction. En apparence, le passé avait chevauché le temps présent, puisqu'à ces yeux, il lui semblait que... cet incident marquant était survenu hier!

L'année succédant cette épineuse aventure, on l'avait réclamée aux soins du misérable animal, plus qu'au ramassage du crottin. Elle avait hâte de retrouver Ti-Boule Blanc et l'équipe au grand complet.

Le chien de la ferme, excité par les va-et-vient, aboyait dans le champ et la ramena à l'ordre. Elle prit une grande respiration et se dirigea en direction du pont qui reposait sur l'eau cascadeuse du ruisseau.

Sous le soleil étincelant, elle apercevait à peine l'autre bout du ponceau. Aveuglée par Galarneau, l'Astre rayonnant, elle perçut le contour flou d'une personne de forte taille. Elle pensait vaguement qu'il s'agissait du colossal M. Victor. En position verticale, il semblait vouloir lui barrer la route.

-Oh! Son cœur sursauta lorsqu'elle identifia la nouvelle silhouette.

-Janie! s'exclama la voix rauque.

-Vincent!!! Vincent!!!

-En chair et en os!

-Euh! Mais, qu'as-tu mangé durant la dernière année?

-Regarde qui parle...! Et toi?

Janie rougit. Elle ne croyait pas avoir changé autant que le jeune écuyer.

Le soleil s'estompa et elle se retrouva presque face à face avec le garçon d'écurie qui ne détenait plus l'allure d'un débutant.

Il avança dans sa direction et braqua ses yeux de velours d'un vert olive tinté de jaune dans son regard. Elle figea sur le coup de l'émotion. Confiant, il lui tendit la main.

Troublée, elle lui présenta rapidement le bout des doigts et s'empressa de les retirer aussi vite, afin de dissiper le malaise qui venait de s'installer. Puis, elle poursuivit, à toute hâte, la conversation au sujet de son protégé.

-Ti-Boule Blanc est malade?

-Ben!!! Disons qu'il a le mal de l'âme.

Janie sourit... en pensant qu'elle avait déjà questionné Mamiche à savoir où se cachait cette « *Âme* ».

« Cette mystérieuse *"Âme"*, ma petite, t'appartient. Elle possède un penchant terrestre et un autre surnaturel; il s'agit d'un deux dans un! Elle travaille avec toi et pour toi! Aussi, elle assume une part de responsabilité dans le **"Monde des Esprits"**. Elle se camoufle dans la **"Maison du pouvoir invisible"**... tout au fond de ton *"Cœur"*! »

Vincent rajouta en voyant l'air songeur de l'adolescente....

-Si tu préfères... il s'ennuie de toi.

Le palefrenier n'osa pas lui révéler que lui aussi attendait la jeune fille de la ville avec impatience et qu'elle détenait une place de choix dans son cœur; il ne voulait surtout pas la mettre encore plus mal à l'aise, car son teint pourpre trahissait déjà ses émotions refoulées!

-Tu m'as fait peur!

Elle examina le garçon discrètement d'un seul coup d'œil. Il avait énormément changé. De toute évidence, à voir sa carrure athlétique, il devait s'entraîner plus que jamais pour les jeux équestres. De plus, il la dépassait d'une bonne tête. À présent, âgé de dix-sept ans, il atteignait presque l'âge de raison.

-Vite! On s'impatiente!

-Il m'attend?

-Qu'est-ce que tu crois?!

Il siffla et son superbe étalon, Galoche, arriva en trombe. Vincent, d'un signe de tête, l'invita à monter sur son cheval. Quel honneur et quelle joie! Personne ne s'était vu accorder le privilège de chevaucher l'étalon pur sang et encore moins avec son maître.

La hardiesse* de Janie l'emporta sur sa timidité. Elle s'assit en amazone** sur la fourrure lustrée de l'étalon. Ensemble, ils galopèrent quelques minutes pour parvenir à la destination estivale. *« Promenade exaltante de trop courte durée »*, pensa-t-elle.

Aussitôt arrivés, elle aperçut Ti-Boule Blanc qui reniflait bruyamment, de tous les côtés, dans la brise vivifiante de l'été.

Elle ne pouvait retenir un rire nerveux en voyant Ti-Boule réagir de la sorte. Heureusement, car de l'intérieur, elle tremblait déjà d'émotions!

-Ne ris pas! Depuis hier, il hume tout sur son passage; il cherche ton odeur partout!

-Mais, quelle odeur?

---

* hardiesse : bravoure, courage
** amazone : femme qui monte à cheval assise sur le côté

-Le parfum de l'amour inconditionnel, dit-il en respirant à son insu sa chevelure au passage.

La cavalière rougit de plus belle et ne rajouta pas un mot. Rapidement, elle sauta comme une gazelle par terre. Elle s'élança en flèche vers son protégé pour le caresser.

Quelles retrouvailles! Avant même qu'elle puisse le serrer au cou, Ti-Boule lui offrit une émouvante performance aussi spectaculaire qu'une bête de cirque.

Il hennit à pleins naseaux, secoua la crinière, gratta le sol, balança la tête de haut en bas, comme s'il exécutait une courbette digne d'une grande révérence.

-Quel accueil chaleureux! s'exclama Vincent, ému à son tour.

La cavalière s'élança sur son cheval et colla son front sur son chanfrein.

-Ti-Boule Blanc!!! Mon doux, mon beau!

Vincent rit de bon cœur. À observer la réaction de l'animal, tous les deux comprirent qu'il désirait effectuer une randonnée.

-Puis-je? demanda-t-elle d'une voix affectueuse.

-À vous les honneurs mademoiselle, dit-il d'un sourire éclatant.

Caché comme toujours aux abords de l'écurie, Victor, le responsable des bâtiments, accoudé au portail savourait à son tour ce *« Moment »* merveilleux; la complicité qui unissait la belle et la bête.

-Pas si vite! Toujours aussi gracieuse! s'exclama le bon vieux Victor. Puis, il s'avança pour gratifier la nouvelle venue d'une tendre accolade. Il trouvait qu'elle détenait les manières de sa Mamiche, son amie d'enfance et cela le fit sourire.

Janie remarqua que son « *Mentor* » avait vieilli, du fait que sa chevelure grise de l'année passée s'était enneigée.

Tout en serrant tendrement dans ses bras sa protégée et sa guérisseuse préférée, il se questionnait à savoir si Janie réalisait toute l'énergie positive qu'elle dégageait et transmettait autour d'elle.

Elle sauta à califourchon sur la bête.

-Merci Monsieur Victor. Elle le respectait énormément. D'une certaine manière, il lui faisait penser à Mamiche pour la bonne raison qu'il lui témoignait une confiance aveugle.

Ti-Boule Blanc hennit, piaffa* le sol et ébroua sa longue tignasse en se dirigeant, aussitôt, vers la porte de sortie.

L'écuyère s'épancha à son cou et lui souffla à l'oreille.

-Tout doux! Je suis là!

Les deux inséparables prirent la route du bonheur sans se soucier du lendemain. Le temps présent leur semblait sans fin, tous les deux caressés par la brise.

Victor et Vincent furent éblouis de la voir chevaucher l'animal boiteux comme si elle paradait sur le plus beau des chevaux arabes de lignée pur-sang.

Au bout d'un certain temps, constatant la lenteur de la démarche de sa bête, Janie fit demi-tour, car Ti-Boule Blanc commençait à s'essouffler, même à pas de tortue!

-Ne t'inquiète pas! Tu as simplement besoin d'exercice et moi je dois me présenter à l'ouverture officielle. Elle discutait avec son protégé comme on parle à un ami.

----

* piaffa : du verbe piaffer, frappa la terre avec ses sabots

Ti-Boule Blanc traînait lamentablement de la patte.

L'heure solennelle de la rentrée allait bientôt sonner à l'horloge grand-père; il s'agissait d'une tradition à ne pas manquer. Janie ne voulait pas faire attendre tout ce beau monde dans la « *Salle des présentations* » et surtout, ne pas recevoir une sanction dès son arrivée!

Vincent venait tout juste de monter Galoche quand il la vit arriver.

-Ouf! Je me demandais si tu reviendrais à temps pour les présentations d'ouverture, s'exclama Vincent.

-S'il te plaît, prends soin de lui... Il transpire et claque du sabot, lui souffla-t-elle à l'oreille. Je n'aime pas ça du tout!

-Fred s'occupera de lui pendant mon absence.

-Monsieur Lévesque!?! Et toi... où seras-tu? osa-t-elle demander.

-Moi... dit-il en souriant. Je dois me présenter au comité, car cette année je fais partie de l'organisation! J'ai reçu une promotion!

-Tu as obtenu un poste de « *Prof* »? questionna-t-elle en écarquillant les yeux.

-Hum! Plutôt stagiaire pour l'été. Chut!!!

-Wow... Super! Eh bien... à bientôt et merci!

Elle se retourna vers son cheval...

-Et toi, ordonna-t-elle à Ti-Boule Blanc, repose-toi! Tu verras! Je serai revenue avant même que tu ne commences à t'ennuyer.

Janie, visiblement inquiète, s'efforça de sourire. Elle devait se changer, car l'odeur de l'écurie collait déjà à sa peau.

Victor l'accompagna avec sa vieille bourrique attelée à la charrette à quatre roues. Aucune pollution et aucun bruit de moteur n'étaient acceptés pour préserver l'intégralité* de la faune naturelle de la région.

Lorsque midi trente sonna, Janie se tenait prête devant l'antichambre des *« Pas perdus »* pour la présentation du *« Comité »* organisateur! On franchissait la grande salle... la première journée, la dernière et, les plus chanceuses d'entre elles, le soir du *« Bal costumé des jeunes lauréats »*. Et, bien entendu, dans certaines situations particulières comme celles qui donnaient matière à réprimandes. La vaste pièce, magnifiquement décorée pour l'occasion et dressée d'un splendide buffet, atteignait son comble; autant de filles que de garçons. La rentrée s'annonçait exceptionnelle. Le Comité d'accueil se voulait convivial et détendu. Il ne manquait personne, pas même les moniteurs, les accompagnateurs et les professeurs, tous y étaient.

Elle chercha des yeux Marie-Pier. Impossible de la retrouver parmi le groupe d'adolescents.

Puis, elle sursauta lorsque son amie lui sauta au cou... plutôt à la tête!

-Te voilà!!! lança la nouvelle venue.

-Toi?

Janie l'agrippa par le bras et l'examina des pieds à la tête. Cette année tous s'étaient pleinement épanouis! Marie-Pier la dépassait en grandeur d'au moins douze centimètres! Et dire que l'année précédente, elle lui effleurait à peine l'épaule.

-J'espère que nous serons classées dans le même groupe cette année! répondit Janie, tout aussi heureuse de la revoir.

---

* intégralité : toute entière, sans pollution

Bras dessus, bras dessous, elles rejoignirent l'assemblée en cacophonie pour assister à l'ouverture officielle de la saison.

CHAPITRE 7
PURE AMITIÉ

La première journée à l'Académie se déroula rapidement. Tout était mis en place, horaires, repas, activités, pour les semaines à venir. Les groupes avaient été formés pour le reste du mois et personne ne pouvait déroger aux règlements.

Les deux amies avaient été classées dans la Troupe « *C* », indiquant la troisième année dans le chalet portant le signe du « *Triangle* ». Il y avait trois autres camps en bois rond aménagés en dortoir à la disposition des filles et tout autant du côté des garçons. Tous devaient passer le rite de passage, avant d'être reçus dans les « *SG* », les « *Spécialistes Gradués* ».

Janie et Marie-Pier, à leur plus grand plaisir, se retrouvèrent dans le même dortoir. Elles n'en croyaient pas leurs yeux... surtout avec ce qui était arrivé la première année. Il s'agissait d'une marque de parfaite confiance!

-Sensas! s'écria Janie.

-Tu parles! Nous allons faire éclater la baraque. Marie-Pier avait pris de l'assurance et ne donnait pas sa place; sa grandeur imposait!

Janie était inscrite à un cours d'équitation et cette année, elle devait exécuter des épreuves équestres afin de se classer pour la finale qui aurait lieu l'année suivante. Marie-Pier, pour sa part, poursuivait un atelier d'art dramatique et devait réaliser une pièce de théâtre musicale pour les pensionnaires à la fin de l'été et cela devant un jury de performance. Il fallait que chacune réussisse dans sa catégorie pour être admise l'année suivante. Elles se rencontraient avec plaisir au dîner, au souper et en fin de journée.

Tous se réjouissaient de la soirée de fraternisation avec les différents groupes de filles et garçons qui aurait lieu comme à chaque année. Janie ne s'inquiéta pas outre mesure pour Ti-Boule Blanc puisque l'animal se retrouvait entre bonnes mains avec le Dr. Fred. Puis, cette année, la présence de Vincent donnait une tout autre perspective à la première rencontre annuelle! Plusieurs académiciennes tournaient autour du jeune écuyer, mais ce dernier n'avait d'yeux que pour Janie. Elle rayonnait de beauté dans sa robe soleil.

La veillée s'était terminée agréablement et Vincent s'était rapproché discrètement de Janie et vice-versa. Ce rapprochement passa inaperçu, car le nouvel assistant se retrouva entouré par les nouvelles venues qui désiraient le connaître davantage, sans oublier les anciennes qui n'attendaient que ce jour et ne cédaient pas leur place facilement! Le cœur joyeux, tous retournèrent à leurs dortoirs désignés en chantant une chanson en chœur et se répondant.

Janie n'avait qu'une idée en tête... rêvasser au beau Vincent et s'endormir pour atteindre le lendemain!

*****

Le nouveau jour s'annonça nuageux mais elle ne pouvait rien y changer!

90

Par contre, elle s'était bien promis d'aller se balader avec son cheval avant que la température humide et chaude ne tourne au vinaigre. Elle enfila un chandail à manche courte et son pantalon équestre. Elle emporta son sac à médication, car elle avait planifié, aussitôt sa formation terminée, d'examiner Ti-Boule Blanc.

Quelle déception! À son premier cours d'équitation, elle constata que l'écuyer en chef, M. Rancourt avait été remplacé par M. Potvin. Ce cours s'avéra être l'un des plus monotones de sa vie, car l'ancien jockey n'arrivait pas à la cheville de son confrère. Lunatique, le petit homme suppléant ne possédait pas la touche de son collaborateur pour animer un groupe-classe.

Puis, vers la fin de la classe, le remplaçant reçut un billet des mains d'Henri-Paul, qui s'esquiva aussitôt sur sa bicyclette. L'instructeur s'avança vers les étudiants et interpella la personne en cause.

-Euh! Mademoiselle Janie, euh… Venez ici!

-Oui Monsieur Po… n… pardon Monsieur Potvin…. Elle avait presque laissé tomber par mégarde le sobriquet* de Monsieur Poney! Les estudiantins**, en cachette, osaient le nommer ainsi à cause de sa petitesse puisqu'il ne mesurait qu'un mètre quarante de hauteur.

-Vous devez rencontrer Monsieur Victor… immédiatement, dit-il sur un ton impératif.

Janie pâlit!

-Je crois que vous avez une corvée à terminer… comme les pommes de route d'il y a deux ans!!!

---

* sobriquet : surnom
** estudiantins: étudiants

Tous éclatèrent de rire. Personne ne souhaitait s'acquitter de cette tâche ingrate.

-Silence! Un peu de respect! ordonna-t-il. Malgré sa petite prestance, il ne s'en laissait pas imposer.

Tous, filles et garçons, restèrent muets comme des carpes.

-En ce moment même? questionna Janie.

-Allez! siffla Monsieur Potvin du bout de la langue. On vous attend!

Janie sortit en trombe et courut à grandes enjambées jusqu'au fin fond du domaine.

Quelques minutes plus tard, essoufflée, elle arriva à la retraite de Ti-Boule Blanc.

Elle entra dans la grange et s'élança à bras ouvert vers son cheval allongé sur la paille.

Qu'est-ce qui se passe? interrogea Janie à l'oreille de Vincent.

-Il est mal en point!

-Aïe! Il brûle de fièvre!

Janie n'aimait pas cette hausse de température. Elle était maintenant convaincue qu'il rechutait*.

-Oh, là, là! Pourquoi... ne m'as-tu pas prévenue?

Il la regarda, étonné.

-Aussitôt que j'ai dit à Victor, que l'œil de Ti-Boule recommençait à couler, il a immédiatement avisé Henri-Paul.

-Excuse-moi!

-Il n'y a pas de quoi!

Elle avait bien compris qu'on avait besoin de son aide afin de soigner son animal préféré, et ce, à la place d'accomplir la sale besogne journalière.

Vincent s'empressait tous les jours de ramasser les pommes de route durant son absence.

* rechutait : du verbe rechuter, tomber malade à nouveau

-Fais-moi voir!

Janie examina de près sa bête.

-Il a le souffle court, mais Fred a mentionné qu'il repasserait demain, dit-il.

-Ah non! Une récidive*!

Vincent voulait mettre les choses au clair. Elle devait savoir la vérité.

-Plutôt le cœur! dit-il en baissant les yeux.

-Le cœur! Non!!! Il aurait de l'enflure!

Le jeune écuyer n'insista pas, voyant qu'elle ne voulait pas vraiment savoir la vérité!

Janie apposa sans attendre sa paume droite sur son œil amoché qui coulait à nouveau, puis l'autre par-dessus, en formant un dôme. Elle utilisait l'imposition des mains de plus en plus depuis qu'elle était revenue de son « *Voyage Astral* » dans le « **Monde de la NooSphère** ». Ti-Boule Blanc ne refusa pas d'être traitée par sa soigneuse préférée, pour la bonne raison qu'une paix du cœur l'envahissait à chacun de ses gestes. De plus, les vibrations énergétiques qu'il ressentait le sécurisaient.

Malgré tout, le cheval réagissait à chaque fois à ces vibrations.

-Tout doux! C'est normal que ça fourmille... reste calme, l'énergie subtile accomplit son travail! Elle prenait tout son temps pour ne pas le brusquer. Elle pansa ses paupières gonflées avec douceur. Ti-Boule Blanc, lui tendit la patte comme pour la remercier. Elle l'embrassa sur son chanfrein.

Vincent demeura à ses côtés et aurait aimé changer de place avec le cheval, lorsque Janie s'était penchée sur son chanfrein.

---

* récidive : réapparition d'une maladie

Le sage Victor conservait le silence et se tenait en retrait dans un coin pour ne pas déranger la soigneuse. Il se demandait sérieusement si l'animal passerait l'année, car il estimait son état de santé précaire, compte tenu de sa nouvelle anomalie cardiaque. Jusqu'à maintenant, elle avait accompli des miracles avec cette bête. Il croyait qu'elle détenait vraiment un *« don de guérisseuse »*! Jusqu'où cette manière de guérir pouvait mener?

-Ça va... j'ai compris!

Janie frictionna le tendon déchiré de son Ti-Boule Blanc avec un bouchon de paille trempé dans de la rosée du matin et séché au soleil du midi. Ce procédé laissait une odeur de fraîcheur matinale sur le poil de son cheval. Après quelques frictions et débarrassé de sa sueur fiévreuse, il se remit debout tout doucement.

-Tu vois! Tu te sens mieux!

-On dirait qu'il respire mieux, constata Vincent.

Janie se rendait compte que ses traitements amélioraient la qualité de vie de Ti-Boule, mais elle ne voulait pas trop y donner d'importance.

-On le bouchonne*? questionna-t-elle avec un large sourire naïf.

Le jeune palefrenier ne se fit pas prier et alla chercher tout l'attirail pour les grands peaufinages.

Janie lui prodigua des soins méticuleux du museau jusqu'aux sabots, sous les yeux attentifs de Vincent qui ne demandait rien de mieux. Elle étrilla Ti-Boule avec le peigne à corne inégale. À force de les nettoyer quotidiennement, ses crins longs et raides, au départ, étaient devenus avec le temps de plus en plus soyeux et lustrés. Et pour finir le tout en beauté, elle tressa son épaisse crinière blanche de plusieurs nattes. La

---

* bouchonne : frotter un cheval avec un bouchon de paille

bête rafraîchie martela le sol avec ses onglons*, afin de lui démontrer qu'il désirait aller se balader.

-Je crois qu'il souhaite prendre l'air! répliqua Vincent.

-Tu viens avec nous? dit Janie timidement.

Il aurait bien aimé, mais il devait présenter au « *Conseil* » son rapport hebdomadaire d'évaluation des étudiants et ce, pour la troisième semaine.

-Je me reprendrai, dit-il rapidement le sourire aux lèvres.

Vincent monta Galoche et parti au galop vers le Manoir, en zieutant Janie et en saluant Victor!

*****

Les jours coulaient et les activités étaient rendues à l'étape où tous les participants devaient répéter et finaliser leurs projets. Janie n'avait plus toute sa tête, car elle ne pensait qu'à sa randonnée avec Vincent et au rapport final du vétérinaire! Ti-Boule Blanc était atteint d'une maladie incurable!

La quatrième semaine tirait à sa fin et elle ne voulait pas y penser! Elle s'était liée d'une grande amitié avec le jeune homme; après tout... ils se connaissaient depuis trois ans et son oncle, Monsieur Victor, et Mamiche s'avéraient des amis de longue date.

Elle retourna soigner Ti-Boule Blanc, à la demande de Victor, car l'animal devenait de plus en plus maussade. Tous ces jours, sans la présence de Janie, le cheval ne pouvait le supporter. Il se recroquevillait** et se levait de moins en moins...

---

* onglons : partie du sabot
** recroquevillait : du verbe recroqueviller, se blottir, se replier

sauf, lorsqu'il la voyait réapparaître! Alors, le goût de vivre courait dans ses veines surtout après les séances d'énergie que lui prodiguait* sa guérisseuse par l'imposition des mains! Aussitôt le traitement exécuté, il était toujours prêt pour leur randonnée et semblait ne plus souffrir.

Vincent avait entrepris de rentrer du foin pour rafraîchir l'enclos de Ti-Boule.

Enfin prête, Janie donna une bouchée de fleurs d'orange à son cheval qui hennit de satisfaction. Il se releva ragaillardi**.

-Aujourd'hui, tu viens te balader avec nous?

-Je finis ce boulot et je te rejoindrai dans environ dix petites minutes.

-D'accord! Je t'attendrai! Elle rougit et rajouta... enfin, j'aimerais que tu me donnes ton opinion... je crois qu'il s'essouffle beaucoup trop vite.

Cet été, Janie avait de moins en moins pensé à Christophe et elle s'était rapprochée de plus en plus de Vincent.

Puis, elle afficha son plus beau sourire et il le lui rendit bien. Vincent se sentit attiré par ses yeux charmeurs et s'approcha tout près d'elle. Puis, lentement, il lui prit les bras. Elle ne bougea pas, tenant toujours la crinière de Ti-Boule Blanc dans sa main moite! Ce dernier n'osa pas broncher puisqu'il sentait qu'un lien magique venait de se créer entre le jeune couple. Janie se demanda si... le « *moment unique* » de ses rêves allait se concrétiser. Un silence rempli de mystère planait et elle pouvait entendre son cœur battre à tout rompre dans sa poitrine. Vincent avait tout deviné puisque le sien vibrait au

---

* prodiguait : du verbe prodiguer, donner
** ragaillardi : énergisé

même diapason! Et, il s'approcha encore plus près, assez pour que Janie ferme les yeux!

Les deux amis se croyaient seuls dans la réserve lorsque le vieux Victor jusqu'ici cantonné* s'avança près d'eux.

Les jeunes soigneurs sursautèrent et se retournèrent vers le mentor.

-Hum! Hum! grommela Victor tout en sortant de l'ombre. La température est idéale pour une sortie en plein air! Il n'a pas voulu mettre le nez dehors depuis trois jours... il ne faudrait pas qu'il s'ankylose! Il a besoin de prendre un grand bol d'air et ça changera aussi les esprits hardis de tout un chacun.

-D'accord! répondit timidement la soigneuse.

-J'irai te rejoindre... ajouta Vincent tout bas, en ouvrant les portes de l'enclos pour permettre aux deux inséparables de passer.

Janie lui jeta un regard furtif en traversant la barrière. À petit trot, elle et son cheval se dérobèrent en douce. Elle ne le bousculait jamais et préférait le laisser avancer à son rythme.

-J'ai à te parler mon garçon! bougonna Victor.

Vincent avait presque enfreint une des « *lois* » de l'établissement et s'attendait à une remontrance. Avant de suivre son oncle, il regarda Janie et Ti-Boule Blanc, ne pouvant que constater qu'ils avaient été conçus pour vivre ensemble. Elle était la seule à pouvoir le chevaucher sans selle ni harnais... et surtout sans étrier.

Pendant ce temps, Ti-Boule Blanc amena sa guérisseuse aux abordx de l'étang, là où la mousse verdâtre formait le plus moelleux tapis de trèfle. À cet endroit, la brise rafraîchissante caressait le lac,

---

* cantonné : caché

tout en le faisant frissonner de bien-être. Ce repaire leur appartenait. L'animal pouvait brouter à sa guise pendant que Janie rêvassait à son goût et appréciait ce moment de pur délice dans ce merveilleux site champêtre!

CHAPITRE 8
LE VOYAGE PRÉCIPITÉ

Janie, le cœur heureux, se retrouva près de l'étang entouré de buissons sauvages. Ce chemin, à l'écart, était formellement interdit aux résidents puisqu'il était utilisé strictement pour le bétail et aboutissait à un cul-de-sac*. En tant que guérisseuse officielle de Ti-Boule Blanc, elle avait droit de passage, mais seulement avec le cheval!

Cette randonnée allait vraiment leur remonter le moral à tous les deux. Depuis quelques jours, un sentiment nostalgique s'installait au plus profond de son « *Être* ». La détérioration de son animal n'était pas sans lui rappeler la séparation inattendue, qu'elle avait vécue avec Chanceuse, sa sœur cosmique. Cette situation désolante la préoccupait au plus haut point et l'empêchait de se débarrasser de ses hantises qui avaient recommencé à lui titiller les neurones.

L'Humaine craignait de ne jamais pouvoir regagner le **« Monde Astral »** et sauver son amie Chanceuse. Désabusée**, elle ne nourrissait plus aucun espoir de succès! Pourquoi doutait-elle maintenant? D'où lui venaient toutes ces craintes?

-Ohhh! souffla-t-elle.

Le dernier bilan de santé qu'elle avait reçu du vétérinaire l'avait ébranlé et la chagrinait. Comment

---

* cul-de-sac : chemin sans issue
** désabusée : déçue, qui n'a plus d'illusion

demeurer calme... devant cette maladie incurable? Elle n'avait jamais entendu parler de parler de cette affection : la pousse. Quel drôle de nom! Ces attaques se manifestaient par un soubresaut de la cage thoracique à chaque fin de respiration.

*****

Elle adorait cet endroit isolé, à l'abri du regard des curieux. La paix y régnait!

Un sourire aux lèvres, sa pensée se tourna vers Vincent qui devait arriver sous peu.

« Relaxe! Relaxe! » Je dois me calmer, pensa-t-elle, l'attente était longue et surtout elle ne voulait pas énerver son cheval.

Ti-Boule Blanc redressa l'oreille, il ressentait toute la joie et l'inquiétude parcourir les veines de sa soigneuse.

-Je sais, tu me devines! Et je m'inquiète pour des riens!

Elle réalisa que Vincent devait avoir été retenu par Victor. Le vieux mentor allait certainement l'aviser de garder ses distances. Les recommandations demeuraient formelles... le personnel ne devait pas outrepasser les règlements et devenir intime[*] puisqu'il était chargé de la formation des Académiciens.

Après avoir cueilli son lot de têtes de violon, elle déposa son sac et s'assit en silence sous l'érable argenté, en attendant patiemment que Ti-Boule Blanc termine son repas en toute quiétude.

« Il va pleuvoir », pensa-t-elle.

---

[*] intime : très proche

Les feuilles lobées, normalement tournées vers le ciel, cette fois-ci, regardaient vers le sol leurs tronches complètement renversées. Alarmées, les touffes de feuilles affichaient une physionomie plutôt terne et sans éclat. Elles avaient le caquet bas[*] comme aurait dit Mamiche.

L'arbre, dans toute sa majesté, lui rappelait son ami le Vieux Sage. Quelle mission insolite[**] avait pu exiger son départ de la « **Forêt Magique** »? Pouvait-elle entrer en contact avec lui par la télépathie? Voyons... quelle question! Si oui, il l'aurait certainement déjà contacté.

Janie devenait de plus en plus pessimiste et ses pensées s'embrouillaient davantage. Et, plus elle pensait de cette manière, plus... il lui arrivait des contretemps.

Pourquoi n'essaierait-elle pas le principe du « *Pendule* » dont lui avait, maintes fois, parlé Mamiche? Elle sombra à nouveau dans les nuages, tout en cherchant à comprendre toutes les significations que revêtaient les prédictions de *Tournemain* ».

Le super télestoscope[***] du *Maître des Lieux le* « *Grand Aristide* », ce spécialiste des divinations, lui avait annoncé dans sa « *Carte du Ciel* » une odyssée en dents de scie, mouvementée... suivie d'une fin heureuse. Mais à quel prix?

Cette révélation l'avait fortement ébranlée... mais elle avait aussi réussi à piquer sa curiosité. Quand elle s'arrêtait à y penser, son objectif semblait inatteignable. Il n'y avait pas qu'une chose à régler

---

[*] caquet bas : expression québécoise voulant dire être triste
[**] insolite : étrange
[***] télestoscope : voir Tome 1 *La Forêt Magique*

dans le **« Monde de la NooSphère »**. Elle devait aussi percer l'énigme que renfermait sa **« Clef du Paradis »**. On lui avait dit que sa **« Clef »** détenait un Pouvoir exceptionnel! Elle devait, en outre, ouvrir des **« Portes Mystères »**. Tout son Être frissonna à l'extérieur autant qu'à l'intérieur. À bien y penser, son cheminement de vie demeurait sans précédent et exclusif. Pourrait-elle y parvenir? Le seul moyen de le savoir consistait à agir!

Il était temps qu'elle pratique l'effet positif du *« Pendule »*! Aussitôt, elle visualisa une immense horloge munie d'un pendule. En premier lieu, elle devait créer une imagerie mentale et la conserver à son esprit afin d'évoluer par-delà le *« Plan matériel »*. N'était-ce pas ce qui s'était produit avec la *« Princesse aux yeux d'ébènes »*?

« Tout passe par l'esprit, lui répétait Mamiche. *Tu dois garder ton courage, surtout dans l'adversité. Tu dois reprogrammer ton ordinateur cérébral* en effaçant de ton subconscient les idées fixes, plus souvent négatives que positives! »*

Janie était convaincue du bienfait, mais ses mauvaises habitudes refaisaient toujours surface et la poussaient à douter d'elle-même, encore plus depuis qu'elle était entrée dans l'adolescence. Le plus laborieux était de maintenir au haut du pendule ses pensées positives, et ce, spécifiquement dans les situations difficiles de la vie. Elle trouvait ce procédé beaucoup plus facile à dire qu'à exécuter!

Sa Grand-Mère, petit à petit depuis sa tendre enfance, lui transmettait des connaissances sur les mystères sacrés de l'Antiquité. Ces derniers s'étaient perdus dans le labyrinthe de la vie et elle s'efforçait à

---

* cérébral : du cerveau

perpétuer* cet enseignement qu'elle avait elle-même reçu de génération en génération par sa famille. Elle lui répétait inlassablement certaines directives : « *Le succès, ma poupée, réside dans l'action, la conviction, la détermination et surtout la persévérance!* » Elle savait que cette manière de réfléchir, un jour porterait des fruits. Elle motiverait sa petite fille à se dépasser pour son propre plaisir et ainsi elle développerait chez elle une grande ouverture d'esprit, le goût de se surpasser ainsi que le goût de la découverte!

-Je suis capable! Je veux... donc je peux! Convaincue du fond du cœur que la maxime de Mamiche fonctionnait. Je réussirai!

Ti-Boule Blanc mordait dans les touffes de trèfle et se demanda si sa soigneuse désirait déjà revenir au bercail, mais il continua à brouter lorsqu'il remarqua que même si elle parlait à voix haute... elle était toujours plongée dans ses rêveries.

Par ces dernières paroles, inconsciemment, Janie venait d'enclencher le processus du rythme du « *Pendule* ».

Mamiche ne lésinait aucunement pour lui faire comprendre les capacités surnaturelles qui l'habitaient et le pouvoir infini de son Âme.

Janie l'entendait lui dire...

« *Ce phénomène cérébral se dissimule entre deux tic-tac et un branlant! Le tic de l'action et le tac de la réaction, entre lesquels se cache un tout petit espace vide, le mouvement du balancier! Ce dernier oscille, lui-même, entre ces deux mouvements et demeure inlassablement en attente de ta décision. Tant que tu n'as pas choisi, le pendule ne sait jamais sur quel pied danser; va-t-il favoriser les pensées négatives ou les*

---

* perpétuer : continuer

pensées positives que tu entretiens? Cet instant intemporel d'énergie créatrice, provoqué par le va-et-vient du branlant, demeure de très courte durée et établit la règle à suivre. Puisque le branlant entre deux temps soutient toutes les pensées et tout spécialement les pensées dominantes, il ne faut absolument choisir que les bonnes idées créatrices. Ainsi, le balancier conserve dans son bassin en transformation toutes tes pensées positives et négatives. Il agit comme un centre de tri dans lequel nos intentions ballotent et attendent d'être valorisées, juste avant d'être projetées vers la réussite... en définitive le tic... de l'action. C'est alors que ce dernier active le tac... de la réaction et le tout se met en branle vers la réalisation. Ce processus te transformera lentement et t'élèvera au-dessus des attaques du temps. Par conséquent, la question que se pose sans cesse notre petit ami invisible entre les deux tic-tac, le minuscule tremplin vers la transformation, est celle-ci : laquelle de ces idées va-t-il faire grandir? Celles qui s'amusent à jouer à tire-pousse ou bien les idées solidement ancrées dans l'esprit? Chose certaine, il exécute les idées bien installées, les... j'y suis, j'y reste! Et comme les Créatures sont facilement manipulables et permettent à leur cerveau d'enregistrer tout plein d'informations erronées*, contestées et changeantes, elles se déstabilisent. Et, dans tout ce brouhaha de notions entremêlées, les humains oublient de respecter les choix qui leur tiennent vraiment à cœur et en subissent par la suite les conséquences. Ils ne vivent pas leurs convictions! En utilisant cette technique d'avant-garde avec persévérance, les créatures, conscientes de ce branlant imperceptible, se conditionnent à ne garder dans leur tête que leurs pensées positives. Tu dois

---

* erronées : qui contient des erreurs

reléguer aux oubliettes les pensées de second ordre. C'est à ce moment-là que tu commenceras à trouver le juste milieu et que tu parviendras à équilibrer tes choix, à contrôler les expériences dérangeantes qui bloquent ton énergie vitale. Le siège des facultés cérébrales ne manque jamais une occasion de tout programmer et le plus surprenant... l'une de ses spécialités... consiste à manifester les pensées poussées vers l'avant et à trouver le moyen qu'elles s'exécutent. Un vrai génie ce cerveau! La répétition mentale agit; il suffit de toujours garder ta pensée désirée et cesser de jouer à tire-pousse. Les changements constants d'idées comme les... oui j'y arriverai, non, je suis pourrie, incapable, je n'ai rien à perdre, etc.! sèment le doute et l'incertitude s'installe. Ton cerveau se met à exécuter les requêtes qui reviennent le plus à ton mental. Toutes les demandes auxquelles tu aspires* vont prendre la primeur et c'est alors que le pendule, les maintenant au premier plan, leur donnera vie! En parvenant à maîtriser tes pensées et en gardant une attitude positive, tu arriveras à traverser tes difficultés quotidiennes. Cette manière de fonctionner t'ouvrira d'autres horizons et te permettra de conserver l'espoir d'un jour meilleur, te donnera la force d'affronter les épreuves avec sérénité et ainsi tu goûteras à la paix d'esprit... que plusieurs surnomment le Bonheur! L'un des plus grands secrets jamais révélés se cache dans ce minuscule espace énergétique rempli de créativité et ce dernier passe inaperçu pour une vaste majorité de personnes, puisque pour eux... la magie ce n'est que de l'histoire ancienne »!

Janie se questionnait à savoir qui avait enseigné à sa Grand-Mère toutes ces sciences mystérieuses? Elle trouvait une réponse à tout! La solution se

---

* aspires: désires

dissimulait dans son petit doigt comme elle s'amusait si souvent à lui dire. « *Cet auriculaire me fournit tous les renseignements dont j'ai besoin, lui répétait-elle, en souriant mystérieusement! Il sait tout!* »

La rêveuse sursauta lorsque Ti-Boule Blanc, rassasié, colla son museau sur sa tête renversée.

Janie, toujours adossée à l'érable, ressentit un frisson sous la poussée du vent. La secousse de l'air affolé fit frétiller les feuilles de l'arbre, plus que de coutume, et quelques-unes en panique se détachèrent pour virevolter sur le dos du souffleur effréné. D'énormes cumulo-nimbus s'amoncelèrent en peu de temps et commencèrent à assombrir le ciel.

-Oups… l'orage! On retourne avant d'attraper une douche froide!

Le cheval baissa l'échine et gonfla ses naseaux, tout en inspirant et expirant rapidement.

-Qu'est-ce qui se passe? Tu t'inquiètes? Il nous reste encore du temps pour regagner l'enclos!

Elle contourna la bête et replaça son bissac*. Pendant ce temps, elle remarqua que Ti-Boule Blanc s'agitait de plus en plus.

-L'orage te rend nerveux?

Il piaffa nerveusement sur le sol en guise de réponse.

Elle sortit de son sac à médicament, une boulette de fines herbes ressemblant à une olive mûre pour parvenir à le calmer. Il sentit, renifla, la regarda, puis décida dans une confiance aveugle de mâchouiller le remède fabriqué pour son bien-être. Janie l'avait confectionnée avec des feuilles de chicorée sauvage déshydratées, d'un bourgeon de

---

* bissac : sac

fougère au centre et le tout enrobé de miel, afin d'adoucir le goût amer de l'herbacée.

Durant l'année, Janie cherchait des solutions miracles pour sauver sa bête. Elle connaissait la fougère pour ses vertus médicinales, mais tous les effets insoupçonnés et les pouvoirs que détenait la bulbille* de cette plante-là... demeuraient sa plus grande découverte! Elle était tombée par inadvertance, à la bibliothèque, sur un ouvrage antique aux feuilles jaunies et dentelées par l'usure du temps. Il ressemblait étrangement aux livres rarissimes que possédait Mamiche. L'œuvre s'intitulait : *« Les Mélanges étranges perdus ».* On l'autorisa à feuilleter sur place l'écrit à la main sur du papyrus**. Certains volumes rares faisaient partie des archives accessibles au grand public, par contre, ils ne devaient jamais sortir de l'établissement, puisqu'ils étaient précieux et fragiles. Quelle trouvaille remarquable, car il y était inscrit en très petits caractères, en bas de page, que les bourgeons de cette plante épiphyte***, cueillis à la nuit du solstice d'été, possédaient des bienfaits thérapeutiques, mais surtout le pouvoir de rendre invisible. Voilà pourquoi ils étaient tellement recherchée par les Sorcières. Ces dernières effectuaient toute une razzia à la pleine lune, accompagnées de leurs fidèles acolytes les chats noirs. On disait que voir un félin noir, les soirs de pleine lune, annonçait un mauvais présage. Il y avait même une note soulignée à la main dans ce *« Grimoire »* : *« Porter les boutons sur soi peut aider à*

---

* bulbille : petit bulbe
** papyrus : plante servant de papier chez les Égyptiens
*** épiphyte : végétal vivant sur un autre végétal

découvrir des trésors insoupçonnés, opérer des guérisons et en outre, donner le don de rendre invisible dans certains cas de haute importance!» Mamiche s'amusait à laisser entendre que la magie pouvait accomplir des miracles.

Elle s'alarma. Vincent n'était toujours pas arrivé! Et devant la tempête imminente, elle devait revenir immédiatement au campement afin que Ti-Boule Blanc ne soit pas trempé et attrape une bronchite.

-Rentrons!

Aussitôt, Ti-Boule Blanc reprit le chemin du retour qu'il connaissait par cœur. Puis, la brise à nouveau transporta une odeur inquiétante que seule la bête détecta. Janie se demanda pourquoi il hésitait tout à coup à avancer sans raison valable.

-Allez, mon cheval, ne crains rien… je suis là!

Habituellement, il ne contrecarrait jamais ses plans. Mais aujourd'hui, il hennit d'inquiétude. Il devait se passer quelque chose d'anormal et hors de son contrôle pour qu'il agisse aussi bizarrement. Ti-Boule Blanc évidemment troublé se mit à se déplacer d'avant en arrière, sans écouter sa soigneuse. Puis… il s'arrêta brusquement au beau milieu de la route.

Janie ne l'avait jamais vu dans cet état confusionnel*. Tout de suite, sa respiration devint courte et haletante, accompagnée de soubresauts. Elle voulait absolument le calmer car s'il continuait à se comporter de cette manière étrange, il allait certainement succomber à une crise cardiaque!

-Hé! Tout doux mon beau… il doit s'agir de Vincent!

Il n'écouta rien! Il baissa plutôt l'échine en s'ébrouant puis il se mit à piétiner. Ensuite, il

---

* confusionnel : état de confusion

exécuta tous ces mouvements ensemble, en hennissant farouchement.

Elle lui flatta le flanc, tout en s'approchant près de son oreille tendue.

-Qu'entends-tu?

Puis, elle pensa au loup.

Elle décida de chantonner sa chanson de protection : « *Promenons-nous dans le bois... tandis que le loup n'y est pas... si le loup y était...?* » Elle cessa lorsque brusquement Ti-Boule Blanc recommença à piaffer, cette fois-ci sans arrêt, le sol rêche, tout en soufflant sa colère par ses naseaux agrandis. Il s'apprêtait à foncer tête baissée comme un taureau dans une arène*!

-Calme-toi! dit-elle nerveusement, en se cramponnant à sa crinière puisque comme toujours... elle le chevauchait sans selle.

Vincent tardait à venir tel que promis. Avait-il reçu une sanction?

-Arrête! Je vais prendre les devants!!! On verra bien! Elle n'eut pas le temps d'exécuter le premier mouvement de descente, qu'elle entendit un long hurlement!?!

Janie, verte de peur, se redressa sur son cheval et ce dernier se raidit. Les deux amis en panique ne savaient plus sur quel pied danser!

Puis, des sons confus, en écho, se propagèrent et ne firent qu'intensifier leur crainte. Ti-Boule Blanc hennit à plein naseaux et sa maîtresse en détresse lança un cri de mort, lorsque des voix, au loin, crièrent... Un loooooooooup!!!

Ti-Boule Blanc s'affola et immédiatement se rua vers la clairière, afin d'échapper au grand danger qui

---

* arène : espace sablée d'un amphithéâtre

les menaçait. Il louvoya* entre les arbres, puis soudainement, comme un déchaîné, se cabra sur ses membres postérieurs quand il vit surgir, en face de lui... le loup hurlant de douleur. Le lupus, blessé au sang, s'élançait à toute vitesse.

Devant la menace imminente, Ti-Boule Blanc fit une volte-face, dans l'intention de fuir la bête sanglante. Janie s'agrippa, cette fois-ci, à la dernière minute et pour la seconde fois, à sa crinière. Elle lui servit de bride afin de ne pas tomber.

Puis à distance, Victor, qui avait décidé de remplacer Vincent par souci de respecter les lois de l'établissement, entendit des cris et hurlements épouvantables dans la partie la plus dense du boisé. Il se dirigea aveuglément dans la direction des lamentations lorsqu'il distingua au loin des silhouettes douteuses se pousser dans le bois avoisinant. Le gardien des bâtiments s'élança dans cette direction en mettant sa vie et par le fait même, l'existence de son cheval en danger, puisqu'il y avait plusieurs pièges tendus de toute part. Il soupçonnait que Janie et sa bête venaient de déloger des trafiquants et devait s'exécuter à toute vitesse, afin qu'il n'arrive aucun mal à Janie. Il s'en voudrait pour le reste de sa vie!

Pendant ce temps, le loup dévia de sa course pour se diriger vers une zone forestière encore plus dense. L'animal sauvage, mal en point, n'avait pas l'intention d'attaquer, il comptait sauver sa peau et fuir ces minables trafiquants. Victor entendit des hennissements et des bruits de branches cassées. Il blêmit à vue d'œil lorsque, parvenu non loin de Janie, il vit... Ti-Boule Blanc à bout de souffle

---

* louvoya : avancer en zigzag

s'arrête de but en blanc*. Il avait pris l'ombre du Maréchal-ferrant pour celui du « *Gros Bêta* », l'ami du chat noir, Chartreux LeChafouin**!

C'est alors que l'inévitable... arriva!!! Janie s'envola dans les airs comme un ballon, puis tout de suite, Ti-Boule Blanc tomba à la renverse en exécutant une arabesque des plus sophistiquées.

Victor sauta de sa vieille picouille et se précipita vers Janie afin de l'attraper et trébucha!

Marie-Pier et son groupe effectuaient les derniers rodages de leur pièce de théâtre musicale dans le boisé lorsqu'ils virent la bête amochée disparaître aussi vite que les braconniers. Puis, ils aperçurent Monsieur Labonté courir en direction de sa protégée et ils accoururent à leur tour, pour lui venir en aide.

Attroupée en cercle sur les lieux de la tragédie, la troupe regrettait d'avoir crié au loup.

Vincent, en entendant à distance l'écho des cris désemparés, outrepassa les recommandations et sans attendre, chevaucha Galoche. L'assistant arriva à toute vitesse près de son oncle terrassé***de douleur.

Tous gardèrent un silence de mort devant ce spectacle attristant.

Un long arc-en-ciel se dessina, subitement, au dessus de leur tête dans le ciel azuré.

---

* de but en blanc : brusquement
** voir : La forêt magique, Tome 1
*** terrassé : douleur vive qui jette par terre

CHAPITRE 9
L'IMPASSE

Un bruit sourd et violent se produisit... Flac!!!

L'écuyère, sous le coup du choc, se retrouva étendue par terre. Puis, elle ne vit que du noir!

-« *Voyons! Suis-je encore somnambule... ou bien dans la lune? Je rêve... peut-être éveillée?* »

Immédiatement, ses « *corps subtils* » se sentirent légers, sans le soutien de son « *corps physique* » et commencèrent à se soulever et à exercer des poussées d'en avant en arrière.

-« *Ça recommence encore!* » se répéta-t-elle.

Elle avait déjà ressenti ces effets lors de sa traversée au-dessus des **« Portes du Savoir »**. Puis, régulièrement, après ses rêves cauchemardesques et avant même qu'elle ne dépose les pieds sur son tapis moelleux imprimé de coccinelles, ces mouvements de balancement impromptus[*] apparaissaient en lui donnant toujours la nausée. La dissection corporelle temporaire refaisait son numéro pour la ixième[**] fois! Mais cette fois-ci, une houle subite s'empara de son Être au grand complet. Sous l'effet de l'apesanteur, elle se sentit éjectée.

-Où suis-je? s'interrogea-t-elle, à haute voix.

En principe, ses « *corps subtils* », ceux que seuls les « *Parangons* » peuvent percevoir, devaient tenir le

---

[*] impromptus : à l'improviste
[**] ixième : on ne compte plus le nombre de fois

port en l'absence d'un des leurs, en se rapatriant dans le « *corps physique* ». Ce dernier tenait lieu de base terrestre, et ce, en tout temps, lorsque chacun d'entre eux accomplissaient leur noble aspiration d'élévation spirituelle dans le **« Monde des Mondes »**. Il était primordial pour leur survie qu'ils forment une parfaite ligne verticale, afin de permettre au « *corps astral* » de compléter à son tour sa croissance évolutive en « *Esprit* » dans les **« Hautes Sphères »**. Ce passage s'effectuait seulement de cette manière : « *Un alignement parfait* »! Tous les « *corps* » demeureraient associés aussi longtemps qu'ils seraient reliés à la corde d'argent. Le vieux dicton leur convenait parfaitement; un pour tous et tous pour un! Fidèles comme les mousquetaires!

Janie, à nouveau frappée d'un long vertige, frissonna de la tête aux pieds lorsque ses « *corps subtils* » s'ajustèrent à la perfection. Elle ne soupçonnait pas que... du plus petit au plus grand... du plus tangible au plus volatile, aucun de ses « *corps* » ne pouvait rien exécuter sans son consentement!

Elle vit de haut, son groupe d'amis. Le regroupement ressemblait à une fourmilière, non, plutôt à des grains de sable. Ensuite, ils diminuèrent jusqu'à devenir invisibles.

-Cool!

Elle remarqua les rebords effilochés des nuages qui s'apprêtaient à laisser tomber une pluie abondante. Perdue parmi les nimbus plus grands que nature, elle regardait vers les **« Hautes Sphères »**. Une luminosité l'attira et aussitôt, elle se sentit aspirer dans cet espace paisible. Elle savoura sa nouvelle liberté, lorsqu'elle se retrouva sur un magnifique tapis d'honneur aux couleurs de l'arc-en-ciel.

-Wow!

Elle demeura étonnée quand elle vit surgir, à l'autre bout du tapis volant aux rayures multicolores, son fidèle Ti-Boule Blanc. Le cheval retomba sur ses sabots brillants comme des diamants en un temps record, puis il lui administra une superbe révérence et, par la même occasion, lui fit signe de le chevaucher.

-Tu es magnifique! s'exclama-t-elle.

Il hennit de joie; sa cavalière sur le dos et d'un saut prodigieux, il bondit par-dessus le groupe stupéfait et il emprunta la voie de la liberté.

Janie aperçut au même instant, sa corde d'argent s'étirer *« ad vitam aeternam* »*. Son *« corps astral »*, saisi d'étonnement, avait réagi en rebondissant comme une balle sur l'échine** de son cheval.

Au galop, sans plus attendre, Ti-Boule Blanc passa à travers un long tunnel spiralé. Les deux voyageurs laissèrent derrière eux, sans se soucier de rien, les spectateurs en émoi.

-Incroyable! Les bulbilles de fougère... nous ont rendus invisibles, s'écria-t-elle, la tête dans les nuages.

Un rideau de vibrations violacées traversa leur *« corps »* lumineux aussi vite que le vent rapide. Cette luminosité magnétique violette contenait une puissante énergie vitale et élevait le taux vibratoire des Créatures en évolution. Ainsi, Janie pouvait passer dans les autres **« Sphères »**, sans qu'elle ne perde le contrôle de la raison. Ça... elle ne le savait pas!

---

* ad vitam æternam : latin signifiant «pour la vie éternelle»
** échine : dos

N'était-ce pas ce qu'avait exécuté Mariange, le bras droit de l'Humaine, sous la direction d'Alter 315, l'Ange de la Destinée de Janie?

Par la suite, les inséparables flottèrent sur la nuée cotonneuse, toujours soutenue par les rubans dentelés du super arc-en-ciel aux nuances fluctuantes*.

-Bravo! s'écria-t-elle en extase. Tu as *trouvé « La Voie »!!!*

Janie, les cheveux au vent et folle de joie, se laissait emporter par Ti-Boule Blanc qui, non seulement bondissait, mais effectuait en virevoltant, des poussées élaborées. Son cheval de fortune était parvenu à retrouver les *« Portes »* du **« Monde de la NooSphère »**, mais pas n'importe lesquelles... les *« Portes d'Argent »*. Ces dernières donnaient accès à la *« Clef »* de la dernière chance! Il paradait fièrement dans un magnifique costume d'apparat d'un blanc opalescent. Il ressemblait à Pégase** sans ailes et possédait une foulée plus légère que la Licorne Blanche, Par contre, tel l'animal mystique, il n'avait pas la longue corne d'ivoire torsadé au milieu de son front.

Janie, euphorique, chevauchait son cheval tout en tapotant son épaisse crinière qui s'étalait au vent suivant les moindres variations de l'air ambiant. Cette dernière dégageait subtilement un parfum à l'odeur d'eau de rose.

Heureux, Ti-Boule Blanc releva la tête en signe d'appréciation et fonça à vive allure en hennissant d'allégresse vers sa nouvelle destination.

-Merci, bien joué... mon ami!

---

* fluctuantes : changeantes
** Pégase : cheval ailé de la mythologie

La transformation s'était enfin opérée!

Ils traversèrent les frontières de « **l'Au-delà** » avec brio et filèrent le parfait bonheur en se laissant osciller dans « **l'Ionosphère*** ». Les deux compagnons de route avaient triomphé de l'impasse du temps et vivaient un « *Moment Magique* » exceptionnel.

Ils voyageaient de leur plein gré et ondoyaient en sillonnant les épais nuages violâtres. Le palefroi** blanc surplomba les montagnes de cumulo-nimbus ressemblant à d'énormes chapeaux de champignons.

Puis, une puissante rafale s'abattit sur les deux voltigeurs. Ce contretemps freina leur joyeuse balade, car ils piquèrent du nez un long moment. Surpris, ils se redressèrent pour constater que le beau paysage angélique était disparu dans la brume! Sitôt stabilisés, une nuée de poussière orageuse se dirigea vers eux en plusieurs secousses rapides et les compressa comme un étau. Janie réalisa qu'ils volaient maintenant entre deux couches de l'atmosphère et que ces épais nuages gris fer colmataient la paroi « **Astral** » pour lui obstruer la vue. De minces pellicules ondulaient comme des serpentins et laissaient échapper une odeur particulière qui attira son attention. L'émanation âcre se camouflait dans la fumerolle*** grise volcanique et exerçait un pouvoir d'attraction sur les visiteurs.

Les nouveaux venus se faufilèrent en douce entre les nuées grisâtres. Ils espéraient retrouver la route du bonheur!

---

* ionosphère : zone de la haute atmosphère
** palefroi : cheval de parade
*** fumerolle : gaz d'un volcan

-Hum! Je n'aime pas cette zone... ni cette senteur et il ne s'agit pas de la **« Forêt Magique »**.

La bête attendait les directives de sa maîtresse et tournait en rond à haute altitude... quand le parfum sulfureux le força à éternuer.

-Vite, partons! lança l'Humaine apeurée. Ce parfum lui rappelait subitement le **« Monde Morose »**.

Le cheval tournoya à plusieurs reprises pour trouver une ouverture. Puis, il revint sur son envolée lorsqu'elle s'exclama...

-Non!!! Arrête! Ti-Boule... regarde, là!

Janie avait aperçu sa sœur cosmique!

-Gardons l'œil ouvert! chuchota-t-elle.

Ti-Boule flottait en plein mystère et la bête pressentait un danger. Il prenait toutes les précautions nécessaires pour leur sécurité, surtout avec ce qui venait de se produire à la colonie de vacances.

L'Humaine, elle, se fiait de plus en plus à son intuition. Elle se remémorait parfaitement sa dernière rencontre avec sa sœur cosmique. Le départ s'était terminé pour les deux amies sans avertissement et la suite s'était révélée bouleversante!

Janie sursauta en apercevant Chanceuse inconsciente. Ses visions prémonitoires[*] étaient bien fondées! Et... aussitôt, elle entendit...

-Janie! Janie! Janie! interpella une voix déconnectée du reste du monde.

Elle n'avait donc pas rêvé. On lui collait l'étiquette de *« Sorcière »* et pourtant, même

---

[*] prémonitoires : signes avant-coureurs

Nabuchodonosor* interprétait des songes précurseurs** tout comme elle... et personne ne lui portait ombrage parce qu'il était reconnu pour Roi.

-Elle est bien vivante! Tourne à droite!

Le cheval en douceur zigzagua à basse altitude en suivant tous ses conseils.

Puis, elle entendit un cri aigu qui lui donna la chair de poule. Un énergumène*** en furie se promenait de long en large près de la caravane délabrée tout en sifflant des jurons à toute sa troupe de vagabonds.

L'inconnu était empreint d'une colère vive. Le visage très maigre, il paraissait difforme avec son unique œil sortant de son orbite. Il était clair comme de l'eau de roche qu'il était le chef, puisqu'il criait des injures, afin de repousser une horde de rongeurs de toutes dimensions qui bavaient en attendant le signal pour dévorer leur repas champêtre. Il couina une seconde fois et les rapaces comprirent que la bibitte à patate n'était pas encore prête à manger.

Le cœur de Janie cœur faillit s'arrêter de battre en voyant apparaître une étrangère à plumes près de son amie. Elle fût soulagée de constater que cette dernière était venue lui prodiguer des soins.

-Ouf!!!

Janie se demanda comment... sa sœur cosmique était parvenue à se foutre dans un tel pétrin. Après s'être enfoncée dans un puits sans eau, elle se retrouvait entre les mains d'un redoutable prédateur à la recherche de viande fraîche... et non le moindre... un rat!!!

---

* Nabuchodonosor : roi de Babylone, grand conquérant (605-562 av. J-C.)
** précurseurs : qui annoncent
*** énergumène : drôle de personne agitée

Ce chef de bande des rapaces d'égouts aux dents déchirantes, de toute évidence, se réjouissait de sa capture.

Silencieusement, Ti-Boule Blanc louvoyait entre les nuages afin de passer inaperçu, aidé par l'arc-en-ciel. Il effectuait sa ronde tout en exécutant les désirs de sa maîtresse. On aurait cru qu'il comprenait tout ce qu'elle lui disait!

-Qui sait? Peut-être qu'elle se trompait au sujet de ce bon à rien! Il avait probablement sauvé la vie de la coccinelle qui devait être soumise à l'emprise de l'impitoyable sorcière Embrouillamini ou bien de l'abominable Octo MaCrapule!* Pourtant, le dernier spécimen à la « *tête de mort* » qu'elle pensait avoir entrevu à la porte de sortie du repère de la créature, situé tout près de l'immense puits sans eau, ne l'avait jamais rejointe. Un tas de mystères entourait son premier voyage **« Astral »**. Parviendrait-elle à s'y retrouver? Ce rongeur, de toute manière, ne paraissait pas plus rassurant que ses prédécesseurs!

-S'il vous plaît, Ti-Boule Blanc, effectue un vol de reconnaissance!

Le cheval regarda à la sauvette dans tous les sens; il voulait s'assurer que rien n'obstruait la piste. L'odeur de soufre persistait à lui bloquer les narines.

Janie surveillait de son côté, afin de découvrir s'il ne se cachait pas d'autres « *Intrus* » dans les alentours. Ils fonctionnaient en mode dépistage**! Rien à l'horizon ne laissait entrevoir la suite des événements.

Ils se retrouvèrent aux portes d'une clairière à moitié dégarnie.

---

* voir : La Forêt Magique, Tome 1
** dépistage : recherche

-Je sais que tu n'aimes pas cet endroit, pas plus que moi d'ailleurs!

Maintenant, elle devait s'armer de courage et affronter cette nouvelle réalité. Le moment tant attendu était arrivé.

À l'abord de la plaine désertique se dressait un rocher creusé de cavernes. Ils se camouflèrent entre deux pierres du massif rocheux, aux pointes dissimulées par une vague de brouillard. L'endroit offrait un tableau sinistre*.

-Une ville fantôme!?! Je suis perdue, chuchota-t-elle en lançant un long soupir.

Le cheval, maintenant en vol rase-motte, demeurait en alerte, tout comme les rayons de l'arc-en-ciel qui se colmataient à ses sabots gris fer. Il flairait tout sur son passage.

Janie pressentit qu'il s'inquiétait pour sa sécurité.

Le moment était venu de tenir parole.

-Vite!!! Dépose-moi… ici!

Ti-Boule Blanc respecta le choix de l'Humaine au grand cœur. Il devait agir selon la volonté de Janie et non la sienne.

-Je t'aime… fidèle compagnon! Des petites étoiles scintillantes semblables à des perles d'eau pointèrent dans le regard incomparable de son cheval. Tu respires la santé! Merci pour tout!

Ti-Boule Blanc secoua majestueusement sa crinière et tout son pelage éjecta des cristaux aux reflets irisés, nettoyant les vestiges de cendre.

-Je crois qu'il s'agit de la piaule du minable rongeur!

Puis, un fait surprenant arriva.

-Non, mais… ohhh!

---

* sinistre : triste, désolant et apeurant à la fois

Janie, soudainement, rapetissa à vu d'œil. Elle avait complètement oublié les effets du *« CARRÉ MAGIQUE »*! Ces dernières mutations avaient décidé de reprendre leurs fonctions d'autrefois, maintenant qu'elle se retrouvait dans l'espace **« Astral »**.

L'animal se sentit léger et se demanda si Janie était tombée! Puis, il ressentit une agréable sensation de chatouillement dans sa touffe de crins. Alors, il entendit une voix craintive qui le rendit perplexe.

-Je glisse!

Ti-Boule, aussitôt, évita de secouer sa crinière, afin de déposer sa protégée en toute sécurité. Le cheval grisonnant, doucement se plia, s'agenouilla et finit par se coucher derrière le bosquet dégarni, juste à côté du rocher crevassé. Puis, il sursauta en apercevant une forme humaine descendre d'entre ses deux yeux accrochés à ses nattes tressées en losange. Son poil se mit à frétiller tout comme ses moustaches.

-Ne crains rien, mon Ti-Boule. C'est moi! Je suis redevenue aussi petite que mon amie Chanceuse LaCoccinelle. Tu te souviens, le jour où je t'ai parlé de ma transformation. *« J'étais grande et Chanceuse minuscule... moi je marchais et nageais... et la coccinelle volait et... tenait tête »*. Je crois que nos atomes se sont retrouvés de nouveau dans ce **« Monde »**.

-Sfluffffle! Il renifla en se gonflant les naseaux davantage. Puis, il retroussa sa lèvre supérieure et par un petit organe caché dans son palais, il reconnut l'odeur de sa soigneuse.

Janie descendit en chute libre.

-Oh... Ahhh! s'exclama-t-elle, en glissant sur le chanfrein de son cheval.

Ti-Boule Blanc baissa la tête afin qu'elle atteigne le sol en toute sécurité.

-Merci mon brave compagnon!

Janie égalait maintenant la grandeur d'un cône* de pin.

-Ti-Boule Blanc, dépêche-toi de retracer les **« Portes de la Forêt Magique »**. Tu y trouveras ma *« Troupe »* ou *« Balbuzard au Grand Étendard »***, l'Aigle Royal qui surveille la **« Forêt Magique »** en l'absence du Druide! Dis-leur que j'ai besoin de leur aide! Montre-leur le chemin qu'ils devront parcourir afin de parvenir jusqu'à moi dans cette clairière dégarnie. Il n'y a aucun doute, tu les reconnaîtras! Je t'ai si souvent rebattu*** les oreilles en te parlant d'eux dans nos randonnées. J'aimerais tellement que tu puisses m'adresser la parole. Cela serait super *« cool »*! Je sais que je peux toujours compter sur ton appui.

Janie, cachée dans une des tresses de son animal préféré, lui caressa une dernière fois la crinière avant de partir à la recherche de sa sœur cosmique.

-Et tu fais bien! souffla Ti-Boule Blanc sur une intonation gutturale**** qui sortit tout droit de son gosier. Puis, il lança un large sourire en montrant ses dents blanches tout en retroussant ses grandes babines.

Janie tomba à la renverse, repoussée par le souffle du cheval argenté. Elle aurait tout vu et tout entendu!

---

* cône : cocotte
** voir : La Forêt Magique, Tome 1
*** rebattu : du verbe rebattre, répété sans cesse
**** gutturale : venant de la gorge

-C'est flllyant! Tu parles? s'exclama-t-elle de sa petite voix cassée pour ne pas déclencher l'alerte!

-C'est brrrrourourrrrformidable!

Ti-Boule Blanc s'ébroua et ses grosses lèvres pendantes se balancèrent de droite à gauche.

-Ça suffit!!! dit-elle en riant. J'aurais dû te donner à mâchouiller des feuilles de menthe, heu... tu aurais eu meilleure haleine!

Janie ne se souvenait plus que dans le **« Monde Astral »**, tout ce qu'elle désirait à voix haute se concrétisait. Les Humains manifestaient de drôles de tendances. Ils se contredisaient à tout moment; leurs idées entremêlées ne permettant pas à leurs désirs de se réaliser. Les pensées négatives qu'ils entretenaient, perturbaient leurs chakras, en encrassant les roues de vie. Ces dernières embrouillées ne fonctionnaient plus librement et attiraient, continuellement, des malaises dans leur quotidien. Les Créatures oubliaient vite et recommençaient leurs anciennes habitudes, en retournant à leurs vieux raisonnements. Par la suite, ils se plaignaient de ne jamais réussir. Eux ne connaissaient pas encore la *« Loi du Pendule »*!

Ti-Boule Blanc flaira à nouveau les alentours. Il souleva sa guérisseuse avec sa patte et avança en catimini vers une hutte façonnée de terre boueuse et de branchages; cela ressemblait en tout point à un barrage de castor. Cette digue ne devait plus servir puisque desséchée et elle craquait sous les pas du cheval.

-Brourrrr! Ici... tu ne crains rien pour ta sécurité, dit-il les dents serrées.

-Tu dois partir maintenant, articula-t-elle. Elle se pinça les lèvres pour retenir ses larmes.

Ti-Boule Blanc baissa la tête et Janie escalada son chanfrein pour l'embrasser. Les yeux dans les yeux, une étincelle d'affection s'alluma dans leurs pupilles dilatées. Le regard du cheval s'accentuait d'émotions. Ce départ forcé leur déchirait le cœur. Brusquement, elle redescendit et posa les pieds sur le sol.

-Allez! Maintenant, tu dois partir!

Ce moment inoubliable était empreint* de nostalgie. Se reverraient-ils un jour?

Ti-Boule Blanc la repoussa à quelques reprises, avec ses longues vibrisses** d'un blanc gris. Il se retenait de respirer pour qu'elle ne culbute pas. Ses yeux de couleurs différentes étaient devenus d'un gris uniforme et brillant sous l'effet des larmes, tout comme ceux de Janie. Ce dernier moment imposait le silence. Puis, en le fuyant du regard, elle lui ordonna une seconde fois d'une voix ferme…

-Va!

Alors, d'un coup sec, il s'élançant vers les **« Hautes Sphères »**. La crinière échevelée, il eut envie de hennir de douleur, mais il se retint pour ne pas nuire à la mission de Janie.

-Au revoir!

Janie, la boule dans la gorge, réalisa que c'était maintenant que son odyssée fantasmagorique débutait et qu'elle fourmillait déjà de défis à relever!

Elle n'osa pas se retourner pour suivre des yeux le chemin de nuages de cendres grises qu'empruntait Ti-Boule Blanc. Cela ne portait pas chance!

---

* empreint : marqué
** vibrisses : moustaches

L'impasse

CHAPITRE 10
LE POT AUX ROSES

Janie avait tellement désiré retrouver Chanceuse qu'elle ne devait pas gaspiller cette joie en se morfondant pour Ti-Boule Blanc, car il devait suivre sa voie. Lors de leur dernier regard, elle avait perçu qu'une force nouvelle habitait le cheval et qu'il se débrouillerait sans elle. Elle lui avait accordé sa confiance et il la méritait par son courage.

L'Humaine savait qu'elle devait poursuivre sa mission coûte que coûte et ne jamais, au grand jamais, abandonner sa sœur cosmique! La vie de Chanceuse valait chère à ses yeux, plus que la sienne. Elle avait promis! Parole donnée oblige! Toutefois, elle se demandait quel était cet « *Intrus* » qui avait réussi à l'enlever des mains d'une autre crapule?

Les nuages lisérés s'accumulaient et s'entassaient formant un amoncellement grisâtre annonçant un effrayant présage*. Janie se blottit, en s'enfonçant encore plus entre les roches, afin de se protéger des influences néfastes et d'inspecter d'un œil vigilant la vaste clairière desséchée pratiquement infranchissable. Elle rêvait en couleur. Puis… subitement, un hoquet la secoua!

« *Avait-elle la berlue* »?

Elle aperçut, au sommet du rocher, deux inconnus à moitié cachés sous le rebord de la grotte.

---

* présage : signe qui prédit l'avenir

L'ouverture ombragée par la fumerolle, ne laissait apparaître, sur son fond rocheux, que des ombres douteuses. À l'abri des regards indiscrets, deux créatures se parlaient en catimini. Puis, l'un d'eux repoussa le second vivement d'un coup d'épaule à la clarté du jour. Dans toute cette escarmouche*, l'un d'eux se retrouva à découvert sur la plateforme rocheuse.

-Oh!?! s'exclama-t-elle fortement. Qu'en était-il vraiment de cette amitié? Elle lui semblait douteuse.

Tout à coup, les deux individus astraux se serrèrent la pince comme de vieux amis, en plus de se donner l'accolade. Visiblement, ces derniers scellaient un pacte. Puis, elle subit un choc encore plus grand quand elle découvrit le pot aux roses!

-Ah! Non!!! Ça ne se peut pas!?! Ahhh! Le traître!

Rien ne laissait présager qu'elle assisterait à cette scène pénible un jour. L'un des individus n'était nul autre que Trompe-l'œil, le *« Protégé »* du *« Gardien des Séjours »* de la **« Forêt Magique »**. La créature favorite complotait derrière le dos de Farandole. À partir de cet instant, elle était convaincue qu'il s'agissait d'un agent double!

Doucement, elle se faufila entre les galets usés et les buissons épineux qui lui servaient de minces paravents. Elle avança à petits pas, en tâtant à l'aveuglette le terrain poussiéreux. Elle était guidée par la voix gémissante de Chanceuse; son seul point de repère pour le moment. Elle devait atteindre son but rapidement puisque l'intonation devenait de plus en plus forte et suppliante et cela lui déchirait le cœur. Puis, un vent fit dissiper la poussière qui

---

* escarmouche : combat de courte durée, entre petits groupes

s'amusait à lui en mettre plein la vue. C'est alors qu'elle aperçut le feu de camp dansant en plein jour.

Derrière la caravane de romanichels, un mouvement de va-et-vient d'ombres portait à confusion et refroidit subitement son enthousiasme. Elle sentit que quelque chose clochait... la roulotte était laissée sans surveillance! Puis, elle se dit que c'était une chance unique. Ne respectant pas sa forte intuition, trop pressée à passer aux actes, insouciante, elle s'élança vivement. L'ardeur de la jeunesse l'emporta sur le raisonnement! Elle traversa le terrain à ciel ouvert, sans se préoccuper du danger. Puis... à la première enjambée, on l'assaillit par-derrière, et aussitôt, elle se retrouva mains et pieds liés à un bâton.

-Non! cria-t-elle, d'une voix étouffée par les vapeurs nocives.

Elle se débattit en vain pour ravoir sa liberté. Les assaillants la transportèrent sans grand ménagement. Elle paniqua, coincée comme un saucisson dans un filet retenu par un long piquet graisseux qui devait servir de broche à cuisson. Elle tourna difficilement la tête pour apercevoir l'un de ses ravisseurs. Et... quand elle vit l'un des visages, cette fois-ci, elle cria à fendre l'âme.

-Ahhhhh! Lâchhhhhez-mmmmmoi!

Ces poignes de fer n'étaient nulles autres que des rongeurs infectés par la peste. Elle ne ferait pas long feu*! Elle respira longuement, afin d'apaiser sa colère et finit par remarquer que son corps, sous la tension, avait grandi! Elle s'avérait encore trop petite pour se déprendre du filet de ces cannibales, mais tout de même assez grande pour oser les affronter, lorsqu'elle

---

* ne ferait pas long feu : ne vivrait pas longtemps

pourrait se libérer. Elle se calma cependant, car elle ne désirait pas que ces mammifères la mordent. Les rongeurs devaient être contaminés. Elle décida donc de jouer la victime et verrait bien ce qui découlerait de ce plan d'attaque.

Janie ferma les yeux, aveuglée par la poussière qui lui collait au visage. Un temps d'arrêt et ensuite un long silence. Subitement, tout semblait désert! Puis, des pas irréguliers se firent entendre, suivis d'un bruit métallique qui tintait à chaque fois que le métal s'entrechoquait* à ce qui semblait être des éperons.

-Allez! Détachez-la! ordonna une voix baveuse.

Les ravisseurs la laissèrent choir** tout près du feu, à proximité de la roulotte. Elle sortit par elle-même, non sans peine, de son filet à papillons.

Janie secoua sa chevelure entremêlée, qui avait était coincée dans le filet, tout comme son corps, avec ardeur, comme pour éclabousser les visages de ces preneurs d'otages. Elle demeura enchantée de l'effet escompté, car les mulots s'éparpillèrent.

-Lâches! hurla le chef à sa horde de charognards.

En relevant la tête, elle fit face au plus abominable des mammifères rongeurs. Elle comprit qu'elle ne devait pas agir en victime, mais bel et bien comme une combattante, si elle ne voulait pas finir grillée sur des charbons.

Janie fixa le caïd*** qui, immédiatement, examina sans broncher la créature téméraire qui osait lui tenir tête. Puis, d'un regard flamboyant avec une pointe d'ironie dans les yeux, elle fit un pas en avant et d'un

---

* entrechoquaient : du verbe entrechoquer, se frapper l'un contre l'autre
** choir : tomber
*** caïd : chef de bande

seul bond les rats des champs reculèrent derrière leur chef en rogne. Elle constatait que ses yeux d'ébène suscitaient de la crainte, tout autant que sa tignasse*.

-Espèces d'abrutis! Gardez vos postes, siffla l'animal du bout de sa langue pointue, beaucoup trop longue pour sa gueule d'où dégoulinait une salive visqueuse.

Si certains se dispersèrent sous la menace possible, d'autres de nature féroce ne se laissèrent pas impressionner et l'entourèrent.

Janie demeura droite. Elle ne devait démontrer aucune faiblesse. Elle constatait que la vermine la craignait et cela lui plaisait. Cela lui confirmait que, malgré tout et d'une certaine manière, ils la respectaient!

Férocement, le caïd asséna aux ragondins** des coups de queue, adroitement portés à leur postérieur. Ce long appendice*** effilé, muni d'un pic, servait à les remettre à l'ordre. Des cris aigus résonnèrent de partout et les surmulots ensanglantés serraient les rangs afin de recevoir le moins de coups d'aiguille possible.

-Belle équipe! lança-t-elle effrontément.

-Je t'interdis de jouer à la brave avec moi! Et je t'assure que ton ami le cheval, ssssis, ne peut pas t'entendre. Je peux te dire que mes mouchards l'ont vu traverser le **« Néant Morose »** et il t'a déjà ssssis… oubliée!

Le caïd se tenait sur la pointe de ses griffes, voulant l'impressionner avec ses trente centimètres

---

* tignasse : chevelure mal coiffée
** ragondins : mammifères rongeurs
*** appendice : prolongement, ici : queue

de haut et son appendice qui mesurait le triple de son corps. Le chef ricana sarcastiquement tout en se pétant les bretelles sur sa panse gonflée.

-Janie n'avait pas pénétré ces « **Mondes** » pour se laisser manipuler par un vulgaire vaurien de la pure espèce.

-Ne croyez pas que mon cheval agira bêtement! Il reviendra d'emblée, lorsqu'il aura trouvé ce que je lui ai demandé. L'amitié qui nous unit ne se marchande pas et ne s'effritera jamais, que cela vous plaise ou non!

Janie releva le menton et lui offrit un sourire cynique* qui lui tapa sur les nerfs.

-Ssissss! Je n'en serais pas si convaincu à ta place, siffla-t-il, d'un rire jaune**.

Janie lui coupa le sifflet, car elle voulait mettre un terme à son arrogance! Elle devint plus effrontée et le tutoiement fit basculer le vouvoiement dans les oubliettes. Elle avait affaire à un individu qui ne méritait pas le respect.

-Où se cache la créature insolite qui t'accompagnait tout à l'heure? questionna-t-elle, curieuse d'en savoir plus long sur ses relations avec Trompe-l'Oeil.

-Ssissssssah! Tu as tout vu! On m'avait prévenu! Tu sors vraiment de l'ordinaire et tu vas me rapporter une fortune! Sssah! Sssah! Sssah! s'esclaffa-t-il en laissant poindre ses dents cariées.

-Continue… vide ton sac! assena l'Humaine.

-Ssshi… sssoh! Eh… bien! J'étais en train de te marchander. Ssshaaaa!!!

---

* cynique : qui se moque
** rire jaune : rire forcé, faux

Au point où elle en était rendue, elle n'avait plus rien à perdre.

-Qu'attends-tu de moi? lança-t-elle ironiquement.

-Sssisshihi!!! Moi, rien! Tout a été réglé et conclu! Je toucherai une énorme rançon pour t'avoir capturée. Tu vaux un pesant d'or. Sssisshihi!!!

-Une rançon? Ce n'est pas moi... qui oserais te payer car je ne vaux rien! Je suis venue ici pour m'acquitter d'une mission de reconnaissance! Premièrement... qui es-tu?

-Je suisssisss le chef redouté de ce **« Monde Capharnaüm »** et je réussis à survivre entre ces deux espaces intersidéraux... en négociant! siffla-t-il en grinçant fortement de ses dents acérées.

-Galapiat... Galapiat le... LeRaté! s'exclama-t-elle, la voix cassée. Cette appellation* résonnait à ses oreilles comme un cri de guerre. Misère!

Elle se souvenait soudainement du rugissement de la sorcière. Embrouillamini, déchaînée, avait hurlé son nom à tue-tête. Elle revit le visage grimaçant de cette dernière au travers de la flamme; pendant qu'elle lui montrait l'Amiral dévoré par les langues de feu! Elle frissonna d'effroi à la suite de cette découverte. Maintenant, il n'y avait aucun doute... ces deux crétins avaient signé un pacte et leur alliance reposait sur la soif insatiable du pouvoir!

Quelle horreur!!! Elle se trouvait face à face avec le collectionneur de papillons ou plutôt... le tueur sanguinaire de lépidoptères et le plus grand des criminels notoires recherchés! Elle était persuadée qu'il avait épinglé son garde du corps, *« l'Amiral Le Grand Monarque »*.

-Te voilà coincée!

---

* appellation : nom donné

-Hum!?!

Janie fronça les sourcils; elle devait en savoir plus sur ce **« Monde »**. Jamais elle n'avait entendu parler de cet endroit qui semblait rempli d'idées noires et qui n'annonçait rien de bien heureux.

-**« Cafard...naüm »**? répéta-t-elle.

Galapiat chuinta en riant.

-Ssshihi!!! Ah! Tu ne connais pas ce **« Monde du Bas Astral »**!?! Il se situe dans un vide invisible... juste avant de tomber dans le **« Monde Morose »** des oubliettes. Sssisss! Ssshihi!

Janie ne comprenait plus rien. Et dire qu'elle avait laissé partir Ti-Boule Blanc dans cet **« Univers »** sans fin et sans issue. Comment allait-elle parvenir maintenant à s'enfuir de ce gouffre maudit? Cela représentait un défi de taille.

-Ssssis... rirrrrhihi!!! Hé... oui! Tu as posé le pied sur un territoire marqué au fer rouge.

Elle espérait que Ti-Boule Blanc retracerait *« Balbuzard, l'Aigle Royal au Grand Étendard »* ou un autre membre de sa *« Troupe »* et le ramènerait au plus vite dans ce lieu de malédiction. Le rouge lui rappelait un mauvais souvenir, celui de : *« L'ŒIL DESPOTE »*. Elle avait vraiment hâte d'obtenir du renfort car cet énergumène se prenait déjà trop au sérieux et commençait à agir bizarrement. Elle commençait à deviner ses pensées!

-Ssssoh! Quelle enfant perspicace, ssssis!

-Sale assassin!

-Sssshi! Ssssha! Tu n'as jamais si bien dit... Sssisss!!!

Galapiat LeRaté salivait et retroussait sans cesse ses babines, afin que l'Humaine puisse voir ses dents tranchantes.

Un frisson d'angoisse s'empara de Janie; tout de cette crapule lui hérissait[*] le poil sur les avant-bras. En apparence, elle conservait son sang-froid même si tout son intérieur tremblotait d'inquiétude. Elle ne voulait surtout pas éclater en sanglots devant la bête qui n'attendait qu'un moment de faiblesse de sa part pour se ruer sur elle. Elle l'affronta. S'il avait vraiment conclu une entente et qu'elle valait un trésor... eh bien, d'une certaine manière, il se devait de la protéger. Elle redressa l'échine et le fixa intensément de son regard d'ébène. Ces pupilles devinrent brillantes comme des charbons ardents et elle démontra ainsi au rat sa détermination.

-Rapace! Tu as affaire à moi, Janie... l'Humaine au grand cœur!

-Sssssoh! Je sais, sssisss! Tu n'as pas besoin de présentation. On te recherche... « *PARTOUT* »! Tu n'es qu'une petite prétentieuse[**] qui se croit intouchable parce qu'elle possède une « *Âme* »! Il lui cracha cette nouvelle à la figure.

Janie parvint à maîtriser ses nerfs à fleur de peau. Elle devait continuer ses attaques pour le déstabiliser et elle insista de plus belle, sur un ton de supériorité.

-Je veux parler im-mé-di-a-te-ment à mon amie Chanceuse.

-Ssshisss... parler! Ssshisss! persifla le surmulot. Elle a perdu tous ses moyens. Je l'ai trouvée dans la grotte du butor... Octo MaCrapule. Je l'ai extirpée et camouflée dans un filet et transportée sur mon territoire. Par accident cette pauvre petite bibitte à patate a été piquée par la muska[***] tsé-tsé. Ssshi!

---

[*] hérissait : dressait les poils
[**] prétentieuse : vaniteuse
[***] muska : mouche

Ssshi! Ssshi! Il brandit devant elle un énorme pot de verre au couvercle perforé rempli de mouches nocives. La grosse patate a subitement attrapé la maladie du sommeil qui provoque des effets somnambuliques*ainsi que du délire, et depuis, elle n'a cessé de t'interpeller.

-Espèce de taré!

-Ssshihihi! J'ai réussi à t'attirer! Mon plan de match a fonctionné à merveille, sssisss, puisque tu es là! s'exclama-t-il en se plissant l'œil. Et dans quelques jours, je possèderai la plus grande fortune des **« Univers »**! Puis, il sortit de sa poche un bijou qu'il brandit entre ses pattes griffues et Janie constata qu'il détenait la médaille magique, en forme de dé, dont chacune des faces était incrustée de quatre points, qu'elle avait offerte à Chanceuse afin qu'elle ne l'oublie jamais.

À présent qu'elle connaissait sa manière de penser, elle se demandait comment il était parvenu à prendre possession du talisman, puisque la Sorcière l'avait arraché du cou de Chanceuse.

Embrouillamini avait lancé un sort maléfique contre l'Humaine et Janie l'avait brillamment déjouée. Cette dernière s'était vengée en pulvérisant le bijou. Naïvement, Janie avait cru à ce tour de passe-passe qu'avait créé la marchande d'illusions. Évidemment, il s'agissait vraiment d'un de ses subterfuges** étant donné que le rattus détenait le *« Médaillon de l'Excellence »*. Maintenant, elle était convaincue que ce trio infernal, le rat, le lucifuge et la sorcière, tramait un complot contre elle.

---

* somnambuliques : état de somnambule, qui parle dans son sommeil
** subterfuges: ruses

Le « *Médaillon* » révélait la vérité, juste la vérité et rien d'autre que la vérité! Ce dernier lançait des flammèches rouges par ses ouvertures lorsqu'on racontait des mensonges. Seules les deux amies connaissaient son pouvoir secret.

Cette médaille honorifique entre les mains du voleur notoire s'avérait une chance unique! Ce talisman lui rendrait service, en dévoilant la vraie nature de son adversaire.

-Hé canaille! Donne-moi ce bijou immédiatement! Il revient de droit à mon amie!

Elle savait qu'en insistant pour se l'approprier, il s'entêterait à le garder.

-Sssssoh!!! La Petite! Tu te mêles de tes oignons! Le butin trouvé sur mon territoire m'appartient! Hissshisss! Et... on ne t'a pas appris la *« loi du plus fort »*? Je suis le caïd et tu dois te soumettre à mes ordres et me respecter!

Janie s'affirmait de plus en plus, tellement qu'elle en oubliait toutes ses bonnes manières et devenait insolente*. Sur **« Terre »**, elle n'aurait jamais agi effrontément, par contre, dans ce **« Monde Capharnaüm »** où régnait la zizanie**, elle devait survivre. Elle voulait prouver qu'elle pouvait affronter sans peur, un minable rat d'égout qui se prenait pour un rat musqué!

L'audacieuse lui jeta un regard de mépris et s'avança d'un pas vers le tortionnaire.

Galapiat aimait son audace, mais trouvait qu'elle dépassait les bornes***. Aucun membre de son clan

* insolente : effrontée, impolie
** zizanie : discorde
*** dépassait les bornes : expression signifiant exagérer

n'avait démontré autant de cœur au ventre que ce petit bout de peau.

-Quel culot! cracha-t-il.

Le rat se dirigea directement vers l'Humaine et la saisit rapidement par le bras.

-Bas les pattes! ordonna Janie, les pieds dans le vide.

Le rattus verminatus*, cette fois-ci, ne devait pas s'en laisser imposer devant sa horde de charognards! En moins de deux, il la leva de terre.

Janie commença à ressentir une nausée et trouva cette situation désagréable. Puis, Chanceuse recommença ses sempiternelles** jérémiades.

« JANIE... JANIE... JANIE ». Ngneu euh! Ngneu! pleurnicha-t-elle.

Aux sons des lamentations de la bibitte à patate, le rat se ressaisit. Il se rappela que l'Humaine valait mille fois plus cher *« VIVANTE »*. Il la laissa tomber par terre subitement! Janie, la gorge nouée par cette main de fer et presque à son dernier souffle, réalisa que les cris effrénés de sa sœur cosmique venaient de lui sauver la vie!

---

* rattus verminatus : rat ou vermine en latin
** sempiternelles : qui n'en finissent pas

CHAPITRE 11
UN DÉFI DE TAILLE

Janie regarda l'attroupement de vermine d'un air railleur et se releva promptement en secouant une seconde fois sa crinière au visage des rattus.

On entendit un long « *Ssssseuh!* » venant de la rataille*. Le tas de souris, mulots et campagnols chicotèrent entre eux, et Galapiat sans attendre fouetta ses guignols** pour les remettre à l'ordre.

LeRaté bavait de rage en constatant que l'Humaine, même en danger, lui tenait tête. Il l'attira vers lui, en la menottant avec sa queue effilée comme un dard. Puis, il la bouscula vers la roulotte en jouant à tire-pousse devant sa horde pour leur démontrer qu'il la contrôlait. Ce parcours houleux*** parut durer une éternité à Janie. Son ravisseur traînait de la patte et frappait le sol avec sa godasse à chaque fois qu'elle manifestait des signes de rébellion.

Arrivé à destination, Galapiat poussa Janie, sans scrupule, à l'intérieur de la caravane. Chanceuse l'interpellait toujours et cela énervait le rattus. Puis, à quelques pieds, elle vit Chanceuse livide****, étendue sur un grabat.

---

* rataille : troupe de rats
** guignols : marionnettes
*** houleux : qui bouge de part et d'autre
**** livide : teint pâle

« *Oh!!!* » faillit-elle s'exclamer.

Étonnamment, elle ravala son expression. Elle n'osait pas y croire! Son rêve prémonitoire s'avérait exact à plusieurs points de vue sauf que…!

Immédiatement, elle se jeta par terre à ses côtés.

Collée à la coccinelle, Janie n'entendit plus rien autour d'elle et encore moins dans les parages lorsqu'elle analysa scrupuleusement les substitutions* d'atomes qui s'étaient opérées durant leur séparation.

-Chanceuse! C'est moi ta sœur cosmique… ton amie… ta Janie. Tout va s'arranger, ne t'inquiète pas! Je suis là!

L'œil averti du caïd ne laissa rien échapper.

Délicatement, elle prit le tarse de Chanceuse. Le segment retomba sur le côté mollement comme une guenille. Elle le saisit de nouveau et le serra fortement dans ses mains et l'examina furtivement

-Chanceuse!!!

Janie demeura troublée, puisque premièrement… le bout de ses tarses tentait de former un semblant de doigt. Deuxièmement, son teint était devenu laiteux et elle avait considérablement grandi, surtout pour une bibitte à patate. Troisièmement, sa tête s'étirait en ovale et ses yeux, désenflés, étaient recouverts par des paupières qui dessinaient de longues franges en forme de cils. Finalement et incroyablement, la poitrine de la coccinelle commençait à se galber**, tout comme la sienne!

Janie mâchouillait sa lèvre inférieure nerveusement. Son amie subissait une grande

---

* substitutions : changements d'une chose pour une autre
** galber : s'arrondir, se former

mutation. Elle devenait de plus en plus...
« HUMAINE »!

Galapiat ne supportait plus ses lamentations et son odeur nauséabonde.

-Fais-la taire! cria le rat, sinon...

L'ailée, à l'allure fragile, qui se trouvait au fond de la roulotte, approuva la requête du chef par un signe de tête.

Janie décocha un regard haineux à la bête. Immédiatement, elle s'approcha de l'oreille de sa sœur cosmique afin de lui chuchoter des mots clés tels que... fée, bonbons, liberté... pour la calmer et peut-être la sortir de son abîme*. Visiblement, son appareil auditif, lui aussi, s'était quelque peu modifié. Les petites antennes tortillées s'étaient soudées et formaient une membrane pendante et gélatineuse.

-Ssshisss! Tu perds ton temps. Ssshihi! Tout est fichu pour ton amie! Je te laisse, sssisss, lui faire tes adieux, car... comme tu peux t'en rendre compte, elle est devenue une charge trop lourde à transporter!

Janie constatait qu'il n'avait pas tout à fait tort, même s'il était détraqué. Chanceuse était maintenant grande comme l'hirondelle qui se trouvait captive au fond de la caravane. Et de plus, comment pouvait-on adresser ses adieux à une mutante tombée dans un sommeil léthargique et délirante? Elle regarda le rat s'éloigner. Malgré son handicap physique, il parvint sans difficulté à sauter par-dessus le rebord de la roulotte et rejoignit sa bande de peureux.

---

* abîme : gouffre sans fond

Galapiat LeRaté affichait un visage sordide. Un cache-œil de borgne couvrait son calot[*] gauche. L'autre œil, d'un noir charbon et cerné, était encastré dans son crâne. Un bandana à pois recouvrait sa tête aplatie et laissait apparaître une ossature creusée de mépris. Ses longues oreilles, dont l'une était sertie d'un anneau d'or, égalaient presque en longueur son museau en trompette qui cachait un menton fuyant. Le visage du rat inspirait la répulsion et son attitude, encore pire, dégageait de l'agressivité refoulée! C'était évident qu'il ne serait pas facile à amadouer!

Il venait à peine de quitter les désespérées, qu'il se retourna pour lancer un avertissement plus que sérieux à l'Humaine.

-Ssshisss! Aucune porte de sortie n'existe! Ssshisss! Tous les alentours sont surveillés comme tu as pu le constater. Personne ne sssisss sort d'ici vivant!

-Gibier de potence! gueula-t-elle à la face du rongeur.

Cette fois-ci, rouge de colère, le rat se raidit. Les insultes de la Terrienne le piquaient au vif et il n'hésita pas un seul instant à sauter à nouveau dans la caravane sans même claudiquer.

Immédiatement, la soigneuse recula, tellement le rat était dans tous ses états. Elle craignait, cette fois-ci, qu'il ne la tourmente avec son dard.

Face à face avec l'Humaine, il respirait rapidement et bavait de rage.

Janie se redressa promptement d'un seul coup afin de relever le défi... celui du plus fort. Elle avait attisé le feu de la guerre et elle demeurait convaincue qu'elle en subirait les conséquences. Elle ne devait

---

[*] calot : oeil

surtout pas céder; si elle devait mourir, cela se passerait en toute dignité. Droite, elle retint sa respiration pour contrôler son corps qui s'agitait de l'intérieur. Il élança sa main dans les airs et elle garda son regard fixe pour de ne pas cligner des yeux; ce qui aurait trahi sa peur. Un silence s'installa... elle savait qu'elle allait recevoir toute une mornifle. Le rongeur, dans un mouvement brusque de sa patte, de justesse, attrapa au vol sa salive visqueuse qui dégoulinait de sa bouche. Puis, avec un élan rapide, il essuya le crachat sur sa salopette rayée. Janie faillit soupirer de soulagement, mais ne broncha pas... le moment s'avérait stratégiquement décisif. Aussitôt qu'il se fut débarrassé de l'écume, il la pointa du doigt, et cela, à deux centimètres du nez et lui souffla en plein visage de son haleine vineuse* un dernier avertissement...

-SSSohhhsss, toi! Je t'avertis... si tu penses pouvoir te sauver, ssssis... oublie ça! On m'a déjà prévenu que tu possédais une persévérance à toute épreuve. De toute manière, Slobuzenja, ma cervelle d'oiseau ne t'apportera aucun secours, ssssis... puisqu'elle a perdu le sens de l'orientation depuis que je l'ai piégée. Et si elle osait te venir en aide, ssssis... cela lui coûterait la vie! Ssshhisss! Tout complice sera épinglé sur le champ ou mangé cru!

Galapiat, afin de jouer au plus malin, contourna les captives et pointa l'oiseau avec le bout de sa queue qui lui servait aussi bien de canne, de fouet que d'aiguillon. Immédiatement, la messagère du printemps leva ses ailes pour les replier sur son visage dans le but de protéger ce qui lui restait de plus précieux dans l'existence : ses yeux!

---

* vineuse : qui sent le vin

-Oh!!!

Cette fois-ci, Janie ne put retenir une exclamation en découvrant que l'hirondelle en cage avait été plumée jusqu'à la chair en-dessous de ses ailerons. Et cela, à plusieurs reprises, puisqu'il n'y avait plus aucune repousse et que sa peau fripée et rougie était couverte de galles. Il était évident qu'elle ne parviendrait plus jamais à s'envoler!

Slobuzenja, l'oiseau désenchanté, demeurait debout dans sa longue tunique d'un bleu royal givrée dont les longues manches blanches s'effritaient à cause des lacérations que le caïd lui infligeait! Elle fuyait le regard de la vermine comme la peste et pour cause... il la traitait comme une esclave. Pourtant, son prénom revêtait une connotation de la plus haute importance, car il signifiait... « *LIBERTÉ* ».

-Ssshisss! Slobuzenja! Tu gardes l'œil sur notre proie, ordonna-t-il, tout en piquant l'oiseau du bout de son aiguillon. J'ai une affaire à régler avec le marin d'eau douce.

L'Hirondelle bicolore savait qu'il devait marchander avec le brochet, dénommé Brutus Malotru, un trésor supposément caché dans un « Lac ». Il était aussi question d'un échange... de pierres brillantes et d'un papillon! Slobuzenja lisait sur les lèvres et le rat n'en avait jamais pris conscience!

Janie demeura sous le choc lorsqu'elle vit défiler à la queue leu leu, par l'ouverture des rideaux, des ovipares* de toutes sortes, attachés aux pieds et dépourvus de plumes. La différence qu'elle remarqua et non la moindre, était que tous les oiseaux s'avéraient encore plus dodus que Slobuzenja. Elle

---

* ovipares : qui pondent des oeufs

supposa que ce truand se livrait à la contrebande d'animaux ailés de toute espèce. Janie avait déjà entendu dire, que la vente d'oiseaux rapportait de gros sous à ses trafiquants!

Galapiat LeRaté devrait châtier* ses hommes de main puisque la Terrienne venait de découvrir son trafic!

-Ssshisss! Ssshisss! Ssshisss! ricana-t-il d'un rire sordide. Tu finiras comme cette volaille... sans plumes ni tête. Elles vont passer à la « Broche Kipique »; tradition festive de victoire chez les surmulots!

Un haut-le-cœur s'empara de Janie, lorsqu'elle réalisa que ces petites bêtes étaient engraissées pour servir de repas à ces affreux rats. En plus de trafiquer... il se gavait des bêtes à plumes! Et de plus, elle ne savait pas que le plumage de la gente féminine était utilisé à la confection de nids douillets pour la vermine. Slobuzenja avait échappé à cet abus parce qu'elle possédait des qualités exceptionnelles... la patience, la discrétion et de plus, elle s'avérait une excellente infirmière.

-Tu gardes l'œil! répéta-t-il.

L'hirondelle gesticula avec ses griffes atrophiées et ainsi indiqua à son chef qu'elle désirait, tout comme lui, en terminer avec la coccinelle.

Satisfait, ce dernier tourna les talons et les quitta en rotant longuement. Puis, il administra des coups à ses vauriens de trafiquants qui n'avaient pas exécuté leur travail avec précaution. Ce qui permit à Janie de découvrir son commerce illicite**.

---

* châtier : punir
** illicite : interdit par la loi

Janie réalisa que la douce Slobuzenja sourde comme un pot et muette comme une carpe, ne réagissait qu'aux vibrations. Elle avait développé une communication gestuelle. Ce langage corporel ressemblait étrangement à celui employé par les sourds et muets.

Un gémissement aigu émis par la coccinelle alerta de nouveau Galapiat. L'hirondelle se retourna et jeta un regard pénétrant à l'Humaine, l'incitant à garder le silence.

À distance, il lui cria à tue-tête...

-Ssszouik! Tu dois en finir avec cette grosse bibitte à patate déformée. Maintenant qu'on détient « *l'Humaine* », on n'a plus besoin de la bestiole qui empeste ma vie avec son odeur répugnante.

Instinctivement, Chanceuse se défendait en laissant écouler de ses pattes inférieures un peu de son sang toxique* pour éloigner les ennemis. Cette seule astuce de la part de la coccinelle inconsciente écartait systématiquement le prédateur en chef.

Un silence de mort souffla sur la place et Janie demeura paralysée.

Puis, le rat rajouta...

-Sssisss... toi! cracha-t-il en pointant Janie avec sa longue griffe, j'ai un dernier mot à te dire. Ne t'aventure pas à essayer des trucs pour t'évader, car tu finiras épinglée! Sssisss! Sssisss! Sssisss! Non... plutôt, je t'empaillerai vivante! Compte-toi chanceuse! Je déteste la chair au goût exécrable** des Humains!

Janie avait bien reçu l'ordre et demeura penchée sur son amie Chanceuse et pour cause... elle ne

---

* toxique : poison
** exécrable : mauvais

voulait pas qu'elle subisse le même sort que l'oiseau. Comment allaient-elles se sortir de ce guêpier? Galapiat LeRaté n'entendait pas à rire et elle ne devait surtout pas rater son évasion puisque lui, ne manquerait pas son coup.

Galapiat LeRaté éprouvait de la rancœur envers toutes les Créatures existantes. La seule avec laquelle il aimait transiger, selon les rumeurs populaires, s'avérait être... une Sorcière. Apparemment, cette ensorceleuse lui avait donné à manger lorsque la famine s'était emparée de son territoire.

Slobuzenja ne saisissait pas bien le lien qui pouvait rapprocher ces deux spécimens rares, car normalement les sorcières préparent de la bouillie pour les chats avec les rats.

Le vrai fond de cette histoire demeurait ambigu*. Vraisemblablement, Galapiat LeRaté était parvenu dans ce « **Monde** » de fausses illusions, pour acquérir de nouvelles connaissances et apprendre à ne plus éprouver de ressentiment** envers l'humanité pour laquelle il manifestait une répugnance viscérale***. L'animal reconnaissait l'odeur profonde de la créature insensible. Drôle de coïncidence... il avait partagé une partie d'éternité avec Janie dans un espace indéfini, situé dans une région « **Intergalactique** », et ce, dans une autre dimension et dans une autre vie!

Galapiat ressentait, en ce moment, les vibrations négatives que certains types entretenaient contre sa race, à l'époque où Janie le dominait. Une force cachée le poussait à se venger, suite aux mauvais

---

* ambigu : difficile à comprendre
** ressentiment : rancoeur
*** répugnance viscérale : : profond dégoût, grande aversion

traitements qu'il avait reçus par l'équipe de techniciens qui travaillait sous les ordres de l'Humaine à cette époque. Il se souvenait inconsciemment de l'odeur d'indifférence que dégageait ce groupe de chercheurs. Pour sa part, Janie ne se rappelait d'aucune manière de cette vie passée lorsqu'elle œuvrait en tant qu'anthropologue*. Chercheuse éminente, elle étudiait les particularités de la race humaine et les comparait à celles de la race animale, afin d'améliorer la santé de son espèce. Docteure à cette époque, elle travaillait avec son équipe de scientifiques et ensemble, ils expérimentaient en laboratoire des greffes et des analyses poussées qu'ils appliquaient sur les rongeurs pour en connaître toute l'efficacité. Ces rats, décortiqués et enfermés, subissaient jour après jour des dissections, en plus d'avaler un tas de médicaments aux effets secondaires qui les rendaient malades. Un seul s'accrochait à la vie malgré les multiples expériences exécutées sur son corps. Il s'agissait de Galapiat LeRaté qu'on appelait, à cette époque, le « *numéro 13* ». Il était le seul à défier toutes les statistiques. Et certains soirs, avant de fermer sous code le laboratoire, la spécialiste, voyant la bête atrophiée à une patte, ne pouvait s'empêcher de le nourrir afin qu'il garde le moral. Le rat avait compris que l'Humaine en chef ne semblait pas complètement indifférente à ses souffrances, mais ne le laissait pas libre pour autant... elle ne faisait que prolonger ses douleurs!

Cependant, conséquence des reliquats de leurs vies antérieures, l'Humaine et l'animal devaient

---

* anthropologue : personne qui étudie la vie de l'homme en société

apprendre à se pardonner et s'entraider. Mais pour le « *Moment Présent* », les deux créatures demeuraient inconscientes de leur existence précédente qui les reliait aujourd'hui d'une manière inusitée.

La réalité de cette histoire était qu'ils devaient payer maintenant leur compte « *karmique** », s'ils voulaient poursuivre un autre plan de transformation dans l'avenir, dans le **« Monde des Mondes »**, situé dans **« l'Univers des Univers »**. Qui aurait pu se douter de toute l'importance des liens secrets qui existaient et qui unissaient de près ou de loin toutes les souches de vie? Rien n'était laissé au hasard!

Slobuzenja et Janie sursautèrent lorsque soudainement... Chanceuse, les yeux dans le vide, s'assit carrément sur le grabat.

Immédiatement, Slobuzenja se plaça devant la malade afin que Galapiat ne voit rien et d'un coup d'aile, elle signifia à l'Humaine de la recoucher. Aussitôt, Janie se précipita sur sa sœur cosmique afin de la paralyser sur place.

-Chanceuse c'est moi Janie! Je t'en prie... reste couchée!

-Zzz! Qui ezs-tu? Où ezts celle qui m'a abandonnée?

-Chut! Chanceuse... tout doux!

-Zzz Janie!

-Oui! Je suis revenue pour toi... lui dit-elle dans le creux de l'oreillette.

Pendant ce temps, Slobuzenja agitait la tête et tournait en rond. Elle essayait de réagir comme à l'habitude pour éviter que Galapiat ne surgisse à l'improviste.

---

* karmique : rattaché au destin

-Zzz Je veux la... la... la voir!

La coccinelle fredonna un air complètement désuet* et retomba sur le dos.

-Enfin!

Chanceuse se redressa aussi vite qu'elle s'était recouchée et recommença à chanter à mi-voix. Cette fois-ci, elle haussa d'un ton plus aigu et la tonalité devint stridente et choquait l'oreille.

-Zut...

Janie regarda Slobuzenja.

-Fais-la taire, tout de suite! cria le rat à distance, tout en crachant.

Les chantonnements de la bibitte à patate rendaient sa colère plus intense. Il esquissa un pas en direction de ses otages, mais l'hirondelle, immédiatement, lui montra un gros pot qui donna l'effet escompté. À la vue du récipient, il freina son élan. Le sigle en forme de « X » marqué en rouge, le fit sourire, puisqu'il l'avait déjà utilisé sur d'autres espèces animales. Il s'agissait du poison mortel appelé... mort-aux-rats.

-Pschitt! Ssisssah! C'est bon... règle-lui son compte! siffla-t-il avec un sourire vengeur.

Interrompu par ses Ragondins, il détourna le regard. Slobuzenja tapa un clin d'œil à Janie qui se calma étant convaincue que la messagère des marais partageait son point de vue. L'oiseau éperonné ne désirait pas plus qu'elle, que la coccinelle meure à petit feu. La soigneuse ouvrit le contenant métallique et apposa quelques gouttes sur le menton de son amie.

Janie lança un soupir de soulagement.

-Ouf!

---

* désuet : vieux, dépassé

L'Humaine rapprocha ses mains sur le plexus solaire de sa sœur cosmique, en espérant la relaxer. Elle surveillait entre les ailes dégarnies de l'hirondelle, si le raté ne revenait pas à la charge.

Slobuzenja demeura stupéfaite... Chanceuse se détendit sous l'effet de cette énergie positive.

-J'aimerais l'emmener dans mon « **Monde** », chuchota-t-elle tout en essayant de s'exprimer dans une gestuelle particulière. Slobuzenja semblait comprendre, même si elle gardait le silence.

Janie pensait qu'une coccinelle parmi tant d'autres passerait certainement inaperçue dans « **l'Univers des Hommes** », mais compte tenu de sa mutation, il ne s'agissait plus de la même histoire. Enfin..., elle espérait en silence qu'elle retrouverait son état normal, lorsqu'elle réussirait à franchir les « **Portes du Monde des Univers!** »

CHAPITRE 12
LE COMPLOT TRAMÉ

Un vent d'agitation parcourait la vallée. Galapiat LeRaté grattait nerveusement ses onglons sur le sol rigide. Il avait de la difficulté à quitter les lieux pour rejoindre ses complices et finaliser une entente avec Brutus Malotru, le pirate sans foi, ni loi! Il soupçonnait que l'Humaine manigancerait secrètement un coup d'État! Par contre, l'hirondelle avait trop peur des représailles pour venir en aide à l'Humaine… cela le rassurait.

-Nous devons agir… maintenant! susurra Janie.

D'un geste rapide, Slobuzenja lui répondit en unissant son pouce et son index pour former un rond. Ensuite, elle bougea une fois de plus son index et dressa son majeur en retenant ses autres doigts avec son pouce, puis, elle les replia. Aussitôt, elle leva son petit auriculaire dans les airs; ce dernier semblait vouloir désigner une voyelle qui ressemblait en tout point à un « I ». Slobuzenja exécuta ses signes à une vitesse record. Elle refit les gestes rapidement, une seconde fois, afin de bien se faire comprendre.

Janie savait que ce moyen de communication existait, car elle avait déjà vu une fillette dans un centre commercial transmettre de cette manière un message à sa mère qui lui avait répondu de la même façon. De toute évidence, elle se laissa guider par son intuition Ces signes, à son sens, lui confirmaient un « *OUI* »!

L'oiseau blessé garda la tête baissée et effectua une tape sur son cœur pour lui donner son consentement visuel. Elle allait et venait pour montrer à Galapiat qu'elle s'affairait toujours à terminer son travail.

-Ah!?! Janie dessinait des « *x* » à ses oreilles et sur bouche pour lui dire qu'elle comprenait, qu'elle utilisait le langage des malentendants.

Slobuzenja leva furtivement les yeux et, pour la première fois, laissa percevoir un petit sourire pointu. Elle réalisa qu'elle avait trouvé en l'Humaine, une créature compatissante.

Chanceuse semblait vouloir collaborer en gardant d'instinct son calme. L'hirondelle jouait son rôle à merveille pour ne pas éveiller les soupçons du chef. Slobuzenja apportait des pots et étendait des onguents sur le front de la bibitte à patate. Janie la regardait aller sans dire un mot et constata que lorsqu'elle avait le dos tourné à la porte, elle préparait une substance douteuse avec le contenu des récipients qu'elle transportait. L'ailée zyeuta l'Humaine qui, aussitôt, comprit son petit manège. Puis, ensemble, elles s'échangèrent des signes de connivence.

Slobuzenja ressemblait à une « *Tsigane* » dans sa robe longue pastel qui descendait jusqu'à ses chevilles. Une cape d'un bleu électrique et luisant reposait sur ses épaules arrondies par le fardeau et l'impuissance. Ses yeux ronds s'agençaient parfaitement à sa petite tête circulaire. Son nez d'une finesse rare se mariait à merveille à sa bouche pointue. Sa chevelure lissée par un bandeau torsadé de bijoux sans valeur protégeait les quelques plumettes qui repoussaient sur sa caboche.

Slobuzenja avait subi assez de châtiments dans sa vie pour vouloir s'évader et aider à tout prix la nouvelle venue!

Janie ne put s'empêcher d'effleurer avec le bout des doigts ses ailes blessées, en signe de reconnaissance. Slobuzenja fut sensible à la chaleur humaine et généreuse d'une Créature arrivée d'un autre « **Monde** », afin de sauver une bibitte à patate devenue son amie, malgré l'ampleur des risques!

Un long silence s'installa encore une fois.

Galapiat remarqua l'interruption des activités à l'intérieur de la roulotte. L'heure fatale pour la bestiole venait de sonner.

-Pschitt!!!

Il cracha et se dirigea en flèche vers la caravane. Il voulait être convaincu de sa mort et l'offrir en pâture à ses fricoteurs*.

Janie et Slobuzenja, à la dernière minute, avaient structuré un plan d'attaque. Elles devaient risquer le tout pour le tout.

L'hirondelle avait préparé dans son va-et-vient, une poudre piquante à base d'ammoniaque.

Les manœuvres ingénieuses envisagées devaient fonctionner de cette manière : l'ailée devait lancer les particules poudreuses directement dans l'œil du borgne**. L'Humaine, pour sa part, se tiendrait derrière le mince rideau avec une vis de métal qui lui servirait de marteau afin d'assommer, au même instant, le caïd. Le double coup porté de plein fouet, de part et d'autre, devrait suffire à lui faire perdre tout contrôle. Puis, l'idée de « *Génie* » qui avait traversé l'esprit de Janie demeurerait le clou du

---

* fricoteurs : trafiqueurs
** borgne : n'ayant qu'un seul oeil

spectacle. Elle s'était accaparée du flacon dont l'inscription lui rappelait un souvenir... « *l'Hydromel** ». Comment un ivrogne de cette envergure pouvait-il posséder « *l'Élixir des Dieux* »? Un autre « *Trésor* » recherché, qu'il avait certainement marchandé avec Trompe l'Œil! Il n'en connaissait pas les bienfaits puisque le contenant se trouvait toujours plein jusqu'au goulot. Enfin, elle en conclut que cette potion servirait pour une bonne cause. Janie prit le dé à coudre en métal qui contenait la boisson d'élixir et le vida sur un morceau de pain. Slobuzenja en tenant le croûton moisi, comprit que maintenant... elle se retrouvait dans le même bain que l'Humaine et devenait sa complice. Ensemble, elles avaient mis tout le paquet!

Sur le qui-vive, les alliées** étaient fin prêtes pour le combat quand elles entendirent les pas saccadés du chef s'approcher vivement de la roulotte.

Au dernier moment, Slobuzenja toucha l'arrière-train de Zibouiboui LeZébré. Ce dernier réagit lorsqu'il sentit la mince plume frôlée son attache. Il se raidit, secoué par un spasme à l'estomac. Il savait qu'il serait nourri incessamment! La soigneuse gardait des mies de pain de son propre repas et les cachait pour alimenter la bête, afin qu'il prenne des forces. Dans ses rêves les plus fous..., elle espérait s'enfuir un de ces jours de ce trou! Les chances demeuraient minces, car le tamia handicapé ne possédait plus aucune griffe et encore moins de dents et servait de mulet charge pour Galapiat. Les compagnons de captivité*** attendaient une solution

---

* voir : La forêt magique, Tome 1
** alliées : unies pour une même cause
*** captivité : état de prisonnier

miracle pour s'évader de cet enfer et l'Humaine était arrivée juste au bon moment.

Cette fois-ci, une lueur d'espoir avait traversé le cœur de Slobuzenja. Le trio formait une équipe du tonnerre, mais la tentative d'évasion pourrait se terminer en queue de poisson!

Janie sentit les craintes de l'hirondelle en sueur et chuchota...

-Il ne va pas nous avoir... ce salaud!

Slobuzenja regarda Janie se débattre pour leur vie à tous. Elle ressentait l'agressivité s'installer dans les fibres* de cette jeune fille. Arrivée par hasard d'un autre **« Monde »** pour sauver son amie, elle devenait, peu à peu, à son tour, une dominante. Quelle influence possédait la **« Sphère du Bas-Astral »** sur les créatures? L'Hirondelle avait vécu assez longtemps pour remarquer que très peu *« d'Êtres »*, d'une manière ou d'une autre s'en sortaient sans séquelle. Elle demeurait inquiète pour *« l'Humaine au Grand Cœur »*!

Galapiat avait marqué un arrêt afin de calmer ses rats qui s'agitaient outre mesure, attirés par l'appât du gain.

Les deux complices, plus déterminées que jamais, réagirent promptement et prirent leur position d'attaque en se fixant dans les yeux afin d'intervenir au même moment.

Slobuzenja, déterminée, lança avec une précision étonnante la mie détrempée directement dans la bouche de l'animal attelé à la roulotte. Le tamia aux aguets attrapa d'un seul coup la nourriture tant attendue. Puis, sur-le-champ, il se mit à frémir... gigoter et à se tortiller.

---

* fibres : toutes les parties du corps de Janie

Le rat d'égout dressa l'oreille en entendant ces bruits étranges.

L'hirondelle regarda l'Humaine étonnée. Janie la rassura avec un petit sourire complice; la formule fonctionnait à merveille.

Janie chatouilla Chanceuse du bout des pieds, cette fois-ci pour attirer son attention et la faire réagir. Galapiat devait, plus que jamais, entrer dans la roulotte.

La Coccinelle se mit à parler, haut et fort, un dialecte incompréhensible. Tout était en place pour la finale.

-Zzzababa... zzzababa.... Zzzababa, zzzzzzzha!?!

En entendant Chanceuse, le caïd accéléra le pied-bot en sautillant et en tapant de sa queue, son arme préférée.

Il réalisa que la bestiole n'avait pas rendu son dernier souffle et cria à tue-tête...

-Ragondins à l'attaque!!! Pschitt!!! cracha-t-il, soupçonnant un complot.

Juste avant l'assaut final, rouges comme des coqs et silencieuses, les deux attaquantes demeurèrent de chaque côté de la porte, essayant de se camoufler derrière le rideau de coton usé par endroits.

Puis à l'instant où Galapiat tirait furieusement sur les cantonnières*, un groupe de forains sortirent des bois en courant, ce qui détourna son attention une fraction de seconde. Des cris venant du désert alarmèrent sa bande de vermines apeurées qui se dispersa de tous côtés en abandonnant leur chef! Un événement étrange était en train de se produire et donnait la chance aux alliées de l'attaquer! Janie le prit d'assaut en le criblant de coups avec la vis et

---

* cantonnières : rideaux

Slobuzenja, vive comme l'éclair, lui lança les particules poudreuses à l'ammoniaque* et au sel sulfurique**, directement, dans son unique œil. Pif! Paf! Pouf! Le caïd n'y vit que du feu!

À ce moment précis et sans plus rien attendre, le tamia, gonflé à bloc par « *l'Élixir des Dieux* », partit en trombe avec Janie et Slobuzenja. Ces dernières s'accrochèrent désespérément aux armatures métalliques afin de ne pas tomber dans le vide! Tout l'équipage traversa en flèche la lande désertique. Zibouiboui LeZébré bifurqua dans une direction imprévue en laissant le caïd les quatre fers en l'air sur la braise brûlante.

Le rat d'égout, hors de combat, avait perdu ses esprits. Puis, il se releva en hurlant et secoua ce qui lui restait de moustaches. Il souffrait de multiples blessures. C'est alors qu'une détonation se fit entendre. Le caïd échappa de justesse à l'explosion et sous l'effet de l'adrénaline***, s'élança à la poursuite de la roulotte qui déferlait, à vive allure, emportée par une vague de liberté.

Le feu et le vitriol****, de toute évidence, ne formaient pas un bon mélange!

---

* ammoniaque : produit très irritant
** sel sulfurique : produit qui contient du soufre et qui corrosif
*** adrénaline : hormone sécrétée qui permet de réagir
**** vitriol : acide sulfurique concentré

CHAPITRE 13
BELLE ÉCHAPPÉE

L'évasion périlleuse ne s'effectua pas sans heurts!

Galapiat LeRaté essaya de se frayer un chemin dans toute cette cohue indescriptible.

-Zargors! Zargors! ZAR... gors! crièrent les peureux.

Les rattus et tous les acolytes ne pensaient qu'à sauver leur peau, puisqu'ils avaient entendu un des leurs crier ce nom à répétitions. Ils craignaient ces créatures plus que leur chef et la peste!

Zibouiboui, le tamia et chauffeur attitré de la roulotte, le vent dans les voiles*, louvoya à travers la horde mal en point qui se déplaçait rapidement en sens opposé, cherchant un abri de fortune. Il traversa l'étroite vallée et lorsqu'il eut couru une grande distance, il aperçut un sous-bois. À vive allure, il bifurqua sur une route secondaire, car il avait intérêt à se cacher avec son chargement avant que la cohue générale ne se termine. Ce mouvement brusque et rapide, de la part du petit suisse rayé, fit chanceler la roulotte désuète**. Les passagères en subirent les contrecoups. Chanceuse bascula sur Janie et l'hirondelle sur la coccinelle. Un vrai micmac!

---

* le vent dans les voiles : aller à fière allure
** désuète : dépassée, vieillotte

Janie se retrouva coincée par terre sous ses amies. Chanceuse les baguettes en l'air, se remuait la tête en prononçant de nouveau ces mots bizarroïdes.

-Zzzababa... zzzababababa... zzzababa!

L'Humaine écrasée ne parvenait pas à se libérer. La lutte que livrait la charrette en péril et survoltée par les contrecoups des cahots secouait les aventurières qui n'arrivaient plus à se relever. La roulotte craquait et grinçait de partout. Puis, un autre bond énorme les souleva dans les airs. Immédiatement, Janie s'accrocha à la porte battante qui ne tenait que par un fil barbelé et de sa main gauche, elle agrippa Chanceuse au vol. Elles virevoltaient comme des drapeaux tendus à leur mat.

Slobuzenja, pour sa part, avait réussi à saisir un des trombones qui servait d'armature et retenait par endroit les tuyaux de fer raboudinés. Puis, comble de malheur, les agrafes rassemblées de bric et de broc[*] cédèrent l'une après l'autre. Quel spectacle désolant! L'hirondelle attrapa de justesse l'unique broche de métal qui était demeurée en place comme par miracle, puisque tous les tubes métalliques rongés par endroits s'étaient envolés pièce par pièce; quel soulagement! Cette dernière ne lâcha pas! L'oiseau, secouée par les turbulences, regarda sa nouvelle amie devenue écarlate à force de retenir Chanceuse. Elles se dévisagèrent de haut en bas et de bas en haut, l'instant d'un battement de cils. Elles comprirent qu'elles ne feraient pas long feu dans cette boîte de carton affaiblie par l'humidité. L'Humaine espérait de tout cœur que Zibouiboui LeZébré redresse sa conduite ou bien arrête sa course le plus tôt possible... sinon elles étaient foutues!

---

[*] de bric et de broc : avec des morceaux divers ou variés

Le « *corps astral* » de Janie s'étira sous l'effort déployé pour retenir Chanceuse. Cela lui demandait de la concentration pour la maintenir, puisque son amie avait atteint sa grandeur.

Son « *corps subtil* » ressentant la fin qui s'annonçait tragique, se remit soudainement à jouer au yo-yo entre les « **Mondes** ». Ce dernier voulait que sa « *corde d'argent* » retrouve le chemin du retour, mais Janie, pour sa part, ne désirait surtout pas revenir sur « **Terre** » en abandonnant une seconde fois sa sœur cosmique. Elle avait trop d'affaires à finaliser en plus de régler le compte des « *Intrus* »!

Tout ce cafouillis* avait été causé par ces « *Intrus* ». Comment allait-elle réussir à les détruire? Elle ne pouvait tout de même pas les inhaler! Ah! Il fallait y penser! Quelle idée du tonnerre!

« *Mamiche disait vrai, lorsqu'elle lui racontait que les personnes trouvaient souvent des solutions à leurs problèmes dans les moments de grande détresse* ».

Toutefois, elle devrait attendre l'instant propice et atteindre sa grandeur normale afin d'aspirer tous les « *Intrus* » en une seule fois. Elle devrait exécuter ce tour de force quand elle serait traitée aux antibiotiques!

« *Ouais! Cette idée n'était pas si bête!* »

Mais juste à l'idée de devoir les réintroduire dans son corps, cela lui donnait déjà la nausée.

« *Ouache! Mamichou… c'est tout même dégoutant!* » *pensa-t-elle.*

Il ne fallait surtout pas qu'elle songe trop longtemps à sa Grand-mère, car l'ennui de se retrouver près d'elle commençait déjà à lui tirailler le nombril.

---

* cafouillis : désordre, grande confusion

Puis, elle sortit immédiatement de sa courte évasion lorsque le bouton qui servait de roue ricocha sur une pierre angulaire et craqua. Ce brusque bond tira sur la « *corde d'argent* » de l'Humaine, mais à l'envers, et celle-ci, à son insu, forma une grande loupe et coinça tous ses « *corps subtils* » dans le **« Monde Capharnaüm »**. Elle aurait du mal à revenir sur **« Terre »** avec ce nœud papillon.

Janie sentait ses forces lui manquer et les trois doigts de Chanceuse commençaient à lui glisser des mains! Puis, la face en grimace, elle ne put retenir Chanceuse plus longtemps.

-Slo... bu... zen... ja!?! Aide-moi! hurla-t-elle.

L'hirondelle intervint juste à temps et attrapa l'autre menotte* de la coccinelle. Toutes les deux la tenaient fortement pendant que Chanceuse planait entre elles, en diagonale et libre comme l'air.

Slobuzenja, les yeux sortis de ses orbites, regarda Janie, car d'après la direction que prenait le tamia, le pire était à venir.

Zibouiboui louvoya entre les pierres et subitement se mit à zigzaguer en tous sens et perdit le contrôle, lorsque sa roue lâcha! Il déchargea instantanément toute la compagnie dans un ravin abrupt. La caravane et son chargement se retrouvèrent renversés et s'enlisèrent dans une coulée de boue.

Après tout ce vacarme, le silence s'installa et seul le bruit d'une roue grinçante tournant dans le vide annonçait le malheur!

Janie, sonnée, reprenait lentement son air d'aller. Heureusement, elle n'était pas tombée dans les vapes! Elle n'osait pas imaginer le pire; mourir dans **« l'Astral »**! Elle ne désirait pas réintégrer son « *corps*

---

* menotte : petite main

physique » dans cet état d'inconscience, puisque si elle ne revenait pas avec toute sa tête, elle était persuadée qu'elle vivrait le reste de sa vie **« Terrestre »**, en végétant comme un légume! Il n'était aucunement question de terminer ses jours dans le **« Monde Morose »**, surtout qu'elle avait trouvé une solution pour régler le compte des *« Intrus »*!

-Ouf!

Les cris de peur, au loin, avaient aiguisé sa soif de survie. Aussitôt, elle se releva et examina les alentours à la recherche de ses amies. D'un coup d'œil rapide, elle constata qu'à part quelques courbatures, elle avait conservé tous ses morceaux dans cette course folle et réussi sa fuite! Elle reconnut à peine Chanceuse qui se roulait dans la vase comme un petit cochon. La chute l'avait sortie de son sommeil léthargique, mais ne l'avait pas aidée à retrouver la raison! Elle n'avait subi aucun effet secondaire grave; seule persistait une odeur de poisson pourri. Des résidus huileux restaient collés à ses élytres, plutôt, à ses épaulettes!

Janie cligna des yeux… eh oui! Elle n'en revenait pas… la transformation continuait.

L'Humaine réalisa que la boue visqueuse avait servi de bouclier et amorti leur dégringolade. Elle avança difficilement vers sa sœur cosmique afin de la sortir du marécage dans lequel elle s'amusait à patauger. Elle chercha ses autres amis dans l'espoir de les retrouver. À sa grande surprise, Slobuzenja lui piqua le dos avec son bec. Janie sursauta, car la situation demeurait toujours critique. L'hirondelle, de la tête aux pattes, était emmaillotée comme une momie par des mottes de terre vaseuse. Toutes les trois étaient dans un état lamentable, mais rien de majeur, ni plus ni moins que quelques écorchures. Quel beau trio!

-**Zibouiboui**… où se trouve Zibouiboui? questionna Janie tout énervée, en ne le voyant pas apparaître.

Slobuzenja, sous le choc, s'épivarda et lança un petit cri de détresse, plutôt inhabituel pour un oiseau!

-*Djiouve… Pitit… iiiiiiii!?!* toussota l'insectivore, en crachant des plumes presque à chaque respiration. Il est didi… dis… paru!

Janie demeura bouche bée.

-Oh! Nonnn!?!

L'hirondelle se ressaisit en crachouillant à nouveau des plumettes. Elle avait recouvré la voix pour quelques secondes. La nouvelle tonalité de Slobuzenja dérapa de l'aigu au rauque, en passant par les plumules[*], les hoquets, puis les sons affaiblis.

-*Frippt… Frippt… Frippt… didi… dis… paru!*

-Tu en es persuadée!?! s'exclama-t-elle.

Janie ne voulait pas laisser la bête sans défense derrière elle.

L'hirondelle rajouta…

-*Viou… suis-moi! Frrip… je connais une cachette.*

Elle n'osa pas lui dire la vérité. Elle l'avait aperçu entre des planches, une patte raide et la langue sortie avant l'étape finale de la traversée.

Les animaux n'avaient pas besoin d'explication comme les « Humains ». Cela faisait partie du parcours normal de la **« Montée vers les Hautes Sphères »** et cela, même pour les autres espèces.

Slobuzenja estima que le moment était mal choisi pour lui révéler tous les détails de la disparition de

_____

[*] plumules : petites plumes

Zibouiboui. Elle aurait trouvé étrange l'éclatement de toutes ses cellules en plusieurs particules étincelantes qui s'évaporaient dans le cosmos. L'hirondelle, habituée de vivre dans **« l'Astral »**, savait que cette transformation instantanée était le protocole à suivre, afin de passer dans une dimension planétaire différente.

Janie pensa que la potion à *« l'Hydromel »*, la boisson des *« Dieux »*, ne s'était pas avérée aussi efficace qu'elle l'avait pensé. Ne devait-elle pas procurer la jeunesse éternelle? Le petit dé à coudre qui servait de flacon contenait-il vraiment de l'hydromel ou du houblon*?

-Avait-il sa *« Clef »*?

Slobuzenja cracha encore quelques plumes.

-*Djiouve... Oui... iiiiiiiii!*

Les nouvelles amies se serrèrent un bref instant. Le départ soudain de Zibouiboui chamboulait tous les cœurs.

Les animaux possédaient des *« Clefs »* d'une autre portée historique, car dans le **« Monde des Maisons »**, les *« M.A.G.E. »* accueillaient sans restriction toutes les *« Créatures »* en évolution.

-*Prrite... vite! Je connais une cache!*

-Je suis heureuse que tu aies retrouvé, en partie, ta voix, même si, elle n'est pas tout à fait au point!

Janie demeurait consciente de tout l'effort qu'elle fournissait pour parvenir à émettre des sons. Elle devait souffrir énormément puisqu'elle grimaçait à chaque mot qui daignait sortir de son bec!

Slobuzenja lui montra des traces de feuilles en décomposition et se rappelait parfaitement qu'elle avait déjà survolé cet emplacement.

---

* houblon : céréale servant à fabriquer la bière

Elle se souvenait très bien qu'elle avait tenté de s'échapper à plusieurs reprises, sans succès. Et à sa dernière grande tentative, le rat n'avait pas hésité un seul instant à lui couper les ailes, et ce, à chaque fois qu'elles devenaient trop longues. Ce procédé barbare empêchait l'espèce volatile de s'enfuir!

-Janie... Janie... Janie...! zézaya Chanceuse en tournant en rond.

La coccinelle risquait d'alerter tout le voisinage et Slobuzenja intervint en se tapant sur le cœur, espérant la convaincre de se taire.

L'Humaine, à son tour, lui effectua le signe d'amitié : bouche cousue, croix sur le cœur.

Chanceuse se mit à imiter ses amies. Quelle chance, puisqu'elle ne sortit plus un mot; elle n'exécuta que des gestes!

L'hirondelle prit les devants vers la cache, lorsqu'elle entendit des voix affilées crier...

-Zargors! Zargors! ZAR... gors!

La troupe, à toute vitesse, se terra sous une talle de buis qui bordait le courant. Les feuilles retombèrent sur elles, comme un saule pleureur.

Camouflées, elles avalèrent leur salive et leur langue.

Slobuzenja braqua les yeux entre les feuillus pour observer la situation pendant que Janie, accroupie, retenait entre ses bras Chanceuse agitée par la peur.

Galapiat LeRaté avait perdu du poil, mais pas son tempérament colérique. C'était évident qu'il n'allait pas laisser s'échapper ses proies aussi facilement!

Quel soulagement de constater que le raté se dirigeait dans la direction opposée avec sa meute braillarde!

Janie se questionna...

« *Qui lui avait déjà parlé de ces créatures ténébreuses, les "Zargors"?*» Subitement, un vague souvenir refit surface!

Elle se rappelait d'être à demi inconsciente et étendue sur un lit de roses. La Dauphine Harmonia aidée de Kassandra lui prodiguait des soins particuliers sur la saillie de sa paume de main, suite à une piqûre venimeuse administrée par un « *Lucifuge* ». Elle avait entendu la « *Fée Dauphine* » partager ses craintes avec un personnage mystique, le « *Mage* ». « *Lorsque les Lucifuges apparaissent, c'est pour réanimer ces corps sans âmes, les Zargors* ». Heureusement, qu'elle avait cessé ses commentaires, car visiblement la fée Harmonia ne savait pas que l'Humaine saisissait partiellement... tout ce qui se disait! Janie n'aurait jamais poursuivi son « *Odyssée* », si elle avait connu toute la vérité sur ces créatures monstrueuses.

Aux dernières nouvelles et provenant d'une source sûre, il était clairement identifié que les « *Lucifuges* » appartenaient à une des lignées de la famille des Mordicus!

Ces zombies[*] cannibales et voleurs de cœur vivaient toujours sous la croûte terrestre du **« Noyau Central »** de la **« Vallée de l'Ombre »**.

Certains membres de cette espèce reconstituée et apparentée possédaient le pouvoir de créer les « *Zargors* », on les nommait... les Lémures[**]. Ces derniers, à l'allure vaporeuse, provenant d'une autre souche, attaquaient secrètement dans l'ombre les « *Âmes errantes* », celles sans défense. Les Lémures qui réussissaient à s'introduire dans le corps d'une

---

[*] zombies : revenants mis au service d'un sorcier
[**] Lémures : fantômes

« *Âme en peine* » prenaient possession du « *corps astral* » des Entités aux comportements instables du « **Bas-Astral** ». Et parfois, ils faisaient des tentatives dans d'autres « **Mondes** » et s'en prenaient aux Créatures faibles qui croyaient fortement au malheur et à la sorcellerie! Ils détenaient de cette manière détournée leur propre identité. L'unique façon de reconnaître ces « *Spectres de la mort* » consistait à découvrir si... un monogramme était inscrit sur leur front. Cette signature abrégée s'illuminait à l'apparition de la « **LUNE DÉSASTRE** ». Cette méthode demeurait la seule pour parvenir à les détecter et réussir à les éradiquer*! On pouvait y voir graver en lettres de feu... le mot « *EMET* » qui signifie : « *À MORT* »! Ces créatures influencées par les mauvais Esprits, ne sortaient des abysses que dans les cas extrêmes, et à ces moments-là... les volcans rugissaient!

Des froissements se firent entendre.

-Sssuifff... sssiufff... fuuuuuiyez... sssiufff! sifflota une traînée de feuilles sèches.

Slobuzenja avait remarqué que la jonchée de feuilles qui recouvrait le sol, les suivait à la trace depuis leur arrivée dans le ravin. Elle reconnut les tactiques employées par les bractées qui, de toute évidence, traçaient un chemin à suivre aux évadées. Il s'agissait certainement des connaissances de son amie Florianne, puisqu'elles bougeaient avec la même habileté et effectuaient des mouvements similaires; et de plus, les feuilles affichaient une physionomie presque identique!

---

* éradiquer : exterminer

Janie constata que Slobuzenja souriait pour la première fois. Elle interpréta ce signe comme un bon présage.

-Tu les connais? chuchota-t-elle.

Cette fois-ci, l'hirondelle aurait aimé chanter, elle essaya plutôt de siffler, mais rien d'audible ne sortit de son bec à part quelques petites plumes.

Janie comprit qu'elle voulait qu'elles suivent la route désignée et Chanceuse, pour sa part, acquiesçait de la tête sans arrêt, comme si elle avait tout saisi.

L'Humaine avait hâte de trouver refuge dans l'abri de fortune afin de remettre ses idées à l'ordre! Pendant l'évasion, par instant, elle ressassait certaines pensées. Ses réflexions revenaient toujours à « *Trompe-l'œil* ». Ce dernier avait déjà appartenu à la famille des « *Lucifuges* ». Le Gardien des Séjours Farandole, avait-il tenté de la protéger en envoyant son protégé dans son ancienne cellule familiale dans le but de déjouer le rattus? Cette possibilité demeurait impensable puisque les « *Zargors* » étaient apparus après que ces deux spécimens rares aient entamé* des négociations. Elle les considérait comme des complices!

Slobuzenja s'arrêta et se retourna en regardant Janie. Elle cracha à nouveau un paquet de plumes, en tapant des ailes et des pattes. Elle manifestait pour la première fois son impatience.

-Viou... tchirr... viou... une... rigole! Elle n'existait pas lorsque je suis passée par ici. Viou... tchirr... prrite!

-Tu veux dire... un ruisseau! soupira Janie.

---

* entamé : commencé

L'Humaine pensa qu'à cette époque, Slobuzenja devait être stressée et qu'elle avait certainement oublié!

Elles regardèrent le rivage submergé d'un amas de feuilles foisonnantes qui rampaient dans leur direction, tout en se laissant transporter doucement par la brise.

-Tchirr... viou... prrite! Rrrreeegardee!

-On peut leur faire confiance?

-Tchirr!?! Je crois savoir de qui... il s'agit!

Puis, d'un seul coup, le courant d'air éleva et dirigea les bractées directement devant elles!

Janie serra Chanceuse près d'elle et se colla sur Slobuzenja. Toutes se tenaient par les bras, tellement le vent d'espoir s'agitait à rassembler les feuilles. Instantanément, les évadées furent entourées de toute part par les dépisteuses feuillues. Ces dernières, en catimini, avaient reconnu Slobuzenja. À partir du fossé, elles avaient parcouru la route avec l'hirondelle en rase-mottes pour l'emmener à l'abri. Elles avaient décidé de purger leur peine dans ce **« Monde Capharnaüm »** et de risquer leur vie en prêtant secours aux démunis et ainsi effacer leurs bévues passées! Une histoire de karma les suivait et elles devaient donner sans condition!

Aussitôt regroupées, elles se surélevèrent.

Les réchappées* remarquèrent qu'un attroupement de bractées, de l'autre côté de la rive, s'amusait à imiter leurs semblables feuillues. Puis, un moment inespéré survint lorsque les deux groupes s'élancèrent, d'en avant en arrière et formèrent devant leurs yeux ébahis... un pont flottant.

---

* réchappées : survivantes

Les aventurières agréablement surprises traversèrent le courant à grandes enjambées, sur les feuilles mobiles.

Arrivée sur le rivage opposé, Slobuzenja becqueta la main de sa nouvelle amie. Elles étaient à l'abri de l'autre côté de la rive! Elles devaient tout de même s'activer pour se cacher dans un endroit sécuritaire, car des cris au loin se dirigeaient droit dans leur direction. Aussitôt passées, les feuilles effacèrent les empreintes de leurs traversières avec leurs pétioles en espérant brouiller la piste. Ces dernières savaient d'instinct... à qui elles avaient affaire et que ces vauriens ne lâcheraient pas leurs prises aussi facilement!

Puis, elles entendirent...

-L'Humaine... des traces de l'Humaine!

Janie changea de couleur.

-*Ici*! s'étouffa Slobuzenja.

Elle aperçut un immense tronc d'arbre couché par terre, en décomposition.

-Là! souffla Janie.

Slobuzenja reconnut l'endroit où Florianne aux pétioles argentés, la chef de file des végétaux, avait tenté de la sauver des mains de Galapiat LeRaté. Le surmulot l'avait capturée dans son filet d'oiseleur prêté par le plus grand chasseur de papillons. Depuis ce jour macabre, le rattus accablait Slobuzenja et menaçait de la donner en pâture à son ami préféré Chartreux LeChafouin.

Un seul coup de vent suffit pour soulever Florianne qui montra sa tête laminée. Slobuzenja la reconnut tout de suite. La dirigeante indiqua aux recherchées le chemin à suivre, en plongeant elle-même tronche[*] première dans un amoncellement de feuilles.

L'hirondelle s'assura que les évadées exécutaient la manœuvre à la lettre. Elles furent immédiatement poussées sur la mousse verte par les folioles et dissimulées à l'intérieur du tronc. Tout s'effectua en silence afin de ne pas éveiller les soupçons des Ragondins.

-Ouf! Ce n'est pas trop tôt! susurra Janie à l'oreille de Slobuzenja.

Les forces de l'Humaine commençaient à faiblir et elle apprécia instantanément le calme plat de l'endroit. La paix y régnait!

Et pourtant, elle se rappelait qu'elle se trouvait dans le **« Monde Capharnaüm »**, là... où rien ne va! Ça, elle l'avait bien gravé dans sa tête!

Chanceuse se laissa choir sur les feuilles qui la glissèrent encore plus loin dans le tronc d'arbre... afin qu'on ne puisse pas l'entendre marmonner.

Janie, à quatre pattes, la suivit dans ce trou noir, talonné par Slobuzenja. Elles avancèrent, poussées par derrière, dans le tronçon qui devenait étroit. Au fur et à mesure, il s'assombrissait jusqu'à ne plus y voir goutte[**].

-Oh...là là! s'exclama l'Humaine, le souffle court. La noirceur demeurait sa plus grande phobie!

Arrivées à l'extrémité du tronc d'arbre, elles se trouvèrent coincées.

-Non! Pas vrai!?!

L'issue était bloquée et cette fois-ci, il n'y avait pas d'Illustre Farandole pour ouvrir le passage d'un tour de main.

---

[*] tronche : tête
[**] ne plus y voir goutte : ne plus rien voir

-Viou... viou... viou!!! Calme-toi... frippt... nous sommes en sécurité!

Les aventurières rebondirent contre la paroi lisse, qui, sous la secousse, résonna comme une toile de tambour.

Janie, exténuée, commença à trembler. Alors, les folioles décidèrent de se colmater autour des éprouvées, l'une sur l'autre, et de fabriquer de leur feuillage un manteau de protection imperméabilisé.

L'Humaine se détendit, car rapidement, elle bénéficia de la chaleur de cette mante feuillue. Les feuilles n'osaient pas froufrouter, afin de ne pas déranger leur tranquillité d'esprit! Chanceuse, pour sa part, demeurait muette comme une carpe. Elle semblait trouver plutôt bizarre ce comportement moutonnier et les examinait comme si les feuilles étaient des bêtes de cirque! Janie se demandait laquelle des deux sensations la Coccinelle commençait à ressentir... la paix ou le danger? Elle n'allait certainement pas attendre longtemps avant de le savoir!

Cet instant d'accalmie* ne dura seulement que l'intervalle d'une octave.

Chanceuse sursauta et se redressa d'un mouvement vif lorsque d'autres membres de la troupe de verdure foisonnèrent, en s'amoncelant près d'elle afin de former des murets naturels pour les mettre à l'abri des regards curieux. Certaines se tenaient droites et sur deux pétioles, d'autres s'arquaient en ponceau. Puis les grandes lobées métalliques miroitèrent l'une sur l'autre en gardant la tête haute, puisqu'elles allaient annoncer l'avènement d'une grande personnalité. En réverbérant l'une sur l'autre, et

---

* accalmie : période de calme entre deux moments d'agitation

cordées en alternance, elles produisaient une douce lueur qui tamisa l'intérieur du tronc d'arbre.

Slobuzenja se redressa… Chanceuse recommença à zézayer. L'hirondelle rassura la bibitte à patate.

-*Calme-toi*…!

Elle lui montra du bout de ses onglons desséchés, la lumière argentée qui parvenait en faisceaux jusqu'à elles!

Janie se leva à son tour et entoura ses amies de ses bras. Elle respira profondément… *« Enfin de la lumière! »* s'exclama-t-elle à voix basse.

Les feuilles pennées commencèrent un cérémonial d'ouverture. Elles exécutèrent une série de mouvements respiratoires… tellement puissants qu'on pouvait palper l'énergie.

Certaines d'entre elles se déplacèrent pour former un tapis volant. La voie était ouverte pour recevoir l'invité d'honneur.

-*Frippt… frippt… frriptttt… la voici!*

Adepte des *« Arts martiaux »*, la dirigeante des chlorophylles effleura à peine le sol, supportée par sa troupe. Tête forte, élancée et extravertie, elle ne pouvait passer inaperçue avec son kimono noir par-dessus son feuillage vert et cintré d'une ceinture argentée. Elle avança vers l'hirondelle avec émerveillement.

-Slobuzenja!?!

-*Maître Florianne!!!*

L'experte en karaté réalisa à quel point Galapiat LeRaté devait se sentir perdu pour avoir agi de la sorte avec les espèces! Il devait en avoir bavé ou bien être tombé sur le ciboulot* pour s'adonner à ces actes de brutalité.

Slobuzenja ne tenait plus en place. Soulagée, elle se jeta dans ses bras.

-Merci!!!

Florianne la serra à son tour, heureuse de la retrouver vivante! Puis les présentations s'exécutèrent en catimini.

Les feuilles attendaient en rangée, tout en éclairant continuellement la cache. Elles demeuraient vigilantes et sondaient les bruits extérieurs.

Les rescapées pouvaient finalement voir l'intérieur de leur cachette.

-Une grume**!

L'Humaine était émerveillée de pouvoir visiter l'intérieur de l'abri. Les parois circulaires étaient recouvertes d'écorce grugée par l'usure. Ce lieu naturel caché sous le couvert d'un tronc d'arbre servait de refuge aux sans-abris. Paisible, cet endroit n'était pas sans rappeler à Janie... l'histoire du Grand-père de son ami le Vieux Sage. Ce Chêne millénaire qui s'était effondré sous les morsures des termites. S'agissait-il des vertiges de l'Ancêtre?

-Wow! Incroyable! Elle croyait qu'elle venait de faire une découverte archéologique.

Janie se mit à examiner les lieux. Surprise, elle aperçut une colonie d'insectes qui osaient montrer le bout de leurs antennes. Normalement, ces dernières fuyaient la lumière, si faible soit-elle, mais aujourd'hui c'était une occasion en or de rencontrer « *l'Humaine au Grand Cœur* » et ses amies... les

---

* ciboulot : tête
** grume: tronc d'arbre abattu

rescapées. Les premières à se présenter furent une multitude de collemboles* qui surgissaient de l'écorce des arbres. Les petites puces primitives, de peur de se faire manger, disparurent rapidement lorsqu'elles entrevirent Chanceuse. Les criquets, eux, pour leur part, n'avaient émis aucun son jusqu'à présent, mais devant tant d'agitation, ils écarquillèrent leurs ocelles** pour observer celle qui suscitait tant d'intérêt. Maintenant, le tour des plus curieuses était arrivé. Les sauterelles excitées grimpaient l'une sur l'autre, afin de mesurer la grandeur de la Terrienne. Tous les insectes chuchotaient vu les dernières consignes données, puis disparurent subitement lorsque la lumière commença à clignoter par intermittence. Il s'agissait d'un code secret.

-Chut! On tamise! lança la formatrice du groupe, la plus imposante des karatékas.

Florianne et ses consœurs se retrouvaient dans ce « **Monde** » pour aider les créatures en détresse. Cette mission avec Slobuzenja et ses nouvelles amies lui appartenait! Elle l'assumait parfaitement malgré les perturbations qui régnaient dans ce lieu, causées par les pensées négatives!

-Je suis venue te prêter assistance, ainsi qu'à tes amies. Les Ragondins demeurent extrêmement furieux de vous avoir perdues... toutes les trois. La disgrâce les attend, s'ils ne vous retrouvent pas! Galapiat se demande toujours qui a pu inventer cette histoire de « *Zargors* » pour effrayer toute la populace, car ces derniers sortent seulement lorsque la « **Lune Désastre** » apparaît, chuchota-t-elle. Ils vivent dans l'ignorance la plus complète, en se

---

* collemboles : petits insectes
** ocelles : yeux

laissant guider et hypnotiser par ce raté. Les rattus ne réfléchissent plus! Réflexion faite... c'est une chance unique pour vous!

Janie se consola d'entendre cette bonne nouvelle et surtout de recevoir de l'aide!

-Et toi, petite Slobuzenja... ça va? bruissa la feuille entre ses lobes arqués.

Florianne trouvait qu'elle avait trimé d'arrache-plume pour survivre. Seul son regard était demeuré intact sous son voile de tristesse. Cette luminosité intérieure, marquée par la bonté, brillait de tous ses feux et lui avait permis de l'identifier à distance.

-Djiouve... djiouve... djiouve! Tout va beaucoup mieux, depuis que tu es là!

Florianne tenait à lui expliquer ce qui l'avait empêchée de la sauver.

-Ce jour-là... il m'a vraiment prise au dépourvu! Affamé, il avait ravagé tous les nichoirs des alentours avant que je me rende compte du désastre. Je voulais t'attraper au vol quand tu es tombée du nid familial. Galapiat et sa rataille ont agi plus vite que moi! J'ai dû m'évanouir pour qu'il ne me déchiquette... sinon, je n'aurais plus été d'aucune utilité pour l'avenir! chuinta-t-elle.

Ce souvenir douloureux affecta l'hirondelle qui laissa couler une larme.

Janie se tut et Chanceuse demeura tranquille. On aurait dit que sa sœur cosmique commençait à ressentir de vraies émotions!

Florianne réalisa que la bête à plumes, à peine garnie, avait subi un très grand traumatisme lorsqu'elle avait chuté dans le vide. L'oisillon venait tout juste d'apprendre à voler de ses propres ailes quand il fut enlevé par ce détrousseur de grands chemins! À cette époque, elle devait être morte de peur à la vue de ce rat trois fois plus gros que sa petite charpente.

-Rappelez-moi les consignes! demanda l'Humaine.

Janie n'allait tout de même pas se laisser massacrer sans se défendre! Elle voulait respecter les directives, mais aussi préparer un plan « *B* ».

Les chlorophylliennes, sous l'ordre de Florianne, se rallièrent près des nouvelles venues. Elles confectionnèrent en un seul tourbillon une cloison épaisse, afin qu'elles puissent discuter des procédures à suivre avec la championne du monde du karaté.

La discussion se termina rapidement, lorsque des grattements répétitifs se firent entendre.

-Chut!!! insista Florianne.

Cette fois-ci, les pas menaçants des adversaires se rapprochaient dangereusement des végétaux. En état d'alerte, tous espéraient échapper à l'assaut meurtrier.

Aucune Créature ne bougea. Il n'était pas question que ce vaurien découvre la cachette.

Florianne ordonna d'un coup de foliole de se préparer à l'attaque. Les karatékas qui portaient différentes ceintures attendaient patiemment de savoir exactement quelle comédie elles devraient jouer. Le cas échéant[*], exécuter le kata « *aka* », un rôle de folles dansantes aux quatre vents pour étourdir leur adversaire ou bien, le mouvement du « *scorpion* », tourbillon saccadé en rase-mottes et coup de pied crocheté. D'autres séquences rapides et foudroyantes demeuraient possibles telles que, le face à face du « *tigre* », horion[**] de plein fouet ou

---

[*] échéant : si l'occasion se présente
[**] horion : coup violent à l'oreille

simplement la technique du « *cobra* », coup direct suivi du piqué du nez en chute libre. Bien rodées, elles s'armèrent de patience afin d'appliquer la bonne tactique finale, si elles devaient en effectuer une en dernière instance*. La stratégie ciblée, à main nue ou armée, devait exercer un impact majeur et assommer l'adversaire.

Malheureusement, des crissements de crocs se firent entendre et des copeaux moisis du tronc d'arbre cédèrent. Sans hésitation, Florianne ordonna...

-Métamorphose!

Aussitôt, toutes les chlorophylliennes se laissèrent choir et flétrirent à vue d'œil. En décomposition, noires et flasques, elles ensevelirent les recherchées sous un linceul** de feuilles. Elles avaient exécuté la « *Grande Totale* », en s'infligeant elles-mêmes, le kata de la « *Mort* »!

---

* instance : au dernier moment
** linceul : manteau de feuilles pour recouvrir entièrement

Belle échappée

CHAPITRE 14
TÊTE-À-TÊTE

Cette histoire rocambolesque* avait pris une tournure dramatique. À l'autre bout, pendant que les évadées se débattaient pour leur survie, Galapiat LeRaté, blanc de colère, était en proie à une crise d'hystérie. Sans tarder, LeRaté avait lancé un avis de recherche intensive, en constatant la fuite inopinée** de ses otages. Décidé à récupérer son bien, il ne négligeait rien! Il avait foutu à leur trousse, sa troupe de rongeurs les plus fidèles et avait fait appel aux Forficules, ces dévastatrices, munies de pincettes déchiqueteuses. Et de surcroît, il avait sollicité l'expertise d'un grand dépisteur, Chartreux LeChafouin! Ce dernier reçut l'autorisation de sa maîtresse, la sorcière Embrouillamini, de poursuivre les démarches pendant qu'elle manigançait un plan d'intervention maléfique. Même si le chat et le rat, ensemble, ne formaient pas un heureux ménage, ces deux complices, pour cette cause unique, constituaient la plus dynamique équipe qui n'avait jamais existé! Le butin valait le prix d'un trésor! Que pouvait-on demander de mieux?

Il n'avait fallu qu'un seul Ragondin pour prendre panique et s'imaginer que les « *Zargors* » rôdaient dans les parages avec leur maître, lorsqu'il avait

---

* rocambolesque : abracadabrante
** inopinée : imprévue

183

aperçu Trompe-l'Oeil sortir d'une grotte. Ces rats des bas-fonds ne savaient pas que LeRaté, leur chef de bande, conspirait des magouilles avec ce Lucifuge.

Mais en vérité, Trompe-l'œil, sous l'ordre de l'Illustre Farandole, était venu pour négocier avec le rapace! Il s'était infiltré* adroitement dans le refuge de son enfance parmi son ancienne Famille de Mordicus. Incognito, il était parvenu à pénétrer les tunnels souterrains situés sous la **« Vallée de l'Ombre »** et ainsi se faufiler dans ce **« Monde Capharnaüm »**. Tous ces **« Mondes du Bas-Astral »** se superposaient et se rejoignaient d'une manière ou d'une autre. Ces lieux étaient contrôlés par des *« Esprits Frappeurs »* hantés par le pouvoir. Le Lucifuge avait fait miroiter, au nom du **« Gardien des Lieux de la Forêt Magique »**, plusieurs lingots d'or à qui lui remettrait en chair et en os l'Humaine!

Galapiat désirait cette récompense adulée et avait tout mis en œuvre pour capturer la proie rêvée. Malheureusement, tout son plan avait échoué, lorsqu'un stupide ragondin superstitieux avait déclenché, par sa maladresse, une véritable émeute. Il venait de perdre la *« PRIME »* offerte par la même occasion! Janie valait plus que toute une collection de papillons bleus.

Le rat voulait retrouver son trophée à tout prix. Alors, il n'avait pas hésité à lancer les Perce-oreilles à la poursuite des échappées. Ces derniers avec leurs yeux protubérants et leurs mâchoires broyeuses ne laissaient aucune Créature indifférente. Mais, leur plus grande arme s'avérait sans contredit leurs pinces acérées. Ils se plaisaient à menacer leurs ennemis

---

* infiltré : s'introduire dans le but de surveiller sans attiré l'attention

avec leurs pincettes qui déchiquetaient tout en lambeaux.

Sous les ordres du caïd, les forficules, à la suite de la rataille et de Chartreux LeChafouin, partirent sur-le-champ à la recherche des évadées. Le chat menait le bal avec le voleur de grand chemin, afin de flairer rapidement l'odeur unique de ses anciennes proies. Chartreux atteignit son but... lentement mais sûrement!

*****

Malgré tous les efforts qu'elle avait fournis pour surmonter les nombreuses embûches, Janie se retrouvait dans un endroit sans issue, le derrière sur la paille. Elle se tournait les sangs, recroquevillée sous l'épais tapis des folioles qui s'étaient anéanties pour la protéger. La Troupe de folioles, transformées en feuilles caduques et ternies, camouflait à merveille les recherchées. Janie réalisa qu'elles avaient feint la mort pour éviter la confrontation. L'Humaine, à bout de souffle, entendait son cœur tambouriner dans ses oreilles et se mit à trembler lorsque les perce-oreilles grattèrent les abords du rondin. Elles avaient été repérées! Les forficules aiguisaient leurs pincettes sur le bois effrité du tronc. Le caïd était armé jusqu'aux dents. Accroupie à quatre pattes, elle pensa subitement qu'elle n'allait pas mourir dans ce trou perdu. Elle devait agir!

Immédiatement, elle regarda Slobuzenja qui comprit instinctivement son message... ne jamais abandonner et persévérer jusqu'à la réussite! Elles devaient essayer une nouvelle tentative de fuite. Janie n'avait pas dit son dernier mot et s'apprêtait à livrer une bataille impitoyable, tout comme Slobuzenja!

L'Humaine lança un cri de guerre de toutes ses forces. Une sorte de pressentiment la poussa à apeurer ses ravisseurs et elle cria...

-Amiral... à l'attaque!

Ce cri provoqua la débandade* générale.

Florianne devait tout de même intervenir puisque Galapiat avait découvert sa cache. Elle effectua une dernière stratégie avant le combat final.

-Exécution!

Le feuillage d'érable argenté se dirigea directement vers la porte de sortie pour empêcher les « *Intrus* » de pénétrer par l'ouverture. Le cerveau du groupe s'éjecta sur sa tige et tourbillonna sur elle-même en gonflant ses nervures afin de démontrer à ses consœurs l'astuce à utiliser. La troupe comprit immédiatement l'ordre de Florianne. Ensemble, elles formèrent un tourbillon de fibres raides et piquantes. Cette technique demandait de la précision. Elles avaient combiné une série de katas, la tactique du tigre, suivi du scorpion et un direct du cobra. L'effet boule de pics provoqua l'impact désiré. Les ravisseurs qui cherchaient l'entrée furent repoussés en grand nombre. Les pourchassées, expérimentées, en avaient traversé des intempéries et rien ne pouvait mettre un frein à leur démarche totalitaire.

Pendant que les adeptes du karaté menaient une lutte serrée et sans merci, une interaction bénéfique arriva au bon moment! À l'insu de tout un chacun, adroitement caché dans une faille d'écorce, le « *Vent Druidique* » qui avait été invoqué par le Vieux Sage, attendait la métamorphose qui devait se produire

---

* débandade : dispersement rapide et en désordre

incessamment. L'Amiral dans les **« Hautes-Sphères »** se préparait à exécuter une transformation spectaculaire. L'instant de vider son cerveau et de se laisser absorber par la lumière électromagnétique*, un ion de seconde après, il se transmuta en souffle ondulatoire. Puis, il pénétra dans le flux énergétique translucide du *« Vent Druidique »* qui s'élevait jusqu'à lui. Aussitôt, le fil conducteur l'emporta, sans être vu, dans le **« Monde Capharnaüm »**. Le Grand Protecteur s'était complètement incorporé à la couche vibratoire du vent et ainsi pouvait le diriger. Immédiatement, il exécuta une entrée foudroyante pour sauver Janie.

Florianne reconnut le nouveau venu et accepta, sans condition, l'aide du *« Vent Druidique »*. Elle se plia à ses exigences et le laissa s'infiltrer au travers des adeptes du karaté et ensemble ils formèrent une tornade intempestive.

Les feuilles emportées par la bourrasque s'élevèrent avec leur nouveau partenaire, encore plus haut dans l'espace, en soulevant tout sur leur passage… brindilles, mottes de terre et cailloux.

Plusieurs adversaires furent balayés par ce courant dominateur comme de viles** poussières.

À l'intérieur, les karatékas de surveillance avaient reçu l'ordre de préparer l'Humaine et ses amies à la grande sortie. Elles formèrent un gros cocon de protection autour d'elles et attendirent patiemment le déroulement final. On n'apercevait que les yeux des filles emmitouflées des pieds à la tête; on aurait cru qu'il s'agissait de buissons! Elles n'avaient pas vu venir le coup lorsque le visage du vent souffla les

---

* électromagnétique : lumière qui vient de l'électricité et du magnétisme
** viles : mauvaises, méchantes

rescapées sur la cloison. Janie, à sa grande surprise, crut reconnaître la figure de son protecteur!

Et vlan! Sous la pression, un pan céda et propulsa Janie sur Chanceuse et la Coccinelle se retrouva plaquée à plein ventre sur Slobuzenja. La situation s'avérait un vrai méli-mélo!

-Ohhh! Zzzhi! *Eurk*! s'exclamèrent les amies, surprises par l'impact.

Entraînées par les tiges des végétaux, elles culbutèrent à l'intérieur du trou béant. Le vent repoussa la trappe derrière elles, sans laisser aucune trace.

*****

Janie avait invoqué le nom de l'Amiral et celui-ci, totalement déchaîné prit les grands moyens pour parvenir jusqu'à elle. Il était arrivé à se transformer en « *Avatar de l'air* ». Le Protecteur l'avait découverte, grâce aux indices divulgués par Trompe-l'œil, le protégé de Farandole. Mais sa mission ne s'arrêtait pas seulement à secourir l'Humaine, il devait aider le Druide à retracer les « *Intrus* », pendant que l'Aigle Royal veillait sur la **« Forêt Magique »**.

*****

Pendant que les folioles attaquaient à contre-courant, tout en bloquant l'accès à l'entrée principale, les dépisteurs blessés et propulsés en avaient reçu pour leur argent. Pour sa part, Chartreux se remettait difficilement de la dernière attaque. Tombé sur la tête, il apercevait une panoplie d'oiseaux tourbillonner autour de sa caboche étourdie.

À l'intérieur du trou béant se déroulait une tout autre histoire. Les trois rescapées ne s'attendaient pas à cette plongée vertigineuse. Aussitôt la trappe ouverte, les filles crièrent à s'époumoner, tout en glissant les quatre fers en l'air, dans un long tunnel terreux enduit de glaise. Leurs manteaux de feuilles les protégeaient des secousses et leur servaient de coussins d'air.

-Ah! Zah! *Ahhhhhhhhhh*!

Tout était arrivé à un rythme tellement accéléré que Janie n'avait pas eu l'occasion de penser une seule seconde. Elle apercevait ses amies défiler soit devant ou soit derrière elle, puisqu'elles tournaient comme des toupies. Chanceuse la devançait, les yeux en orbite, en exécutant des tours complets. Ensuite, Slobuzenja demeurait derrière en gardant la bouche ouverte tout en essayant de ralentir sa course avec ses ailes effritées. L'Humaine resta estomaquée lorsqu'elle vit l'oiseau plonger par-dessus sa tête, en lançant des cris étouffés. L'hirondelle retomba sur le ventre à l'avant de Chanceuse et en parfaite synchronisation, elles effectuèrent une suite de sauts périlleux. Devant ce spectacle ahurissant, Janie rit de nervosité.

Florianne avait tenu parole en leur trouvant une porte de sortie.

Après un arrêt spectaculaire, les trois amies se retrouvèrent au fond du trou rebondissant dans le tas de folioles comme s'il s'agissait d'un trampoline. Les feuilles protectrices avaient amoindri le choc de leur chute.

Janie chancelante et accroupie aperçut dans le clair-obscur une ombre difforme se profiler. Un inconnu les attendait impatiemment à la base du tronc en inclinaison. L'Humaine ne savait plus si... elle devait rire ou pleurer. Étonnées, les évadées se regardèrent en se demandant ce qui allait maintenant leur arriver. Chose certaine, une silhouette massue et haute comme trois pommes dans la pénombre, cela n'annonçait rien de très rassurant!

Chanceuse, une autre fois, cassa la glace.

-Zhizzzhihi! Zhizzzhihi! Zhizzzhihi! Elle ricana cachée sous un amas de feuilles. Toujours sous le choc, elle ne pensait qu'à s'amuser.

-**Chan**rgue**nceur**gue**usergue** ergue, ergue, ergue! **Virguitergue**! **Virguiterguete**, **les**rgues **fil**rgui**les**rgue! **Nous**rguou **ner**gue **som**rguo**mmes**rgues **pas**rgua **sorr**guo**ties**rgui **dur**gue **bois**rguoi, jargouina-t-elle.

L'étranger était une étrangère et connaissait la coccinelle, puisqu'elle l'avait interpellée par son prénom. Janie identifia le dialecte... il s'agissait du jargon qu'utilisaient les Gnomes. Elle essaya de s'exprimer dans la langue de l'étrangère.

-**Vous**rguou... ou... **con**rguo**nnais**rguai**ssez**rgué **Ra**rgua**bou**rguou**gri**rguri? interrogea Janie

-**C'est**rguè **mon**rguon **Pèr**guè**rergue**.

-V.O.T.R.E P.È.R.E! **Ç**argua **argua**lors**rguor**!?! Ouf!!! **Quel**rgue**ller**gue **chan**rgua**ncer**gue!

L'inconnue devait intervenir rapidement car la cache avait été découverte. Elle savait que lorsque la trappe s'ouvrait, cela annonçait du grabuge.

Les yeux de l'Humaine s'ajustaient peu à peu au jeu de l'ombre et de lumière et elle distingua une jeune femme dodue, à la poitrine plantureuse.

L'étrangère au visage rond et aux pommettes saillantes se tenait les mains sur les hanches. Ses longues tresses blondes descendaient jusqu'à sa taille et rejoignaient son ceinturon. Elle ressemblait à une paysanne d'autrefois dans sa robe de toile qui couvrait une partie de son pantalon bouffant. Elle piétinait sur place avec des sabots de bois qui lançaient des flammèches.

Janie reconnut l'identité de la personne; il s'agissait de Philomène. Elle se souvenait parfaitement de la description que lui avait fournie Chanceuse dans le terroir de la Mère LaTouffe; la Gnomide aux gros... Hic! Hic!

Slobuzenja garda ses distances et dans l'incertitude, elle recommença à exécuter des signes, en tapochant sur son cœur pour parler à Janie.

-Tic que tic que tac... bing bang!?!

-Ça ne va pas...?

L'hirondelle toucha à sa gorge.

-C'est douloureux? demanda Janie.

L'oiseau baissa son bec corné qui s'accota sur sa poitrine flasque. Elle préférait demeurer muette. Elle avait déjà entendu des lilliputiens s'entretenir entre eux, et elle n'avait pas aimé leurs brusques changements d'humeur. Son instinct de défense prit immédiatement le dessus puisqu'elle ne connaissait pas la vraie nature de ces créatures.

Janie rajouta...

-**Virguitergue**! **Saurguauvergue**-**quir**gui-**peut**rgueu!

-**Vous**rgou rguou **parr**guar**lez**rgué **largua** **lan**rguan**guergue**... **verr**guer**tergue**, baragouina la Gnomide tout étonnée.

Le plafond suspendu craqua au-dessus de leurs caboches.

-**Merr**guer**cir**gui! **Vous**rgou **pour**gouve**z**rgué **nous**rguou **air**guai**der**gué?

-**Pas**rguas **ar**guave**cr**guec **cet**rguet**ter**gue **oir**guoiseaurgueau **euh**rgueu... **euh**rgueu... **der**gue **mal**rgualheurr**gueu**r!

-**Jer**gue **ner**gue **pars**rguar **pas**rgua **sans**rguan **mar**gua... euh! **par**rguarter**gue**nairguai**rer**gue! **Un**grun **point**rguoin... **c'est**rguè **tout**rguou!

Le caractère de l'Humaine impressionna la Gnomide... elle ne serait pas facile à amadouer!

Les bruits devenaient de plus en plus retentissants sur la plate-forme supérieure.

Slobuzenja ne se sentait pas la bienvenue. Elle réalisait que Philomène l'associait à Galapiat LeRaté et qu'elle aurait probablement réagi de la même manière. Par contre, elle avait développé son sixième sens et était persuadée que Philomène ne disait pas toute la vérité, juste à la façon dont elle se tortillait les doigts, les mains et les sabots! Elle devait se méfier de ce bout de fille.

Quant à Chanceuse, elle ne courait aucun risque puisqu'elle comptait parmi ses amies.

La Gnomide jeta un long regard sur la nouvelle venue. Elle réalisa qu'elle lisait dans ses pensées et elle n'aimait pas ça! Les pouvoirs surnaturels des autres l'énervaient.

-**Jer**gue **ner**gue **veux**rgueu **pas**rgua **der**gue **bis**rguis**bil**rguiller**gue.

-**Jer**gue **rér**gué**pond**srguon **der**gue **ses**rguè **ac**rguactesrgues, insista Janie, en apposant sa main sur son cœur.

Slobuzenja comprit qu'elle ne l'abandonnerait jamais!

Philomène savait parfaitement que l'oiseau s'avérait inoffensif malgré les rumeurs d'empoisonnement qui circulaient à son sujet. Les ouï-dire racontaient que le rat aimait inventer des histoires pour se donner de l'importance. En apeurant les Créatures, il pouvait mieux les contrôler. Dominateur, il ordonnait d'exécuter des mutilations, comme il en avait lui-même subi. Il n'avait rien appris de mieux.

-**Acrguarcourg**uou**rez**rgué!

Philomène agita ses pavillons pointus dans tous les sens. Ces derniers fonctionnaient comme des échos radars. Elle percevait en décibel tous les bruits à des milles à la ronde.

Janie releva Chanceuse qui dansait dans les feuilles sans se soucier du lendemain.

La Gnomide avait peine à reconnaître la bibitte à patate malportante, et se demandait... ce qui lui était arrivé pour qu'elle subisse une telle transformation.

-**Lesrguè Zarrguargors**rguors **sont**rguon àrguà **nos**rguo **trous**rguoussesrgue!

-Je sais! s'exclama Philomène, en bon français.

-Euh!

-Je suis polyglotte et pas besoin de m'expliquer les autres dialectes, car je connais aussi parfaitement le langage des signes et des vibrations... c'est ainsi que j'ai pu communiquer avec notre Chanceuse LaCoccinelle!

Slobuzenja ne s'étonna pas de cette annonce. La Gnomide s'adonnait aux cachoteries et son instinct ne l'avait pas trompée!

-Nous sommes perdues!?! Les Zargors arrivent! cria Janie.

-Crois-moi! Il n'est pas question de Zargors, mais je t'assure que ces insensés ne valent pas beaucoup mieux!

-Tu ne comprends pas! Il ne peut pas y avoir pire que ces Zargors : « *Les bouffeurs de cœur* »!

-**C'est**rgues àrguà **voir**guoir! dit-elle en reniflant fortement et en s'essuyant le nez avec son doigt.

Janie n'osa pas intervenir en lui avouant que son comportement manquait de politesse. Elle supposa qu'il s'agissait de mœurs[*] différentes.

La curiosité l'emporta sur tout et sans attendre, la Gnomide questionna à nouveau...

-Qu'est-ce qui se passe dans la boîte à poux de notre Zozoteuse de bestiole?

-Elle a perdu la carte!

-Et, elle... mue!?!

-Ouais! Tu parles d'une transformation... une amnésie et une mutation!

-Je me présente, Philomène, la fille unique de Rabougri et de Rébecca, lança-t-elle hâtivement.

-Je sais... par des rumeurs!

-Assez le bavardage! Allons dans ma planque avant que les débris ne tombent sur nous!

Le bois mort s'émiettait et commençait à affaiblir la structure du toit.

Un haut-le-cœur s'empara de Janie quand elle entendit...

-À l'attaque!

À l'étage supérieur, les Ragondins terminaient leur sale besogne.

L'écho de la bataille mêlé aux craquements de la voûte résonna longuement dans le souterrain et peu à peu s'éteignit dans le gouffre. Cette cache, construite de racines rongées par le temps, devait contenir une multitude de passages secrets.

---

[*] mœurs : coutumes

*****

Là-haut, une lutte sans merci se livrait de part et d'autre. Les feuilles effectuaient des sauts périlleux afin d'assommer les attaquants et certains opposants plus coriaces résistaient aux assauts.

Les rats, les forficules, les mille-pattes s'étaient prêté main-forte pour fouiller, détruire et reprendre le butin du caïd.

Le « *Vent Druidique* » s'efforçait de repousser ces forcenés. Plus il en éliminait, plus il en réapparaissait! Il ne venait pas à bout de les anéantir, même avec l'aide des karatékas qui visiblement commençaient à s'épuiser!

*****

Sous terre, Janie se tenait la tête pour ne pas entendre les lamentations des feuilles déchiquetées. Tout son « *Être* » tremblait d'émotions. Elle se mordait les lèvres afin de ne pas crier de rage.

Puis, un long silence s'installa. Est-ce que la partie était jouée!?!

Le « *Vent Druidique* » s'était étouffé! Elle se demanda pourquoi? Un nœud, gros comme un poing, lui serra immédiatement l'estomac et lui coupa le souffle.

*****

L'Amiral n'avait pas eu d'autre choix que de laisser les feuilles derrière lui s'il voulait refaire surface. À chaque transformation, ses forces diminuaient et il risquait de perdre ses pouvoirs surnaturels s'il demeurait trop longtemps dans la peau d'une autre forme de vie.

Galapiat LeRaté et Chartreux LeChafouin bavaient de joie. Ils contrôlaient de nouveau la situation.

Le rat envoya immédiatement son premier investigateur sur le champ de bataille. Le félidé* connaissait déjà l'odeur des pourchassées et humait sans relâche les feuilles, quand il finit par y repérer un objet brillant. Quelle découverte! Le chat se pourlécha les babines.

-Rrregarrrde! s'exclama-t-il.

-Top-là! cracha le Raté. Chafouin, tu es le meilleur dépisteur!

-Rrrhi! Hi! Hi!

-Ssssis... Ssisssah! Ssisssah! siffla le surmulot. Je la tiens par le bon bout!

Galapiat Le Raté maintenait fortement, entre ses griffes, le bidule scintillant comme s'il s'agissait d'un trésor.

-Allez! Fouillez-moi l'endroit de fond en comble! éructa** le rat. Elles ne doivent pas se trouver bien loin!

*****

En bas... la situation se corsait.

Il était difficile pour les rescapées de sortir de cet immense amas de feuilles collantes.

-Ohhh! s'écria Janie. Le plafond tombe!

-Par ici! Et que ça saute!

---

* félidé : famille de mammifère carnivore, chats
** éructa : cracha

196

-Ouache! s'exclama Janie, lorsqu'elle vit les bestioles à pincettes, qu'elle dédaignait au plus haut point... basculer dans le trou.

-Déguerpissons! lança Philomène.

Aussitôt, elle s'élança en flèche dans un long tunnel.

La Gnomide, parvenue à quelques mètres d'une entrée, se retourna quand elle entendit crier à tue-tête. À sa grande surprise, elle constata que ses protégées traînaient des pieds et n'avançaient qu'à pas de tortue... suivies par les insectes déchiqueteurs. Quelle catastrophe!

-Oh! Non!

Elle avait oublié que ces Créatures ne possédaient pas la même motricité que les Gnomes. Elle dut donc revenir à toute vitesse sur ses pas. Elle se considérait privilégiée de détenir un système musculaire contractile*, unique en son genre et totalement différent des autres races. Ce muscle locomoteur supplémentaire à l'intérieur de ses mollets arqués exécutait une fonction égalant la poussée d'un propulseur. Elle pouvait courir comme un train à haute vitesse.

Philomène les apostropha au passage, juste avant que les insectes ne les rattrapent.

-Ils ont peut-être gagné cette partie, mais pour le reste... on verra bien! dit la Gnomide en ricanant et en tenant fortement les filles.

Un dénouement inattendu allait surprendre les « *Intrus* »!

---

* contractile : qui se contracte

CHAPITRE 15
FORCES DE LA NATURE

Un bruit assourdissant retentit et la voûte s'effondra complètement.

-Je vous tiens!

-Ouf! Zouf! *Ourk*!

Philomène les avait soulevées du sol d'une seule main. De toute évidence, une force herculéenne l'habitait!

La trappe en décomposition sous la pression des dermoptères déclencha sur le champ le système de défense automatique, mis en place par Florianne et Philomène. Quiconque détruisait une niche écologique... devait payer! Aussitôt, une pluie de roches tomba de la paroi terreuse et s'abattit comme des fusées sur les insectes qui piquaient du nez en hurlant de douleur.

Les amies demeurèrent figées devant ce spectacle ahurissant. Puis subitement, Janie s'exclama...

-Chartreux!

L'Humaine, écrasée sous l'aisselle de la Gnomide, essayait de s'y cacher même si une forte odeur de camphre* s'échappait de sous son bras. Les deux acolytes se retrouvèrent appuyées sur ses hanches arrondies, la tête vers l'arrière en direction du trou.

---

* camphre : substance aromatique utilisée pour se guérir du rhume

Slobuzenja, de justesse, avait attrapé une tresse de la lilliputienne et balançait dans tous les sens.

Janie vit le Chafouin, les quatre fers en l'air. Il tentait une manœuvre d'atterrissage, tout en la fixant d'un regard menaçant. Il lança un miaulement à faire frissonner la galerie.

-Marrrrrrnarrrr!

L'Humaine avait parfaitement compris l'interprétation miaulée; le chat lui en voulait « *à mort* »!

Philomène, sans plus attendre, activa ses muscles des mollets... ses triceps suraux. Ces derniers augmentaient de volume aussitôt qu'elles les contractaient. Contrairement à l'humain, ses muscles ne se fatiguaient jamais, car ils étaient composés à 100 % de fibres véloces, agiles et surtout rapides. Gonflés à bloc, ses mollets devinrent ronds, des genoux jusqu'aux pieds, comme des ballons pneumatiques. D'un seul coup de pied, Philomène s'élança dans sa course folle et la tête de Janie rebondit sur ses... hic... hic*. Elle courait à plein régime et s'enfonça encore plus profondément dans les galeries souterraines avec ses poupées de chiffon!

Dans tout ce brouhaha, Janie avait perdu de vue les bestioles, Chartreux, les ragondins et... sa nouvelle amie.

-Slobuzenja! cria-t-elle de désespoir.

L'oiseau lui tapocha la main. Cette dernière était agrippée au ceinturon d'une griffe et à la tresse de l'autre. Elle réalisa que Philomène ne lui avait pas porté secours.

Philomène n'avait pas aidé l'hirondelle, par contre elle n'avait effectué aucune manœuvre pour se

---

* hic... hic... : poitrine

débarrasser de l'empoisonneuse qui ne se tenait que par un fil.

La Gnomide ordonna à Slobuzenja...

-Oiseau de malheur!!! Tire sur la corde et vite!

Slobuzenja, habituée à exécuter les ordres, obéit immédiatement pour leur survie et étira sa plumette afin d'attraper un mince cordage qui pendouillait au passage. Cette dernière, effilochée et sans résistance, tomba entre ses onguicules* atrophiés.

-*Prrit... hippp*!

L'animal à plumules croyait avoir raté la cible et baissa la tête.

Soudainement elles entendirent, tout en se faisant transporter comme des marionnettes, des cris perçants remontant à la surface de l'abri-sous-roche. Ensuite, un son retentit encore plus aigu que les autres... « *Marrrrrrnarrrr... rrrrrAïe!*»

À sa grande surprise, le tunnel qu'elles venaient de fouler s'était effondré derrière les pas de Philomène.

-Tu as réussi! cria Janie, la tête ballottante et les joues rouges par la montée de pression.

Slobuzenja lui sourit, en s'agriffant tant bien que mal à une lamelle de cuir.

Une fin inattendue attendait ces « *Intrus* »!

Janie réalisa que le sol feuillu, sur lequel elles reposaient à leur arrivée, possédait un double fond. Un piège très astucieux avait été tendu à leur insu!

L'Humaine pouvait à peine parler dans cette position acrobatique, car elle rebondissait à chacun des déhanchements de la Gnomide qui filait à vive allure afin de sauver leur peau.

---

* onguicules : ongles

Philomène parcourait sans relâche des passages sinueux, à pleine vapeur, sans se préoccuper de ses passagères.

Janie se demandait quelle force se cachait derrière ce nouveau personnage. Elle n'avait jamais vu personne courir à la vitesse du son et lever des poids aussi importants, même aux Jeux Olympiques.

Philomène poursuivit sa course et contourna tous les différents obstacles qui se présentaient sur sa route. Elle sauta des crevasses, des nids de reptiles et bondit par-dessus des amas de roches. Puis finalement, elle s'arrêta brusquement pour les aviser de ses intentions.

Les Protégées, la tête gonflée de sang, debout et chancelantes reprenaient leur souffle ainsi que leur couleur normale.

-Je dois continuer! Nous ne sommes pas encore à l'abri! Nous devons nous rendre à mon barrage, afin qu'ils ne nous retracent pas! De là... je t'emmènerai dans mon **« Royaume des Rondades »**. C'est ma planque! Je t'assure qu'il s'agit du meilleur endroit pour soigner Chanceuse. Tu verras! Cela lui remettra les idées d'aplomb. Fais-moi confiance!

Janie hésita, puis elle contempla sa sœur cosmique et l'hirondelle; toutes deux s'avéraient en piètre état. L'enjeu était trop risqué, mais elle devait les sortir du pétrin. Alors, elle regarda Slobuzenja, afin que celle-ci lui donne son avis. Cette dernière, malgré ses doutes, acquiesça d'un signe de tête. Elle lui accordait ainsi toute sa confiance. Quant à Chanceuse, rien ne la perturbait puisqu'elle n'avait pas conscience de ce qui leur arrivait!

-D'accord! répondit-elle en replaçant le double élytre de Chanceuse qui retombait sur son épaulette comme un fichu.

-Êtes-vous prêtes? pétarada Philomène.

Janie demeura bouche bée lorsqu'une forte odeur d'ail se répandit autour d'elle. Elle n'en croyait pas ses yeux... elle avait bien entendu et bien senti. Ce nouveau personnage, en plus de roter, détenait de drôles de manières. Elle l'avait bombardée de gaz intestinaux et elle ne jargonna aucun mot d'excuse. Toutes avaient besoin d'air pour respirer.

-Ouf! Au plus vite! lança l'Humaine.

Aussitôt dit, aussitôt fait! La lilliputienne* reprit sa charge à bras-le-corps, heureusement, car des bruits insolites retentissaient en écho dans le double fond!

-Sacramouille de sapristi!!!** Hé... hop!

Janie était stupéfaite. Philomène rotait, pétait et prononçait des injures. Elle possédait une culture insolite! Mais elle reconnaissait la grande efficacité de cette fille et cela l'incita à passer outre leurs différences culturelles, surtout dans un moment aussi critique!

La Coccinelle resta, sans rouspéter, attachée au poignet de Philomène, retenue par des petits crampons de vigne. Comme il fallait s'y attendre... Slobuzenja ne reçut aucun traitement de faveur. Elle demeura accrochée à la tresse et au ceinturon de cuir et ballottait en tout sens comme un pantin. Elle ne s'inquiéta pas outre mesure puisqu'elle avait vécu pire que ça... dans sa vie!

Janie n'appréciait pas le comportement de la Gnomide envers l'hirondelle. En temps et lieu, elle réglerait la zizanie existante entre les deux opposantes.

---

* lilliputienne : petite personne
** sacramouille de sapristi : juron déguisé

Et... la course continua aussi intense que la première.

Les tunnels souterrains plus ou moins sombres semblaient sans fin. Janie avait hâte de respirer l'air pur. Arrivée à une fourche, Philomène s'arrêta et plaça Janie et Chanceuse sur ses épaules et ne daigna pas regarder Slobuzenja.

Un défi de taille les attendait! Une pierre monumentale mettait fin à leur itinéraire.

-Cergue n'estrguè rienrguien!

Sans délai, Philomène poussa fortement d'un coup de pied la roche angulaire qui se dressait devant elle. Cette dernière craqua et immédiatement Philomène commença un décompte... *« un, deux, trois! »* Après cette énumération, la masse rocheuse bascula et la lilliputienne l'enjamba à la vitesse de l'éclair en nivelant les pierres concassées, mêlées de lave durcie qui jalonnaient le parcours. Le résultat escompté fit sourire la Gnomide sous les yeux écarquillés de ses protégées, muettes d'étonnement.

L'Humaine aperçut, en arrière-plan, deux autres leviers de différentes formes en position d'attaque sur le sommet de l'immense roc volcanique. Tout était en place et Janie sentait la fin du voyage arriver.

Philomène était synchronisée comme une horloge et tout se déroulait comme elle l'avait prévue. Alors, elle continua... *« quatre, cinq, six! »* La deuxième pierre volcanique, sous l'effet de la transmodulation*, se détacha de son socle, passa par-dessus leur tête et reprit la route tracée d'avance. Surchauffée, cette dernière lança des étincelles argentées, en parcourant à vive allure, le chemin déjà

---

* transmodulation : déformation d'un bruit

aplati. La lilliputienne poursuivit en souriant... **« *sept, huit, neuf!* »** Attention ça va barder!!!

Aussitôt dit... la matière rocheuse plongea dans le vide pour se fracasser violemment contre l'immense flanc rocailleux. Une fois remises de leurs émotions et la poussière dissipée, elles purent contempler une énorme porte d'entrée. Cette dernière se découpait à la perfection dans la paroi épaisse et laissait entrevoir une grotte volcanique.

Janie n'avait pas les yeux assez grands pour explorer l'énorme trou caché sous une immense chaîne de montagnes. Une grotte préhistorique!!!

Philomène s'élança avec son équipage et emprunta la même trajectoire que la pierre avait tracée pour qu'elles puissent accéder à la caverne. Le tout se déroula parfaitement... puis elle freina subitement, arrivée au rebord escarpé de la cordillère*. Cette fois-ci, elle se retrouvait vraiment devant une impasse majeure. La roche qui devait défoncer le mur de roc ne l'avait pas défoncé et sous la secousse, les débris concassés auraient dû remplir l'espace abrupt et former une passerelle afin de rejoindre les deux pics rocheux, car un profond cratère les séparait. Mais l'énorme pierre avait dévié de sa route et sous l'impact, elle était retombée un mètre plus bas que prévu. Elle avait agrandi la zone accidentée au lieu de les relier à l'entrée de la grotte!

Parviendrait-elle à atteindre le portail? Pour ce faire, elle devrait sauter par-dessus le trou béant et effectuer une montée à la verticale pour accéder au palier. Tout un défi à relever puisque d'habitude, elle courait seule, donc rarement avec autant de charge supplémentaire à transporter.

---

* cordillère : chaîne de montagnes

Tout défila rapidement dans sa tête. Elle devait en premier lieu sauver la vie de l'Humaine. Chanceuse toujours dans un état second, ne possédait aucun moyen pour se défendre et surtout, elle était une de ses rares amies! Elle pensait de plus en plus à alléger sa charge. Elle fixa Slobuzenja. Cette dernière n'aimait pas ce regard douteux, mais comprit l'importance de l'impasse dans laquelle la lilliputienne se trouvait.

Les bêtes ressentent très bien le danger et ne ruminent pas les idées comme souvent les humains se contentent à le faire, leur survie passe avant tout. Il s'agit pour eux d'un mode de vie tout à fait naturel. Cette intervention s'avérait un cas de force majeure et Janie n'avait pas de prix! La Gnomide voulait réussir son plan et la seule option envisageable demeurait d'éliminer l'oiseau! Elle se disait que dans cette situation tragique, Slobuzenja n'aurait qu'à essayer de réapprendre à voler. L'hirondelle avait tout compris, mais elle tenait encore plus à la vie maintenant qu'elle était libre!

Soudainement, un bruit impétueux[*] résonna comme un tonnerre dans la caverne.

-Voilà! Le compte à rebours débute... « ***neuf, huit, sept!*** » cria-t-elle énervée.

Les roches commencèrent à se décoller de la voûte, tout en s'abattant en une pluie de gros grêlons. La Gnomide les évitait habilement et rapidement. Elle savait que le cours des événements était compté... même si le « *temps* » n'existait pas dans « **l'Astral** ». Par contre, pour les créatures en isolement comme elles, vivant dans ce « **Monde du Bas-Astral** »

------

[*] impétueux : fort

subsistait un « *temps d'exil* » qui se quantifiait[*] en yottaseconde[**] (Ys).

-Lâche-moi tout de suite! Je dois viser juste et tu pèses trop dans la balance! ordonna-t-elle à Slobuzenja.

-Frippt... frippt... frippt! Tu es gonflée! Djiouve... moi, je ne pèse même pas une plume mouillée!

Janie, ficelée dans les tresses, ne possédait aucun recours et lorsqu'elle comprit ce qu'elle manigançait dans son dos, elle cria pour arrêter la Gnomide d'agir de cette manière honteuse. Peine perdue puisque des grincements métalliques, au même instant, retentirent du gouffre en couvrant sa voix.

Le plafond étant déjà fragilisé par la chute des pierres, il ne lui manquait qu'un coup de pouce pour s'effondrer. Philomène sortit de son gousset un caillou transparent de forme étrange, aux couleurs bleuâtres, rappelant la clarté de la lune. Elle prit sa fronde en cuir et plaça le caillou entre les deux lanières et le lança sur le dernier levier, puis la Gnomide cria... « **six, cinq, quatre!** » Elle se gonfla le thorax. Ce coup parfait atteignit l'unique roche qui retenait le tout. Cette pierre devait bloquer hermétiquement l'accès à l'entrée principale, aussitôt que les évadées l'auraient pénétrée.

Aussitôt exécuté, Philomène se positionna pour le départ puisque le troisième levier devait entrer en opération dans moins d'une yottaseconde. Immédiatement, ses muscles se gonflèrent, son dos se courba comme une locomotive aérodynamique et instantanément ses avant-bras redoublèrent de grosseur.

---

[*] quantifiait : comptait
[**] yottaseconde: un million de milliards de milliards de secondes

Action! cria-t-elle en lançant à tue-tête
« **_trois..._** » Aussitôt ses pavillons s'étirèrent comme
des hélices et lorsqu'elle rugit le nombre « **_deux..._** »
Tout comme une bête féroce prête à l'attaque... elle
s'élança. Survoltée, elle hurla en courant... « **_un!!!_** »
La grande finale était en place! Elle se propulsa vers
la sortie, en exécutant, un à la suite de l'autre, trois
bonds spectaculaires comme seuls les Gnòmes
peuvent en effectuer en cas de détresse. Toujours en
mouvement, elle bondit avec une habileté
surprenante par-dessus le gouffre et s'agrippa sur les
quelques blocs de calcaire placés de travers, par-ci
par-là, puis se retrouva sur la façade de l'entrée. Elle
ne voulait même pas se retourner, car elle savait ce
qui les attendait si... elle tardait à entrer. Elle
exécuta un ultime saut... et à son grand
soulagement, elle enjamba le rebord de la grotte.

C'est alors que se trouva catapultée la dernière
roche taillée en forme de tranche. Elle tomba comme
une guillotine derrière Philomène. Au moment où la
lame passa à un cheveu de sa tête, Janie ressentie un
vent lui glacer le dos. Chanceuse, sans broncher pour
une fois, resta confinée* dans la poche de sa
salvatrice.

La Gnomide se laissa porter par la force
d'attraction qui l'amena au centre de la grotte avec
ses rescapées. Cette fois-ci, il n'y avait aucun doute.
La rangée de murs fortifiés les séparait
complètement du danger. Une lumière jaillissait des
fissures latérales et une clarté jaunâtre éclairait
entièrement l'endroit.

---

* confinée : enfermée

-OUF!!! Nous l'avons échappé de justesse, soupira Janie.

L'Humaine, folle de rage, ordonna à Philomène de la poser au sol. Lorsqu'elle mit un pied par terre, elle aperçut Slobuzenja remuer à peine ses ailettes.

-Tu as failli y passer... ma belle!?! s'exclama la Gnomide en souriant.

Slobuzenja garda son sang-froid. *« Elle ne m'aura pas! »*, pensa-t-elle, même si... elle s'était presque évanouie à l'instant où la pierre tranchante lui avait râpé quelques plumules. Toutefois, elle demeura alerte et ne se laisserait pas embobiner par ces paroles ridicules. Aussitôt que la Gnomide s'était placée en position de course et juste avant qu'elle ne s'élance, l'hirondelle s'était accrochée à la dentelle qui bordait le pantalon bouffant de celle-ci. Elle avait virevolté et réussi à exécuter quelques battements d'ailes, grâce à ses nouvelles plumettes et ainsi, elle avait évité de s'assommer sur le rocher à plusieurs reprises. Elle avait vu la mort de près.

Janie prit Slobuzenja dans ses bras, sous l'œil déçu de la Gnomide. Puis, elle se retourna vivement vers la lilliputienne.

-Ne recommences plus! Entendu? Sinon... tu auras affaire à moi et aux Fées! Et... où sommes-nous? ordonna-t-elle.

Philomène qui s'attendait à des remerciements rougit jusqu'aux oreilles, surprise par ce commentaire dérangeant; l'Humaine communiquait avec le **« Monde Féérique »**? Elle n'osa rien rajouter à ce sujet, car on ne pouvait pas se vanter de les connaître... sans en subir de bons ou de mauvais ensorcellements! Sans aucun doute... elle disait vrai!

-**Auxrguaux** abords **des**rgues cheminées, non loin de mon repère... rrrgue! dit-elle, en y perdant son jargon.

-Ah... incroyable! Je suis sauvée... les **« Cheminées des Fées* »**?

Janie se croyait arrivée dans le **« Monde Féérique »**. Elle fut vite désenchantée!

-Non! Ce ne sont pas celles des Fées, il s'agit des Kimberlites**! Ces dernières sont des cheminées volcaniques. Les Gnomes y extraient des pierres précieuses et des diamants uniques. Plusieurs membres de ma Famille travaillent dans ces rochers magmatiques***.

Janie retrouva son sourire. Elle se souvenait d'avoir observé des Gnomes, des Lutins et des Trolls, lorsqu'elle avait prit l'ascenseur *« Universa »*****. Ce dernier l'emmenait, en passant par une Cité souterraine comprenant plusieurs ateliers, dans le laboratoire alchimique de l'Illustre Farandole. Toutes ces Créatures s'affairaient dans ce lieu secret à tailler minutieusement les métaux recherchés!

-Bon... alors, nous sommes près de **« l'Antre »**!

Philomène toussa, rota et péta. C'est ce qu'elle savait faire le mieux lorsqu'elle mentait.

Janie se sentit rassurée et ses craintes se dissipèrent, car le Père de la lilliputienne, le bras droit de l'Alchimiste, devait rôder dans les parages.

---

* voir : La Forêt Magique, Tome 1

** Kimberlites : roches volcaniques

*** magmatiques : qui vient du magma, roches volcaniques

**** voir : La Forêt Magique, Tome 1

CHAPITRE 16
MÉTAFORT, LE TRANSPORT ADAPTÉ

Les rescapées se retrouvaient sur un amas de lave refroidie en forme de cuvette naturelle. Chanceuse recommença à zézayer tout en hoquetant lorsqu'elle entrevit le gisement minier qui lui rappelait sans doute sa douloureuse chute dans un puits sans eau! L'Humaine n'eut pas le temps de rajouter un seul mot que la Gnomide lança un long... sifflement dans le trou noir.

Chanceuse sursauta.

-Sissssssssssssssssssss!

-Un appel à l'aide? interrogea Janie.

Toutes se penchèrent pour regarder l'intérieur, elles n'aperçurent qu'un long manche qui ressemblait à un arbre dépouillé de ses branches s'enfoncer en profondeur. Toutes blêmirent pour la bonne raison qu'elles ne pouvaient y apercevoir le fond.

-Oh!?! Zzzoh! *Frittoh*!

-On traverse la rivière... et on y est!

-La... rivière! Il n'en est pas question... Chanceuse ne sait pas nager!

Philomène lui tapa un clin d'œil affirmatif et rattrapa son groupe en une fraction de yottaseconde.

-Oh là... un peu de nerfs!

Janie n'aima pas le commentaire de la Gnomide, mais ne put répliquer puisque la lilliputienne... subito presto, s'entortilla adroitement les jambes galbées autour du cylindre naturel qui se dressait comme un mat devant elle. Puis, agrippée à la tringle rigide, elle se laissa glisser vers le bas, aussi vite qu'un pompier appelé au feu. Janie, les cheveux dans les airs empoigna fortement l'autre tresse de Philomène, afin de demeurer assise tellement la descente s'effectuait rapidement.

Chanceuse dérapa et Philomène tira sur un fil qui s'étirait comme un élastique et la balança dans la manche de son chemisier bouffant qui s'effilochait.

Slobuzenja, de peine et de misère, en profita pour grimper à la natte blonde et se terra dans le creux du chapeau de la jeune lilliputienne.

Janie se rendit compte qu'il ne s'agissait pas de sa première expérience en chute libre puisqu'elle exécuta cette plongée en maître et de surcroît, elle connaissait le chemin par cœur.

Rendue au bas de l'échelle, Philomène retomba, en souplesse, sur ses deux pieds. Ces freins aérodynamiques amortirent la collision, grâce à ses super mollets.

-**Sargua**lu**t**rgu **monr**guon **vieux**rgueu... rgueu! jargonna-t-elle, enflammée.

Elle déposa ses deux paquets sur le sol et secoua son chapeau afin de faire tomber Slobuzenja.

Les rescapées restèrent en état de choc en se retrouvant devant un animal à la tête aplatie qui leur rappelait un bien mauvais souvenir, puisqu'elles se trouvaient face à face avec un mammifère... un énorme rongeur!

La bête semblait plutôt bourrue et montra ses incisives pointues comme un ciseau pour démontrer son insatisfaction.

-Ch'sapristi! Tu ch'sais que je déteste qu'on me réveille durant ma ch'sieste!

-Jergue n'y peux rien... il s'agit d'un cas extrême!

-Ch'ça... ch'est à voir!

-**Rrreuhr**gueuh! **N**ergue fait pas **lar**gua tête!

Le castor jouissait d'une excellente vue et avait tout de suite repéré les nouvelles venues. Il se dressa sur sa queue écaillée en forme de pagaie, d'une longueur d'au moins une trentaine de centimètres et ce... juste dans le but de les impressionner.

-Ch'e ch'sont des intrus!

-*Tchirr oh*!!! Zzzoh!!!

Slobuzenja, suivie de Chanceuse, se cacha rapidement derrière Janie. Ce monstre géant allait certainement les bouffer!

L'Humaine, sous l'effet de la peur, réagit d'une manière inattendue et dangereuse. Au lieu de reculer, elle s'avança directement vers l'animal afin de lui prouver qu'elle ne périrait pas dans ce trou perdu! Elle espérait grandir et cela ne se produisit pas!

-Nous n'avons pas besoin de votre aide! lança-t-elle, sans honte.

Le castor sourit de ses dents d'une teinte orange brûlé et frotta ses incisives supérieures contre ses chicots* inférieurs, pour l'apeurer. Au contact, ces dernières, durcies par une couche d'émail, émirent un bruit strident désagréable. Elles réagirent au grincement de dents en se bouchant les oreilles. Janie se serrait les mains pour ne pas grimacer et rajouta promptement :

-Le bras droit de l'Illustre Farandole, Rabougri, nous attend sur ses Terres. Il se chargera de vous remettre à l'ordre le moment choisi.

Philomène resta muette devant l'audace de l'Humaine.

---

* chicots : restes de dents cassées

Le castor indépendant ne répliqua pas à la riposte de l'étrangère qui ressemblait à un membre de la famille des Gnomes.

-Ch'salut Gamine! Ch'chapeau! Il regarda la Gnomide et rajouta... elle est plutôt culottée ta petite cousine.

Slobuzenja demeura sur un pied d'alerte, car même si Philomène semblait le connaître sur le bout de ses doigts, il pouvait les attaquer à tout moment!

-Métafort! Elle a dit vrai et nous devons traverser la rive.

-Ch'ça non! Tu ch'sais que je ch'suis trop vieux pour ch'sauter à l'eau... l'arthrite me gruge et j'ai atteint mes douze ans... l'âge du repos bien mérité! Et le peu de temps qu'il me reste à vivre, je compte le passer en toute quiétude avec les miens. Par contre, je vois que tu as poussé l'audace jusqu'à amener à mon barrage des espèces inconnues. Qui ch'sont-elles?

Immédiatement, le rongeur émit des vibrations négatives lorsque Slobuzenja se montra le bout du bec.

La Gnomide sentit la pression monter et Métafort tapa fortement de la queue pour annoncer un danger. Ce bruit, telle une détonation, se fit entendre dans tout le sous-terrain. Figées, les rescapées n'osaient plus bouger.

-Calme-toi, mon vieux! répliqua Philomène.

-Ch'oh! Je ne veux pas de ch'cet oiseau de malheur ch'sur mon dos. Ch'est ch'ça ou rien! chuinta-t-il.

Le castor mugit... il n'aimait pas l'odeur de la chair malade, cela lui donnait la nausée. Végétarien, il n'adorait manger que les plantes aquatiques et les graminées.

-Hé! Mon père souhaiterait que tu nous viennes en aide! Ne t'a-t-il pas sauvé des pattes du loup? Ces petites doivent se reposer et rejoindre ma famille.

-Ch'ça pas question!

-Bon! Il ne s'agit pas de ma cousine, mais plutôt de l'Humaine recherchée de partout.

-Ch'ah alors... Ch'est que tu blagues!

Janie n'avait pas le temps de placer un seul mot. Philomène prenait toute la place afin que l'Humaine ne rajoute rien qui pourrait nuire à son plan.

-Ça rrrgua suffit! Je l'amène à mon père. Et tu gardes le secret pour sa sécurité. Compris?

-Ch'est non!

Janie réalisait que cela ne serait pas aussi facile que prévu de traverser la rivière.

-**Ohr**guoh! Tu n'as pas d'autres choix! Tu connais la « *LOI* » : « Qui reçoit donne et qui vole paie »!

Métafort se demandait qui l'avait prévenue pour son méfait. Le castor savait quelle conséquence il subirait s'il se mettait Philomène à dos! Les Gnomes existaient en petit nombre, mais il fallait s'attendre au pire quand on leur tenait tête avec leur caractère obstiné!

-Ch'est d'accord! siffla-t-il entre ses palettes. Subitement, il devint docile comme un mouton. Aussitôt, il retomba sur ses quatre pattes.

Janie se demandait quel méfait il avait commis pour changer d'attitude aussi rapidement. Philomène laissa planer le mystère. Ne devait-elle pas la conduire en premier lieu dans son « **Domaine des Rondades** »? En fin de compte, il se pourrait que Rabougri y habite.

-Je vous présente, le grand responsable du traversier!

-Ch'soyez les bienvenues à bord! Je vous ch'salue! Ch'ce sera rapide et vous ch'serez à destination en quelques mouvements de brasse!

L'animal trapu, cette fois-ci, tapa tout doucement de la queue en signe de révérence à l'Humaine. Aussitôt exécuté, il tourna le dos en oubliant volontairement le reste des épaves qui lui inspirait du dédain. Immédiatement, tout comme un contorsionniste, il s'aplatit de tout son long sur le ventre et devient plat comme une galette.

-C'est… c'est… notre bateau!?!

-Eh **oui**rguoui! À partir d'ici, nous empiétons sur son territoire. Je reste la seule à posséder un droit de passage comme tu as pu le constater à cause du poste qu'occupe mon père dans **« l'Antre »**. Tu sais… les animaux apprécient grandement les services rendus par les Gnomes et ils demeurent reconnaissants pour le reste de leur vie!

La bête se laissa chevaucher, sans broncher et sans répliquer, cela valait mieux pour sa santé.

Philomène assit Janie en avant d'elle; elle ne souhaitait pas, elle non plus, se retrouver collée sur l'hirondelle. L'incompatibilité de caractère de ces deux espèces sautait aux yeux! Quant à Chanceuse, elle prit place sur les genoux de Janie et Slobuzenja n'eut d'autre choix que de se ranger complètement à l'avant.

Métafort soupira et fit des soubresauts, car l'odeur des plumes mouillées lui donnait la nausée.

Slobuzenja savait qu'elle devait demeurer sage. S'il dédaignait sa chair, il pourrait par contre la balancer par-dessus bord.

-Ch'ça va… vous êtes prêtes? siffla le castor en agitant les pattes de derrière afin de décoller. Sssoh!

Sssah! Sssoh! Ch'é « frette* » pour mes vieux os! suinta-t-il.

Aussitôt, l'esquif** commença sa traversée en tanguant.

Un nouveau départ, une nouvelle chance, une nouvelle vie débutaient! L'air du large raviva Janie. *« Enfin la liberté! »* pensa-t-elle en serrant ses amies contre son cœur.

-Ch'est ch'ça... cramponnez-vous!

Une fois appareillées, Janie remarqua que le port s'avérait être un barrage de castor et qu'il devait avoir été construit par Métafort et sa famille. Puis, elle sursauta lorsqu'elle aperçut des dizaines de typhas*** se dresser de chaque côté de l'embarcation.

-Ch'ce ch'sont des Maîtres nageurs, chuinta Métafort. Il gigota vivement les pattes pour se projeter en vitesse de croisière.

S'il n'aimait pas la viande, il adorait par contre la chair des plantes aquatiques.

Les Quenouilles, costumées de leur habit de velours imperméabilisé, sortirent la tête de l'eau afin de saluer les voyageuses. Elles demeurèrent calmes à la vue du prédateur. Elles savaient comment échapper au danger et la saison des réserves n'était pas encore arrivée. D'ailleurs la *« Loi »* de la chaîne alimentaire, elles la connaissaient parfaitement. Le rapport nutritionnel existait depuis des lunes et ses rites étaient convenus entre les espèces vivantes... en partant de la végétation jusqu'à l'homme. Elles escortèrent la barge afin que les clandestines atteignent le port sans incident fâcheux!

---

* frette : froid
** esquif : petite barque
*** typhas : cannes de jonc ou quenouilles

Janie se laissait bercer par les vagues. Le moment s'avérait délicieux et le Soleil radieux. Slobuzenja respira profondément et son thorax prit de la vigueur. En dépit des contretemps, elle se sentait heureuse de vivre au grand air. Chanceuse demeurait silencieuse dans les bras de son amie. Janie savait qu'elle avait peur malgré tout de tomber à l'eau. Par contre, la coccinelle ressentait la tranquillité d'esprit de sa sœur cosmique et cela semblait la rassurer!

Les plantes aquatiques observèrent que le ciel commençait à se couvrir à chaque longueur. Aussitôt, elles accélérèrent la cadence, car elles se méfiaient des variations atmosphériques.

L'Humaine et ses amies ne remarquèrent rien d'anormal puisqu'elles profitaient au maximum de l'environnement accueillant et de l'odeur fraîche qui se dégageait de la rivière.

-Enfin... la paix! s'exclama Janie.

Chanceuse, les mains brunes et duveteuses, lui sourit tout en essayant d'attraper les longues quenouilles.

-Chut! ronchonna Philomène sur un ton sec.

-Quoi... on ne peut plus s'amuser?

-Janie... nous sommes à ciel découvert! Vaut mieux ne pas prendre de risques inutiles et se dépêcher à pénétrer dans ma cache.

Aussitôt, la coupole céleste se couvrit davantage de gros cumulus gris.

Janie ne rajouta rien. Même si sa cachette semblait inatteignable, elle avait décidé de lui faire confiance. Le danger, lui, demeurait omniprésent*... l'ombre avait bien l'allure de la sorcière! Elle la cherchait!

---

* omniprésent : présent en tout lieu, toujours là

Slobuzenja n'aimait pas le changement de température subit et encore moins le ton qu'employait Philomène afin de les contrôler.

Chanceuse regardait tout autour d'elle et essayait de rattraper les massettes qui glissaient entre ses trois doigts. Puis, en se penchant un peu trop loin sur le rebord de l'embarcation, elle lança un cri de mort en entrevoyant une ombre dans le fond de l'eau.

-Zzz un zzz zombie!

Janie l'empoigna avant qu'elle ne bascule dans la nappe miroitante. Puis, à son tour, elle aperçut un ombrage.

-Non!!! Non!!! Non!!!

L'Humaine reconnut immédiatement le profil malicieux de la Sorcière Embrouillamini. En panique, elle se leva dans la barque. Le coup agita la rivière et les vagues firent tanguer l'esquif. Slobuzenja garda son ballant et de justesse attrapa la coccinelle qui allait plonger! Tout ce tumulte désarçonna Métafort et ce dernier eut de la difficulté à redresser le gouvernail.

Philomène les ramena à l'ordre avec rapidité et les tira toutes vers elle, d'un coup sec.

-Ça suffit! On s'assoit, s'écria-t-elle, verte de colère. Puis elle ordonna au castor d'accélérer la cadence. Tout ce vacarme l'énerva et il augmenta, avec sa godille,*sa vitesse à sept kilomètres.

Janie reprit son calme. Heureusement que les quenouilles, aidées de la couche nuageuse, les avaient recouvertes, car la sorcière les aurait repérées sans tarder!

Slobuzenja n'avait pas eu la chance d'apercevoir cette ombre. Cette visiteuse importune avait

---

* godille : aviron; ici, sa queue

assombri plus que les nuages, elle avait assombri cette belle promenade sur la plaine liquide aux reflets irisés.

La Gnomide était sortie de ses gonds et son comportement compulsif laissait à désirer. L'hirondelle n'avait pas encore mis le doigt sur ce qui clochait avec cette fille, mais cela ne saurait tarder.

Métafort arriva sur le rivage, à toute vitesse, poussé par une vague de peur! Il débarqua son chargement et une fois son travail accompli, il s'empressa de regagner ses quartiers souterrains, sans daigner saluer la compagnie.

Aussitôt les pieds sur le sol, les aventurières s'accroupirent derrière un buisson pour reprendre leur souffle.

-Dis-moi donc... qu'as-tu entr'aperçu dans l'eau pour t'affoler de cette manière? interrogea curieusement Philomène.

-J'ai cru apercevoir une... une revenante! Et elle se dépêcha de poursuivre... sommes-nous rendues chez ton père?

Le groupe se remettait tranquillement de leurs émotions fortes. Les principales concernées savaient quel personnage maléfique... elles avaient entrevu. Par contre, chacune d'elles gardait le silence pour des raisons bien particulières. Avaient-elles identifié la même silhouette?

-Nous arrivons! Restons tissées serrées! s'écria Philomène, en prenant les devants.

Janie et Slobuzenja empoignèrent Chanceuse par la main, puisque le fil qui la retenait à la lilliputienne s'était rompue lors du chahut*. Elles suivirent, à la queue leu leu, d'un pas ferme la Gnomide.

---

* chahut : agitation

Pour l'instant, tout demeurait confus dans le « **Bas-Astral** », car ce dernier était pollué par les pensées chaotiques des « *Intrus* »! Janie devait faire confiance à Philomène... une connaissance de Chanceuse.

Si seulement Janie parvenait à néantiser[*] le voile du mensonge, elle serait immédiatement transportée dans la « **NooSphère** »!

Le « **Bas-Astral** » était rempli d'idées sombres, plus on y croyait et plus des imprévus redoutables arrivaient!

---

[*] néantiser : faire disparaître

CHAPITRE 17
LES NŒUDS MAGIQUES

Philomène parcourut un sentier broussailleux en trois mouvements et pénétra au niveau inférieur d'une maison sur pilotis. Toutes la suivirent sans se faire prier car elles avaient hâte de se sentir en sécurité, surtout avec la venue de la mauvaise température qui s'installait au fur et à mesure qu'elles progressaient dans leur aventure!

Janie repoussait les brindilles qui lui fouettaient le visage, tout en essayant de rejoindre la Gnomide.

-Pas encore un autre bourbier!

Philomène, à l'abri et d'un pas ferme, se retourna. Elle avait oublié... encore une fois, que ses nouvelles connaissances ne possédaient pas sa puissante musculature.

Les rescapées, à pas de tortue, avançaient péniblement dans la broussaille.

-Où te trouves-tu? questionna Janie.

L'Humaine ne voyait pas plus loin que le bout de son nez dans cette végétation sauvage.

-Je suis là... à quelques enjambées!

-Où!?!

Les quelques centimètres qui la séparaient de ses amies s'avéraient, en fait pour elles, des mètres de distance.

-Là!

-Bon sang! On n'y arrivera jamais! s'écria la Terrienne en désespoir de cause.

Philomène reprit les guides, cette fois-ci avec Janie et Chanceuse sur ses épaules. Slobuzenja s'accrocha à la courroie du sac de Janie. Ainsi, la lilliputienne ne pouvait s'y opposer!

-Beurk! Je ne comprends plus rien! Depuis que tu es apparue, le **« Monde Astral »** a changé!

L'Humaine rétorqua du tac au tac...

-C'est ça! Accuse-moi! s'exclama-t-elle les baguettes en l'air.

Aussitôt, des nuages gris s'amoncelèrent au-dessus de leurs têtes, suivis d'un éclair. La Gnomide, immédiatement, en profita pour émettre un commentaire.

-Tu vois! Tu provoques des changements climatiques, et ainsi, tu retardes notre arrivée.

-Sac à puces! La **« NooSphère »** ne plaisante pas!

Définitivement, Janie ne pratiquait pas la *« Loi du rythme du pendule »*, car elle aurait éliminé de sa vie... toute parole inutile et pensées négatives qui réduisaient sa faculté d'avancement. Et, c'est pour cette raison que ses ennuis grossissaient au fur et à mesure que son odyssée avançait.

Philomène n'avait jamais eu l'occasion de jouer avec une Terrienne et surtout avec une Mini-Humaine de renommée grandissante! Elle souhaitait la conserver pour elle-même, en étirant indéfiniment la venue de *« l'Humaine au Grand Cœur »* dans son **« Monde »**!

Slobuzenja n'osa pas commenter, elle croyait que Philomène jetait de la poudre aux yeux à qui voulait l'entendre pour se montrer intéressante.

-Enfin! Nous sommes presque arrivées.

La troupe soupira de soulagement.

Janie commençait à en avoir assez de tous ces blablas. Par contre, Philomène semblait en savoir long sur son compte et la **« Planète Algol »**, celle que l'on prénommait la *« Tête du Mal »*.

La Gnomide pénétra une seconde fois dans le trou, entouré de pieux de bois, qui s'enfonçait profondément dans la terre. Seul un expert pouvait trouver cette porte secrète.

Janie, soudainement, se sentit mal dans tous ses *« corps »* et ces derniers lui lançaient un sérieux avertissement; elle avait assez séjourné dans **« l'Astral »**! Elle arrêta de marcher brusquement lorsqu'elle ressentit, dans ses tripes, son *« corps éthérique »* s'étirer comme un élastique et rebondir sur ses talons.

-Oh... non! Je ne rentre pas au bercail et encore moins, sous cet arbre! Il n'en est pas question! Ce dernier lui rappelait de trop mauvais souvenirs, en particulier celui du Grand Flandrin de la **« Zone Interdite »**, le *« Garde-chiourme[*] »* des entrailles de la **« Vallée de l'Ombre »**[**].

Philomène lui expliqua qu'elle ne pénétrait pas sous un arborescent[***]. La maison sur pilotis s'avérait être un ancien barrage de castors.

Un soudain mal de tête lancinant s'empara de Janie. Ses yeux se gonflèrent comme s'ils allaient sortir de leurs orbites. Elle ne put s'empêcher de se tenir la tête à deux mains. Bouleversée, elle sentit ses *« corps subtils »* se rebeller et commencer à se comporter de manière inusité.

---

[*] Garde-chiourme : surveillant brutal, autoritaire
[**] voir : La Forêt Magique, Tome 1
[***] arborescent : qui a la forme d'un arbre

-Oh, mais! Ahhh! **Rerguegarguardergue-moi**rguoi çargua! Philomène ne mâcha pas ses mots avant de lui annoncer... que d'autres *« corps »*, infiniment translucides, sortaient de son *« corps astral »* **Jergue croisr**guoi **quer**gue **turgu** esrguè **dérguésarguaxéergu**ée!

-Quoi!!! Désaxée! Tu rigoles!

-**Tes**rguè substances incorporelles émergent de **leurr**gueur axe central**rgual**! rajouta la Gnomide stupéfaite.

À ce moment-là, toutes les cellules de son corps se distendirent et désorganisèrent le fonctionnement de tout son *« Être »*.

-Mais quoi? Comment! Je n'y comprends rien! Ohhh! Mes *« corps »* persistent à demeurer en désaccord! Elle reconnaissait le malaise qu'elle véhiculait depuis son dernier voyage dans *« l'Astral »*! Ces derniers n'avaient jamais manifesté autant d'agitation et elle s'inquiétait des événements à venir! Ah!!! Ils n'ont pas choisi le bon moment pour montrer leur mécontentement!

La Gnomide resta formelle...

-Oh!?! **Tur**gue dois **ter**gue reposer!

-Tu parles d'une affaire! s'exclama Janie étourdie et en sueur.

Slobuzenja surveillait toujours les écarts de conduite de Chanceuse. Elle demeura étonnée de constater tous ces changements. L'Hirondelle n'avait jamais vécu ce genre de manifestations. Elle ne savait où donner de la tête.

-Viou! Ch'est comme frrrip frrrip tsi tes particules touchaient à plusieurs stries* à la fois.

---

* stries : superposition de couches

Janie marchait comme sur des œufs cassés, car ses
« *corps subtils* » rebondissaient les uns contre les
autres et l'un dans l'autre tout en se balançant de
droite à gauche et de haut en bas. Étape par étape,
Janie s'élargissait, se gonflait et grandissait à vue
d'œil... jusqu'à devenir plus grande que la
lilliputienne.

Philomène ne comprenait plus rien et commença à
paniquer. Elle était certaine d'avoir affaire à une
Magicienne, puisque l'hirondelle avait recouvré la
voix et que la coccinelle réagissait de plus en plus
aux interventions extérieures. Puis, l'Humaine flotta
entourée de multiples couches de corps gazeux tout
en se transformant en « *Géante* »! Il n'y avait rien
de normal dans tous ces comportements hors de
l'ordinaire!

À l'improviste, Chanceuse se jeta par terre et rit
jusqu'à se décrocher les mâchoires.

-Ma foi! Je possède... combien d'enveloppes?
questionna Janie étonnée.

-Beurk! Tfrrip ah! Zzz oh!

Aucune des créatures ne pouvait lui donner
d'explication adéquate, puisque n'ayant jamais vécu
cette expérience.

-Oh... non! On va nous repérer! Et, je ne dois pas
fermer les yeux, car je retournerais immédiatement
sur « **Terre** »!

Janie, malgré tout, se sentit partir. Sa corde
d'argent s'étirait en propulsant des étincelles
argentées afin de la ramener au bercail, mais, à mi-
chemin, cette dernière rebondit en faisant marche
arrière. Elle ne pouvait plus pénétrer dans son « *corps
physique* ».

Le cordon avait oublié qu'il avait formé un nœud par inadvertance lorsque Janie s'était envolée dans les airs... juste avant de tomber dans le marécage; la perte de Zibouiboui avait bouleversé l'Humaine et provoqué ce repli! Rapidement, elle se plia en deux pour compresser le cordon afin qu'il lui obéisse, car maintenant, elle voulait défaire son nœud et revenir à la normale.

-Non! *Prrite non*! Zzz oui! s'écrièrent ses deux compagnes.

Ses amies, estomaquées, restèrent impuissantes devant les tours de passe-passe qu'effectuait cette corde au don mystérieux pour se dénouer. Cette dernière était reliée à « *l'Âme* » et voulait ramener sa personnalité au bercail! Janie était trop avancée dans son odyssée pour rebrousser chemin. Elle ne pouvait pas la couper, sinon elle ne pourrait plus revenir sur « **Terre** ». Alors, plus vite que la corde, elle exécuta une culbute et ainsi forma un deuxième nœud coulant pour empêcher que la corde d'argent ne défasse le premier.

Mamiche n'aurait pas aimé savoir que Janie avait effectué un nœud par elle-même! Il ne fallait surtout pas qu'elle en noue un troisième. Ces boucles papillon, mal employées et particulièrement lorsqu'il s'agissait d'un trio consécutif, engendraient des conséquences graves! Chose certaine, cette technique d'enroulement la séparait de ses sentiments et la coupait du reste du « **Monde** » terrestre!

Puis, ses cinq autres « *corps supra subtils* » plus éthérés se condensèrent et, soudainement aspirés, entrèrent d'un seul coup dans son chakra coronal[*] à

---

[*] chakra coronal : chakra situé sur le dessus de la tête

la vitesse de la lumière. Elle lança un soupir de satisfaction.

-J'ai réussi!

L'Humaine se rendit compte que ces « *enveloppes translucides* » pouvaient, non seulement, se centrer et rebondir à l'intérieur de son corps, mais exécutaient par leurs propres moyens des mouvements d'ascension pour aller se ressourcer dans des « *Dimensions* » inexplorées. À ce moment-là, Janie réalisa que son identité pouvait se manifester sous différents aspects dans de nouveaux lieux inconnus et sous des visages uniques en leur genre! Elle prit conscience que ses autres « *corps supra subtils* », auxquels elle était incorporée, évoluaient sur des plans de lumière encore plus élevés. Ces derniers, invisibles à l'œil nu lorsqu'elle vivait dans le « **Monde Terrestre** », possédaient différents moteurs de recherche d'élévation et tous lui appartenaient. Le deuxième nœud coulant n'avait pas étouffé ses « *corps infiniment subtils* », au contraire... de cette manière, elle avait réussi à les maîtriser et comprit qu'ils ne pouvaient agir sans son consentement.

Mamiche lui avait déjà expliqué que le chakra du soleil, celui que les connaisseurs appelaient le « *Plexus solaire* », devait être nettoyé régulièrement parce que sinon... il pourrait un jour lui jouer un mauvais tour comme aujourd'hui! Lors de son périple, elle avait perdu le « *Nord* » et oublié ses poses d'appréciation et par le fait même, entretenait de moins en moins de pensées positives. Elle n'avait rien corrigé de ses erreurs... sauf exécuter de peine et de misère quelques respirations.

-On garde le silence! couina Slobuzenja, à la grande surprise de Philomène, lorsque l'Humaine fut agitée par des spasmes incontrôlables qui la firent rapetisser.

Toutes plongèrent dans un mutisme absolu.

Janie, en respirant profondément, tomba dans un état méditatif. Puis, une lumière fluorescente d'un bleu violet s'éjecta de son « *chakra* » coronal et, des pieds jusqu'à la tête, la flamme violette effectua le nettoyage au grand complet, tout en harmonisant chacune de ses roues de vie! Puis, complètement libérée des tensions, elle aperçut dans son esprit un remarquable lac de cristal scintillant où se dressait un magnifique palais surmonté d'un dôme. Revitalisée, il n'y avait plus rien qui ne l'arrêterait. Elle devait se fier à son intuition et trouver le **« Lac Enchanté »** où se situait, de toute évidence, le **« Royaume de Son Altesse Grâce »**! C'était la route à suivre, puisque ce lieu mystérieux l'interpellait du fond du cœur! C'était un présage* et elle devait aviser le plutôt possible, le père de Philomène qui la guiderait. *« Sa Troupe »* devait certainement s'y trouver et l'attendre!

-On attend après qui? lança-t-elle à brûle-pourpoint.

Toutes partirent à rire de bon cœur, heureuses de retrouver l'Humaine en pleine possession de ses moyens.

Philomène s'écria...

-En route rgue!

Janie aussitôt rajouta...

-Tu dois contacter ton père en arrivant.

-Euh! rota la Gnomide! Euh! Beurk! Bien sûr!!!

-Il est le seul à pouvoir approcher le Druide en ces temps nébuleux. Mon ami le Vieux Sage trouvera le

---

* présage : signe qui prédit l'avenir

moyen de contacter celui qui remet les « *Pendules à l'heure* »!

-Le M.A... « *M.A.G.E!* » bafouilla la Gnomide.

-Tu connais le « *M.A.G.E* »?

-J'ai entendu dire... qu'il n'avait jamais existé et qu'il s'agissait d'une pure fumisterie* pour embrouiller les pistes!

-Ahhh!!! Là, je crois que tu te trompes!

Philomène ne voulait pas qu'elle la quitte tout de suite. C'était trop « *in* »... d'être l'amie d'un mythe**! À vrai dire, toute la **« Forêt »** percevait l'Humaine comme une Créature surnaturelle; une Terrienne dans leur **« Monde »** invisible, cela relevait de la magie!

-Je vais faire de mon mieux! Tu comprendras qu'il reste difficile à rejoindre depuis le dernier coup d'État des Intrus. Mon père Rabougri doit surveiller le « *Gardien des Séjours, l'Illustre Alchimiste Farandole* » et ainsi de suite; la chaîne de protection a été mise en place. Elle demeurera en vigueur jusqu'à nouvel ordre... enfin, jusqu'à la fin de ce conflit! Tu oublies que nous sommes déconnectés de la **« NooSphère »** et que l'anarchie totale règne!

-Quelle catastrophe! s'écria Janie. Elle savait parfaitement qu'une partie de ce désordre était arrivée par sa faute.

Les amies sursautèrent devant la forte réaction de l'Humaine. Philomène en profita pour blâmer les indésirables.

-Actuellement, les « *Intrus* » mènent le bal. Leur mentalité négative engendre des nuages de terreur et nous séparent peu à peu de la **« NooSphère »**.

---

* fumisterie : une farce
** mythe: représentation idéalisée de l'humanité

La Gnomide avait omis de lui révéler que ses agissements personnels provoquaient aussi des remous dans **« l'Astral »**, autant que les *« Intrus »*. Les idées négatives, en général, arrêtaient tout processus de réussite et parfois, le détruisaient complètement.

Janie savait aussi parfaitement qu'une partie de cette mésaventure lui appartenait et qu'au moment opportun, elle s'occuperait du sort des *« Intrus »*. Cet attroupement était impliqué dans sa vie pour des raisons particulières. Elle n'en connaissait pas la cause, mais pour l'instant, elle devait mettre de l'ordre dans ses pensées et décider du chemin à suivre!

CHAPITRE 18
UN SECRET DE POLICHINELLE

À l'apogée, dans son **« Céleste Empire »**, le seul et unique Maître D'œuvre regardait paisiblement les péripéties que vivait sa petite *« Humaine au Grand Cœur »*. Loin de l'avoir abandonnée, il surveillait ses pas à la loupe avec le Conseil des *« M.A.G.E. »*. L'Absolu s'était permis, devant les décisions difficiles que Janie devait assumer, de lui envoyer des vibrations d'amour, tout en lui indiquant la route à suivre qu'elle semblait avoir oubliée. Ainsi, il désirait l'encourager à poursuivre sa *« Grande Odyssée »*, celle qu'elle avait tracée depuis le commencement de sa vie.

*****

Janie demeura calme même si l'odeur camouflée du soufre persistait à lui bloquer les narines, afin qu'elle ne puisse respirer profondément pour nettoyer ses chakras. La densité des oscillations lumineuses de bienveillance émises par *« L'Absolu »* autorisait les *« corps subtils »* de Janie à prendre la relève, en décrassant ses roues énergétiques afin qu'elle poursuivre son odyssée avec les idées claires.

Cette nouvelle énergie reçue par le biais de son *« chakra couronne »* la raviva. Elle savait, depuis le début, que cette expérience s'avérerait tumultueuse, car on le lui avait prédit! Mais elle mettrait tout en œuvre pour réussir, même si elle ne connaissait pas le fin fond de cette aventure rocambolesque!

Ce concours de circonstances avait été organisé pour que Janie perde le « *Nord* »! Jusqu'à présent, cela avait fonctionné à merveille puisqu'elle se trouvait dans le « **Monde Capharnaüm*** », un monde parallèle situé entre deux « **Mondes parallèles** » en interférence.

Elle ne se laissa pas abattre lorsqu'elle vit « *Galarneau* » se faire damer le pion et céder bien malgré lui son champ électromagnétique à « *l'Obnubilant Saccageur* », le dresseur de nuages et ami du « *Ravageur de Grand Vent* ». Elle constata que parmi le groupe de résistance, les « *Intrus* » étaient fort nombreux, déterminés et de mauvaise volonté!

Les nouvelles associées avaient repris la route et Janie se sentait vraiment d'attaque puisque Philomène l'avait pleinement rassurée au sujet de la caverne. Le barrage appartenait à Métafort LeCastor. Ce dernier demeurait habituellement dans son terrier d'été, qu'il avait creusé au bord de l'étang. Là… justement où la première fois, elle l'avait aperçu! Il devait y forer** d'autres tunnels de secours avec des membres de sa nombreuse famille, tout autour des souterrains déjà aménagés. Le travail accompli, la cellule familiale appréciait la fraîcheur que procuraient les conduits construits près des digues.

-**Cergue sontrguon dergue vraisrguai** labyrinthes **cesrguè** conduits!

-Nous pourrions les utiliser! s'exclama Janie.

_____

* Capharnaüm : lieu encombré et désordonné
** forer : percer, creuser

-**Ils**rguils mènent **sous**rguou l'eau **et**rgué certains mesurent plus de cinq mètres **der**gue longueur! Il **faut**rguaut être d'excellents nageurs **pour**rguour les traverser!

Janie réalisa que cette possibilité s'avérait inenvisageable[*], car ses amies ne pourraient y survivre!

La lumière pénétrait par les commissures des branchettes. L'énorme hutte laissait apparaître des traces de vie. La Gnomide lui montra des copeaux de bois jonchés sur le plancher cimenté de branches boueuses. L'habitation de construction rudimentaire sentait le sous-bois après une pluie d'été.

-Je me demande où se cache ce peureux de Métafort. Viens! Nous allons sortir par l'une des chambres d'aération et nous arriverons dans mon refuge.

-Là-bas? questionna Janie, heureuse d'être non loin de leur destination finale.

Un puits de lumière jaillissait du toit construit de branchages. Des traces fraîches de mottes de terre boueuse démontraient parfaitement que ce havre était toujours habité.

Tout en se dirigeant le cœur joyeux avec ses compagnes de route, Janie aperçut un petit gradin sculpté dans un énorme tronc d'arbre et décida de s'y asseoir. « Une pause d'appréciation dans cet endroit grandiose nous fera un grand bien » pensa-t-elle.

Le gîte tapissé de branches de saules et de fleurs de framboisiers dégageait une odeur réconfortante et lui rappelait le terroir des « *Lapinoix*[**] ».

---

[*] inenvisageable : qu'on ne peut pas considérer qu'on réalisable
[**] voir : La Forêt Magique, Tome 1

Elle pensa que le mammifère rongeur s'avérait de toute évidence un ingénieux architecte. La cabane en bois rond, ayant un diamètre supérieur à trois mètres, s'appuyait sur une digue[*] construite de plusieurs centaines de rameaux, colmatée par un composite de terre boueuse et de résine. Le reposoir rustique se tenait sur de solides troncs d'arbres.

-Cet endroit respire la paix! dit Janie.

Le groupe n'aperçut jamais le vieux Métafort. Avait-il succombé à sa dernière baignade?

Après un long silence, la Gnomide reprit...

-**Jer**gue rgue **ter**gue rgue rgue **ferguerairguais** rergue**marguarquer**gué **quer**gue **tur**gu esrguè **asr**guasirguisergue **sur**gur sargua **targuabler**gue àrgyà **man**rguan**ger**gué!

-Oups!!! s'exclama Janie en se redressant brusquement.

Slobuzenja et Chanceuse avaient profité de ce petit moment de répit pour se pelotonner confortablement sur les paillasses.

-**Et**rguet... **vous**rguou! Vous êtes couchés dans des nids... rajouta la Gnomide

Instantanément, l'hirondelle réagit et se releva aussi rapidement que l'Humaine. La coccinelle riait en continuant à se la couler douce dans les brins de paille parfumés d'essence de lavande.

-Poursuivons! s'exclama Janie qui avait hâte d'arriver à destination.

-Je suis convaincue que Ti-Boule Blanc trouvera Balbuzard ou la Troupe et peut-être le Druide, l'Amiral ou les Fées. Enfin, il y a certainement quelqu'un qui est chargé de me surveiller pendant mon odyssée!?!

---

[*] digue : barrage

-Euh! Ti... Boule... Qui ?!? s'exclama Philomène sous le choc. Tu n'es pas arrivée toute seule de ton **« Monde »**?

La Gnomide avait entendu parler de tout ce beau monde, mais aucune rumeur n'avait circulé au sujet du nouvel arrivant.

-Ti-Boule Blanc ma grande! Eh... oui! Je suis venue accompagnée! Et il a accompli un incroyable exploit! Mon cheval de fortune est parvenu à me faire traverser les *« Portes du Savoir »*.

-Rgueuhhh! balbutia-t-elle, sans rot, ni gaz... ni parole choquante.

Slobuzenja demeura sidérée et Chanceuse tituba. Dans les occasions où les émotions étaient à la hausse, la coccinelle, petit à petit, semblait revenir de son séjour du **« Monde des revenants »**. Quant à la Gnomide, pour sa part, elle verdit d'incertitude. Maintenant qu'allait-il se passer? L'Humaine possédait toute une équipe derrière elle... plutôt deux, une dans **« l'Astral »** et une seconde sur **« Terre »**. Un parfait étranger et de surcroît, un ami, un cheval terrestre qui n'appartenait pas à son territoire, avait réussi la traversée! C'était plutôt dérangeant! Il fallait qu'elle regagne le plus tôt possible sa planque! Si l'animal s'avérait aussi habile que le croyait l'Humaine, il allait les repérer.

Philomène pouvait toujours contrôler Slobuzenja, par contre, elle ne désirait pas qu'une autre bête entrave sa liberté et la bonne marche de ses plans. Il y avait déjà assez de créatures à gérer dans **« l'Astral »**. De plus, elle se doutait que Janie n'avait pas perçu l'ombre de la même manière qu'elle. Elle avait omis de nommer l'ailée qu'elle avait vue, et ce, dans un but bien précis!

L'Humaine croyait avoir aperçu la *Sorcière Embrouillamini* et Philomène, pour sa part, avait reconnu les ailes de *Pipistrelle la Cristallomancienne*. Ce chiroptère*, porteur de nouvelles, parcourait les parages pour retrouver Janie.

Philomène, l'écornifleuse, avait parfaitement entendu les dernières recommandations de « *l'Illustre Farandole* » avec son grand pavillon collé à la porte de la chambre de ses parents. « *S'il advenait le pire, le Triumvirat mandatera Pipistrelle, la chauve-souris, à retrouver l'Humaine au Grand Cœur* »! Il était convaincu que cette dernière, aveugle et complètement inoffensive, passerait inaperçue. On l'avait reléguée aux oubliettes ainsi que son potentiel exceptionnel. Malgré tout, elle voyait clairement, puisqu'elle était guidée par ses super radars ultrasoniques d'une puissance de plus de vingt kilohertz**. De plus, ces ondes demeuraient imperceptibles aux oreilles des créatures habituées à ne rien entendre, trop préoccupées à n'écouter que ce qui flattait leur ego.

La Gnomide dissimulait sa joie. Elle avait réussi à persuader Janie qu'elle était... après les « *Intrus* », la seule responsable des changements survenus dans « **l'Astral** »! La lilliputienne se pressait maintenant pour la cacher puisque la chauve-souris avait possiblement repéré Janie. En plus de cela, il y avait ce cheval!

L'Humaine ne désespérait pas... certaine que son Ti-Boule Blanc ne la laisserait pas tomber.

---

* chiroptère: chauve-souris
** kilohertz : fréquence de vibration sonore de 1 000 hertz, période par seconde

-Je suis convaincue qu'il exécutera les consignes que je lui ai données, afin de retracer dans les plus brefs délais un membre de la « *Troupe* ».

-Je **luir**gui souhaite **bon**rguon**ner**gue chance! grommela Philomène, en y perdant son jargon. Il n'y a plus rien à comprendre sur ces **« Sphères »**, tout est bouleversé même dans la **« NooSphère »**.

Janie, plus que jamais déterminée à agir, ne se laissa pas, cette fois-ci, impressionner par les paroles de la Gnomide ainsi que par les cellules orageuses qui apparaissaient et disparaissaient quand bon leur semblaient et qui s'amusaient à les tourmenter. Trouvant qu'elle n'était pas aussi proche qu'elle croyait l'être, Janie s'impatienta et demanda...

-Nous y sommes, oui ou non!?! Elle commençait à en avoir ras-le-bol de tourner en rond et de tous ces détours.

Slobuzenja lui avait partagé son inquiétude, à plusieurs reprises, par des gestes répétitifs.

Philomène n'entendait plus à rire, elle voulait l'Humaine, à elle seule, et ce, dans sa cache. Elle devait intervenir rapidement. Elle était convaincue d'avoir semé les Ragondins, mais en ce qui concernait le cheval venu de la **« Basse-Terre »**, cela la tracassait et elle accéléra la démarche.

-Vite! On continue.

Janie la dévisagea en rajoutant...

-Enfin! Grouillons-nous!

-C'n'est pas trop tôt... *frrip*!

La Gnomide jeta un regard de... « *de quoi je me mêle?* » à l'hirondelle et se mit à roter, péter ainsi qu'à bougonner des gros mots dans un jargon incompréhensible. Elle aimait s'entourer de mystère!

-Euh!!! Je tiens à vous dire que nous ne devons nous fier à personne! Et je ne le répéterai pas deux fois! Puis, elle zieuta l'oiseau, afin de lui tenir tête. Ma mère trouvera certainement un moyen de contacter mon Père. Tout ceci étant clair, net et précis... maintenant, je dois vous mettre en garde avant que l'on arrive à destination!

Les rescapées arrêtèrent brusquement de marcher et fixèrent la Gnomide; même Chanceuse clignota des yeux.

Et Philomène livra un secret prétendument[*] bien gardé!

-Je peux vous dire qu'Octo MaCrapule a comploté un plan diabolique contre le « *Conseil des Anciens de l'Ermitage* » et cette fois-ci, il compte sans aucun doute déposséder l'Amiral de son titre de « *Grand Protecteur* »! Des consignes strictes ont été établies et l'alerte « **ROUGE** » a été déclenchée! Personne ne nous viendra en aide et nous devons nous protéger par nos propres moyens!

-Non! s'exclama Janie. Elle aurait tout entendu.

Aujourd'hui, la « **Forêt** » devait affronter de nouveau ces « *Intrus* ». Les générations passées avaient eu affaire à Malfar Malfamé et à sa troupe d'incultes[**]. Ce clan, à l'époque, avait dévasté le grand-père du Druide. Et le pire, dans cette invasion massive, selon les ouï-dire, s'avérait qu'Octo MaCrapule souhaitait prendre possession de la « **Forêt** » avec son gang de malfaiteurs pour détrôner l'Amiral, le Grand Monarque.

---

[*] prétendument : en faisant passer pour vraie une chose qui ne l'est pas
[**] inculques : non-cultivés

Janie resta bouche bée, Slobuzenja hoqueta et Chanceuse chigna. Les deux se collèrent sur leur seule bouée de sauvetage... l'Humaine.

Janie se posait un tas de questions. Comment Philomène était-elle parvenue à découvrir qu'Octo MaCrapule demeurait l'ennemi juré de son Protecteur? Quels audacieux ou audacieuses avaient dévoilé au grand jour ce secret? Le bavard ou la bavarde n'était-il pas au courant que de révéler cette information tenue cachée par le *« Triumvirat »* engendrait un châtiment sévère? Janie recommença à douter et à se bourrer le crâne d'idées farfelues! Chanceuse et Philomène... étaient-elles des copines de longue date? Elle n'en savait rien!

Elle réalisait qu'une créature s'était permis de lever le voile sur le mystère que les *« Lapinoises »* s'acharnaient à ne pas divulguer. Et, parce qu'on avait violé le secret de la **« Forêt »**, tous en subissaient les conséquences désastreuses. *« Voilà la raison... de ce foutu bordel! »*

L'Humaine au grand cœur, au lieu de courber l'échine, réfléchit à la conjoncture qui la reliait à l'Amiral : une destinée conjointe lui avait été révélée par le *« Grand Aristide, l'Arithmomancien et le Maître des Lieux de la Forêt Magique »**. Elle se devait de continuer, afin de découvrir la vérité qui se cachait derrière ce mystère qui la réunissait à son Protecteur. C'était écrit dans le ciel... à l'encre des *« Génies »* et elle ne pouvait changer le cours des choses!

-Vite, sortons d'ici! s'exclama-t-elle, enflammée.

Aussitôt son *« Aura »* éjecta de milliers de particules rouges et fut entourée d'étincelles argentées.

_____

* voir : La Forêt Magique, Tome 1

CHAPITRE 19
LE ROYAUME DES RONDADES

Janie soupira. Devant autant de portes de sortie, elle se demandait laquelle prendrait la lilliputienne.

Philomène, comme de raison, prit la plus sombre.

-**Suirguivezrguez-moi**rguoi! Voyant l'air perplexe* de ses amies, elle rajouta : je vous jure que c'est la bonne!

La Gnomide monta sur la surface plane et surélevée. Ce palier, situé au-dessus du niveau de la rivière, se trouvait camouflé sous une pile d'écorces dans les combles de la hutte. Les rescapées se tenaient par les bras, gardant Chanceuse, la gigoteuse, entre elles pour ne pas qu'elle bascule dans le vide.

Elles descendirent de nombreuses souches ramifiées qui servaient d'escalier.

Janie qui croyait sortir au grand air constata qu'elle s'enlisait dans les entrailles du barrage. Cela commençait à l'énerver et elle respira longuement afin de contenir sa crainte. Elles pénétrèrent dans une galerie souterraine au sol humide d'où des vapeurs s'échappaient! Aussitôt entrées, elles se retrouvèrent toutes plongées dans la *« Grande Noirceur »*. Collées l'une contre l'autre, elles ne bougeaient plus. Janie ne pouvait plus retenir sa

---

* perplexe : indécis

langue, ni ses gestes, ni ses émotions... et ça se percevait dans son « *Aura* ».

-Philomène... ça suffit! On n'y voit rien. Où sommes-nous?

-Ne crains rien! J'active mon bracelet, lança la Gnomide intimidée par l'énergie qui se dégageait du « *corps astral* » de l'Humaine.

En disant ses mots, Philomène agita son bijou qu'elle avait adroitement dissimulé sous la bande de cuir serrée à son poignet.

-*ILLUMINARÉ*! ordonna-t-elle à voix haute et forte. Et la lumière fut!

-Ho là là! Quelle trouvaille extraordinaire! s'exclama Janie.

-C'est un « *Circumlunaire* ».

-Un « *curci... circu... circumlunaire* », quoi?

Le bracelet orné de sept anneaux, garni de pierreries ovales se mit à briller de tous ses feux et éclaira le plateau d'une luminosité fluorescente aux couleurs de l'arc-en-ciel.

-Ce bracelet est fabriqué de « *Pierre de Lune* » et puise son énergie pendant le cycle lunaire.

La Gnomide omit de dire qu'elle l'avait piqué à son Père en cachette. Les joyaux de cette valeur devaient normalement être conservés dans un endroit secret à cause de leur pouvoir magique.

-*Tchirr Tchirr Tchirr ch'est tout un machin chouette,* siffla Slobuzenja énervée.

Toutes la regardèrent étonnées puisqu'elle démontrait un débordement de joie inhabituel. Personne ne savait qu'elle adorait les objets brillants.

-C'est un cadeau que ma famille a reçu de Pipistrelle et qui date du temps de « *Mathusalem** ».

---

* Mathusalem : personnage biblique, donc très vieux

« *La fameuse Pipistrelle* », pensa Janie. « *L'amie incontestée du Grand-père du Vieux Sage, le Druide, existait toujours* »!

-Nous y voilà! Venez admirer mon « ***Royaume*** »! déclara solennellement Philomène.

Elles se trouvaient sur le sommet d'un glacier.

-Euh! Wow! Flllyant!!!

Janie ne possédait pas d'autres mots pour exprimer la beauté éclatante de ce lieu. Slobuzenja cligna des yeux. Elle n'avait jamais rien vu d'aussi scintillant. La grotte était incrustée de gemmes éblouissantes; des pierres précieuses… aux semi-précieuses habillaient la caverne tout en contournant les colonnes descendantes des chatoyantes stalactites* et les impressionnantes stalagmites** montantes.

-Tchirr… frrip… prrite… chahahh… Ché vraiment splendide! Elle, qui n'avait pas été gâtée, se trouvait honorée de se retrouver dans un « *Palace* ».

Le groupe visiblement impressionné appréciait les installations. Chanceuse ouvrait et fermait les yeux et se balançait dans tous les sens en regardant une magnifique rivière ambrée qui s'étendait à perte de vue.

-Venez! lança la Gnomide remplie de joie. Je tiens à vous présenter une créature qui joue un rôle important dans ma vie!

À l'extrémité du gradin se trouvait en tête d'un long convoi en forme de traîne-sauvage, une chenille avec un drôle de petit minois.

-Janie! Voici Choukou, mon amie éphémère! Je ne m'ennuie jamais lorsqu'elle s'amuse avec moi.

* stalactites : glaçons rocheux qui se forment sur la voûte d'une grotte
** stalagmites : glaçons rocheux qui se forment sur le sol d'une grotte

-Choukou voilà... Janie! Tu sais, la Terrienne aux grands espoirs? Et... Chanceuse... ah oui... j'oubliais, elle n'a jamais mis les pieds dans ma planque... puis... l'autre! Beurk!!! L'oiseau!

Rigide, la chenille conserva un visage de glace devant la traînée de nouvelles connaissances.

-Hé! Les filles! Prenez place!

L'Humaine remarqua que Choukou avait été sculptée par Philomène et que, sans vie, elle ne servait que de traîneau.

-Ça va... ma pitchounette? Souris... tu m'inquiètes!

Choukou, munie de mille crampons, gardait son air glacial.

Janie constata pour la première fois, une joie intense traverser le regard de Philomène. La Gnomide manifestait son bonheur en cajolant sa glacière. À voir sa tronche de chou-fleur, ce câlin semblait ne pas la déranger.

-Allez! Assoyez-vous!

La chenille formait des petits bancs compacts avec ses anneaux cordés les uns derrière les autres. Indifférente, elle ne porta pas attention aux nouvelles venues.

-Ta camarade n'a pas l'air d'accord! insista Janie perplexe.

-Ce n'est rien...! Elle fait toujours cette tête-là!

Sans attendre, Philomène installa les filles, l'une après l'autre et ensuite, elle prit le siège arrière. Aussitôt, les segments abdominaux de Choukou, composés de cristaux de neige, se creusèrent sous l'effet de la chaleur des corps étrangers et se moulèrent parfaitement aux formes des récents arrivants.

Janie, étonnée, regarda Philomène et ne la reconnut plus sous les traits joyeux qui l'animaient comme une enfant! Elle ne pouvait déterminer son âge!

La luminosité augmenta et Janie remarqua que l'endroit était aménagé en parc d'amusement.

-Tu verras! On va s'amuser comme des sauterelles! s'exclama Philomène.

Les Gnomes aimaient rigoler et se divertir se souvenait l'Humaine. Elle sursauta lorsqu'elle entendit Choukou leur demander sur un timbre de voix saccadé résonnant comme une machine robotique...

-Êtes-vous con-for-ta-ble-ment as-si-ses?

Ces mots sortirent de sa bouche, sans qu'elle ne bouge les lèvres.

Philomène jouait au ventriloque avec sa sculpture de glace afin d'impressionner les nouvelles arrivées et prouver que Choukou existait vraiment.

« *L'Humaine au grand cœur* » fit semblant qu'elle n'avait pas découvert son subterfuge*. Elle trouvait cette situation malheureuse et ne voulait pas que la troupe se moque de la lilliputienne!

La chenille bleutée glissa lentement en suivant le long tunnel, puis sous l'ordre de Philomène arrêta aussitôt au bord du précipice avec ses ventouses. La Gnomide l'avait aidée en tirant sur un bout de chaîne qu'elle avait installé en cas de besoin.

-Admirez... ce splendide panorama!

-Ohhh! Zzzahhh! Prrite... titt... viou! Toutes réprimèrent un haut-le-cœur.

----

* subterfuge : truc

-Ne t'inquiète pas... l'endroit est idéal pour que Chanceuse retrouve ses méninges! Il n'y a rien de mieux comme manège. Je te l'assure!

Janie n'était pas convaincue, car elle se souvenait des malaises qu'avait ressentis son amie lors de leur première randonnée à la Gare souterraine dans le super train... le « ***RAPIDE ® ESCARGOT*** ».

-Vous allez vivre une expérience inédite!

Chanceuse n'avait jamais eu l'occasion de visiter le parc d'attractions de Philomène. Elles s'étaient rencontrées pour la première fois à « **Lapinièreville** ». Et puis, la coccinelle n'avait pas pris la peine de décortiquer le langage jargonneux des lilliputiens. De plus, Chanceuse la trouvait trop grosse pour qu'elle la suive dans tous ses déplacements. Même si elle courait plus vite qu'un train, sautait et grimpait plus haut qu'un singe, eh bien, il lui manquait le plus important... elle ne pouvait pas voler!

Philomène éleva son bras dans les airs et son bracelet vibrant activa instantanément tous les cristaux contenus dans les colonnes d'eau minéralisée.

-Ça va? demanda la Gnomide en voyant ses amies muettes comme des carpes.

Elles n'eurent pas le temps de répliquer que Choukou, dans sa langue robotique, ordonna...

-Par...tons!

La chenille à crampons décolla lentement puis soudainement ses ventouses lâchèrent et aussitôt, elles piquèrent du nez!

-Ahhh! Zzzoh! *Tchirr frrip*! Beurkkk! s'écrièrent-elles en chœur.

---

* voir : La Forêt Magique, Tome 1

Slobuzenja, en première place, derrière la conductrice, se retrouva le visage tout lissé par la pression du vent. Ses quelques plumes se retroussèrent sur son crâne pour former un « *mohawk* ».

La figure de Chanceuse changea, cette fois-ci, du vert au blanc neige. Cette chute lui rappelait effectivement de mauvais souvenirs et son corps commença soudainement à trembler par secousses rythmées. La descente ressemblait à une compétition de luge.

Puis, subitement le traîneau tourna à l'envers dans la grande loupe. La coccinelle se frappa la tête sur l'épaule de Slobuzenja qui, sous l'adrénaline, ne ressentit rien. Le choc avait tellement ébranlé Chanceuse, qu'elle recommença à crier…

-ZZZJANIE! ZZZJANIE!

L'Humaine, emportée par l'euphorie, la retint de peine et de misère, en essayant de la calmer.

-ZZZJANIE! ZZZJANIE! C'ezst buzzant! zézaya Chanceuse. Zje me sens lézgère!

Janie demeura bouche bée et ne savait plus que penser lorsqu'elle se retourna en la fixant droit dans les yeux. Les pupilles de sa sœur cosmique se contractaient sans arrêt et devenaient plus brillantes que jamais.

-ZZZJANIE!

-Tu as dit… JANIE? cria-t-elle, en la tenant serrée dans ses bras.

-Zzzoiiiiiiiiiiiiiiiiiiiiiiiii!

Chanceuse avait retrouvé la santé.

Slobuzenja avait entendu couiner et sous la pression du vent, elle tourna la tête difficilement. Puis elle vit l'Humaine embrasser la coccinelle sur le front. Elle comprit que la bibitte à patate s'était remise de sa longue maladie. Elle sourit à la revenante qui lui administra à son tour un petit sourire en grimace tout en se demandant... à qui elle avait affaire...

Janie la rassura d'un clin d'œil complice.

Philomène, à l'arrière-plan, réalisa que Chanceuse avait recouvré* la mémoire. Elle soupira... car telle qu'elle la connaissait, elle savait que cette dernière changerait ses plans et tenterait de retrouver la troupe.

Philomène baissa la tête en écarquillant les yeux. Même si elle avait parcouru ce chemin des milliers de fois, cela lui procurait toujours un effet euphorisant**.

Janie et Chanceuse se cramponnèrent à la vue d'un long pont suspendu. Quant à Slobuzenja, elle empoigna le collet glacé de Choukou, qui lui glissait à la moindre occasion entre les onguicules, et savoura grandement sa nouvelle liberté.

La descente fut si rapide que tous verdirent. Janie remarqua que son amie Chanceuse avait toujours le mal du transport... plutôt ironique pour un insecte ailé.

-Zzz Janie... je vais vomir!

-Lève tes « épau... lytres » et crie à tue-tête... tu te souviens!?!

Ce n'était pas le moment de lui dire que sa première paire d'élytres se transformaient en petites épaulettes!

Chanceuse se sentit aussitôt soulagée.

L'Humaine remarqua que le pont flottant était maintenu en place par d'énormes cannes torsadées.

* recouvré : retrouvé
** euphorisant : de joie

La troupe, à toute vitesse, se baissa la tête craignant de se fracasser la caboche sur les bonbons en sucre d'orge. Une fois le ponceau de friandises multicolores traversé, Choukou tangua de droite à gauche tout en prenant la trajectoire en boucle. Janie serra plus fort Chanceuse dans ses bras sachant parfaitement qu'elle souffrait du mal des transports... Puis, voyant son amie revenue du **« Monde »** de l'oubli et afin de l'accueillir, elle lui glissa ces mots à l'oreille...

-Bienvenue à bord!

Chanceuse s'appuya sur son amie, le cœur soulagé. *« Elle avait tenu sa promesse... elle ne l'avait pas abandonnée! »*

-C'est fantastique! s'écria Philomène en croquant dans la canne en sucre, qu'elle avait attrapée au passage.

La Gnomide constata que la vraie amitié illuminait tous les cœurs. Janie n'avait pas eu besoin de lui donner des explications, car son *« Aura »* se mélangea aux couleurs du *« Circumlunaire »* en une yottaseconde et ils formèrent ensemble un arc-en-ciel lunaire.

Philomène aurait aimé faire partie de ce nouveau cercle d'amies. Elle se demandait si, après avoir *« tout »* dévoilé, elles l'accepteraient.

-Je te l'avais bien dit. Ici, tu te trouves dans le **« Royaume des Miracles »**, renchérit Philomène en souriant à Janie.

La Gnomide se souviendrait toujours de ce grand jour puisque de vraies copines jouaient avec elle, enfin... pour l'instant!

-Regardez! Voici... Kodiak, l'Ours Polaire des Glaces.

-*Tchirr frrip frriptttt*! cracha Slobuzenja. Elle gigota et serra encore plus fort Choukou qui gardait la tête froide.

Au loin se dessinait un gigantesque mammifère qui dévorait un cornet de crème glacée à la praline. Les rescapées trouvaient inimaginables toutes les formes que pouvaient prendre les stalagmites et les stalactites; tunnels, boucles, serpentins, bonbons, carrousels et elles n'arrêtaient pas de s'exclamer!

-Oh!!! Zzz oh! *Tchirr viou chOhhh*! Beurk! s'écrièrent-elles lorsqu'elles se dirigèrent directement dans la bouche de l'ours. Ah!!! Zzz ah! *Tchirr viou ch chahhh*! Beurk!!! Effectuant plusieurs vrilles sur elles-mêmes, elles crièrent à gorge déployée.

Puis à l'autre tournant, elles se demandèrent ce qui pouvait les surprendre davantage, mais la course ralentit et elles reprirent leurs couleurs normales. Elles pensaient que l'attraction était terminée quand elles se trouvèrent devant un énorme flocon de neige dentelé.

-La grande roue! s'exclama Janie.

Immédiatement, le disque exécuta un mouvement circulaire et les ventouses de Choukou, transformées en crochets, s'engagèrent dans le rouage giratoire de la grande roue; instantanément, un déclic se fit entendre. Voilà, le groupe s'élevait dans les airs. La chenille amorça une torsade tout en changeant de position et ainsi les amies se retrouvèrent l'une à côté de l'autre, en une seule rangée sur son dos qui formait maintenant un long siège à dossier.

-Flllyant! Buzzant! *Tuittuitant*! s'exclama la bande en délirant de joie.

Philomène se retenait pour ne pas roter, péter et surtout ne pas jurer! Elle voulait remplacer ses mauvaises habitudes afin d'être acceptée par le groupe. C'est alors... que sortit de sa bouche son propre patois!

-C'est vraiment... « *Pettant!!!* »

-Flllyant! Buzzant! *Tuittuitant!* Pettant! répétèrent-elles en chœur, toutes tordues de rire.

Au sommet de la roue, la soucoupe les bascula d'en avant en arrière, le temps de jeter un dernier coup d'œil au chef-d'œuvre de la nature. Puis, elles commencèrent à redescendre en reprenant de la vitesse.

Quelle surprise de voir la queue de la chenille se distendre et former un seul anneau circulaire. Les amies se retrouvèrent deux par deux et face à face.

Slobuzenja cracha des plumes quand elle réalisa qu'elle se trouvait en face de Philomène. La Gnomide n'avait pas prévu ce coup et retint un rot, rouge comme un coq!

Janie, installée vis-à-vis Chanceuse, pouffa de rire en constatant les mimiques des nouvelles connaissances. Puis, les deux rivales en état de choc, déclenchèrent une hystérie collective lorsqu'elles émirent des gloussements de plaisir.

Choukou achemina le convoi au travers du « *Château de glace* » au plafond chamarré[*] de « *Pierre de Lune* ». Le parc d'amusement était immense et à leur arrivée, elles n'avaient pas remarqué, au fin fond de la grotte, le magnifique castel[**]. Ce dernier était taillé dans des cristaux constitués de quartz et orné de pierres rarissimes et scintillantes. Slobuzenja qui adorait les bijoux étincelants se mit à jaspiner en poussant des petits cris de joie.

---

[*] chamarré : garni
[**] castel : petit château

Chanceuse préoccupée à tout examiner autour d'elle, n'avait pas encore observé toute la transformation que son corps avait subie.

Devant autant de beauté, toutes gardèrent le silence jusqu'au moment où Choukou s'infiltra dans un couloir cylindrique à double paroi. Une eau rosée commença lentement à recouvrir la cloison transparente en forme de tube. Et lorsqu'elles furent complètement submergées, les vestiges d'une ancienne civilisation leur apparurent. Quelle découverte! Les fossiles émergeaient des profondeurs hadales[*] et de nombreux végétaux colmataient les armatures d'une « *Cité* » préhistorique qui devait avoir existé dans des « *Siècles immémoriaux* ». La flore aquatique côtoyait des rochers subaquatiques[**] et servait de nourriture à différents bancs de poissons aux formes et couleurs inhabituelles. Les poiscailles[***] s'amusaient à contourner les ruines des temples et à jouer à cache-cache au travers les décombres d'un historique palais.

Puis l'équipage, poussé par une forte vague, tangua tout en se laissant hisser vers l'avant. L'écho abyssal retentit tel un sous-marin.

-C'est flllyant! Buzzant! *Tuittuitant*! Pettant!!! se plaisaient-elles à s'exclamer à la moindre occasion. Elles formaient maintenant une nouvelle équipe.

Elles n'avaient pas assez de leurs deux yeux pour admirer toutes ces merveilles et ces transformations géologiques[****]. Puis, toujours dans le tube, elles remontèrent et pénétrèrent une montagne tellement

---

[*] hadales : grandes profondeurs océaniques
[**] subaquatiques : sous l'eau
[***] poiscailles : poissons
[****] géologiques : de la terre

énorme qu'un avion aurait pu y décoller de l'intérieur. Arrivées au sommet, le dessus du cylindre rotatif qui les protégeait de l'eau se rétracta comme une décapotable. Elles s'émerveillèrent devant un paysage venu d'une autre époque. Immédiatement, un vent doucereux s'ajouta à ce beau décor, et se permit de les caresser au passage. Elles se dirigeaient vers le faîte d'un gigantesque rocher et le contournèrent. Elles aperçurent sur l'autre versant, des animaux de l'ère tertiaire, au cours duquel vivaient des dinosaures et des mammouths. Sortant des incommensurables crevasses... de grands oiseaux, qui avaient cessé d'exister depuis plusieurs millions d'années, déployèrent leurs ailes pour les saluer. Tous les descendants de ces règnes disparus, du plus petit au plus énorme, subsistaient secrètement dans ces cavernes millénaires en attendant de refaire surface puisque la vie était un éternel recommencement! Ils voltigèrent autour de l'aéronef pour impressionner les voyageuses du futur. L'appareil planait au-dessus des pics montagneux et les ailés qui les suivaient lancèrent des cris stridents pour annoncer aux homos sapiens neandertalensis[*] et les hommes de Cro-Magnon[**] que des visiteurs venus de l'étranger furetaient dans le passé.

Elles avaient visité une panoplie d'endroits incroyables en un seul voyage : un monde terrestre, souterrain, sous-marin et aérien. L'Humaine, au septième ciel, admirait la diversité dans sa totalité. Rien de comparable ne subsistait maintenant sur la **« Terre »** et pourtant toutes ces vies avaient déjà pris naissance sur notre **« Planète »**, pensa-t-elle. Par

---

[*] homos sapiens neandertalensis : homme de Neandertal
[**] Cro-Magnon : homme de l'époque préhistorique

contre…, elle qui voulait sauver le **« Monde »**, réalisa que son rêve s'avérait utopique*. Il s'agissait d'une réalité plus grande que nature puisque toutes les époques qui avaient existé dans le **« Système Planétaire »** d'une certaine façon se retrouvaient reliées entre elles. Elle comprit qu'il n'y avait pas que le **« Monde »** à préserver. On devait commencer par sauvegarder la **« Planète »**. Sans planète, aucune chance de survie. Cette responsabilité s'avérait un travail colossal et exigeait un engagement de la part de toute la *« Race Humaine »*!

Après cette aventure, l'aéronef atterrit au sommet d'un énorme glacier. Elles admirèrent un paysage nordique, où elles voyaient phoques, marsouins et ours polaires s'amuser à plonger, éclabousser et elles les applaudirent. Les gouttes d'eau n'avaient pas le temps de les mouiller, car aussitôt relâchées, elles formaient des milliers de flocons de neige.

-C'est flllyant! Buzzant! *Tuittuitant*! Pettant!!!

Choukou recolla ses anneaux pour se replacer en position d'observation. Elle rajusta ses trois premiers disques articulés supérieurs qui assumaient la fonction de redressement de sa fiole boursoufflée. Ensuite, la tête en l'air, elle se plaça au centre et à l'avant du convoi pour reprendre les devants en position originale.

Cette fois-ci, la chenille gonfla ses autres segments rotatifs et prit la forme d'une banquette. Les anneaux restants augmentèrent de volume, tout en se cramponnant sur le glacier. Le ver annelé** était maintenant chaussé de pneus aérodynamiques

---

comme un train à haute vitesse et se préparait à battre des records.

Les amies, parfaitement cordées, réalisèrent qu'elles se trouvaient au sommet d'un iceberg. Puis, doucement elles glissèrent, tout en longeant un passage cristallisé, jusqu'à ce qu'elles parviennent à des portes battantes. Madame et Monsieur Bonhomme-de-Neige les accueillirent avec fougue en soufflant des flocons sur les visiteuses.

Sans attendre, ces hôtes ouvrirent les portières à Choukou qui en avait donné l'ordre.

Une fois traversé, un couple de pingouins en tenue de gala... les salua poliment.

-À vos mar... ques! lança la chenille.

Pine et Gouine s'élancèrent à l'arrière de leur transporteur et, d'un parfait synchronisme, se préparèrent pour participer au grand slalom*.

Prêt...! dit-elle.

Aussitôt, ils commencèrent la descente autour de la calotte glacière en exécutant doucement leurs exercices de réchauffement. Puis, ils ralentirent au tournant d'une courbe extérieure et arrêtèrent. Sur la pointe courbée, les rescapées ne pouvaient voir ce qui les attendait!

Puis, sans aucun avertissement, Pine et Gouine se précipitèrent au bas de la banquise.

-Ahhh! Zzzoh! *Tchirr frrip*! Beurkkk!

Philomène, qui avait parcouru ce trajet plus d'une fois, se retrouva les baguettes en l'air et cria comme une perdue tout le long de l'épreuve de vitesse, tout comme ses nouvelles amies. Puis, le couple de pingouins s'arrêta brusquement et par le fait même effectua plusieurs tours complets sur le sol glissant.

---

* slalom : descente en zigzaguant

Les filles, les idées mélangées et le cœur sur le bord des lèvres, complètement étourdies, ne savaient plus où donner de la tête.

Choukou reprit son apparence initiale et suivit une piste balisée et durcie par la neige. Quelle surprise! La chenille se dirigea directement sur le rebord d'une banquise où des glaçons de toutes les couleurs et des bonbons givrés à profusion, les attendaient! Toutes prirent une petite collation sous le regard réjoui de Philomène. Elle avait réussi à leur faire oublier la mission de Janie.

La chenille glaciale reprit la route et ramena la troupe aux portes du « *Château de Glace* ». Arrivée aux portails, la Gnomide retrouva facilement son pied terrestre.

-Soyez les bienvenues dans mon Royaume! J'espère que vous vous êtes bien amusées.

Les nouvelles amies se levèrent en titubant. Slobuzenja de toute évidence était heureuse de constater la guérison de Chanceuse. Les soins de l'hirondelle avaient certainement servi à sa réhabilitation. Janie en profita pour procéder aux présentations de mise. L'Humaine effectua pour la première fois une accolade à Slobuzenja pour lui démontrer son amitié. Elle la prit dans ses bras.

-*Tchirr hi aye*! cracha l'oiseau en grimaçant.

-Je m'excuse!

Janie crut que l'ailée la repoussait. Elle recula aussi vite qu'elle s'était approchée. Puis, elle remarqua qu'elle était blessée à une aile.

-*Prrite viou ch'est rien*! piailla-t-elle.

-Attends! Je vais te soigner!

Aussitôt, Janie sortit deux cure-dents de son sac en bandoulière intégré dans son bissac de soigneuse, et son fichu. Les petits bouts de bois lui serviraient de plaque pour soutenir la surface du cubitus[*] fracturé de l'oiseau. Elle remarqua qu'elle était toujours en possession du sifflet d'exercice de Ti-Boule Blanc. Elle pensa, soudainement, qu'il lui serait for utile. Un cri de douleur la ramena à l'ordre.

-*Tutti frritt hi aye!*

Slobuzenja émit un sourire grimaçant.

-*Frrip frrip frrip! Tu me poses une attelle!*

L'hirondelle en avait fabriqué si souvent pour les autres, qu'elle apprécia cette marque d'attention. Immédiatement, elle voua à l'Humaine une admiration sans bornes pour la bonne raison qu'elle possédait un cœur généreux et que c'était la première fois de sa vie qu'on prenait la peine de s'occuper d'elle!

-*Djiouve djiouve djiouve merci!* roucoula-t-elle.

Janie demanda à Chanceuse de nouer son fichu autour des plaquettes.

-Pas trop serré... je veux que le sang circule!

-Zzzoh! Ça va?

La coccinelle se sentait mal à l'aise de l'avoir blessée et le pire... elle ne se souvenait de rien!

L'hirondelle se rappelait que la bibitte à patate molle comme une guenille, lui avait asséné un coup de tête sur une plume effilochée qui recouvrait sa mince membrane durant une descente dans la gueule du Kodiak. Le cocktail d'émotions, uni aux guidons froids et crevassés de Choukou sur lequel elle s'était retenue à plusieurs reprises, avaient formé un cataplasme efficace. Le froid avait engourdi la douleur causée par la fracture.

---

[*] cubitus : nom de l'os

Pendant ce temps, la lilliputienne avait pris ses distances et avait accompagné sa chenille qui semblait maigrir à vue d'œil. Cette dernière avait effectué multiples contorsions et la chaleur corporelle des voyageuses, surchauffée par l'adrénaline, avait provoqué une diminution de taille à son amie de glace.

Janie se rendit aux côtés de Philomène afin de constater les dégâts. Elle voulait voir jusqu'à quel point Philomène pouvait encore jouer la comédie.

-Merci beaucoup... beaucoup... Choukou pour cette belle randonnée!

La chenille ne répondit pas et demeura muette tout en se recroquevillant sur elle-même.

Philomène se plaça entre Choukou et Janie. Elle ne désirait pas que l'Humaine approche trop près du bloc de glace.

-Je crois qu'elle a attrapé un vilain mal de gorge.

-Oh! Elle ne pourra pas se joindre au groupe?

La lilliputienne avait beaucoup de difficulté à dire la vérité. Les Gnomes adoraient beaucoup s'amuser, jouer des tours et aussi raconter des petits mensonges blancs, mais ces menteries ne finissaient pas toujours à leur avantage!

À proximité du *« Château de Glace »*, l'hirondelle, l'épaule en écharpe et soulagée de sa douleur, bombarda Chanceuse de questions et vice-versa! Elles louangèrent *« l'Humaine au Grand Cœur »*, chacune à leur manière et pour cause... elle leurs avait redonné leur liberté!

À l'autre bout, Philomène se collait sur Choukou, tout en tournant le dos à Janie et en gardant ses distances.

-**J'airguaimergueraisrguai**... **euhr**gueu... **luir**gui **fairguairergue euhr**gue... rgue... rgue... **mes**rguè **argua**dieuxrguieux!

-Des adieux!?!

Janie n'aimait pas les adieux... elle préférait les au revoir!

-**Ouir**guoui **des**rguè **argua**dieuxrguieux! Tu sais son existence ne dure qu'un jour!

-Je vois! Une créature éphémère*! Puis-je lui dire merci pour cette formidable randonnée? Et Janie rajouta ce dernier petit commentaire à l'oreille de Philomène car elle ne voulait pas que la Gnomide perde la face devant les copines qui se dirigeaient dans leur direction : « *Même, si tu as fait semblant qu'elle parlait!* »

-**Tur**gu **sarguavais**rguais?

-Dès le début... j'ai su et vu... que ta Choukou n'était qu'un bloc de glace, sans vie! Par contre, j'ai découvert en toi une talentueuse ventriloque***.

-**Merr**guer**cir**gui! Et... merci d'avoir gardé mon secret!

Chanceuse et Slobuzenja s'appréciaient de plus en plus tout en tenant compte de leurs différences! Les nouvelles connaissances ailées commencèrent à s'ébrouer pour mettre en relief leurs ailerons. Slobuzenja arrêta d'un coup sec. L'hirondelle avait déjà oublié qu'elle portait une attelle et poussa un cri de douleur!

-*Prrit Wwwiickkk!*....

L'Humaine constata que toutes les deux auraient à repolir leur duvet. Elles devraient boire de l'huile

---

* éphémère : qui ne vit pas longtemps
** ventriloque : personne qui peut parler la bouche fermée

de foie de morue pour aider à améliorer les repousses et redonner du lustre à leur livrée* dégarnie. Puis, en s'admirant dans les grandes glaces du Château, Chanceuse sursauta.

-Zzzoh!!! Mes ailes!!! Mes yeux!!! Mes... mais tout ça! Chanceuse se précipita vers Janie comme une fusée.

-Prrit prrit prrit! Ch'es-tu correct!?!

Slobuzenja ne comprenait pas la réaction de la coccinelle, puisqu'elle l'avait toujours connue sous son habit de mutante. Elle croyait avoir affaire à une nouvelle espèce de bestiole.

Janie ne put s'empêcher de sourire en contemplant sa sœur cosmique découvrir son corps en transformation.

-Regarde-les! Elles s'amusent à se comparer, s'exclama la Gnomide.

-L'amitié n'a pas de prix! déclara Janie. Si... tu le veux, je serai là pour toi, maintenant que tu as été placée sur mon chemin de vie!

Philomène resta de bois... l'Humaine désirait devenir son amie! Elle ne savait pas si elle avait bien entendu! Puis, Chanceuse arriva en zézayant.

-Zzzzz zzzzz Janie! As-tu vu de quoi... zzzj'ai l'air?

Janie ouvrit les bras à Chanceuse et lui administra une chaleureuse accolade.

-Zzzzz oh! Dis-moi ce qui se passe... zzz avec moi!?! Je croyais qu'une toute petite partie de nos atomes s'étaient... zzz hi... mélangés!

-Je sais... et je n'y comprends rien! Une mutante dotée de capacités humaines. Ça... c'est du jamais vu!

---

* livrée : plumage de certains oiseaux

Les règles de mutation demeuraient pourtant strictes; le règne animal pouvait subir une transformation en rapport avec ses ancêtres et suivant son espèce, mais en aucun temps avec l'homo sapiens. Janie constata avec ahurissement que le processus du « *Carré Magique* » était allé trop loin dans sa métamorphose. Les gènes hétéroclites[*] de sa sœur cosmique s'étaient amalgamés à son stock chromosomique[**] et cette mixtion de leurs substances avait programmé une nouvelle génétique. Ce qui ne devait pas arriver... semblait vouloir se réaliser!

Chanceuse, heureuse, n'osait pas y croire. Elle se transmuait, malgré elle, en « *Humaine* ». Et pour la première fois, elle courait la chance de posséder, un jour, une « *Âme* » qui pourrait évoluer dans les **« Hautes-Sphères »**!

---

[*] hétéroclites : différents
[**] stock xhromosomique : bagage génétique

CHAPITRE 20
LE VOLEUR DE BIJOUX

Le parc d'attractions avait réussi à détendre l'atmosphère. Le château en pierre de lune brillait de reflets irisés et ces luminescences reflétaient sur le groupe par intervalle comme un stroboscope*. Janie, au même moment, se regarda dans la glace. Elle réagit promptement lorsqu'elle remarqua que…

-Ah nonnnnnnnnnnnnnnn!

-Qu'est-ce qui zse passe? Zzz oh! Tu te tranzsformes!?! zézéya Chanceuse en l'examinant.

-Je suis foutue!!!

-Zzz ah! Zzz je te comprends… tu ne veux pas devenir une coccinelle.

Elle se rendait bien compte que sa sœur cosmique ne désirait pas se transmuter en une petite bestiole à la tête folle! En ce qui concernait sa mutation personnelle, elle n'en retirerait que des avantages. Les créatures ne s'étaient pas encore tout à fait apprivoisées!

-Ah que tu es bête! Quelle horreur! s'exclama Janie presque au bord des larmes.

-Zzz ah! Bête…! Charmant! Bêta toi-même!

Philomène et Slobuzenja ne savaient pas sur quel pied danser, car elles n'avaient jamais vu une

---

* stroboscope : instrument à illuminations intermittentes souvent présent sur les véhicules d'urgence

Humaine en état de panique et une Bibitte à patate, mutante, piquée au vif!

-C'est ma pire vision! rajouta Janie la gorge serrée. J'ai perdu mon bijou... mon porte-bonheur... ma **« Clef du Paradis »**!

-Oh non! Ta **« Clef du Paradis »**!? s'écria Chanceuse qui connaissait la valeur morale que sa sœur cosmique vouait à ce bijou.

-Il ne s'agit que d'une clé! On la retrouvera en chemin jargonna la Gnomide. Vous, les Humains, vous vous en faites pour des riens!

-Zzz ah! Tu parles à travers ton chapeau! Tu n'es pas au courant de toute l'histoire!

Janie, ne pouvant plus contrôler ses émotions, éclata en sanglots. Slobuzenja n'aurait jamais pensé qu'une peccadille[*] pouvait troubler le raisonnement d'une personne. Mais lorsqu'elle vit Janie verser des sécrétions, elle devina qu'il ne s'agissait pas d'une bricole sans importance.

-Zzz ah! Ce liquide ne sert pas seulement à lubrifier les yeux comme nous! Ce coulant oculaire contient des sentiments et s'appellent des larmes... zzz! Apparemment, elles abîment le cœur tout comme elles peuvent apporter la joie! expliqua vivement Chanceuse.

Philomène s'était mis les pieds dans les plats. Elle n'avait aucune idée du pouvoir que détenait cette **« Clef du Paradis »**! Par contre, au sujet des larmes, elle en connaissait bien le fonctionnement. Elle avait souvent, en cachette, pleuré de solitude. Les Gnomes et les Humains se ressemblaient presque en tout point! Enfin, à quelques centimètres près!

---

[*] peccadille : objet de peu de valeur

-*Je ch'sais... je ch'sais frriptttt*! cracha l'hirondelle en gesticulant avec sa tête, ses ailes et ses doigts dégriffés.

-Je ne comprends pas! pleurnicha Janie, humectée de la tête aux pieds.

-*Tchirr Ti t'ouï*!!! postillonna-t-elle. *Tu ch'sais... le caïd.*

Slobuzenja se rappelait d'avoir entendu Galapiat dire à Chartreux : « *Tu es le Maître dans les recherches. Nous sommes sur la bonne piste ! Je la tiens! Tope là!* »

L'Humaine se ressaisit en l'écoutant s'exprimer. Elle venait de décortiquer le message codé de l'hirondelle : Galapiat LeRaté et Chartreux LeChafouin possédaient sa « *Clef du Paradis* »!

-Tu es brillante!

Slobuzenja s'avéra heureuse de servir sa nouvelle amie surtout que cette dernière l'appréciait à sa juste valeur.

-**C'est**rguè **du**rgu bluff! répliqua Philomène.

-Non! Slobuzenja a raison!

Janie réalisa que le complot était bel et bien amorcé.

-**Nous**rguou n'allons-pas **faigu**airergue demi-tour!

-Zzz ah! Zzz oh! Il n'en est pas question!

Chanceuse savait que sa sœur cosmique ne quitterait pas le « **Monde du Bas-Astral** », sans sa « *Clef du Paradis* »!

Janie avait une autre idée en tête et décida de la leur dévoiler.

-Je dois trouver Son Altesse Grâce et son Royaume situés au « *Lac Enchanté* »!

-**Tu**rgu connais... **Son**rguon Altesse? questionna la Gnomide stupéfaite.

-Oui! Ça t'étonne?

La lilliputienne constatait que l'Humaine avait beaucoup de connaissances dans la **« NooSphère »**, beaucoup plus qu'elle ne le pensait!

-**Vrai**rgura**iment**rguent!

Chanceuse écoutait attentivement. Elle finirait bien par savoir toute l'histoire!

-L'Altesse m'a aidée dans ma transformation par l'intermédiaire de Lulubie. Son Altesse Grâce a autorisé la demande du Druide et ainsi, a permis à la Brigadière en chef des Voltigeuses de l'Air de sortir des Pennes de Cygne du **« Lac Enchanté »**. Et, j'ai aussi eu l'honneur de rencontrer toute la délégation royale : les Dames de Compagnie... les *« Précieuses »* de sa Majesté Rose-Flore DesVents! La **« Maîtresse des Lieux du Jardin Secret »**, Rose-Flore, et le Conseil du Triumvirat ont donné l'autorisation à ce que je puisse rejoindre, le **« Maître des Lieux de la Forêt Magique dans sa tour d'observation... le Grand Mirador! »** Tu sais... je détiens une expérience de vie **« Astrale »**!

-Zzz oh! Tu as vu les *« Précieuses »*! s'exclama Chanceuse.

Janie agita la tête en signe d'affirmation.

La Gnomide poursuivit sans porter attention au commentaire de la Coccinelle.

-Mon père avait raison, lorsqu'il a confirmé à ma mère qu'il y aurait des signes révélateurs d'un énorme chambardement. Balbuzard au Grand Étendard, pour l'instant, remplace le Druide, afin qu'il perce le mystère concernant les *« Intrus »*. Le Vieux Sage et sa troupe auront de la difficulté à traverser le **« Bas Astral »** aussi longtemps que Galapiat LeRaté fabriquera des gaz lacrymogènes remplis de vapeurs nocives qu'il évacue par les effilures* des nuages. Ces émanations perturbent le mental de son propre clan. Et avec ces épaisses couches de poussière volcanique, les Créatures qui s'y aventurent perdent le « *Nord* ». Nous sommes prises dans le piège de ce rat!

Janie comprit pourquoi elle était si souvent confuse. Enfin... pour l'instant, elle savait qui détenait son porte-bonheur! Elle gardait espoir. N'avait-elle pas aperçu le visage de l'Amiral... dans le « *Vent Druidique* »? Peut-être que son imagination était trop fertile!

Philomène, rouge comme une tomate, gardait le silence, en pensant que leur aventure commune s'arrêterait dans son « **Royaumes des Rondades** ». Par contre, elle ne voulait pas tout dévoiler ce qu'elle savait pour l'instant!

Slobuzenja n'aimait pas l'air mystérieux de la Gnomide car tous ses muscles faciaux exprimaient le malaise!

Chanceuse, elle, ne se concentrait que sur sa sœur cosmique. Elle devait l'aider à tout prix!

-Zzzoh! Hé Philou... trouve-nous... zzz une sortie!

Chanceuse retrouvait son goût de la liberté et Slobuzenja roucoula de joie.

-*Djiouve djiouve djiouve... ch'est ch'ça!*

L'action animait la Coccinelle qui ne rêvait que d'aventures... et d'une « *Âme* » comme les Humains! Ce petit quelque chose ferait toute la différence et l'élèverait à un niveau de connaissances supérieures!

-Voyons... Chanceuse, s'il existait une sortie... Philomène nous l'aurait déjà montrée!

-**Wouais**rguouè!

* effilures : trous

Slobuzenja regarda la Gnomide qui se rongeait les ongles, tout en détournant le regard. Elle se demanda ce qu'elle mijotait en silence.

-Ti-Boule Blanc prendra contact avec la troupe et ils sauront nous rediriger à notre sortie!

-**Largua bêrguêtergue**... Beurk!

-Oui! Et on peut toujours compter sur lui! lança Janie, sur un ton qui en disait long.

-Zzz oh! Zzz tu as un nouvel ami... autre que Ketchouille?!? questionna Chanceuse.

-Je désirais tellement te secourir que Ti-Boule Blanc a réussi à franchir les **« Portes du Savoir »** et ensemble nous t'avons retrouvée. Ensuite, Slobuzenja a cru en moi et en son potentiel et à l'unisson, nous avons décidé de sauver nos peaux. Nous avons perdu un copain, Zibouiboui LeZébré dans cette périlleuse évasion. J'ai parcouru tout ce chemin, afin de te ramener dans la **« Forêt Magique »**, là... où tu habites!

-Zzz et... Ketchouille... pourquoi ne te vient-il pas en aide?

-Il demeure trop loin!

Janie avait mis une barrière entre elle et son **« Monde Imaginaire »**. Elle grandissait en refermant les **« Portes de la Créativité »**. Ketchouille ne parvenait plus à la rejoindre.

Il attendait, confiné dans son **« Monde Virtuel »** qui siégeait dans un lieu dépassant l'entendement humain[*], qu'elle révise ses positions et lui laisse de nouveau une place dans sa mémoire sélective comme elle le visualisait dans sa tendre jeunesse!

Le **« Monde Virtuel »** de son ami d'enfance se situait dans un **« Monde parallèle »** qui se trouvait

---

[*] entendement humain : la compréhension

au-delà de « **l'Ionosphère** ». Cette « **Sphère de l'Esprit** » se réfugiait dans un espace invisible inconnu des créatures. Et, dans ce vide inexploré existaient d'autres « **Mondes Parallèles** » plus ou moins fréquentables. Elle en connaissait déjà quelques-uns du « **Bas-Astral** » dont le « **Monde Morose** » des oubliettes, le « **Monde Désastre** » ou bien ce dernier le « **Monde Capharnaüm** », l'un des pires lieux de souffrance, marqué au fer *« Rouge »*! Peu importe leurs noms, ces « **Mondes** » ne sonnaient jamais très bien à son oreille!

Puis, il y avait les « **Mondes** » aux résonnances harmonieuses comme la « **Voûte Céleste** », le « **Haut-Astral** », le « **Monde des Maisons** » et le « **Monde Angélique** » dont elle avait entendu parler et qu'elle n'avait pas totalement explorés.

Elle avait étudié avec Papiche, les planètes à l'aide de son gros télescope. Elle savait que les autres dimensions telle « **l'Ionosphère** » se rapprochait de la « **Thermosphère** » d'où émanaient les étoiles filantes et les aurores boréales que l'on pouvait apercevoir de notre « **Terre** ». Cela devenait de plus en plus facile à comprendre. Puis, il y avait « **l'Atmosphère** » cette épaisse couche gazeuse qui enveloppait toutes les planètes de « **l'Univers** »... dont la « **Terre** »... notre « **Planète** ». Cette dernière s'avérait être le troisième corps céleste solide de notre « **Système Solaire** » et elle gravitait autour du « **Soleil** ». Ces systèmes « **Planétaires et Interplanétaires** » où se meuvent les « **Astres** » à perpétuité*, demeuraient impossibles à percevoir à l'œil nu pour les Créatures Terrestres. Seuls, les spécialistes dotés de puissants télescopes pouvaient en apercevoir un certain nombre dans

---

* à perpétuité : jusqu'à la fin des temps

« **l'Univers des Univers** » puisque plusieurs résidaient autour du noyau central. Par contre, une multitude de ces systèmes se cachaient afin de ne pas être découverts!

Incroyablement, elle, Janie Jolly avait eu l'opportunité unique d'admirer de près ces magnifiques constellations lors de sa traversée avec le Gardien des Lieux, l'Illustre Alchimiste Farandole en passant par la « **Voie Lactée** » dans « **l'Hémisphère Boréal** » à l'intérieur d'un météorite! Et sa dernière exploration des « **Systèmes Solaires** » avec le Maître des Lieux Aristide l'Astronome de Grand Renom avait laissé des traces indélébiles; le grandiose bras de « **Persée** » n'avait pu passer inaperçu à ses yeux émerveillés par l'infinitude de son étendue. Puis, il y avait eu cette expérience inattendue et perturbante; la rencontre effectuée de plein fouet avec la « **Planète Algol** », au visage à deux tranchants, celle qui lui réservait des surprises pour l'avenir. La présence de cette dernière n'annonçait rien de bon à son sujet, seulement des difficultés à traverser. Une chance qu'une « **Étoile** » filante lui était apparue en lui prédisant une fin heureuse, au moment où elle atteindrait son apogée vers la découverte de *« Sa Destinée »*. Janie comprit que lorsqu'elle vivait sur la « **Terre** », son être existait dans le « **Temps** » comptable et justifiable et quand elle se retrouvait dans « **l'Astral** », elle expérimentait une manifestation invisible dans un « **Monde** » indéfini, mystérieusement inconnu et indéchiffrable! Elle était convaincue que tous ces *« systèmes paradoxaux*[*] *»* étaient mystérieusement reliés entre eux. La « **Voûte**

---

[*] paradoxaux : contradictoires

Céleste » ne devait pas s'écrouler, car ce serait une fin terrible!

-Assez pensé! dit-elle, en tournant en rond.

Janie ne rajouta rien d'autre puisque, de toute manière, tous les problèmes étaient loin d'être réglés. C'est pour cette raison qu'elle s'était coincée elle-même, dans ce monde en formant un nœud avec sa corde d'argent. Elle en avait choisi ainsi même si... elle y risquait sa vie!

Le voleur de bijoux

CHAPITRE 21
MENSONGES PAR-DESSUS MENSONGES

Slobuzenja ressentait l'inquiétude de sa nouvelle amie. Elle demeurait autour d'elle en espérant lui apporter du réconfort.

La lilliputienne se fouillait dans le nez et ne savait plus où donner de la tête.

-**Jarguarnier**guie, jargonna-t-elle, en échappant un beurk... un sapristi et en lançant une série de prouttt à répétition. Tous se retournèrent vers la Gnomide. Elle semblait avoir repris ses anciennes manières et rajouta : je dois t'avouer autre chose.

-Ah bon! Tu as du nouveau à m'annoncer?

Janie, exaspérée de toutes ces cachotteries, se plaça devant Philomène. Elle voulait s'assurer que cette fois-ci, elle crache tout le morceau. Les mains sur les hanches, elle la foudroya d'un regard noir qui la fit aussitôt grandir.

-Beurk! Euh!

Philomène faillit s'étouffer quand l'Humaine, subitement, la dépassa d'une tête de violon*.

Chanceuse s'examina à son tour, puisque dans certaines occasions, elles subissaient ensemble des transformations. Elle constata que cela n'arrivait pas

---

* tête de violon : crosse de fougère

à tous les coups. Slobuzenja, étonnée, garda le bec cousu.

Janie la trouva ridicule.

-Vite… j'écoute!

-Zzz enfin!!! Déballe ton sac!

-Il y a une **« Porte »** de secours! rumina-t-elle faiblement.

Janie, furieuse, hurla.

-Quoi!?! Une porte et tu nous as fait poireauter! Hé bien!!! Tu en as du culot ma vieille!

-**C'estrguè cergue quergue**… mon père…

-Arrête de nous faire marcher! Tu nous mens depuis le début! Maintenant, tu m'indiques, immédiatement la porte de sortie.

Philomène n'osa pas leur dire, encore une fois, toute la vérité. Elle n'avait jamais mis les pieds dans cet endroit. Cela lui était défendu! Plusieurs Gnomes y avaient perdu la vie, en y demeurant coincés, à cause de la petitesse de l'ouverture.

Janie lui lança un ultimatum.

-Tu m'aides? Oui? ou sinon, je te quitte!

La Gnomide savait que leur amitié ne tenait que par un fil, mais elle devait lui annoncer le désastre écologique prévu!

-Beurk! Évidemment, mais… j'ai une autre chose à t'avouer.

-Tu vas parler… une fois pour toutes!?!

Philomène rit nerveusement et ses « hic hic » rebondirent dans tous les sens.

-Sapristi!!! Voilà! La **« Voûte Céleste »** se sépare de la **« NooSphère »**.

Tout le groupe garda le silence.

-Quoi!?!

-Quoi!?!La **« Voûte Céleste »** capitule!?!

-Zzz oh! *Frritt oh!*

Chanceuse constata que sa sœur cosmique était perdue dans ses pensées. Elle devait certainement faire travailler ses méninges afin de trouver des solutions rapides pour régler le problème imminent des **« Cieux »** en dégringolade! **« La fin du Monde »** frappait à leur porte.

-Zzz ah! Zzz he! Zzz hi! Zzz oh! Zzz ut! Philomène, indique-nous immédiatement la sortie! Et que ça saute!

-Tout *« Nord »*! pointa-t-elle avec son gros doigt dodu.

-Plus de blagues! insista l'Humaine.

-Je l'ai entendu de la bouche de mon père, déclarat-elle. Puis son visage devint sanguin et sa voix s'étouffa. Enfin! Ce passage a déjà existé.

Slobuzenja s'époustoufla. La Gnomide racontait n'importe quoi… et de plus, n'importe comment! On se demandait toujours où se trouvait la vérité dans tout ce déferlement de mensonges.

-Beurk! Prout! Prout! Sapristi! J'oubliais… il y a un autre petit point à éclaircir!

-Zzz oh toi! Ne me dis pas que tu nous caches encore quelque chozzzse?

Les amies se regardèrent, effarouchées. Qu'allaitelle inventer pour se montrer intéressante?!?

-Pipistrelle ne cherchait pas le Druide!

-La Devineresse!?! Où l'as-tu vu? questionna Janie.

-Quand? renchérit Chanceuse.

-*Frippt Frippt Frippt*! s'exclama l'hirondelle.

-Je veux savoir la suite immédiatement!!! cria Janie… et elle rapetissa d'une tête sous l'effet de la colère.

-Euh!!! Apparemment que la chauve-souris recherchait...

-Moi?

-Non!

-Qui... alors?

-Eh bien! Elle courait après le Voleur de bijoux!

-Un brigand? lança Janie

L'hirondelle, cette fois-ci, voulut démasquer Philomène et siffla à s'étouffer.

-*Prrite prrite prrite vit vit non!*

-**Turgu mergue** traites de menteuse!?!

Chanceuse, à son tour, répliqua fortement.

-Zzz oh! Ne t'en prends pas à l'hirondelle. Tu embrouilles les cartes pour en tirer profit et ensuite tu exiges que l'on ne doute pas de ta parole!

-Beurk! Prout! Prout! La boucane commençait à lui sortir par les pavillons!

Chanceuse savait que les Gnomes aimaient aider, par contre, cela devait toujours tourner à leur avantage, sinon ils piquaient des colères.

-Zzz surtout pas de crise!

Philomène avait les joues bouffies et les oreilles lui tapaient sur l'arrière du crâne, elle allait bientôt éclater.

Janie dû intervenir... pour la survie de tous.

-Bon, ça suffit vous deux! Philomène dis-moi... tu connais ce voleur de bijoux?

-Beurk! Prout! Sapristi que oui! Brutus Malotru! Il s'agit du plus redoutable corsaire des maritimes! Son repaire est situé à mille lieues sous les eaux et on nomme cet endroit subaquatique : « *Le repère aux carnages* »!

-Tu rigoles! s'exclama Janie.

-Zzzoh! Un boucanier des mers! Zzz wow!

La bibitte à patate, transportée d'enthousiasme, avait de la difficulté à retenir un cri de joie. Cette aventure s'annonçait des plus excitantes. Elle avait déjà entendu parler de ce pirate aux six cents dents, mais ne l'avait jamais rencontré.

Philomène poursuivit...

-Eh bien... À ce qu'on raconte, il aurait volé les Dames de Compagnie, les *« Précieuses »* de Sa Majesté Rose-Flore des Vents du **« Jardin Secret »**! Sa Majesté en a informé immédiatement sa cousine et respectueuse Altesse Grâce. Cette dernière a ordonné à sa flotte d'activer les recherches marines, en attendant l'aide d'une jeune recrue, prénommée *« Astérie »*, bredouilla Philomène le front en sueur.

-Une étoile de mer comme commandante!?!

Janie demeura ébahie.

Puis, Slobuzenja révéla ce qu'elle avait entendu.

-Attends!!! Je me rappelle parfaitement ... lorsque j'étais esclave, d'avoir entendu Galapiat parler d'un voleur de bijoux, un brochet... ce Brutus Malotru. Il était question aussi d'un « Lac » et d'otages, d'échange de pierres précieuses et de rançon avec un dénommé Trompe-l'Oeil. Le poisson devra éviter les pièges magiques de l'Altesse. Je faisais la sourde oreille pour ne pas me mettre les pieds dans les plats!

-Ça alors! Je découvre le pot aux roses! s'exclama Janie; tout coïncide, ma chère Slobuzenja.

-Djiouve djiouve djiouve Ch'est ch'ça! Je me joins à vous pour les recherches, chanta l'hirondelle heureuse d'avoir contribué à découvrir tous ces malentendus.

-Parfait! Venez! Je dois sauver la peau des *« Pierres Précieuses de Sa Majesté »*. Je lui dois bien cela à son *« Altesse Grâce »*, puisqu'elle m'a aidée le jour de ma transformation! Et j'imagine que « *Sa Majesté Rose-Flore Des Vents* » doit verser toutes les sécrétions de son corps. Cette « *Maîtresse des Lieux* », siège sur le conseil du « *Triumvirat* » et ensemble, ils ont accepté que je puisse rencontrer le « *Maître des Lieux dans sa tour d'observation, située à la tour du Grand Mirador* »!

-Zzz ah!!! Tu as... zut! Zzz j'ai raté cette chance!

-Tu verras au moins son « *Altesse Grâce* » et peut-être que sa cousine sera du rendez-vous!

Chanceuse avait bien hâte de faire la connaissance de tout ce beau monde.

-Zzz espère... Zzz alors, on continue!

-Je te suis!

-Zzz hé, Philomène... avance!

La Gnomide se montra évasive et préféra comme toujours garder le silence.

-Moi, je sais! Advienne que pourra, je risque le tout pour le tout, déclara l'Humaine. Elle sortit un petit instrument de son bissac et souffla à plein poumons, sans que la lilliputienne puisse intervenir.

-**Non**rguonnnnn! Tu **vas**rgua alerter tous **les**rguè « *Intrus* »!

-Puisqu'ils me cherchent, ils me trouveront et mes amis aussi!

La bande sursauta en entendant le son. Le groupe de « *Créatures Astrales* » possédaient des oreilles finement développées qui percevaient des sons inaudibles aux humains!

CHAPITRE 22
PORTE MYSTÉRIEUSE

Janie aurait dû penser plus tôt qu'elle détenait le sifflet d'entraînement de Ti-Boule Blanc que lui avait remis Monsieur Victor. Cet instrument émettait des sons à basse fréquence que certains animaux pouvaient entendre. Ces ondes parcouraient une grande distance et demeuraient inaudibles pour les humains, par contre, cela ne s'appliquait pas à la chauve-souris.

Chanceuse, curieuse, osa questionner.

-Zzz euh! Ton ami de la « Terre »... zzz est-il gentil?

-Ti-Boule Blanc? C'est grâce à lui si je t'ai retrouvée!

-Zzz oh! Il doit être énorme.

-Gigantesque!

La bibitte à patate devenait jalouse... défaut qu'elle ne possédait pas avant sa mutation! Sa maladie l'avait confinée entre les murs de son cerveau, et pendant cet instant d'instabilité, Janie en avait profité pour se lier d'amitié avec Philomène, Slobuzenja et de plus, elle était arrivée accompagnée de son animal de compagnie terrestre!

Janie sourit en ressentant l'inquiétude de la coccinelle.

-Chanceuse! Qu'est-ce que tu attends pour nous guider vers le « **Nord** »? N'oublie surtout pas que tu demeures mon bras droit!

-Zzzoh! Suivez-moi... direction « **Nord** »!

Devançant Chanceuse, la Gnomide emprunta un détour comme toujours, sans le mentionner bien évidemment!

-C'est moi qui vous dirige vers la porte!

Philomène s'engagea sur une route sinueuse derrière le Château de Glace. Le chemin longeait le courant au reflet doré. La rivière à l'eau claire aux berges escarpées par l'érosion était entourée de pierres calcaires*. Subitement, une vague argentée d'éperlans roula sous leurs yeux. Puis, les escaladeuses grimpèrent plus haut sur des galets, entre lesquels émanaient des vapeurs blanches. La buée se condensait au fur et à mesure qu'elles escaladaient la montagne et formait un brouillard épais.

-Philomène!?! Tu ne recommences pas! insista Janie.

-Voilà! J'éclaire!

La lilliputienne activa de nouveau son circumlunaire et la luminosité de son bijou fit disparaître toute trace d'émanation vaporeuse. Hors d'haleine, les chercheuses collées à la paroi rocheuse la contournaient à petits pas. Une soudaine nausée accompagnée de vertiges s'empara d'elles lorsqu'elles virent la hauteur prodigieuse qui les séparait du sol. Elles se tenaient sur un pied d'alerte, car les pierres graveleuses s'effritaient sous leurs pieds. Et si elles étaient victimes d'une plaisanterie de mauvais goût de la part de la Gnomide?

---

* pierres calcaires : sorte de pierres présentes dans la terre

Tous ces risques encourus pour aboutir sur la pointe d'un massif taillé en dent-de-scie? Le clou du spectacle les déçut; un long pont suspendu, réparé de manière broche à foin*, se maintenait en place par miracle!

-Ah... non! Zzz... oh! *Viou... fiou!*

Philomène pour toute réponse, se contenta de se fouiller dans le nez. C'était le comble**!

-Nous devons traverser cette... ce? interrogea l'Humaine incertaine.

-Ce pont, de cordages et de lianes, est **sor**guo**lirgui**der**gue** comme du roc! **Cergue** sont les **Troll**srguoll **quir**gui l'ont **cons**rguon**strui**rgui**ter**gue!

-Des Trolls habitent ici? questionna Janie.

-**Il**rguil yrguy **argua** **der**gue **çar**qua **fort**rguor **long**rguon**temps**rguemps!

La Gnomide utilisait parfois le jargon afin que Chanceuse ne saisisse pas tout ce qu'elle osait inventer.

Slobuzenja qui lisait sur les lèvres s'affola.

-*Frritt prrit twi... ttt*!?!

-Zzz oufff! Ça suffit! Il ne s'agit que d'une de tes inventions! Zézaya la bête à Bon Dieu pour rassurer l'hirondelle.

La coccinelle n'était peut-être pas polyglotte, mais elle comprenait le sens caché de cette langue! Il n'y avait rien de rassurant dans les propos de Philomène. Chanceuse savait pertinemment que les Gnomes étaient des cousins éloignés des Trolls et que ces derniers étaient surnommés... les « *moutons noirs* » de la famille. La bestiole, par contre, ne voulait surtout pas révéler qu'elle avait déjà entendu parler

---

* broche à foin : fait tout de travers
** c'était le comble : il ne manquait plus que ça !

du traversier de la mort! Elle verrait sur les lieux si ce racontar s'avérait toujours véridique avant d'aviser Janie.

-Enfin... le pont! Où se trouve la porte? Tu l'aperçois? soupira Janie.

-**Oui**rguoui!

La Gnomide indiqua de son index grassouillet un minuscule trou creusé par l'érosion à l'opposé de la traverse, pas plus gros qu'une tête d'épingle.

Janie sursauta et ses amies devinrent vert olive lorsque la mutante zézaya en panique...

-Zzz oh! Paszzz ce trou de chat!

-Chanceuse ne prononce pas ce mot; il pourrait attirer la sorcière!

La coccinelle ne croyait pas trop à cette histoire, par contre, cette fois-ci, respecta la demande de sa sœur cosmique.

-Titt... frritt... psitt! Quel défi à relever!

La passerelle mesurait au moins un kilomètre. Il s'agissait de toute une traversée.

Janie, après un petit caucus* avec les survivantes, décida qu'elle devait le parcourir, mais la condition première était la suivante : elle demeurerait en tête de file et au départ, elle s'engagerait seule pour la sécurité de sa nouvelle troupe. Chanceuse la seconderait... au premier signal. Philomène resterait à l'arrière avec Slobuzenja pour servir de contrepoids afin que le pont suspendu garde sa stabilité. Elles ne devraient amorcer la traversée qu'au signe convenu. Chanceuse, à son tour, referait le même signal; elle lèverait la main droite et lâcherait les câbles. Ce geste demeurait facile à retenir.

---

* caucus : réunion des membres d'un groupe

Aussitôt, Janie fit le premier pas en se tenant fermement aux courroies métalliques. Au premier contact, les attaches grincèrent et les fils de fer s'étirèrent. Immédiatement, elle commença à se balancer de droite à gauche sous l'effet de l'extension. Puis, la corde se raidit, reprit sa forme et arrêta de ballotter. L'Humaine eut toute une frousse. Une fois remise de ses émotions fortes, elle examina l'assemblage de métal, tout en continuant lentement sa traversée... le pont semblait, malgré tout, solidement fixé.

La Coccinelle, en catimini avait déjà emboîté le pas, sans le signal de départ donné par Janie. Sa mission ne consistait-elle pas à accompagner sa sœur cosmique dans tous ses déplacements?

Janie serra fortement le cordage entre ses poings fermés afin de regarder la distance qu'elle avait parcourue. À sa grande surprise, elle vit Chanceuse à quelques centimètres d'elle. Chanceuse était redevenue normale et recommençait à n'en faire qu'à sa tête!

Slobuzenja, nerveuse, retenait son bras en écharpe et attendait avec Philomène le signe de départ.

En fin de compte, l'Humaine décida de lâcher la corde, tout en levant la main.

Aussitôt, les deux dernières, loin derrière, emboîtèrent le pas.

Janie n'osait pas regarder le grand vide en dessous, cela lui rappelait le *« puits sans eau »* de la **« Forêt Magique »**. Un inconfort s'installa lorsqu'elle réalisa que tout ne tenait que par un fil.

Elles ne devaient pas traîner de la patte. Il fallait qu'elles maintiennent la cadence.

L'Humaine se croisait les doigts; quatre créatures sur ce pont qui appartenait à un passé lointain! Janie et Chanceuse avaient commencé à parcourir la deuxième section de la passerelle quand... elles constatèrent, à l'autre bout, sa dégradation.

Janie voulut faire demi-tour lorsqu'un grincement de ferraille encore plus strident que le premier résonna dans toute la grotte en provoquant une violente bourrasque.

Il était maintenant impossible pour les traversières de bouger, car l'une après l'autre, les planches du pont vibraient. Ce dernier secoué comme une carpette crissait*. Ainsi malmené, il devint lâche et affaiblit... ce qui permit à une tige de métal de se détacher.

-Chanceuse! Vole! C'est notre dernière chance!

La Coccinelle n'avait pas pris son envol depuis des lunes. De plus, elle avait grandi... et sa masse corporelle avait doublé. Elle s'avérait presque aussi grande que Philomène qui était de la hauteur de trois noix superposées. Pour un insecte, deux noisettes, c'était déjà énorme!

-Rebroussez chemin! cria l'Humaine, à la lignée qui déjà se cramponnait en voyant arriver le danger.

La Gnomide attrapa Slobuzenja. Elle aurait aimé rejoindre Janie à toute vitesse... mais la distance qui les séparait, cette fois-ci, était considérable. L'espace était beaucoup trop important pour qu'elle risque la vie de tous, en basculant inévitablement au beau milieu de la rivière en cascade! Il lui fallait choisir rapidement l'option la moins tragique.

Chanceuse essaya d'ouvrir ses demi-élytres. Elles demeuraient bloquées au niveau du cou. Soudés à sa carapace, ils formaient une ganse qui ressemblait à une épaulette. Le mouvement brusque qu'elle

---

* crissait : verbe crisser, émettre un bruit grinçant

exécuta pour débloquer ses ailerons engendra un faux pas de sa part et aussitôt, elle tomba à plein ventre sur le pont. Le cordage ne résista pas à ce contrecoup violent et les têtes de clou se mirent à éclater sans arrêt. Le bruit était semblable à des coups de mitraillettes qui se répercutaient* à répétition!

Le cauchemar continua.

Une autre tige métallique se détacha et vola dans les airs. Malheureusement, elle bifurqua sur une stalactite qui s'effrita en cristaux.

Chanceuse se releva, essoufflée, et essaya de voleter avec sa deuxième paire d'élytres. Les premières, plus rigides, protégeaient les autres qui s'avéraient plus longues. Une paire au lieu de deux, cela suffirait-il à la propulser?

Tout à coup, un dernier bruit alarmant annonça une catastrophe.

Il fallait être sourd pour ne pas entendre cette bataille de sons stridents et aigus qui se déchaînaient. Vvvrrriiirrrr... ssstttok! Clink! Clink! Clink!

Quelle vue d'horreur! À chaque éclatement, les câbles se sectionnaient, un par un, à la vitesse de l'éclair.

-Chanceussssse!!!

Aucune créature ne pouvait se tenir debout et Janie roula sur la passerelle. La Coccinelle se propulsa dans un ultime élan vers sa sœur cosmique. La mutante, lourde comme une patate, glissa sous son amie et celle-ci atterrit sur le dos de la coccinelle. Immédiatement, Chanceuse essaya de planer, tout en s'agrippant aux fils métalliques qu'elles attrapaient au passage au fur et à mesure qu'ils éclataient sous

---

* se répercutaient : renvoyaient dans une nouvelle direction

leurs yeux atterrés. Elle espérait, par ce moyen, voltiger au-delà du récif. Ces manœuvres ressemblaient à un numéro d'acrobatie. Pendant un bon moment, elle réussit à tenir le coup, puis le pont se sectionna en deux. La partie sur laquelle Janie et Chanceuse s'accrochaient, subitement, se projeta vivement en direction des rochers complètement à l'opposé des deux amies. La coccinelle piqua du nez et se retrouva sur le dos, allongée sur un amas de mousse verte.

Janie et Chanceuse avaient atteint l'autre côté de la rive. Elles avaient réussi, malgré le tumulte, à rejoindre la terre ferme. Les survivantes avaient été catapultées* entre deux masses rocheuses. Sonnées, elles demeurèrent un long instant sans bouger avant de réaliser tout ce qui venait de se passer.

L'Humaine cherchait des yeux sa nouvelle troupe. Elle retrouva la coccinelle, tout près d'elle, les pattes en l'air. Subitement, une crainte l'envahit... était-elle morte? Puis, la mutante ébranlée, commença à remuer et lentement essaya de se relever.

-Chanceuse... rien de cassé?

-Zzz ouf... non et toi?

-Je suis étourdie!

Janie, pliée en deux, respira à fond, puis elle tendit la main à sa sœur cosmique.

Courbaturées, elles s'examinèrent de la tête aux pieds. Heureusement, elles s'en tiraient seulement avec quelques ecchymoses**. Elles oublièrent leurs petits bobos, lorsqu'elles entendirent à l'autre bout... des cris lamentables.

-Où sont-elles?

---

* catapultées : lancées
** ecchymoses : bleus sur la peau formés par un coup

L'Humaine, dans tous ses états, se dirigea immédiatement vers le rivage.

Quel désastre! Les débris du pont, mélangés aux stalagmites et stalactites concassées, avaient construit une cloison étanche. La pluie de poussière froide qui continuait de déferler occasionnait un brouillard intense et les survivantes n'y voyaient goutte[*].

-Slobuzenja!!! Philomène! Nous arrivons! s'écrièrent-elles en chœur.

-Allez Chanceuse! Viens m'aider.

-Zzz oh! Ce sera impossible!

L'Humaine se précipita, à tâtons, dans les décombres. Elle enleva les plus gros morceaux de minéraux piquants qui se dressaient sur son chemin. Elle voulait creuser un trou au travers du bloc, afin de délivrer ses amies de cette épouvantable impasse!

-Zzz ah! Nous ne serons zzz jamais capables!

-Ne dis pas de sottises!!! Nous devons essayer de les sauver coûte que coûte!

Janie cria, rouspéta et ragea...

-Slobuzenja! Philomène! répondez-moi!

Non seulement le pont, mais... le parc d'attractions au grand complet s'était effondré! Maintenant... ce lieu sans temps... semblait bien morne.

---

[*] n'y voyaient goutte : ne voyaient rien

CHAPITRE 23
LES VECTEURS DE L'ADN

L'espoir de Janie, sous ses yeux criblés de larmes, venait de s'écrouler. Atterrée, elle se jeta à genou sans se soucier des débris éparpillés sur le sol.

-C'est de ma faute! C'est de ma faute!

-Zzz oh! Voyons! Tu ne pouvais pasz savoir!

Chanceuse faisait les cent pas à côté de son amie. Le liquide qui s'échappait des yeux de l'Humaine semblait douloureux et difficile à à contrôler. Les gouttes d'eau ne cessaient de couler comme un robinet laisser ouvert.

-Aide-moi, au lieu de t'apitoyer sur mon sort, lui lança Janie par la tête.

La Coccinelle s'étonnait de constater l'attitude changeante de son amie. Les expériences « **Astrales** » la transformaient à chaque nouveau défi. Elle commençait à se demander si certains de ses atomes « **d'ADN** » auraient transmis ce comportement instable à à Janie.

-Zzz ha!

-Allez bouge… fais quelque chose! Nous sommes vivantes, mais elles… ?!?

-Zzz euh!

La bestiole réalisait que la perte d'un être cher affligeait beaucoup les Humains. La façon dont Janie réagissait lui laissait croire qu'elle ne maîtrisait pas encore le fonctionnement de la « *Roue de Vie* ».

« *Dans les moments de souffrance intense, les Créatures deviennent vulnérables et agissent comme des automates.* » Enfin… c'est ce que lui avait raconté le Druide le jour de sa première formation. Il lui avait enseigné plusieurs réactions humaines afin qu'elle puisse mieux comprendre sa sœur cosmique et évoluer en parallèle.

L'immense pyramide cristallisée, malgré son apparence robuste, demeurait fragile; elle craquait de partout à la fois!

La **« NooSphère »**, même si elle se séparait, allait probablement subir les contrecoups du **« Bas Astral »** en crise. Mystérieusement… tout s'amalgamait[*].

Janie, les oreilles collées à la paroi humide, demeura étonnée lorsqu'un tintement clair retentit.

-As-tu entendu la même chose que moi!?! demanda-t-elle surexcitée.

Un bruit métallique de tuyau résonnait au travers des cristaux minéralisés et se distinguait clairement des craquements qu'émettait la masse calcaire.

Les deux amies réagirent en tandem.

-Oh! Zzz ho… oui!!!

Toutes les deux crièrent à tue-tête.

-Slobuzenja! Zzz Philomène!

Ces signaux devaient provenir des prisonnières des décombres.

-Chuttt! Écoute! C'est un appel à l'aide!

-C'eszzzt peine perdue!

-Ne lance pas des paroles en l'air! Elles pourraient se retourner contre toi!

Janie avait appris l'importance de ne pas parler à travers son chapeau Par contre, elle ne connaissait

---

[*] s'amalgamait : s'unir en un tout

pas toute la puissance de la « *Magie* » des mots... celle que « *créait* » la parole!

L'intonation sèche de sa sœur cosmique glaça Chanceuse. Immédiatement, elle se colla l'antenne contre les cristaux afin de démontrer à Janie qu'elle était concernée par l'état de santé des ensevelies. Subitement, elle ressentit un inconfort; une membrane molle pendouillait au bout de son trou auditif et formait une boule ronde et aplatie. Elle s'était pourtant brièvement aperçue dans le reflet du château, mais là... elle ressentait les changements.

-Zzz oh! Quel est ce truc?

Janie se demandait où cette métamorphose allait s'arrêter!

-C'est une oreille!

-Zzz je n'ai plus... d'antennes?

-Euh!?! Si... peu!

Chanceuse toucha à son antennule!

-Zzz eurk! J'ai une une glounne*!

Puis soudainement, des coups saccadés et répétitifs recommencèrent avec une intensité désarmante et ramenèrent les copines à l'ordre.

Chanceuse reconnut ces signaux.

-Zzz oh! Ce sont des « *T.O.P.S* »!

-Non! Un message en code morse!?!

-Zzz hum!!! Il n'y a que la Gnomide qui peut nous répondre de cette manière. Tu te souviens... elle est polyglotte**!

-C'est buzzant!!! Zzz flllyant!!!

Un signe de vie! C'était tout un soulagement pour les deux sœurs cosmiques. Elles recommencèrent à sourire.

---

* glounne: verrue
** polyglotte : qui parle plusieurs langues

-Là... où il y a de la vie, il y a de l'espoir! s'écria Janie en sautillant.

-Zzz ah! J'entends un autre messazge!

-Youpi!

-Zzz arrête de parler, je ne comprends rien!

Chanceuse exécuta vivement le signe de bouche cousue. L'Humaine ne tenait plus en place et questionna de nouveau.

-Ouf! Que disent-elles?

-Zzz ah! Ce n'est pas très clair!

-Et... puis?!?

Janie, impatiente, tapocha sur le sol. Elle avait hâte d'apprendre tous ces signaux et cesser de quêter des réponses qui prenaient une éternité à venir!

-Zzz euh! Veux-tu te taire!?!

-Aaaaah! C'est trop long! soupira son amie, le regard impatient.

Chanceuse haussa les épaulettes.

L'Humaine commençait à être frustrer depuis que l'insecte subtilement, lui donnait des ordres!

-Zzz, si tu peux faire mieux eh bien... vas-zzz y!

-Bof! Continue! Je n'y comprends rien à tes « T.O.P.S »!

Janie n'aimait pas être prise au dépourvu et dépendre des autres... cela l'agaçait au plus haut point. Tout autant que la Coccinelle, d'ailleurs. Les deux audacieuses constituaient toute une paire de têtes dures!

-Zzzzzzzzzzz oh! Philomène essaie de nous livrer un message, zzzzzzz j... -..---...--- zzz je suis... --..--...ok. Zzz oh oui! Elle est « OK »!

Les sœurs cosmiques se regardèrent en retenant leur souffle.

-Et... Slobuzenja?

-Zzz! Chut! Zzz arrête! J'entends au loin, un bruit de fond ressemblant à un gazouillis!

Janie sourit.

-C'est Slobuzenja qui piaille! Ouf! Elle est vivante!

Soudée sur les pics glacés, l'oreillette de la Coccinelle devenait bleutée par le froid. Mais, cela ne l'empêchait pas de continuer à décortiquer les bribes captées.

-Zzzzzzzzzzz! Zzz arrête! Les cristaux ruisselants de lumière bleue crépitaient tout en s'émiettant à petit feu. La chute des débris embrouilla la transmission. La bibitte à patate poursuivit la lecture de peine et de misère. Zzz ah! Je comprends le code : ... -----. ---... va... -........ ------- .... ------- .... - ... --- ... --- .... à... pieds nus. Zzz euh! J'aurai tout entendu! Zzz! On devra marcher nu-pieds!

-Bizarre! Pieds nus? Enfin! C'est mieux que rien! Il s'agit certainement d'une piste à suivre! s'exclama Janie.

Chanceuse demeura sidérée. Elle avait parfaitement saisi le message troublant, Agaric Va-Nu-Pieds, le « *Chasseur de Papillon* » se trouvait dans les parages! Ce n'était pas le moment de sonner l'alarme et d'énerver Janie davantage puisqu'un rien irritait son humeur. Elle lui dévoilerait ses soupçons au sujet de ce capteur d'insectes en cours de route. Le côté téméraire de la Coccinelle refaisait surface et elle ne pensait qu'aux nouveaux défis!

-Zzz ah! Cet indice zzz semble prometteur! Mais zzz je garde tout de même mes semelles.

-Buzzant!!! s'exclama l'Humaine. Moi aussi, surtout que j'ai bien l'intention de laisser des traces de notre passage... un peu partout!

-Zzz oh! Quelle idée de génie! Mais pas maintenant! Il y a trop de danger que tout s'écroule encore plus.

-Voyons! Ça ne peut pas être pire! Et, elles sont bien vivantes!

Janie, sans réfléchir plus loin que le bout de son nez, manifesta sa joie en sautant tellement fort qu'un bruit terrible détonna de l'intérieur et déclencha une seconde avalanche.

-Zzzzz! Jaaaaaaaaaaaaa...nnnie!

Chanceuse tira sa sœur cosmique vers la sortie. Elle eut juste le temps de la couvrir de ses mini-ailes. Des éclats minéralisés s'éjectaient, de part et d'autre, du tourbillon formé par la poussière de minerai. Par ricochet, quelques débris retombèrent comme des dards sur les doubles élytres de la Coccinelle. Ses ailerons, sous la tension, se tendirent comme des peaux de tambour et empêchèrent les fragments d'atteindre Janie.

Chanceuse avait le visage boursouflé à force de pousser sur le postérieur de l'Humaine afin qu'elle passe de l'autre côté de la crevasse qui servait de porte de sortie. Heureusement pour les aventurières, le tremblement de terre avait élargi la fente, elles sortirent, miraculeusement, sans blessures de ce foutu pétrin! Aussitôt qu'elles furent traversées, les cristaux tombèrent tout en colmatant définitivement l'entrée et formèrent un mastodonte** de pics concassés plutôt tranchants.

-Zzz zut! C'eszzzt poche! Cette fois-ci, les ponts zzz sont vraiment coupés! Tu deviens vraiment...

Janie se sentait nulle et affreusement coupable. Elle avait agi en écervelée... sans réfléchir! Qu'est-ce qui se passait avec ses neurones?

** mastodonte : très très gros

-Excuse-moi!

-Zzzzz! Nous ne pouvons plus rien tenter, c'est devenu trop dangereux pour nos vies!

Chanceuse ne comprenait pas le nouveau comportement irréfléchi de son amie, mais elle n'osait pas lui avouer, car d'une certaine manière, il lui rappelait le sien!

La bestiole réalisa que leurs atomes crochus s'étaient bel et bien mélangés.

Les génomes* de Janie seraient-ils assez résistants pour éviter de multiplier les tares** de l'insecte?

-Je suis trop bête!

Un silence s'installa.

-Zzz oh! Ne dis zzz pas cela, tu me chagrines.

-Désolée!!! Je n'ai plus toute ma tête!

Chanceuse s'efforçait de devenir plus compatissante et cela lui demandait beaucoup d'efforts!

-Zzz euh! Tu ne pouvais pas savoir!

-J'aurais dû! C'est moi l'Humaine! lança-t-elle sèchement.

La bibitte à patate ne rajouta rien. Elle n'était pas hautement qualifiée pour réfléchir, mais par contre, elle voyait parfaitement clair. Elle commençait à prendre des décisions plus logiques comparativement à son amie terrienne. Pourtant, elle avait du chemin à faire, puisqu'elle omettait, volontairement, de parler de certains détails, concernant les *« Intrus »!*

-Zzz ah! Viens! Nous allons chercher des empreintes de pas!

-Super! Peut-être... trouverons-nous un va-nu-pieds quelque part?

---

* génomes : matériel génétique
** tares : gros défauts

Chanceuse était parfaitement convaincue que cela ne tarderait pas à arriver.

Pensive, Janie rajouta…

-J'espère que nos deux amies sont sorties de ce pétrin et qu'elles ne sont pas trop amochés!

-Zzz ah! Ne t'en fais plus! Philomène en a vu bien d'autres! Telle que zzz je la connais… elle doit avoir préparé sa sortie de secours. Je suis certainement qu'elle ne nous a pas tout dévoilées!

-Tu as raison!

Janie, soulagée malgré tout ce qui venait de se passer, regarda l'horizon sous un angle différent! Elle pensait se retrouver à ciel ouvert, mais se trouvait à flanc de montagne entr'ouvert près d'un terrain broussailleux!

Un vent du sud-est transporta un effluve* salin que Janie détecta aussitôt. Elle approchait de son but!

-Allons dans la direction du soleil levant!

-Zzz euh! Ne devrions-nous pas… nous diriger vers le « *Nord* »?

Janie, attirée par l'odeur de la mer, n'écouta que la voix de son cœur.

-Si, mais… le vent a changé de direction et je crois entendre la « **Source** »!

-Zzz oh!!! Alors, on y va!

L'Humaine avait décidé… il devait en être ainsi!

---

* effluve : parfum, odeur

CHAPITRE 24
DÉROULEMENT HASARDEUX

Les sœurs cosmiques solidaires, le cœur rempli d'espoir, s'orientèrent droit vers « *l'Est* ». Elles pénétrèrent dans le sous-bois submergé d'ail des bois.

Janie était ravie car Embrouillamini n'apparaîtrait pas avec cette odeur et ainsi, elle ne pourrait pas lui lancer de sort néfaste. Les sorcières avaient horreur de cette plante aux pouvoirs magiques qu'elles ne pouvaient contrôler. En plus d'éloigner les serpents, l'ail des bois protégeait de la folie et s'avérait un agent protecteur contre les influences néfastes!

Par contre, ce que Janie ne savait pas... c'est que cette plante protégeait également du « *Mauvais Œil* »!

La Coccinelle se demandait si Janie avait effectué le bon choix.

-Zzz ha! Tu es certaine qu'il s'agit de la bonne route?

-Oui! J'entends toujours la « *Source* »!

-Zzz alors! Continuons!!!

La bestiole éloignait, avec ses nouveaux appendices, les longues fougères verdâtres qui lui fouettaient le visage au passage. Le terrain, au fur et à mesure, devenait de plus en plus vaseux. La traversée s'annonçait ardue.

Le ciel grisâtre commençait à donner un ton maussade à cette aventure, mais jamais autant que l'expression de nos deux amies.

-Zzz! Moi, je n'entends rien! Zzz on devrait faire demi-tour!

La Coccinelle se sentait coupable. Elle devait avoir commis une erreur de décodage, car à part les plantes agglutinantes*, il n'y avait aucune autre trace de vie dans ce patelin isolé. En perdant ses antennes, elle constatait qu'elle avait perdu son flair. Ces nouveaux appendices gélatineux ne valaient pas grand-chose. Elle se devrait de développer une autre faculté pour se protéger et retrouver sa confiance.

-Pas question! On suit cette piste!

Janie devenait de plus en plus téméraire et n'en faisait qu'à sa tête.

Puis, au loin, le sol recouvert de broussailles épineuses était entouré de quelques mares d'eau bourbeuses.

-Zzz là!!! Non... nous n'allons pas traverser ces flaques de boue et ces fardoches?!?

Chanceuse se sentit nerveuse lorsqu'un léger frémissement fit frissonner les buissons. Un douloureux souvenir resurgit : sa sortie de « l'Antre », balancée par Trompe-l'œil par la porte d'en arrière! Le Lucifuge l'avait retenue, contre son gré et à bout d'aile comme un vulgaire déchet. Elle s'était retrouvée dans un tas de broussailles, perdue dans un endroit isolé et sans l'Humaine au Grand Cœur! Elle avait failli à sa mission!

Janie changea d'air.

-Cet endroit me donne la chair de poule!

---

* agglutinantes : qui collent

La Coccinelle pensa que l'instinct de défense de sa sœur cosmique faisait défaut! *« Zzz ah! Il ne vaut pas mieux que le mien! »* pensa-t-elle.

La mutante, pour sa part, ne voulait pas traverser ce terrain marécageux, elle avait une peur bleue de se noyer! Elle ne valait pas mieux que Janie, car maintenant, elle commençait à craindre à son tour. Leurs atomes crochus s'amusaient à leur jouer des tours! En outre, Chanceuse dirigeait aveuglément sa sœur cosmique dans une aventure tordue. Elle ne lui avait pas encore soufflé un seul mot sur les activités de Galapiat LeRaté, l'entomologiste[*].

-Zzz je te suis! zézaya fébrilement la coccinelle.

Le sous-bois, de plus en plus hermétique[**], semblait travailler contre elles. Il n'y avait aucun doute, elles étaient surveillées à distance. Aussitôt qu'elles osaient se retourner pour vérifier, tout devenait silencieux.

Les branches cassées, en catimini, se tordaient de rire. Les branchettes, à chacun de leurs pas, dressaient un barrage à la suite des fouineuses! Les arbrisseaux bloquaient ainsi l'accès à quiconque voulait faire volte-face[***]! Les téméraires aventurières étaient coincées et ne pouvaient plus rebrousser chemin. Qui aurait pensé... que ces arbustes possédaient leur propre vie? Il fallait connaître **« l'Astral »** pour savoir que tout pouvait se réaliser!

Janie ne se laissa pas intimider, surtout qu'elle venait d'entendre pour une troisième fois, la

---

[*] entomologiste : personne qui étudie les insectes
[**] hermétique : qui ne laisse rien pénétrer ou sortir
[***] volte-face : revenir sur ses pas, faire demi-tour

« Source » couler! Elle soupira et dévia quelque peu de sa route.

-Zzz où vas-tu?

Janie ne répondit pas... trop préoccupée à suivre le gargouillement du cours d'eau souterrain qui semblait vouloir la guider.

Chanceuse, essoufflée, sautillait à cloche-pied en se collant au derrière de son amie.

Le désir d'accomplir *« Sa Destinée »* poussait la Terrienne à continuer malgré l'adversité.

Puis, la température s'éleva lorsque les voyageuses dépassèrent le chantier d'arbustes piquants. Janie monta un monticule et aperçût de l'autre côté, d'énormes touffes de pissenlits sur un sol sec qui rôtissaient sous la chaleur intense.

-Regarde les gros parasols!

-Zzz hé!!! Il s'agit de la famille *« Dandelion »*. Ils ont l'air à bout de force!

Les fleurons ligulés* jaunâtres et velus, d'un calme désarmant, se serraient les uns contre les autres afin de se protéger des radiations de haute intensité que lançait sur eux un imposant **« Corps interstellaire rouge »** positionné au zénith. Cet astre s'avérait trois fois plus volumineux, que le **« Soleil »**!

-Tu les connais?

-Zzz oh! Je vous salue les Capitules**. Elle fut étonnée de ne pas recevoir de réponse.

-As-tu remarqué... le soleil est enflammé!

-Zzzzut!!! Je suffoque!

-Un vrai four... cet endroit!

Janie transpirait.

---

* ligulés : fleurs à pétales soudés
** Capitules : sortes de fleurs à grosse tête

« D'autres sortes de larmes! » pensa la bête à bon Dieu. Et elle rajouta...

-Zzz ah... il n'y a pas une goutte d'eau dans ce coin perdu!

La situation se compliquait sérieusement et la terre desséchée commençait à craqueler sous leurs pieds. Puis, à leur grande surprise, en contournant une fleur de pissenlit, elles se retrouvèrent devant une allée bordée d'énormes éventails dentelés qui s'entremêlaient tout en se balançant doucement.

-Wow! Regarde... le joli passage d'ombrelles!

-Zzz youpi! Allons... nous aérer la tronche*!

Janie reconnut immédiatement les plants chancelants.

-Des trèfles!

-Zzz incroyable!

L'Humaine tomba à genou. La chance était avec elles! Incapable d'atteindre le sommet des plantes porte-bonheur, elle cueillit des petites repousses qui commençaient à poindre au sol. Elle amorça sa comptine tout en lançant les folioles**, l'une après l'autre dans les airs.

-Une feuille pour l'espoir... une autre pour la conviction, une troisième pour... l'amour et la dernière pour la chance!

Il n'y avait rien qui rimait, mais tout semblait parfait! Janie se plaisait à inventer des histoires et cette dernière la fit sourire de bon cœur. Si la chance était de leur côté, il était inutile qu'elle dévoile la vraie nature de ce *« Vanupied »*, puisque l'Humaine s'en donnait à cœur joie.

---

* tronche : tête
** folioles : chacune des feuilles du trèfle

Janie éclata de rire, en dépit de cette température accablante. Le **« Druide de la Forêt Magique »**, le vieil ami de la famille, tel que promis, parsemait son parcours d'indices de baraka[*].

Les aventurières n'avaient pas remarqué dans toute leur joie effrénée que les herbacées stylisées, elles aussi, étaient déshydratées. Elles balancèrent lentement la tête en signe de bienvenue. Malgré toutes les épreuves, elles conservaient leur dignité, en accueillant les nouvelles arrivées.

Janie constata que ces plantes détenaient un courage exceptionnel. Ce qu'elle trouvait le plus remarquable, c'est qu'elles tenaient bon... même si elles savaient qu'un jour elles tomberaient. Ces herbacées ne baissaient pas l'échine et gardaient toujours la tronche haute. Elles possédaient et démontraient une force de caractère inouïe pour une espèce sédentaire du règne végétal. Aucune Créature n'était épargnée des maux de l'existence appelés à faire évoluer. Les seuls sauvés de ce tourbillon d'embrouilles demeuraient les **« Parangons[**]! »** Par ailleurs, ils ne vivaient pas dans le **« Bas-Astral »** puisqu'ils élevaient leur niveau de conscience afin d'atteindre des vertus magiques! Ces *« Maîtres »* contrôlaient parfaitement la technique du *« Pendule »*!

Janie remarqua que tous les trèfles géants étaient composés de quatre folioles et qu'ils tenaient tête à **« l'Astre »** rougeâtre.

L'Humaine savait que ces herbacées avait été placées sur sa route pour les protéger de la chaleur

---

[*] baraka : chance
[**] La Forêt Magique, Tome 1

suffocante et leur indiquer qu'elles étaient sur la bonne route.

-Partons d'ici! lança Janie.

-Zzz je te suis!

L'Astre de feu soudainement, fixa Janie d'une seule étincelle rubescente*. Il n'avait pas réussi son plan diabolique... la brûler vive! Elle se souvint subitement de « *l'Œil Despote* ». Même si la chance semblait demeurer de son côté, elle ne devait pas jouer avec le feu. Elle devait protéger ses arrières et ceux de ses amies!

Chanceuse ne connaissait rien de l'histoire de « *l'Œil Despote* », ni de cette planète « **Algol**** » et pourtant, elle ressentit vivement la crainte qui venait de s'installer dans « *l'Aura* » grisaillée de l'Humaine. Instantanément et sans crier gare, tout s'assombrit! Elle ne se fit pas prier lorsque Janie intervint promptement.

-Ce lieu n'est pas protégé! Vite... déguerpissons!

Chanceuse traînait de la patte.

-Zzz je dois te dire...

-Vite! Ce n'est pas le moment! Dénichons le « *Royaume* » de son Altesse Grâce, elle saura adéquatement nous guider et veiller sur nous!

-Zzz oh...oui! Nous ne devons pas perdre de vue ta mission! susurra la Coccinelle.

Inquiète de ce déroulement inattendu, Chanceuse sentit des suintements sous ses doubles élytres qui commençaient à humecter ses avant-bras.

-Zzz aïe! J'ai des fuites! Je coule! zézaya-t-elle.

En dépit de la situation, Janie ne put s'empêcher de rire. L'atmosphère se détendit alors et le ciel se

---

* rubescente : qui devient rouge
** La Forêt Magique, Tome 1

dégagea en laissant apparaître « **Galarneau** ». Ce dernier, gonflé à bloc, transperça l'azur poussiéreux tout en repoussant derrière lui, avec ses particules électromagnétiques, l'indésirable Planète binaire, « **Algol** »! Il en avait reçu l'ordre des « **Hautes Sphères** »!

-Ce n'est rien…! Tu transpires!

À ce seul mot, la bestiole ressentit une nausée.

-Zzz ouache!

-La rançon de la Race Humaine! Tu vas t'habituer!

La Coccinelle secoua instinctivement sa double paire d'élytres. Ses ailerons de secours demeurèrent crispés.

« Quelle idée avait-elle eu de désirer une Âme? C'était tout un mystère et apparemment… elle se cachait dans l'enveloppe du Cœur! Cette Âme conservait les mémoires des vies antérieures et pouvait vivre et revivre! À quoi lui serviraient toutes ces sciences si elle ne pouvait plus voler et s'amuser en toute liberté? De plus, des bobos terrestres commençaient déjà à apparaître… tels que les glounnes, la transpiration. Et de plus, elle avait perdu son flair! Chanceuse se demandait ce qui pouvait lui arriver d'autre…! »

-Maintenant, trouvons l'endroit enchanté dans ce trou perdu!

-Zzz Janie… tu me donnes les quételles! Zzz on doit changer nos pensées.

-Euh! Toi… tu réfléchis!?!

Janie se retint pour ne pas rire.

-Zzz ah! J'essaie tes tactiques humaines… puisque je suinte!

-Tu es crampante! Courage et persévérance demeurent nos points forts… n'est-ce pas?

-Zzz ouais! Là... tu parles! Nous sommes capables... zzz hi!!!

-Oui! Et... nous sommes les meilleures! Hi! Hi! Hi!

Avec ces paroles rigolotes qui remontent le moral et deux bonnes grandes respirations, les filles venaient d'exécuter un petit nettoyage en règle de tous leurs chakras. Ces pensées positives permirent à **« Galarneau »** d'élargir ses pieds de vents! La **« Sphère Parallèle du Bas-Astral »** s'illumina comme par magie!

Chemin faisant, Janie aperçut un mince filet d'eau s'échapper d'entre les poussières de roche qui se frayait un chemin entre les racines récalcitrantes.

-Zzz! Regarde!

-La voilà!!! s'écria-t-elle, folle de joie.

La symphonie des gouttes résonnait, en cascade, en-dessous d'un minuscule tertre qui servait d'égouttoir. Janie crut reconnaître les gouttelettes qui habitaient dans le **« Jardin d'émeraude »** de la Fée Kassandra[*]. Les perles d'eau, à la sauvette, effectuèrent des clins d'œil étincelants aux deux aventurières. Puis, subito presto, elles disparurent sous les pierres rêches afin de ne pas être découvertes par les *« Intrus »* qui se fondaient dans l'étrange paysage.

Janie se sentait heureuse d'avoir réussi à trouver rapidement la source. Elle se doutait bien que cela n'était pas le fruit du hasard puisque les rayons du Soleil, en catimini, la suivaient de près. Elle était guidée! La **« Source »** contournait le **« Domaine des Fées »** et elle était convaincue qu'elle l'amènerait à son point de jonction... là où elle devait affluer[**],

---

[*] La Forêt Magique, Tome 1
[**] affluer : couler en abondance vers...

directement dans le **« Lac Enchanté »**. Inévitablement, elle retrouverait sa troupe ainsi que son fidèle ami équestre!

-Crois-tu que mon Ti-Boule Blanc est perdu?

-Zzz je n'en ai aucune espèce d'idée!

-Moi… j'espère que non! trancha-t-elle sur un ton catégorique.

-Zzz ah! Il devrait s'en sortir, zzz s'il a la moindre intellizgence comme tu le prétends!

Chanceuse s'était fait des illusions sur les amitiés qu'entretenaient les humaines envers les autres règnes. Ils étaient déclassés aussitôt qu'un nouvel insecte ou animal arrivait dans les parages. Honnêtement, elle n'était pas intéressée à rencontrer ce foutu cheval qui déjà lui volait sa place!

Janie remarqua une pointe de jalousie dans les yeux de sa sœur cosmique.

-En tout cas… moi, je l'espère!

La Coccinelle détourna son regard et lança un zézaiement inquiétant tout en éliminant par sa bouche de l'hémolymphe*. Ce liquide rougeâtre de mauvais goût éloignait les prédateurs. Ce phénomène demeurait un réflexe naturel pour Chanceuse afin de se protéger de tous et surtout pour attirer l'attention de son amie.

Janie remarqua le coup de théâtre de Chanceuse. Elle était convaincue que si au lieu de Ti-Boule Blanc, la créature concernée avait été son frère Anthony, elle aurait agi différemment et essayé de le retrouver.

-Zzz… dzzzz… dzzzz… j'existe.

---

* hémolymphe : sorte de sang chez les insectes afin de feindre la mort et de dégoûter les prédateurs

Chanceuse avait réagi, en exécutant un acte d'autodéfense, et cela alarmait Janie. Réussiraient-elles un jour à s'apprivoiser complètement? Cette tâche ne s'avérait pas de tout repos! Afin de la rassurer, elle lui réaffirma sans attendre, sa loyauté inconditionnelle.

-Toi... ce n'est pas pareil!

Chanceuse réalisait bien qu'elle n'était qu'une bestiole et encore... elle se demandait ce qu'elle allait bien devenir...

-Zzz ah! zozota-t-elle, en un long soupir.

-Nos différences de potentiel nous attirent! Voilà! Chanceuse, mon amie, aucune créature ne peut et ne pourra te remplacer, car tu es unique!

La Coccinelle comprit qu'elle conserverait toujours sa place dans le cœur de la Terrienne! Ravie, la mutante lui administra une accolade à n'en plus finir!

Janie aimait sa sœur cosmique mais sans sa « *Troupe* », sa mission risquait de finir en queue de poisson; il y avait trop de défis à relever.

En conclusion, elle osait croire, plus que tout, que malgré leurs apparences flétries, les « *Trèfles à quatre feuilles* » n'étaient pas apparus sur sa route par hasard.

Janie arriverait-elle à son but? Rien ne se déroulait comme prévu.

«*L'ADN*»... mélangé des sœurs cosmiques présentait des gènes modifiés. Les chromosomes[*], cachés dans leurs cellules, à cause de leur nature complètement différente, étaient porteurs d'irrégularités. Ces dernières ne demandaient qu'à se développer!!! Avaient-elles la formule gagnante?!?

---

[*] chromosomes : porteurs de caractère héréditaires

CHAPITRE 25
CHASSE GARDÉE

De l'autre côté de la nappe de brouillard contaminée, Lulubie la Cheftaine des Libellules, les Brigadières de l'air ainsi que Lumina la Sergente-chef des Lucioles Affectionnées s'acharnaient toutes les deux à retracer, étouffées par cette poussière, les rescapées. Elles avaient tenté de traverser, sans succès, l'espace gazeux qui les retenait dans le « **Haut-Astral** ». Le cosmos intersidéral du « **Bas Astral** » s'écrasait lentement, sous les débris organiques qui arrivaient sans raison apparente des côtes volcaniques, situées non loin de la Zone Interdite, près de la « **Vallée de l'Ombre** ».

La troupe d'ailées s'était regroupée et se manifestait ouvertement, en menant un tapage épouvantable, afin d'attirer l'attention de Janie. Lulubie et Lumina ne percevaient dans cette fumerole que des ombres tachetées de noir et elles risquaient leur vie, si jamais elles se retrouvaient face à face avec des Intrus! Ni leurs sifflements, ni leurs cris aigus pointés de « *T.O.P.S.* », ni leurs battements d'ailes ne traversaient ce mur empoussiéré. Après autant d'efforts et sans réponse, le regroupement croyait que le pire était arrivé!

Désespérée, la Sergente-chef Lumina était dans tous ses états. Le Vice-roi, cousin germain de l'Amiral, de toute évidence n'avait plus aucun contrôle sur cette situation d'urgence qui lui échappait totalement. L'élixir controversé des Dieux, appelé « *Hydromel* », avait mis le papillon à la retraite « *knock-out** » »!

Lumina ne savait plus où donner de la fiole! Les tentatives de pénétration dans le **« Bas-Astral »** n'avaient abouti à rien. La visibilité était nulle! Elle décida de diviser ses troupes afin d'obtenir un meilleur rendement. Puis, elle sursauta lorsqu'elle vit apparaître, une créature argentée dont les sabots, d'un blanc immaculé, glissaient sur les rayures multicolores du tapis royal. Elle jubila** quand elle reconnut la splendide bête.

-Incroyable! Monsieur Solipède! Vous êtes parvenu à nous rejoindre! craqueta-t-elle d'une voix stridente et rapide. Où se trouve Janie?

Le cheval lustré la regarda étonné!

-Vous êtes de la Troupe?

-Oui! Je suis Lumina et voici ma cousine Lulubie.

-Vous me connaissez? racla l'animal.

-Vous êtes entré avec Janie par la **« Porte d'Argent »** dans l'espace intersidéral sur le prisme lumineux de « *l'Arc-en-ciel* ». Je remarque d'ailleurs que l'écharpe d'Iris*** ne vous quitte plus d'un sabot! déclara avec joie Lumina.

Ti-Boule Blanc se cabra et trépigna fièrement sur les bandes colorées qui le maintenaient dans les airs.

-Aquilon Borée, le vent annonciateur des grandes exclusivités, un allié, m'a confirmé votre venue dans les **« Hautes Sphères »**. Nous vous avons perdu de vue lorsque vous avez dérivé de votre route avec Janie à

---

* knock-out : hors de combat, incapable de fonctionner
** jubila: éprouva une grande joie
*** écharpe d'Iris : autre nom pour l'arc-en-ciel

votre cou! dit Lulubie, la Cheftaine des Voltigeurs de l'air et coordinatrice des événements spéciaux.

-Quelle saleté cet encens! rumina le cheval.

-Oui! Je sais! Ces gaz nocifs s'évaporent constamment du feu de camp et ont pour effet d'embrouiller les pistes, de paralyser les Créatures de l'endroit et d'activer les volcans. Qui vous a informé que l'on se situait à cet endroit précis? questionna Lulubie qui n'aimait pas qu'on les découvre aussi facilement.

-J'ai l'oreille fine et j'ai entendu vos « *T.O.P.S.* » à répétition. J'ai aussi suivi l'effluve d'Hydromel qui sillonnait l'atmosphère.

Le Vice-roi semblait perdu et voulut aborder Ti-Boule Blanc d'une manière plutôt cavalière. Il se dirigea dans sa direction en titubant, d'un nuage à l'autre, tout en piétinant l'arc-en-ciel pastel.

La Luciole, exaspérée par le comportement dysfonctionnel de ce dernier, lui mit un tarse sur la bouche pour l'empêcher de balbutier des sottises. Il bafouilla des mots désagréables qui ressemblaient plus à des effronteries qu'à un accueil chaleureux!

-Il est malade! lança Lumina pour ne pas offusquer le nouveau venu.

-Hiyiyiyiyi!!! L'odeur d'Hydromel que j'ai suivie provenait de ce bouffon de papillon! Ti-Boule Blanc hennit, tout en se pétant les babines. La scène s'avérait beaucoup trop cocasse pour ne pas en rire.

-Décidément, le Vice-roi aura servi au moins à quelque chose, sila Lumina.

-Ah! Le plus important c'est qu'elle vous a amené jusqu'à nous! Où se cache-t-elle? interrogèrent les deux ailées en chœur.

-Plutôt... où se trouvent-elles? En dépit des intempéries Janie est parvenue à traverser

« **l'Astral** » dans le but de délivrer Chanceuse des mains d'un exécrable rapace. Elle me rebattait les oreilles qu'elle n'aurait pas dû abandonner sa sœur cosmique et que maintenant rien ne l'arrêterait!

-Vraiment! On ne s'attendait pas à un tel bouleversement. Un court-circuit s'est produit lorsque Janie est retournée sur « **Terre** » et nous avons perdu tout contact! crépita Lumina.

-Bon sang! Il nous manque tout un chapitre! craqueta la libellule en chef.

-Enfin! Revenons à nos moutons! ordonna Lumina qui s'éventait pour disperser l'haleine insupportable du Vice-roi.

-Et quelle route avez-vous prise pour traverser cette poussière suffocante? questionna Lulubie.

-Je suis rentré à l'intérieur d'un pied de vent!

-Bout… d'ailes! Il fallait y penser! s'exclama la Cheftaine.

-Je peux vous y conduire! renâcla Ti-Boule Blanc.

La libellule, heureuse, se mit à pousser des cris stridents qui ressemblaient un peu au langage de leur cousine la coccinelle! Quelle nouvelle encourageante! Elle bénéficiait d'un nouveau renfort aérien.

Lulubie appartenait, tout comme Lumina et Chanceuse, à la grande famille des Coléoptères et leur langage se ressemblait, mais avec des intonations et des codes différents. Un peu comme les oiseaux!

-Bonne idée! craqueta-t-elle.

-Voyons… ma cousine! Tu sais que cela demeure impossible pour nous de s'y introduire puisque les pieds de vent partent du sommet des « **Portes d'Argent** »! insista Lumina.

Lulubie, la libellule, battait des ailerons et des paupières. Cela semblait une sinécure de pouvoir pénétrer ces rayons.

-Je peux vous servir de bouclier spatial! dit-il, afin de les aider à traverser.

Lumina intervint...

-Ma cousine... la route de notre visiteur ne s'arrête pas ici. Il n'est que de passage... rajouta-t-elle, le cœur rempli d'émotions.

-Vous êtes au courant! ajouta le cheval illuminé. Il devenait de plus en plus cristallin. Et ses yeux, deux tons, brillaient comme le jour et la nuit, éclairés par des cristaux de diamant!

-Demandez une permission spéciale et revenez avec « *l'Archange Uriel* », insista Lumina.

-Cela risque d'être long! dit-il en ébrouant sa crinière argentée.

-Vous ignorez que le temps dans **« l'Astral »** n'existe pas! rajouta Lulubie.

Ti-Boule Blanc tendit l'oreille.

-Je dois vous quitter, j'entends le son des clairons.

La mélodie du « *Grand trépas* », venue des **« Hautes Sphères »**, rappelait les «*Âmes* » au bercail.

Heureux et désorienté, la tête dans les nuages, Ti-Boule Blanc, si grand et si petit à la fois, devint ému.

-Ne vous inquiétez pas! sifflota Lumina avec compassion. Vous n'avez qu'à suivre la lumière blanche... elle vous fera traverser **« l'Étoile Polaire »**. Cet astre étant **« l'Axe Central »**, elle vous mènera au **« Monde des Maisons »**!

-Merci! Fièrement, il se cabra, puis enchaîna en effectuant une arabesque de salutation. Et il rajouta... Janie et Chanceuse se trouvent juste en dessous de cette croûte volcanique, aux abords d'une **« Vallée »** sombre et d'un flanc de montagne, tout près d'une vaste étendue d'eau!

Lumina et Lulubie entendirent à leur tour, venue des **« Hautes Sphères »,** la dernière sonate de la vie jouée en si bémol… majeur!!!

-Je reviendrai. Elle doit connaître toute la vérité sur mon départ hâtif!

-Bon voyage! crépita Lumina.

-Au revoir, chère Troupe!

-À bientôt! lancèrent Lumina et Lulubie au garde-à-vous.

Un dernier regard et la bête s'élança comme une flèche, en direction des **« Hautes Sphères Célestes »,** toujours transportée par les banderoles multicolores de l'Arc-en-ciel. Il était attendu, à bras ouverts!

Un fait marquant, à couper le souffle à toute créature, se produisit sous les yeux des bestioles. Sous l'effet de la décomposition du spectre solaire, Ti-Boule Blanc s'était transformé en cheval ailé comme Pégase; le sort réservé aux célèbres quadrupèdes!

Lumina et Lulubie savaient que les phénomènes météorologiques, tels que… l'arc lumineux et les aurores boréales étaient constitués d'énergie génératrice, mais à ce point? Cela tenait du miracle ou bien de la magie! Cette expérience inusitée prouvait que rien n'était impossible. Maintenant, elles étaient absolument convaincues que **« Galarneau »,** avec ses pieds de vent, suivait les traces de Janie. Elles devaient intervenir, et ce, rapidement comme seuls les arthropodes* avaient l'habitude d'exécuter leur travail.

-Allumez vos torches! sila Lumina. Aussitôt, les mouches à feu, les éclaireuses du groupe, activèrent les lampes fluorescentes qui se cachaient sous leur arrière-train. Et dès que vous verrez un halo se

---

* arthropodes : insectes

manifester et éjecter une énergie d'intensité variante, tout en tirant sur le gris métallique, ne le quittez pas d'une aile! Il s'agit d'une « *Aura* » humaine! Et vous, exigea-t-elle à la deuxième formation spéciale, le Groupe Select, votre mission consiste à transmettre à l'Amiral que nous contrôlons la situation. Et, ramenez-lui au plus vite son Cousin Germain puisqu'il nous nuit, plus qu'il ne nous aide. Enfin!

Les membres du commando s'énervèrent et battirent éperdument des ailes. Ils connaissaient la légendaire colère du Grand Monarque, celle qui avait parcouru tout le **« Cosmos »** et cela les troublait.

Le Vice-roi tourbillonnait et riait, tout en se parlant à lui-même.

-Ah! Ne vous inquiétez pas... il comprendra! Oh! Maintenant... allez! C'est un ordre!

Les sélectionnées, en grand désarroi, finirent par former, avec leurs élytres cornés, une cloison qui se referma sur le papillon comme un étau. Elles appréhendaient que le cousin germain réagisse vivement comme l'Amiral! Quelle surprise! Le lépidoptère tomba dans les pommes! Aussitôt, le commando s'élança à contre-courant et disparut dans un amas de nuages sombres avec l'énorme insecte inconscient, coincé dans leur filet.

Immédiatement, Lumina ordonna aux derniers membres de son escadron personnel, celui qui ne la quittait jamais des yeux...

-Suivez-moi... et pointez vos dards phosphorescents en direction de la rive!

Ces derniers, de l'escouade technique des missions spéciales, les « *Officiels* » géniteurs* détenaient un

---

* géniteurs : ceux qui reproduisent

dard luminescent* plus intense que toute la colonie des coléoptères. Lulubie, la spécialiste des communications approuvait l'intervention de sa cousine, puis à son tour planifia une attaque massive.

-À vos marques... tire d'aile!

Les libellules affectionnées se groupèrent sans attendre en rangées serrées de cent têtes de chaque côté des lucioles qui étaient déjà cordées en triple.

-Exécution!!! ordonna Lulubie.

Toutes les troupes présentes sur les lieux se mirent à battre des élytres le plus vite possible afin de balayer la fumée. Cette technique suscita un vent de panique, car elle produisit un effet contraire... une épaisse boucane se propagea dans l'atmosphère. Découragées d'avoir propagé la fumée au lieu d'avoir dégagé la coupole céleste, elles cessèrent leurs efforts. Elles toussaient et crachaient de la suie. Les insectes ne savaient plus où donner de la fiole et essayaient de demeurer en place afin de trouver une ouverture pour reprendre leur souffle! La cendre lentement se dispersa, et les Ailés sentirent le vent tourner!

***

Pendant cette intervention des cieux qu'exécutait la « Troupe » afin de rejoindre les recherchées, les sœurs cosmiques ne réalisaient pas qu'elles traçaient elles-mêmes leur destinée et que toutes les pensées qu'elles émettaient changeaient le parcours de leur cheminement de vie et les rendaient inatteignables.

-Zzz ah! Zzz j'en ai assez de me faire fouetter par ces brindilles! Zzz je réessaie de voler!

-Tu veux relever le défi une autre fois?

---

* luminescent : qui envoie des rayons lumineux

Janie n'avait pas osé le demander à son amie. Les risques d'échec demeuraient flagrants et les essais précédents étaient gravés dans leur mémoire.

-Zzz ouais! Je tente un petit vol de reconnaissance.

-Excellente idée! Tu pourras m'indiquer dans quelle direction se trouve le « **Lac Enchanté** ».

Chanceuse arrivait, de plus en plus, à penser comme Janie et cela plaisait à sa sœur cosmique.

-Zzz... pas bête! Zzz... j'ose tenter un essai!

La Coccinelle, avant d'amorcer une poussée aérodynamique, piétina le sol, puis s'élança. Surprise, elle décolla et finit par survoler l'endroit tout en ballottant dans les airs. Puis, elle retomba sur ses jambettes qui tinrent le coup sous la pression. Auparavant, elle était habituée à atterrir sur six tarses, ainsi l'équilibre était plus facile à maintenir.

-Pas si mal... continue, cette fois-ci, tu réussiras à garder ton envol!

-Zzz... ouf!!!

La bibitte à patate étira ses élytres transformés et sa deuxième paire d'ailes de secours se décoinça. Elle les allongea au maximum et s'envola à l'horizontale.

L'Humaine, à ce moment précis, réalisa qu'il n'était pas si simple de voler.

La Coccinelle, le thorax gonflé, survola en déviant aussitôt sur sa droite pour poursuivre sa route en diagonale. Satisfaite, elle garda ses ailerons ouverts et n'osa pas les redresser afin de ne pas perdre l'équilibre. Enfin! Elle pourrait bientôt donner des indications précises à son amie.

Heureuse de tenir le coup, elle fixa Janie qui était devenue infiniment petite. Elle leva la tête pour regarder de nouveau en avant d'elle et arriva face à face avec un arbrisseau. Ce dernier lui gifla le visage et la fit, immédiatement, piquer du nez.

Au loin, les pissenlits s'agitèrent, malgré leur lassitude, en apercevant la bibitte à patate plonger en direction du sol.

Chanceuse, fouettée par les herbacées, ne comprenait pas les signaux que lui lançaient les plantes. Elle était trop préoccupée à se redresser dans le but de reprendre de l'altitude.

Janie constata que les fleurs ligulées voulaient porter secours à son amie. Subitement, ces dernières échappèrent une multitude de boules blanches composées de faisceaux minces et allongés. Les aiguillons surmontés d'une boule de poils s'envolèrent dans les airs et immédiatement furent transportés par une vague de vent à l'horizontale. Les dents-de-lion avaient libéré une première poussée d'aigrettes afin de venir en aide à Chanceuse.

-Vite... accroche-toi aux filaments duveteux des pissenlits! cria Janie.

La bibitte à patate happa au passage une globuleuse d'un blanc gris pour se maintenir en vol. Elle se redressa quelque peu, puis les particules commencèrent à se séparer l'une après l'autre sous le poids de la coccinelle.

-Je n'y arrive pas!!! s'écria-t-elle.

D'autres aigrettes se joignirent et, à chaque essai, les aigrettes se détachaient de leur monticule.

-Tiens bon! s'exclama Janie en sueur, à force de courir en dessous de la mutante.

L'Humaine suivait les moindres gestes de son amie car la coccinelle devait réussir!

Chanceuse oscillait et virevoltait accrochée, tant bien que mal, aux plumets qui tentaient l'impossible pour la secourir. Telle une poche d'air, elle retombait par secousse dans le vide. Les cerfs-volants blancs, dans un ultime effort, se multiplièrent pour soulever la bestiole le plus haut possible dans les airs, mais la partie n'était pas gagnée pour autant.

« Elle ne tiendra pas le coup! » pensa l'Humaine.

Subitement, Chanceuse disparut. Quelques instants plus tard, elle réapparut au sommet d'une gigantesque fougère palmée. La bibitte à patate tourbillonnait et jubilait de joie. Elle avait retrouvé son agilité d'antan grâce aux aigrettes qui demeuraient collées à son corps.

-Que vois-tu!?!

L'intrépide coccinelle, sans répondre, changea de direction et se déroba de la vue de son amie. Impatiente, Janie attendait, le souffle court, qu'elle se montre le bout du nez, une seconde fois.

L'Humaine trouvait l'attente longue et un effroyable silence s'installa. Elle sursauta lorsqu'elle entendit un bruit sourd d'écrasement. Cela lui rappela un très mauvais souvenir. Elle enjamba les racines tortueuses et les roches concassées, tout en repoussant les feuilles qui lui bloquaient le passage.

-Vous n'allez pas... Enfin! Tassez-vous... bande de mauvaises graines!

Elle rouspétait après les herbacées qui lui coupaient la route. Puis, elle s'arrêta brusquement le souffle court et vacilla sur la pointe des pieds, au bord d'un abrupt précipice.

-Euhhh!!! Ahhh!!! Ohhh!!!

Aussitôt, pour essayer de garder son équilibre, elle étira les bras de chaque côté de son corps. Elle chancela, trembla... puis ferma les yeux pour ne pas succomber au vide qui l'attirait comme un aimant. Parviendrait-elle à se stabiliser!?! Elle se demandait à quel moment la force centrifuge* la balancerait dans

---

* centrifuge: force qui éloigne du centre

le gouffre. La mort était au rendez-vous. Un grand silence envahit l'atmosphère et l'imprégna d'une douce sérénité. La fin s'annonçait et elle n'avait pas d'autre choix que de se résigner. Puis, la sensation de détachement envahit son être tout entier lorsqu'au loin, elle entendit un son fendre l'air. Elle ouvrit les yeux et fut frappée de plein front par l'impétueux vent du large, le « *Rapido Bonsecours* » et, de connivence avec « *Chinook LeGrand Vent* », ils l'encerclèrent dans la phase la plus critique... elle tanguait!

Janie, au lieu de basculer dans le gouffre, se retrouva à califourchon dans les brindilles qui longeaient le précipice. Étourdie, elle s'assit pour reprendre ses esprits. Ne pouvant supporter le silence plus longtemps... elle s'approcha, en rampant, afin de rejoindre le rebord du récif. Elle retint son souffle lorsqu'elle aperçut la moitié du corps de Chanceuse étendue aux abords de l'écueil rocailleux, la face enfouie contre le sol à l'ombre d'un immense parasol.

-Chanceussssse!

Sans réponse, Janie s'affola. Alors, sans réfléchir, elle s'élança vers sa sœur cosmique. Elle ne pensait qu'à la sauver.

-J'arrive! marmonna-t-elle en dévalant la pente à toute vitesse sur ses fesses.

La sueur lui coulait sur le front tellement la descente s'effectuait rapidement. Secouée, rien ne l'arrêtait; pas même les pointes effilochées des racines qui l'égratignaient au passage. Elle tentait de ralentir sa course en s'accrochant à tout ce qu'elle pouvait attraper sur son passage. Puis finalement, elle réussit à empoigner une branche qui pendouillait. Haletante, elle essaya de reprendre son souffle et jeta un coup d'œil vers le bas, afin de constater la distance qui la séparait du corps inerte de son amie. Il n'en fallait pas plus pour qu'elle voie le monde à l'envers, lorsque la branchette se cassa d'un coup sec.

Elle culbuta, tête première, dans le vide.

-Ahhhhh! Ohhh! AU... SE... COURS! cria Janie à fendre l'âme.

Ce cri d'alarme rappela « *Chinook LeGrand Vent* », ami du vent « *Druidique* ». Ce dernier revint en force, en exécutant un mouvement parallèle au ras du sol. Il entortilla dans son filet venteux une samare et dirigea cette graine munie d'ailes vers l'Humaine. Les hélices se fractionnèrent en deux parties et glissèrent sous les pieds de Janie. Accroupie, elle finit par se redresser et dévala le reste de la côte abrupte.

Anthony aurait été fier de voir sa sœur effectuer une descente de ski... digne d'une vraie « *pro* ».

-Ahhhhhh!

L'atterrissage, par contre, s'exécuta d'un coup sec. Elle tomba à pic, la tête enfouie dans le sable.

La Coccinelle, sous l'impact, se mit subitement à cracher les grains sablonneux qui collaient à ses lèvres enflées.

-Zzz! Zzz... hi, zzz... pouah! Euh! Yack!

Janie se sortit la tête de l'abrasif et réalisa que la couverture sableuse leur avait été d'un grand secours, elle avait permis d'amortir leur chute.

-Ça va? Rien de casser? questionna Janie à plat ventre, tout en secouant sa chevelure gorgée de grains de sable.

-Zzz! Pouah!?!

Toutes les deux n'osaient pas avouer dans quel état lamentable elles se trouvaient. Puis, sans aucun avertissement, le sablon[*] s'écroula, tout autour.

---

[*] sablon : lieu couvert de sable

-Non! Zzz oh! Une avalanche!

-Non! Un tremblement de terre!

Elles demeurèrent estomaquées lorsqu'un long ligament* se mit à sortir du sol et laissa apparaître quatre doigts de pied!

Puis, un autre suivit...

-Oh!?! Deux pieds nus! s'exclama Janie.

Face contre terre, elles se regardèrent du coin de l'œil. Les longs orteils composés de cellules fibreuses, sur lesquels elles reposaient, se trémoussèrent pour enlever les grains de sable qui restaient collés à leurs boutures filamenteuses. Les tissus élastiques, formés de cartilages allongés, les secouèrent. Elles ne savaient plus sur quel pied danser et décidèrent de ne pas bouger et d'attendre que ce mouvement de va-et-vient arrête pour exécuter un saut périlleux. Juste avant de sauter, elles entendirent une voix pâteuse mâchonner quelques mots.

-Hé ben... vous deux! Que faites-vous sur mon terrain privé?

À ce moment précis, Janie réalisa qu'elle avait rapetissé pendant la chute et l'individu qui se trouvait devant elle, mesurait au moins trois fois sa grandeur. Tout un morceau. Elle faillit s'étouffer lorsque l'inconnu souleva Chanceuse par la nuque. Automatiquement, ses minuscules élytres se déployèrent et les quelques aigrettes qui y étaient demeurées collées tombèrent dans les pommes à la vue du champignon.

-Zzz... oh! C'est notre hom... omelette! ricana Chanceuse, les baguettes en l'air**!

---

* ligament : ensemble de fibres qui unit les os
** baguettes en l'air : bras en l'air qui gesticulent beaucoup

Janie savait que son amie voulait détendre l'atmosphère en inventant un jeu de mots, mais elle prenait de gros risques. L'Humaine sursauta lorsque, tenant la coccinelle dans les airs, elle vit au cou d'Agaric, le médaillon d'excellence!

L'énergumène, évidemment, trouva de mauvais goût ces paroles et s'énerva. Le dé scintilla de toutes les teintes de rouge. Il était évident qu'il avait négocié une entente avec Galapiat LeRaté. Elle devait maintenant se méfier de lui.

-J'vais vous en foutre, moi, un œuf battu en pleine face... mes visages pâles! Déguerpissez au plus vite avant que je vous endorme au gaz! Le médaillon scintilla prouvant qu'il disait la vérité et aussitôt... d'un mouvement brusque, il lança Chanceuse. Elle roula par terre comme de la gélatine molle. Pauvre elle! Rien de neuf... la bestiole recevait toujours le même traitement à répétition; elle était chassée ou pourchassée.

L'étranger se frotta les ligaments comme pour se débarrasser des saletés qu'aurait pu lui transmettre l'insecte. Janie constata que les créatures de ce **« Monde »** éprouvaient des craintes et des répugnances similaires aux Humains.

-Zzz... attends! Tu vas voir!

Chanceuse avait de la difficulté à se relever; elle qui atterrissait, habituellement, avec souplesse.

Janie lui tendit la main. Chanceuse pila sur son orgueil et accepta son aide. Leurs atomes s'étaient vraiment amalgamés.

-Zzz... je suis incapable de voler.

L'Humaine constatait que la transformation s'opérait sur son amie, plus que sur elle-même et voulait la rassurer sur son état de santé.

-Tu manques de pratique! Tes muscles sont ankylosés! Tout rentrera dans l'ordre!

-Non! ricana sarcastiquement le tartempion qui coupa sec leur petite conversation. Tu n'y parviendras pas! Tu ressembles plutôt à un homoncule* raté!

-Hé! Allez-y doucement! On ne vous a rien fait! Nous ne désirons aucunement demeurer sur vos longs ligaments crottés, répliqua Janie, en se gonflant le thorax.

Chanceuse lui coupa immédiatement la parole, car à son tour, elle devenait un peu trop casse-cou.

-Zzz... excusez-nous! Nous nous sommes trompées de terrain.

-Vous appartenez à quel clan? lança promptement le résident.

-Zzz... à aucun clan!

-Toi... ferme-la! Je veux causer avec l'autre type de cellules. C'est elle qui m'intéresse!

Janie n'aimait pas l'attitude de ce petit Jos connaissant, surtout que ce dernier dégageait une odeur de mal de vivre.

-Qui êtes-vous pour parler sur ce ton prétentieux à mon amie?

-Eh bien, ma petite! Je suis Agaric Vanupieds.

-Agaric Va... nu... pieds! Va-nu-pieds! exhala Janie.

-Ouais ma belle! En plein dans mille!

Janie demeura figée et cessa de discuter en regardant sa sœur cosmique. *« La voilà... enfin notre réponse! »* pensa-t-elle. Elle se demandait si la Gnomide savait s'il fallait se méfier ou bien...

---

* homoncule : petit être à forme humaine

l'éviter!?! L'allure déglinguée de ce phénomène rare n'annonçait rien de rassurant.

Janie trouvait ce légume plutôt étrange. Un large capuchon lui servait de caboche en cloche. Il avait deux yeux étirés et sournois qui y étaient incorporés, et ce, sur un front tiré et plissé. Un nez prédominant se terminait en boule et une bouche fendue vers le bas menait à une barbichette frangée. Ce type à membrane cellulaire était plutôt maigrichon et sa silhouette allongée était munie de ligaments vermiculés accrochés à son corps tubulaire. Ces membres articulés jouaient deux rôles à la fois; ils servaient de pieds et de mains à la créature insolite. Ce légume appartenait-il à la *« Famille des Champignons Magiques »*? Si oui, il pourrait utiliser ses pouvoirs, contre elles, et les hypnotiser comme ses confrères qui habitaient Lapinièreville dans **« La Forêt Magique »**. Chose certaine, ce légumineux devait être vénéneux, puisque sa chair grisâtre dégageait une odeur âcre.

Maintenant qu'elle avait jeté l'Humaine au Grand Cœur dans la gueule du loup, Chanceuse devait faire face à la musique et la protéger, car la Troupe n'était pas encore arrivée! Quelle accompagnatrice! Alors, d'un pas ferme, elle se plaça, une seconde fois, devant Agaric Vanupieds, afin de lui démontrer qu'elle n'avait pas peur d'un gros légume.

-Zzz... hé! Bien moi, zzz... je déteste les champignons!

-Eh... ben! Toi, la tache, tu as du culot de revenir à la charge!

-Chanceuse, fais attention!

Le grand escogriffe s'approcha de la bestiole et avant de l'empoigner de nouveau, la fixa droit dans les yeux.

-Zzz… ah! J'oubliais… c'est Philomène qui nous a parlé de toi. Elle se trompait certainement d'aventurier!

-Vous connaissez la Gnomide?

L'inquiétude se dessina subitement sur sa face ridée.

-C'est notre amie! insista Janie.

-Zzz… oh! Elle nous a même raconté… que vous étiez le plus remarquable des prestidigitateurs de la région.

Agaric ravala sa salive.

-Tu me fais marcher!

Le fongus* se souvenait parfaitement d'avoir été, à une certaine époque, le bras droit de Rabougri, le Père de Philomène. Il lui servait de doublure dans certaines missions secrètes. Les Créatures mélangeaient souvent les Gnomes et les champignons à cause de leur grandeur, de leurs formes similaires et de leur calotte rouge orangé. L'art du camouflage et de l'illusion, qu'il effectuait pour le compte de Rabougri, lui était monté directement aux cellules et avait provoqué un bouleversement chimique! Sa vie prit une tournure désastreuse lorsqu'il décida de suivre son instinct tourmenté et de partir à la défense de ses droits. À compter de ce moment, son flair, plus que jamais, lui fit défaut.

-Zzz… je crois qu'elle vous a confondu avec Brutus Malotru.

-Oh toi! Ne dis pas une bêtise aussi abominable.

Insulté, il bondit sur la pointe de ses racines allongées et affronta la Coccinelle.

---

* fongus : champignon

Immédiatement, Janie se rangea à côté de son amie. À deux, elles viendraient peut-être à bout de le décontenancer.

Rien à faire. Il sauta, cria et devint tout couvert de taches brunâtres.

-Ne me comparez plus jamais à cette espèce de pilleur, ce... ce voleur de grand chemin, cracha-t-il en balançant son mâche-patate* dans tous les sens. Je lui ai rendu service pour une cause bien particulière qui convenait à mes attentes. Je suis, sans aucun doute, un vagabond, mais pas un horrible bandit!

Janie flatta son orgueil, en rajoutant...

-Bien entendu, nous le savions et nous nous excusons pour le malentendu!

Agaric les examina des pieds à la tête d'un œil suspect.

-Qu'est-ce que vous attendez de moi, puisque vous êtes des amies de la lilliputienne?

« *Enfin! Je le tiens* », pensa Janie qui rajouta...

-Je ne voudrais surtout pas rendre des comptes à son père. Vous connaissez l'humeur des Gnomes!

-Figurez-vous que oui! Par contre, il m'a sauvé la vie, il y a de ça des lunes, lorsque j'ai été piégé.

-Oh non! Un piège fabriqué par l'Ostrogoth?

-Que dis-tu? Ce dernier est trop bête pour tendre de bons guets-apens! Il est aussi... trop gros pour pénétrer dans mes caches et trop stupide pour bien dresser son chat!

-Mais... qui alors?

-Galapiat LeRaté!

-Oh! Il me poursuit! échappa-t-elle.

Elle avait trop parlé et cela fit sourire le champignon.

---

* mâche-patate : bouche

-J'aurai ma revanche contre ce rat d'égout un de ces jours, dit-il, il m'a eu... une fois, mais il ne m'aura pas deux fois!

Puis, il s'empressa de rajouter...

-Ah, mais oui! J'aurais dû y penser! Vous êtes l'Humaine dont la race détruit tout! Mais apparemment, vous demeurez une exception à la règle! Une autre espèce complètement différente!

Immédiatement, il commença à lui expliquer son chemin de vie personnel.

-Moi, le champignon magique, j'ai été élevé en captivité et manipulé par des robots insensibles. Ces manipulateurs en tunique blanche portaient des filets sur leur tête et se cachaient le visage avec d'immenses lunettes noires. L'endroit ne dégageait aucune chaleur, il était froid, muni d'épaisses vitres et verrouillé! J'ai tout perdu : ma réputation et tous mes effets magiques!

-Une serre hydroponique*!

Le légume avait été interné dans un établissement d'aliénés. Il n'avait pas grandi en toute liberté dans de beaux pâturages verts. Il avait été engraissé et réchauffé sous des sources lumineuses qui n'avaient rien de commun avec le soleil levant.

L'humaine frissonna. La vie des plantes sur « **Terre** » n'était pas toujours rose. Elle visualisait parfaitement l'existence qui lui avait été destinée; un champignon cultivé, gardé en captivité et confiné dans une étroite cellule. Pauvre végétal, il avait été nourri au compte-goutte, privé d'air pur et d'espace pour s'épanouir en toute liberté!

-Je suis désolée! Et je crois ressentir le manque d'amour dont vous avez souffert lorsque vous viviez

---

* hydroponique : culture de serre faite dans l'eau

sur « **Terre** »! Voulant se montrer compatissante et désirant lui démontrer que tous ne subissaient pas le même traitement de solitude et d'indifférence, elle rajouta : moi, je porte beaucoup d'attention à mon hamster Pitchou, que je garde en cage dans ma maison!

En entendant ces mots, Agaric gémit et commença à se secouer.

-Tu n'es pas si inoffensive que je le croyais! Il se gonfla et devint le double de sa grosseur. Elle réalisa qu'il s'apprêtait à éjecter de ses lamelles, des spores hallucinogènes.

-Ah!!! Arrête ton cirque!!! Tu te méprends, moi, je le nourris et j'en prends soin!

-Ouais! Vous dites tous la même chose. Puis... au bout d'un certain temps, vous négligez vos engagements et vous balancez par-dessus bord vos bonnes intentions.

Janie se sentit blessée dans son amour-propre, car il y avait un brin de vérité dans ces paroles amères. Elle espérait avoir l'occasion de lui prouver qu'il avait tort. Ce ne sont pas tous les Humains qui ne prennent pas leurs responsabilités à cœur.

Agaric se calma, mais demeura sur ses gardes.

-Malheureusement, on ne sait jamais à quoi s'attendre avec votre race!

Janie comprit qu'il ne voulait pas entendre raison. Si les Humains s'avéraient tous pareils, ce qu'elle ne croyait pas, les animaux pour leur part avaient parfois des têtes de cochon, mais les légumes étaient certainement les plus végétatifs et les moins coopératifs!

Chasse gardée

CHAPITRE 26
MARCHÉ CONCLU!

Janie savait qu'elle faisait affaire avec un vrai trafiquant. Le « *Médaillon de l'Excellence* » en était la preuve. Elle était entourée d'Intrus! De toute évidence, Galapiat LeRaté devait toujours la rechercher, d'une manière ou d'une autre, car elle valait une fortune. Elle devait se tenir sur ses gardes, car même si le champignon s'avérait le seul fainéant visible dans les environs... il n'en demeurait pas moins, qu'il ne devait pas travailler sans complices.

L'Humaine restait attentive et examinait tous ses faits et gestes dans les moindres détails. Le grand végétatif à la tête de cloche tournait en rond autour d'elles tout en claquant constamment le bout de ses ligaments.

-Je t'aiderai! Par compte, ici, c'est du donnant... donnant!

-Je vois!

Il prit pour acquis qu'elle consentit à son offre.

-Maintenant que tu as accepté... qu'as-tu à m'offrir pour recevoir mon aide qui vaut un pesant d'or?

Janie qui, pour l'instant, n'avait rien à donner, décida de contourner sa demande.

-J'y pense! À bien y réfléchir... ne trouvez-vous pas que ce Brutus, qui a extorqué* les « *Précieuses* »

---

* extorqué : obtenir par violence

de Sa Majesté Rose Flore des vents, mérite une leçon exemplaire?

-Pouah! Tu sais, par ici, on pille ou on vole. Il a chipé un tas d'autres bijoux, cet écumeur de mer.

L'Humaine se rendait compte qu'il connaissait parfaitement le flibustier. Il appartenait à la même espèce de profiteur que le pirate et il ne passerait pas aux aveux aussi facilement qu'elle le voulait! Peut-être savait-il ce qui était advenu de sa *« Clef du Paradis »*?

-Il bluffe et se joue de tous pour se donner de l'importance! rajouta Janie.

-Camelotes ou pas... à ce qu'on raconte, il a acquis sa grande renommée lorsqu'il a découvert un vrai trésor, une pierre très rare. La plus rare des rarissimes... une *« Escarboucle »*!

Chose surprenante, il n'essayait pas de la leurrer, puisque le médaillon, toujours fidèle à lui-même, lui lançait en pleine figure des petites étincelles blanches.

L'humaine demeura surprise. La pierre rarissime faisait partie de l'histoire de la *« Princesse aux Yeux d'ébène »* et ne concernait en rien les affaires des Intrus.

-L'Escarboucle!

-Tu es au courant de quelque chose? interrogea Agaric.

Janie ne voulait pas perdre la face et inventa une histoire invraisemblable pour en savoir plus long sur les allées et venues de ces « Intrus »!

-Bien sûr... pour qui me prends-tu!? Janie cherchait un nom béton* d'Intrus qui donnerait de la valeur à son histoire et, après quelques mots

---

* béton : dont personne ne peut douter

d'hésitation, elle enchaîna... Euh! Les *« Précieuses »* sont rançonnées par Brutus! Il a organisé un trafic de diamants avec... ce... revenant d'Octo MaCrapule. Elle jeta un regard vague vers sa sœur cosmique. Chanceuse gardait le silence pour ne pas nuire à la démarche de son amie.

-Allez, bout de ciel! Continue, tu m'intrigues!

L'Humaine reprit en claquant des doigts et en gardant un air irrité.

-Par contre, selon certaines rumeurs... la vérité est tout autre!!! Brutus voudrait non seulement marchander les *« Précieuses »*, mais... ce qui l'intéresse au plus haut point serait d'échanger quelques... *« Diamants »* contre une *« CLÉ PASSE-PARTOUT »*.

-Sapristi... il joue sur deux tableaux, ce poisson pourri! cracha Va-Nu-Pieds.

-Crois-moi! C'est l'affaire du siècle! insista Janie, en baissant la tête et en regardant Chanceuse devenue rouge comme une tomate. La Coccinelle se demandait où elle était allée chercher toute cette histoire? Quelle comédienne! pensa-t-elle.

-Quel croc-en-jambe[*] afin de posséder une simple Clé!

-On pourrait s'allier, dit Janie fermement.

-On est déjà des alliés!

-Ouais! fit-elle d'un geste nonchalant de la main. Parfait! Moi, je te quitte! Je dois trouver le **« Royaume »** de *Son Altesse Grâce,* sans tarder, puisqu'on m'attend au **« Palais »**!

-Pas si vite... ce service coûte un supplément!

-J'aurais dû y penser. Tant qu'à y être, pourquoi pas... *« l'Escarboucle »*!?

---

[*] croc-en-jambe : manœuvre déloyale servant à nuire

-Marché conclu!

-Voyons… c'était juste une idée lancée en l'air!

-Trop tard! Ici, on ne crache pas des bêtises, sans s'en porter garant*!

Janie durcit ses positions, chose qu'elle n'aurait jamais osé exécuter auparavant. Elle, si douce et compréhensive, commençait à comprendre qu'elle devait s'armer contre ces virulents qui ne possédaient ni âme ni conscience. Chaque parole prononcée était prise pour de l'argent comptant! Il n'y avait plus matière à réjouissance.

-Tu rigoles?!? Tu veux une bague qui n'a jamais existé?!?

-Comment sais-tu qu'il s'agit d'une bague?

-Je suppose, dit rapidement Janie. Elle devint cramoisie et cette couleur déteignit sur son « *Aura* ».

Agaric ne pouvait voir son halo puisqu'il vivait dans le **« Monde Capharnaüm »**, mais il pouvait parfaitement ressentir les doutes de l'Humaine.

-Ne me raconte pas d'histoires… la petite!

-Parole d'honneur! Ce Brutus… te fait marcher à propos de « *l'Escarboucle* » et même peut-être aux sujets de la « *clé* » passe-partout! rajouta-t-elle, avec un sourire en coin pour donner de l'importance aux commentaires qu'elle venait d'inventer et essayer de lui tirer les vers du nez** afin de savoir s'il avait entendu parlé de sa « *Clef du Paradis* »!

Janie n'aimait pas mentir. Elle savait qu'elle en paierait le prix… un jour où l'autre! Elle préférait dire la vérité, plutôt que de vivre avec des remords! Enfin, cette fois-ci, elle ne se trouvait pas sur **« Terre »** et elle devait affronter un vil mercenaire

---

* porter garant : répondre de ses actes
** tirer les vers du nez: faire parler quelqu'un habilement

dépourvu de conscience et de cœur. Il lui faudrait s'armer de courage et se montrer sans faiblesse, afin d'assurer leur protection.

-La pourriture! Il ne perd rien pour attendre! De toute façon, ici, les paroles reviennent toujours contre nous. J'en sais quelque chose, marmonna-t-il.

Janie ne s'était jamais sentie aussi petite dans ses culottes.

-Bon, cette affaire est bâclée! lâcha Agaric. Bien entendu, si je suis payé rubis sur l'ongle*! Juré... craché!

Chanceuse s'écarta pour de ne pas recevoir le crachat en plein visage.

-À ton tour! insista l'impitoyable marchandeur.

C'était la seule manière de conclure une entente dans ce « **Monde** » désabusé qui se comparait, avait-elle entendu dire, d'une certaine manière au « **Monde Morose** ».

Elle détestait ces manières grossières, mais elle devait lui montrer qu'elle n'avait pas froid aux yeux. Elle se souvenait du jeu insolite de son frère. Anthony et ses amis, s'amusaient à cracher le plus loin possible. Il lui avait fait une démonstration fort juteuse. Elle trouvait ce jeu dégoûtant! Le perdant était ridiculisé et le meilleur était mis sur un piédestal jusqu'à sa chute. Elle devait avouer que pour l'instant, cet apprentissage lui servirait! Alors... elle se rappela la manière dont son frère s'y prenait. Elle fixa son adversaire, renâcla bruyamment, puis, elle tourna le grumeau dans sa bouche et soudainement le projeta. L'épais crachat alla directement se déposer sur le gros orteil grisâtre

_____

* rubis sur l'ongle : payer immédiatement

d'Agaric. Chose certaine, elle n'avait aucunement prévu que ce dernier atterrirait à cet endroit précis.

Le végétal examina la situation de près puis essuya son doigt de pied sur son autre racine.

Chanceuse se retint de tout zézaiement.

Janie le dévisagea.

-Wow! J'appelle ça du solide! Tu parles d'une fille!

Chanceuse n'en revenait pas. Lorsqu'il s'agissait de survie, sa sœur cosmique s'avérait une spécialiste des trouvailles.

-Ça te satisfait? demanda l'Humaine qui espérait recevoir son aide.

-Ouais! Enfin, j'ai pris ma décision! décréta Agaric.

-Quelle décision?

-Je vous mènerai au « **Lac Enchanté** », situé non loin du repaire de Brutus Malotru. Là-bas, j'attendrai ton retour impatiemment, avec mon otage.

-Quel otage? s'écria Janie.

Il pointa Chanceuse du doigt.

-Zzz… non! Zzz jamais de la vie!

Janie afficha de l'arrogance en déposant ses mains sur les hanches et en retroussant les sourcils.

-T'as perdu la boule?

Elle cracha une autre fois…

-Tu ne crois tout de même pas que je vais te laisser partir comme ça? Si je veux que tu reviennes, je dois détenir ton amie!

-Tu n'a pas confiance, mon pote!

-Tu acceptes ou tu paies!

Chanceuse ne broncha pas. Une réaction d'humaine s'empara de la coccinelle… elle trembla! Sa vie ne tenait qu'à un fil, même si elle savait que Janie usait de ruse.

-Je te la donne!

Chanceuse, cette fois-ci, ne feignit pas l'étonnement... elle vacilla!

-Tu me prends pour un imbécile?!? cracha-t-il. Tu tiens à cette bestiole plus qu'à toi-même. Dis-moi... que je me trompe?!

Janie allait exploser.

-Pas question... j'ai besoin d'elle pour ma mission.

-Quelle mission?

Elle réalisa qu'elle était en train de divulguer sa grande aventure.

-Euh!... On doit ensemble offrir formellement nos salutations à la **« Maîtresse des Lieux du Lac »**.

-C'est à prendre ou à laisser! N'oublie pas... vous êtes recherchées! Quand la couche atmosphérique du **« Bas Astral »** sera détachée de la **« NooSphère »**, les Créatures de toute espèce ne pourront plus jamais vous retrouver. Puis, il garda le silence.

Janie rajouta...

-Il n'y a rien qui ne me retienne ici... même pas cette bibitte à patate gonflée. Compris?

-C'est à ton tour de bluffer! Moi, je te dirai par contre, que Galapiat LeRaté jubilait lorsque son expert en investigation, Chartreux LeChafouin, a trouvé une *« Clé »* passe-partout! Je me demande... ce que vaut cette clé apparemment très sollicitée? Et je peux t'assurer qu'il me versera une somme monumentale pour vous ravoir.

Janie rageait. Il était au courant qu'il s'agissait de sa *« Clef du Paradis »*. Elle était allée trop loin en risquant la vie de Chanceuse, maintenant, elle devait tout tentée pour la sortir de ce foutu pétrin.

-Moi... je te paierai encore plus! Les *« Pierres Précieuses »*, les Dames de Compagnie de Sa Majesté Rose Flore DesVents, existent vraiment, ça... je peux te le confirmer! Alors, je t'offre un autre marché qui t'intéressera. Je retrouve les « *Précieuses* » et à mon retour, je trouverai une façon de subtiliser* l'une d'entre elles... ni vu... ni connu! « *Sa Majesté* » me fait confiance. Une pierre précieuse de moins, dans son jardin, n'affectera pas sa vie outre mesure. Qu'en penses-tu?

-Tu peux inventer un tas d'histoires farfelues, tu n'arriveras pas à me convaincre!

-Tant pis!

Janie affichait l'assurance d'une professionnelle des transactions.

-Zzz... oh!?! Janie, arrête... tu perds les pédales!

-Toi, je ne t'ai pas demandé ton avis... à ce que je sache? s'écria-t-elle. Elle rajouta, en regardant le fin négociateur... De plus, je te donnerai... ma « *Clef du Paradis* »!

Elle jouait à la dure de dure et elle était prête à tout pour ne pas abandonner Chanceuse.

-D'accord! Là... tu parles. Wow!?! cracha-t-il. Cette **« *Clef* »** vaut un tas de pognon!!! Je serai le premier, à part les humains, à en posséder une de cette importance! Il avait bien joué son jeu et avait réussi à obtenir ce qu'il voulait vraiment... la « *Clef* » de Janie.

Chanceuse tourna en rond et piétina. Incroyable! Ce vaurien l'avait déjouée, et maintenant, il serait en possession de la « *Clef de l'Âme* » de sa sœur cosmique!?!

-Janie... tu ne veux pas... tu ne peux pas!

-Toi... tu la fermes! s'écria le fongus**. Belle offre! rajouta-t-il, en évaporant quelques spores qui firent éternuer la bibitte à patate.

---

* subtiliser : voler
** fongus : champignon

-Nos comptes sont réglés! s'empressa-t-elle de lui répondre, afin qu'il arrête toutes ses manœuvres de manipulation.

-Pour toi, mais moi, je garde quand même mon otage. C'est le prix à payer!

Il rit du fond de ses entrailles et son teint devint encore plus gris. Il se confondait presque aux couleurs du **« Bas-Astral »**.

Janie n'y tenant plus, cria à tue-tête...

-Ordure! J'aurais dû me douter que tu n'avais pas de parole!

-Quel caractère pour un petit bipède[*]! Je te ferai remarquer que tu n'as aucune pierre précieuse, ni escarboucle, et je suis convaincu que tu feras des pieds et des mains pour retrouver ta *« Clef du Paradis »* afin de retourner dans ton patelin! Alors, ton amie restera en garantie... point à la ligne!

Chanceuse n'en revenait pas, elle allait échanger sa *« Clef »* pour sa libération. Janie, le cœur à l'envers, regarda sa sœur cosmique. Il n'y avait aucun mot pour décrire sa grande déception. La mutante lui fit un signe de tête. Ainsi, elle lui donnait son accord pour servir d'appât.

-Avant, je veux parler à la coccinelle en tête-à-tête.

-C'est bon!

-Cette fois-ci... marché conclu?

-Parole d'expert!

Janie lui roula de gros yeux.

Le truand se contenta de ricaner en ayant de petits spasmes. Vexée, elle lui tourna rapidement le dos. Elle s'approcha de Chanceuse qui se tenait l'écart.

-Zzz... oh! Tu es allée beaucoup trop loin!!!

---

[*] bipède : animal à deux pattes

Janie baissa le ton en tapotant l'épaule de Chanceuse pour la consoler. Il n'aura jamais « *MA CLEF* »... m'entends-tu!?!

-Zzz! Janie, que comptes-tu faire?!?

-On traversera le pont, lorsque nous serons rendues à la rivière.

-C'est ça qui m'inquiète! Tu seras encore toute seule, sans mon aide! Que dira l'Amiral?

-Il n'aura rien à dire puisque, toi aussi, tu as tout tenté pour me sauver! Présentement, il est peut-être mort... s'il a vraiment été dévoré par les flammes de la Sorcière Embrouillamini. Le Vieux Sage a disparu, la Troupe a été démantelée et si ce qu'on raconte sur les « *Pierres Précieuses* » s'avérait vrai? Malgré ce fiasco, je te jure que l'on va s'en sortir!

-Zzz... je ne veux pas te laisser partir!

-Cette fois-ci, je sais ce que je dois accomplir! Tu dois demeurer sur ce territoire afin de doubler nos chances de réussite.

-Zzz... oh! Je comprends! J'essaierai de trouver des informateurs parmi sa bande.

-Bonne idée! Dans ce milieu, tu tomberas certainement sur un mouchard et surveille tes arrières avant d'agir!

-Zzz... je te le promets!

-Ça suffit les manigances! L'Humaine, ramasse-toi et viens par ici!

Janie se sentit vraiment mal lorsque Chanceuse sécréta de son hémolymphe. Son sang coula plus que d'habitude.

-Quelle puanteur! Occupe-toi d'elle et vite.

-Zzz... oh! Fais ce que tu dois et ne te préoccupe pas de moi! Zzz... je prépare le terrain!

-Je vois! Super! Et puis, il nous reste toujours une chance de nous échapper avant de parvenir au « **Lac** ».

Chanceuse acquiesça de la tête.

-Pour l'instant... il est seul! Ce sera un jeu d'enfant de le déjouer! Je préfère que toi... tu te sauves, car tu peux encore voler! Il faut juste que tu atterrisses au bon endroit.

-Zzz ouais! Ça pourrait fonctionner.

Le vagabond s'empressa de maugréer des insultes.

-Hé, mes espèces de bibittes à poil! Ça suffit... suivez-moi au pas! Tu la traînes ou c'est moi qui m'en occupe?

-Je m'en charge! Ne t'inquiète pas... elle sera bientôt à toi!

Il fit demi-tour et ouvrit la marche devant l'otage et Janie.

Regarde! chuchota Janie. Il est dingue ou quoi!?!

En leur tournant le dos, ce va-nu-pieds agissait vraiment comme un légume sans cervelle. Elles n'auraient jamais osé demander mieux. Elles avaient le champ libre pour s'évader.

Les deux amies mettaient de plus en plus de distance entre elles et Agaric qui traînait de la lamelle.

-Ne croyez pas que... Ne tentez pas de... Celle qui se fera prendre à se sauver... mangera des racines de mandragores*.

Elles arrêtèrent de chuchoter et tournèrent au vert lorsqu'il rajouta...

-Gnihihi! Cette plante tue les « *Loups* » et attire les « *Sorcières* »!

---

* mandragores : plantes utilisées en sorcellerie

Il n'y avait aucun doute pour Janie. Ce flan mou, avec son air nigaud, n'était pas si fou qu'il le paraissait. Il était un légume vénéneux de la pire espèce. Il devait détenir d'autres pouvoirs d'empoisonneur ou d'hallucinateur, en plus d'être un criminel en cabale. N'était-il pas... le « *Tueur de Papillons* »?

Elles espéraient pouvoir s'enfuir au moment opportun et surtout ne pas manquer leur coup parce que lui n'échouerait pas!

Au bout d'une clairière, Agaric s'écria...

-Regardez!

-Zzzzzzz! Il eszt immenze.

-Enfin! Nous sommes arrivés au « **Lac Enchanté** »?

Le sans-allure ne daigna pas se retourner et rajouta...

-C'est le « **Grand Fjord** »!

Le « **Fjord du Saguenay** » était une ancienne vallée glaciaire qui s'enfonçait à l'intérieur des terres et, à une époque très reculée, la mer l'avait envahie pendant la déglaciation. Aucune créature ne pouvait vraiment donner sa dimension totale, peut-être seuls les dauphins en connaissaient les profondeurs sous-marines.

-Le « **Fjord** »? Hé toi, la cloche... c'est au « **Lac** » que tu dois m'emmener! lança Janie déçue.

Agaric ne rajouta rien et cracha. Maintenant, elle était convaincue qu'il l'attirait par ses belles promesses dans un guet-apens!

Chanceuse ressentait subitement toute l'inquiétude de son amie.

-Zzz... je n'ai jamais vu un étang aussi grand!

« Qu'est-ce qu'il mijote? » pensa Janie.

Elle n'ignorait pas que le « **Fjord** », avec ses profondeurs de deux cents soixante-quinze mètres et ses eaux froides de 0 à 4 Celsius, attirait le requin du Groenland, long de huit mètres, qui aimait bien y patauger.

-Zzz... oh! Crois-tu qu'il y a des requins?

Janie ne voulait pas l'apeurer et rajouta...

-Papiche... ne m'en a jamais parlé!

-Il zzz s'y connaît?

-C'est un grand pêcheur!

-Parfait! Ces grosses bibittes flottantes, je les aime de haut! Plus elle s'interrogeait, plus l'inquiétude s'emparait d'elle. Maintenant, comment vais-je m'en sortir, moi qui ne sais pas nager?

-Ouais! Nous avons tout un défi à relever!

-Zzz... ah! Tu parles!!!

-Heureusement qu'il n'y a pas que les mangeurs de Créatures dans ce fjord! Cet immense bassin contient aussi des dauphins! Ces mammifères attirent dans leurs sillons une énergie vitale provenant du noyau centripète* de la « **Terre** ». Ces fortes énergies thermiques dégagent des vibrations qu'ils dispersent lorsqu'ils refont surface et ainsi ils harmonisent les « **Mondes** »! Peut-être aurons-nous l'opportunité de les rencontrer?

-Zzz... wow!

Janie se voulait rassurante, car elle se souvenait parfaitement du dernier exposé de son Papiche sur les sélaciens**, dont les requins faisaient partie. Ces derniers vivaient dans les abysses du fjord du Saguenay et même dans la Baie des Ha Ha! Au total, il en existait quarante et une espèces dans les eaux froides du Canada, dont une espèce en ce lieu... ce charmant fjord. Cette espèce atteignait vingt-cinq

---

* centripète : qui rapproche du centre

** sélaciens : poissons à la peau recouverte de plaques écailleuses

mètres de longueur et était le spécimen le plus
allongé de son espèce! Elle devait arrêter de penser à
ce poisson, car elle l'imaginait encore plus long que le
dernier poisson pêché par son Grand-père. Papichou
avait tendance à rallonger la grosseur de ses prises de
pêche!

-Brouououuuu! s'exclama Janie frissonnante.

-Zzz ah! Qu'est-ce que tu as?

L'Humaine ne voulait pas entrer dans les détails.

-Ce fjord me glace!

-Zzz euh...le vent s'élève!

-Le bord de mer est propice à la brise. Par contre,
je suis surprise que tu ne sois pas au courant des
influences bénéfiques que les dauphins apportent à la
nature.

-Zzz... hé... bien! Zzz... moi... je suis un insecte et
je vole, enfin j'espère pouvoir continuer. Et, les
animaux marins... eux, je ne les connais pas très
bien. Zzz si tu comprends... ce que zzz je veux dire!
Nous vivons dans deux éléments complètement
différents, un sous l'eau et l'autre dans les airs.

Janie sourit. Les bestioles, tout comme les
Humains, n'étaient pas au courant de toutes les
formes que prenait la nature. Cette chaîne de vie
demeurait essentielle à la survie de toute la
« Création »! Elle garda le silence une partie du
trajet, suivie de Chanceuse. Agaric marchait d'un pas
rapide et les sœurs cosmiques le suivaient
difficilement, tout en préparant leur plan d'action
pour la grande finale.

CHAPITRE 27
CUL-DE-SAC

La tentative d'évasion s'était élaborée au fur et à mesure qu'elles se dirigeaient vers le « **Fjord** ». Maintenant, l'intervention s'avérait nécessaire pour leur survie. Janie et Chanceuse avaient comploté par signe dans le dos du végétal à l'œil sournois.

Elles n'étaient pas encore parvenues sur le bord de l'eau et un creux de vallée en terre arénacée*, s'ouvrait sur la dernière côte qu'elles avaient à franchir avant d'atteindre le rivage de galets. À cet endroit, le sable se durcissait et était criblé de petits trous. Quelle belle opportunité pour se sauver.

Agaric semblait indifférent à tout ce qui se passait derrière son dos. Il avançait tout en ignorant ses otages.

Janie crachait, rouspétait... rien ne semblait perturber la marche de Va-Nu-Pieds qui filait toujours droit devant. Alors elle regarda Chanceuse et lui exécuta, en catimini, le signe de bouche cousue et croix sur le cœur pour lui porter chance.

-« *Go! Vas-y!* » Janie articula ces mots avec ses lèvres, sans voix.

Chanceuse avait tout deviné. Sans plus tarder, elle étira ses petits élytres décoincés et partit à toute vitesse vers les galets qui bordaient le grand fleuve. Il était évident qu'elle ne devait pas piquer du nez

---

* arénacée : sablonneuse

comme la dernière fois. Elle garderait ses ailerons ouverts au maximum afin d'effectuer en premier lieu un vol plané compte tenu de son nouveau corps. Elle courut, sauta tout en contournant les milliers d'orifices qui semblaient se former au fur et à mesure qu'elle piétinait le sol, puis, au moment propice pour le décollage... des lombrics de dix centimètres sortirent des trous sablonneux et l'attrapèrent par ses membranes.

Une armée d'invertébrés vermiformes à la tête aplatie et en forme de cuillère apparut des cavités sableuses.

-Yark! s'écria Janie, en constatant que les lombrics s'entortillaient autour du corps de sa sœur cosmique.

La coccinelle aussitôt hurla...

-Zzzzzzzz... Janie!

Chanceuse verdit, étirée à chacune de ses extrémités par les vers de terre qui s'en donnaient à cœur joie pour la malmener.

Janie, à son tour, se vit clôturer par les échiuriens* qui se tenaient droits sur leurs anneaux, même s'ils ne possédaient pas de colonne vertébrale. Ces soldats aguerris étaient habitués à vaincre et demeuraient prêts à attaquer. Ils n'attendaient que le signal de leur chef pour se lancer à l'assaut.

-Arrête... sale brute! hurla l'Humaine.

-Tu m'ordonnes maintenant!?!

Chanceuse criait à tue-tête, car les lombrics commençaient à la mâchouiller.

Janie, furieuse et irrationnelle, gonflée d'audace par l'adrénaline, poussa quelques invertébrés avec dédain. Étonnamment, ces derniers la laissèrent

---

* échiuriens : ver marin muni d'une longue trompe vivant dans la vase

passer, impressionnés par l'énergie mystérieuse qui se dégageait de sa petite personne.

Agaric dilata immédiatement ses lamelles pour démontrer sa supériorité. Il écrasa sous ses galoches molles les flanc-mous qui avaient été incapables d'affronter courageusement l'adversaire.

-Voilà ce qui arrive aux lâches!

-Cesse tes trucs de pouvoir! Ça ne fonctionne pas avec moi. Tu comprends que si Chanceuse disparaît, peu importe la manière, je ne te donnerai pas le trésor que tu recherches! Et... sans moi, tu réalises que tu ne posséderas plus de richesse pour profiter de tes vieux jours. Tu te retrouveras le derrière sur la paille! Tu as bien entendu? L'Humaine ne lâcha pas le morceau et le provoqua de plus belle. Je sais que tu manques de courage pour attaquer Brutus Malotru, car il est beaucoup plus malin que toi!

Agaric rit jaune, puis subitement, il devint fluorescent et les vers se dispersèrent, d'autres se bouchèrent les narines pour ne pas respirer les vapeurs toxiques qu'il allait évacuer. Le fameux bijou, pour sa part, ne faillit pas à sa tâche et joua son rôle de détecteur de mensonges à la perfection. Il jetait des reflets blancs de vérité sur le sol. Janie avait touché sa corde sensible. Il avait peur de Malotru. Furieux, le champignon était une boule de colère des lamelles à la caboche. Puis brusquement, il se ressaisit avant d'éjecter ses spores. Il avait assez démontré son caractère vulnérable.

-Ne va pas t'imaginer que...

Il n'eut pas le temps de terminer sa phrase que Janie de nouveau le mettait au défi.

-Quel piètre bourreau! Tu ne fais que t'en prendre à plus petit que toi!

-Attaquez-la! Le « *Médaillon d'Honneur* » éclata de tous ses feux par ses vingt-quatre minuscules orifices, démontrant qu'il n'entendait plus à rire.

Chanceuse cria à nouveau... Janie s'élança sans retenue sur le légume. Aussitôt, d'autres invertébrés, cette fois-ci plus costauds, remplacèrent les minis vers de terre rouges et l'encerclèrent.

Agaric projeta une lamelle dans les airs afin d'annuler l'attaque envers la bibitte à patate. Immédiatement, les milliers de lombrics cessèrent de la picorer. Janie se sentit soulagée pour son amie. Les différentes espèces, des plus maigrichonnes aux plus dodues, s'avéraient beaucoup trop nombreuses pour que les deux amies puissent gagner la bataille.

-Suis-moi! Tu ne croyais tout de même pas que j'étais seul dans ce grand patelin! Ici, on doit être armé jusqu'aux dents! Les échiuriens sont d'excellents dépisteurs. Je les nourris et ils m'obéissent au doigt et à l'œil.

L'Humaine en demeurait persuadée.

Agaric amena ses captives près d'un énorme galet usé par les torrents, enfoui sous un amoncellement de coquillages brisés, de moules vidées de leur chair; un suffocant dépôt de carapaces de mollusques de toutes catégories. La première rangée était constituée d'un banc d'huîtres. Les mollusques à coquille surveillaient l'entrée, en s'ouvrant et se refermant, prêtes à l'attaque.

« *Une cachette hors du commun* », pensa Janie.

-Viens par ici, bibitte! Je te montre le chemin.

-Avant, j'aimerais dire un mot à mon amie.

-Tu as déjà tout dit... puis, elle n'a qu'à obéir et je ne lui ferai aucun mal.

Aussitôt les échiuriens repoussèrent Chanceuse vers l'intérieur de la cachette, située sous les galets.

La Coccinelle, contre sa volonté, avança avec dédain. Elle aurait bien voulu crier et se débattre, mais ces mercenaires la poussaient avec leur trompe verte remplie de vase gluante qui lui coulait sur la peau.

Janie trouva cette manière d'agir totalement dégueulasse, mais elle ne pouvait plus intervenir. Elle se retint de pleurer lorsque son amie disparut dans les entrailles en pénétrant l'épaisse couche de l'Asthénosphère*.

-Montons!

Janie surmonta le dépôt d'ordures et contourna un écueil rocheux à fleur d'eau. Puis, après quelques détours, ils se retrouvèrent sur le bord du « **Fjord** ». Rendus sur la berge, il lui indiqua la route à suivre.

-Tout droit!

-Comment ça tout droit? Cela mène à la mer!

-C'est tout ce que je sais au sujet de cet endroit secret. Cette fois-ci, le « *Dé* » tourna au vert de gris; il ne racontait pas toute la vérité!

Janie garda le silence. Il y avait anguille sous roche**. L'abruti lui-même, était trop innocent pour réaliser que le « *Dé* » magique possédait un grand pouvoir et qu'il réagissait à tous ces faux propos.

-Je m'y rends comment? Il doit bien y avoir une embarcation qui traîne quelque part?

-Tu veux dire un sous-marin!

Il ricana entouré de ses vers de terre les plus malins, qui à leur tour, se tortillaient de rire.

-Arrête de te moquer de moi et grouille-toi! Tu dois m'amener au repaire de ce Malotru! De là, je trouverai des indices qui me permettront de trouver l'endroit où se cache le « **Lac Enchanté** ».

---

* Asthénosphère : à 700 kilomètres à l'intérieur de la Terre
** anguille sous roche : chose cachée que l'on soupçonne

-Le repaire de Brutus est situé au milieu d'un triangle infernal, sous l'équateur dans un fond marin.

-Tu me fais marcher!

-Sais-tu nager, au moins?

Janie se rendit compte qu'elle n'avait plus de choix.

-Je suis une parfaite nageuse! Alors, tu viens?

-Pas question!

-Dégonflé! Tu as peur de te mouiller! s'exclama Janie.

-Tu veux toujours de mon aide? dit ironiquement Agaric, tout en faisant semblant de la quitter.

Il n'osait pas lui révéler qu'il gonflait à l'eau et devenait aussi rond qu'un ballon!

Janie savait qu'il était sa seule ressource. Elle respira profondément pour se calmer.

-Évidemment!

-Tu le reconnaîtras sans contredit, le vieux rafiot est rongé par la corrosion. J'espère que la carcasse qui lui sert de cachette tient toujours debout.

-La carcasse?

-Ouiiiii! dit-il, la bouche toute déboîtée. Lorsque le plus grand requin marteau rendit l'âme, Brutus prit possession de ses ossements pour y construire une partie de son repaire.

-« *Quel cauchemar, cette histoire* », pensa Janie.

Cette ancienne vallée glacière envahie par la mer salée demeurait un super refuge pour les requins. L'Humaine trouvait que... plus il parlait... plus il lui donnait des indices. Alors, elle insista et joua le jeu de l'innocente.

-En voilà toute une histoire! Des requins, ensuite un fjord... qui se jette dans un océan... puis, un **« Monde »** avec deux dimensions. Je n'y comprends rien! Peut-être que le **« Lac Enchanté »** n'existe pas?

-Ce n'est pourtant pas compliqué! Cette « *Altesse* » habite au bout de l'horizon sans fin, au-dessus des « *Quatre Vents* »!

Janie pensait que rien ne serait facile à conclure avec cet énergumène, néanmoins, il disait toujours vrai car le médaillon scintillait des étoiles argentées à la surface de l'eau.

-Arrête ton baratin! Tu te souviens de notre accord?

-Qui pourrait oublier un marché de cette envergure… dis-moi? ricana-t-il.

-Ça suffit, les niaiseries… aide-moi! C'est l'accord!

Janie grogna si fort que l'exécrable champignon n'avait pas d'autres choix que de résoudre l'impasse. Personne ne voulait se mouiller et tous évitaient comme la peste ce repaire. Et pour cause! Tous ceux qui avaient tenté de s'y rendre y avaient laissé leur peau. Quant au **« Lac Enchanté »**, la voie d'accès restait introuvable aux créatures du **« Bas Astral »** et Agaric s'était bien juré de ne pas révéler ce petit détail pertinent à l'Humaine.

CHAPITRE 28
MATELOT D'UN JOUR

Janie demeurait sur ses gardes et regarda autour d'elle consciente d'avoir été dupée... une autre fois. Elle n'apercevait que des algues et des joncs s'agiter au contact de vaguelettes.

-Où se trouve l'embarcation?

-Eh bien! Tu dois prendre le large à la nage.

-Hé... oh! Il n'y a pas âme qui vive sur ces flots.

Agaric rit à gorge déployée. Le champignon ordonna à un crapaud à la peau verruqueuse* qui se cachait parmi des végétaux filamenteux de venir sur le rivage.

-Hey, là-bas... le crapoteux! Grouille-toi!

Au timbre de sa voix, l'amphibien plongea aussitôt dans l'eau et fuit la confrontation; il savait qu'il n'obtiendrait pas raison. De toute évidence, il voulait éviter de négocier des affaires douteuses avec ce filou de la pire espèce.

-Sac à papier! Attends que je t'attrape. Tu vas me payer ça!

L'animal plongea loin derrière les plantes aquatiques et sortit la tête de l'eau pour croasser des menaces à Agaric. Janie n'avait jamais rencontré un crapaud écarlate de sa vie.

---

* verruqueuse : pleine de verrues

-Ne vous énervez pas... j'arrive! lança une voix de troubadour dirigée vers eux.

Cette fois-ci, elle demeura bouche bée au moment où apparut, flottant sur l'écume des vaguelettes, un hippocampe. Parvenu près d'eux, le cheval de mer, fier et élancé se tint à la verticale et fixa le groupe marginal déconnecté de la réalité.

-Qui êtes-vous? questionna Agaric, en se bombant les membranes. Je ne vous ai jamais vu auparavant dans les parages.

-Je viens du large! Et, en ce qui me concerne, mes allées et venues ne vous regardent en rien!

Le légume activa ses spores, puis secoua la caboche. Cette fois-ci il se préparait à l'attaque, tout en ordonnant à ses milliers d'échiuriens de sortir de leur cachette.

-Dégage!

-Je vois! Monsieur s'amuse à jouer au plus fort! soupira l'hippocampe.

Janie ne savait plus où donner de la tête. Elle était coincée entre deux créatures qui se confrontaient et cela ne la rassurait en rien! Le nouvel arrivant ballottait sur le bord de la rive. Il jeta l'ancre non loin du rivage; la marée basse l'empêchait de se rapprocher des récifs. Il mit un frein à la conversation avec le champignon mal élevé et se tourna vers l'Humaine. Calme, il semblait vouloir lui venir en aide. Elle ne pouvait tout de même pas voyager avec un étranger, même s'il paraissait sympathique. Puis, elle se retrouva devant une multitude d'invertébrés qui la poussèrent vers le cheval marin.

-Tu me jettes dans la gueule du loup! riposta Janie.

-Je constate qu'il n'y a que cette embarcation qui s'intéresse à toi! bafouilla Agaric.

L'inconnu intervint, s'apercevant que l'Humaine était en état de choc.

-Je ne vous veux... aucun mal! déclara le nouveau venu à Janie. Venez, petite! Je vois que votre guide vous abandonne au premier venu!

Les échiuriens la poussèrent jusqu'à ce qu'elle se trempe les pieds dans l'eau! Elle tremblait de la tête aux pieds... de froid et de peur!

-Ma route se termine, ici! Et, je n'aime pas tremper dans des magouilles territoriales! Cette créature indomptable recherche le **« Lac Enchanté de Son Altesse Grâce »**... si jamais vous le voyez!

-Quel pissou! s'exclama Janie.

-Avez-vous une direction en tête? questionna le matelot d'un jour.

-Là-bas... où tu aperçois le cap! mâchonna le parasite.

-À Cap Charivari? Vous ne vous méprenez pas? questionna l'hippocampe. Il trouvait que le légume était pressé de se débarrasser de sa victime. Un long rire sarcastique s'échappa de la bouche d'Agaric.

Janie, les pieds dans l'eau, répéta...

-Ai-je bien entendu? On parle du chat avarié! Tu es tombé sur la tête!?! Tu essaies encore de me berner!

Elle voulut sortir de l'eau, mais... les échiuriens ne lui laissèrent aucune chance de revenir sur la berge. Elle tremblota de nouveau. L'eau s'avérait vraiment glaciale, en ce temps de l'année. Cette histoire de chat l'énervait, surtout lorsqu'elle pensait que Chartreux LeChafouin devait toujours se trouver dans les alentours avec Galapiat LeRaté!

-Je ne vais pas naviguer sur cette voile de fortune. Il n'en est pas question! dit-elle surexcitée.

-Rrrrhi! Tu n'as pas le choix! Il y a très peu de braves dans cette région... ou de fous pour tenter cette aventure!

-Soit, eh bien... tu auras ma mort sur la conscience!

-Mais, je n'ai pas de conscience. Tu me l'as répété cent fois, en me traitant... d'espèce de légume!

Le petit poisson de mer tanguait sous le reflux. Il salua Janie de la tête et lui fit signe de monter sur son dos. Puis, il sécurisa l'esquif en stabilisant l'embarcation et hissa les voiles de départ.

-Allez enfourche! On ne peut rien conclure avec un énergumène de cette espèce! Il constata qu'elle hésitait... Vous n'avez jamais chevauché un cheval?

L'Humaine sourit...

-Je suis une experte!

Les invertébrés avaient appelé du renfort et commençaient à tournoyer autour d'eux, aidés de mille et une sangsues.

-Oh... Ouache! s'écria-t-elle.

L'hippocampe prit cette exclamation pour un oui et plongea dans l'eau. À sa grande surprise, à sa sortie de l'eau, Janie se retrouva sur son dos.

L'Humaine sursauta. Le cheval de mer avait triplé de taille ou bien... était-ce elle qui avait rapetissé?

Il sourit à Janie sous le regard stupéfait de Va-Nu-Pieds qui devint nerveux. Ce dernier ne les quittait pas des yeux et n'avait pas dit son dernier mot.

L'hippocampe devant la fragilité de Janie entama les présentations.

-Je me présente... Lamira, à votre service! Soyez sans crainte! Selon les dires, le chat du Cap aurait sombré dans le piège d'une Fée cabotine et cette dernière l'aurait pétrifié en rocher pour l'éternité.

Janie pensa aussitôt à la Fée Dauphine Harmonia*, elle était la seule à pouvoir agir de cette manière radicale. Si elle avait réglé le compte du félin, peut-être... parviendrait-elle à venir à son secours?

Lamira semblait connaître le **« Monde Fééerique »**. Puis, elle ressentit une douce énergie couler à l'intérieur du petit poisson de mer et cela lui réchauffa le cœur et le corps.

-Merci!

Janie tint aussitôt Lamira par le cou comme elle se plaisait à prendre son Ti-Boule Blanc lors de leurs randonnées. Contrairement à ce qu'elle pensait, la peau transparente de l'animal marin n'était pas gluante, mais plutôt d'une extrême douceur.

-Bienvenue... à bord!

-Je vous dois la vie!

Agaric voulait les voir disparaître de sa face et lança une dernière attaque. Les lombrics et les sangsues se regroupèrent avec d'autres membres et commencèrent à foncer lentement vers l'équipage.

-Attention, moi aussi, je gonfle! cria l'hippocampe, en fixant le légume qui prit ses distances. Lamira avait rempli son sac ventral d'eau. La poche saturée le surélevait et ainsi, lui donnait du volume. Confortablement adossée sur l'arête de Lamira, elle voyait tout de haut. Quel confort!

Le champignon ne riait plus et appela du renfort!

-Larguez les puces d'eau! lança Agaric.

Les nouvelles venues se préparaient à exécuter leur sale besogne : les piquer partout!

-N'approchez surtout pas! ordonna Lamira, aux parasites. Je peux vous manger! Il agita sa queue

---

* voir: La Forêt Magique, Tome 1

préhensile*, en essayant de les attraper et ce mouvement provoqua une série de cercles houleux. Les puces, sous l'effet de la poussée, avalèrent de gros bouillons.

Janie se réjouit en voyant la réaction des vers. Apeurés, ils plongèrent dans les profondeurs et s'enfuirent avec leurs complices.

-Bien fait pour eux! rajouta l'Humaine, soulagée.

-Ce n'est pas la mer à boire, mais la première halte se trouve à des nœuds marins, s'exclama le capitaine. Voguons... cap, droit devant!

-Je ne veux pas aller dans cette direction! ajouta Janie avec un soupçon d'inquiétude dans sa voix.

-Soyez sans crainte! Nous effectuerons une escale en amont, sur un petit îlot qui ne présente aucun risque, annonça Lamira à l'oreille de Janie. Quittons cet endroit au plus vite!

Agaric s'esclaffa et se montrait invincible, maintenant qu'il était entouré d'une clôture de crustacés à grosses pinces. Puis, il rajouta audacieusement sans honte ni scrupule...

-Surtout, n'oublie pas de revenir, sinon... zick!!!

Le légume sporadique arrêta ses menaces, lorsque Lamira le darda d'un regard foudroyant, tout en manœuvrant l'embarcation qui s'engagea, lentement, au large des côtes. Il ne devait pas jouer au plus malin avec cet étranger qui tout comme l'Humaine changeait de forme.

Janie, la tête retournée, ne le quittait pas des yeux. Puis, elle lui cria à pleins poumons...

---

* préhensile : qui peut servir à prendre

-À mon retour, je tiens mordicus* à la retrouver en chair et en os! Tu m'as bien comprise... sans quoi, tes jours seront comptés!

-Rrrhi... Tiens, une menace de mort!

-Non!!! C'est un avertissement sérieux!

Agaric, avec son regard sournois, adressa un salut militaire en signe d'adieu. Il était convaincu que les hautes eaux les emporteraient au diable vauvert!

Lamira n'attendit plus et demanda la permission de prendre le large.

-Petite, tu te sens prête à partir?

-Oui! répondit l'Humaine ravie, mais quelque peu craintive.

-Profitons-en! La marée basse nous permettra d'atteindre notre but plus rapidement. Nous ne serons pas secoués par la houle!

Le capitaine au long cou se voulait rassurant.

-Emmenez-moi... loin de ce vaurien!

-Alors, toutes voiles dehors!

Janie se détendit et vogua le cœur léger pendant qu'une douce brise caressait ses cheveux. Elle se mit à rêvasser en regardant l'horizon bleuté qui s'amalgamait à l'eau.

-Quelle chance! Elle était tombée entre les mains d'un bon gaillard! Elle ne pouvait demander mieux pour l'instant. Elle aurait certainement d'autres chats à fouetter en cours de route, mais pour l'instant, elle préférait ne pas y penser!

Une chute de basse pression vint soudainement changer la direction des vents et un courant agita la surface de l'eau. Des clapotis jouaient une musique de fond et le soleil s'entoura d'un halo mystérieux.

-Vous allez bien? s'inquiéta Lamira.

---

* mordicus : absolument, avec fermeté

Janie demeurait si calme sur son dos qu'il avait l'impression de naviguer seul.

-Très bien! Et... vous pouvez me tutoyer. C'est moi qui devrais vous vouvoyer, puisque vous m'avez sauvé la peau!

Janie avait remarqué que le cheval marin voulait la rassurer, en employant le vouvoiement. Cette technique de grand-mère avait fonctionné à merveille, car Lamira avait réussi à lui inspirer confiance.

-Parfait! Maintenant, permets-moi de te dire que tu n'as pas froid aux yeux. Je dois quand même t'avouer que ta démarche demeure très risquée.

-Je n'ai pas d'autre choix! J'ai conclu un marché et je dois le respecter!

-Je comprends... l'amitié n'a pas de prix!

Janie était impressionnée par la voix grave de baryton qui sortait de la gorge de ce minuscule corps.

-Jamais je n'abandonnerai ma sœur cosmique à ce vaurien!

-Tu t'exposes au danger! Ici, tu es loin de ta demeure petite Humaine au Grand Cœur!

-Oui! Je suis complètement seule et j'ai perdu la trace de tous mes amis. Un silence s'installa. Et... je ne peux rien exécuter sans eux!

-Seule... est la personne qui croit au pouvoir des autres, plus qu'aux siens!

Janie trouva son approche vraiment particulière. Elle désirait en savoir plus long sur son compte.

-Quel vent... vous a amené dans ce **« Monde Capharnaüm »**? interrogea-t-elle.

-J'étais tout près de l'Estuaire* du Saint-Laurent, là où se croisent les marées. J'ai été poussé par une

---

* Estuaire : embouchure élargie du fleuve

énorme vague qui m'a fait sortir des profondeurs du grand « **Fjord** ». Puis, j'ai entendu des croassements qui ressemblaient à des cris. Je me suis faufilé parmi les algues brunes qui semblaient endormies, mais qui fourmillaient de peur sous l'eau. Je les ai rassurées puis je t'ai vue. Je ne pouvais pas t'abandonner entre les mains d'une canaille de cette espèce.

-Merci! Quand j'y pense... j'en frissonne. J'ai dû laisser, ma sœur cosmique, Chanceuse LaCoccinelle, en otage! Je ne voulais pas, mais... j'ai été forcée par cet abruti et ses milliers de parasites. Elle a tout tenté pour nous sauver!

-Je ne sais pas qui demeure la plus fidèle, lança Lamira, en la zieutant et il poursuivit en lui disant... Crois-tu que ton amie s'en sortira?

-Elle tiendra le coup! Elle essaiera de tirer les vers du nez de ces canailles. Nous nous sommes entendues pour qu'elle travaille sur le terrain afin de récupérer le plus de données possibles, au cas où... ma « *Troupe* » réapparaîtrait. On a décidé de se diviser pour doubler nos chances de réussite!

-Je vois! Vous avez usé d'une excellente tactique. Je constate que ton amie l'insecte, réfléchit! C'est plutôt rare pour une bestiole! Nous trouverons bien un moyen de la sortir de ce pétrin!

Janie se demandait si elle avait bien entendu... ces dernières paroles. Cette créature des mers voulait vraiment l'aider?!? Cette aventure n'avait ni queue ni tête. Janie, elle-même, confondait ses rêves astraux avec la réalité.

CHAPITRE 29
LE CAP CHARIVARI

Au loin, près d'une pointe escarpée se dessinait une immense tour. Janie pouvait y voir le **« Phare du Sommet »** construit sur un rocher. Elle voguait au gré du vent avec son nouveau sauveur. Le capitaine étala son plus beau sourire de complicité, tout en se dirigeant lentement vers le site annonciateur de tranquillité. Elle se sentait rassurée puisqu'elle détectait dans ce rictus moqueur un air qui lui semblait familier, sans toutefois, reconnaître le bon secouriste.

-Vous connaissez bien les alentours?

-Un peu! J'aime les Mers.

-Vous parcourez les Océans?

-Bien entendu et la Mer des Sargasses demeure la plus incomparable. Je m'y complais*, car elle reste la plus chaude des Mers!

Janie osa lui poser la question qui lui brûlait la langue.

-*« Son Altesse Grâce »*... ce nom vous dit quelque chose?

-Qui ne connaît pas *« Son Altesse »*? Sa renommée n'est plus à faire et seuls quelques *« Élus »* peuvent l'approcher. Le lieu exact où se situe son **« Royaume »**, dans le **« Monde »** bidimensionnel

---

* complais : du verbe complaire, trouver satisfaction

évanescent*, demeure très difficile à localiser, car il vogue comme bon lui semble… au gré du vent. Ce lieu fugitif ne reste pas en place longtemps puisqu'il ne dure que l'instant d'une pensée. Il est compliqué de mettre le grappin sur cet endroit déroutant. Il faut le saisir quand on en a l'opportunité.

Janie, heureuse, se laissait guider par son accompagnateur averti.

-Quelle joie! Vous me semblez bien renseigné. Et ce site mystérieux paraît n'avoir aucun secret pour vous!

Lamira répondit vivement, car les vaguelettes prenaient l'allure de cylindres et elles grossissaient à vue d'œil.

-Pour l'instant! J'essaie de manœuvrer au meilleur de mes connaissances!

-Pourriez-vous m'y emmener?

Au même instant, de longs filaments blancs traversèrent rapidement le ciel. La température s'abaissa si brutalement qu'elle dispersa les rayons du soleil et forma une traînée de nuages foncés en forme de rouleaux. Puis, « *Archimède l'Intempestif* » arriva en trombe, poussant de son vent « *Nord-Ouest* » les mariniers qui se la coulaient douce! Lamira, subitement, donna un coup de barre pour contourner les grosses vagues qui s'élevaient dans les airs et qui essayaient de les attraper.

-Ahhh! Qu'est-ce qui se passe?

-Vite! Tiens-toi, j'exécute un pied de pilote**… à bâbord toute!

---

* évanescent : qui s'efface peu à peu
** pied de pilote : manœuvre de sécurité

Lamira, avec ses manœuvres habiles de surf, réussit à louvoyer entre les vagues qui s'entrecroisaient et déferlaient pour les coincer.

-D'où viennent-elles?

Janie était trempée de la tête aux pieds et dans l'énervement elle ne ressentait plus le froid.

-Je ne saurais le dire... cria-t-il. Les vagues de fond lui coupaient la parole.

Un long tonnerre, suivi d'éclairs et d'une pluie torrentielle s'abattirent sur eux, on aurait cru au déluge! Lamira tentait de s'accrocher à tout ce qui pouvait ralentir sa course sans y arriver. Puis, de justesse avec sa queue en crochet, il attrapa l'Humaine qui passait par-dessus bord.

Le vent *« Pompe-l'Air LeCasse-cou »*, en bourrasque tumultueuse, entra en jeu. Janie était morte de peur.

-Agrippe-toi! lança-t-il.

Il serra l'Humaine de son appendice en colimaçon et la poussa dans son sac ventral. Ce dernier lui servait de flotteur et, afin de demeurer stable à la surface, il se remplissait d'eau automatiquement... c'est pourquoi il repoussait constamment Janie à l'extérieur. Lamira pensait plonger dans les profondeurs des abysses puis se résigna. Même si Janie s'avérait une excellente nageuse, elle ne résisterait pas à la pression de l'eau et à une remontée rapide. Il ne voulait pas risquer la vie de la Créature.

Assommé par le bruit des vagues, il lui était impossible de se faire entendre. Alors, il lui désigna **« l'Islet du Phare »** qui se pointait à l'horizon. Le **« Phare du Sommet »** avait allumé ses feux afin de les guider dans cette tempête du siècle. Ils étaient presque parvenus à leur but lorsque soudainement,

« *Archimède l'Intempestif* » revint à la charge, cette fois-ci, en « *Ouest-Nord-Ouest* », doubla d'intensité et les détourna complètement de leur objectif.

Lamira ne put contrôler ce phénomène atmosphérique. Aussitôt il cria...

-Nous dérivons!

Janie, trempée, hurla en apercevant une ombre noire en forme d'oreille lui bloquer la vue.

-Nonnn... le... rocher... du... chat! cracha-t-elle, la bouche pleine d'eau.

Lamira n'entendait rien, tellement le vent et les vagues le manipulaient. Par contre, il voyait parfaitement le monstrueux cap s'approcher d'eux! Dans ces conditions météorologiques épouvantables, il essayait par tous les moyens de contourner **« Cap Charivari »**.

-Ne lâche pas!!!

Janie savait qu'il s'agissait du **« Cap Charivari »** et que le repaire du redoutable Brutus Malotru, pirate sans foi ni loi, ne devait pas se cacher bien loin.

Ils tentaient de communiquer entre eux, tant bien que mal et les deux ne se quittaient plus du regard.

-Je te tiens!

Malmené par les vagues cassantes et de plus en plus menaçantes, Lamira ne parvenait plus à contrôler sa coque qui ballottait dans tous les sens. À contre-courant, il reculait au lieu d'avancer. Ils n'atteindraient jamais **« l'Islet du Phare »**.

-Nous allons échouer, s'écria Janie en rage et en larmes.

Il avait tout tenté, lui aussi, pour la sauver. Il n'avait plus rien à rajouter, car son regard valait mille mots. Ils étaient condamnés à une issue qui s'avérait fatale. Il la tira contre lui et parvint à lui dire quelques paroles rapides... entre les clapotis.

-Si jamais... nous sommes séparés... tu devras... essayer de rejoindre... la *« Gardienne des Flots »*. Elle habite... le **« Phare du Sommet »** et... c'est une amie!

Janie s'agrippait à son cou et glissait à chaque mot qu'il disait.

-Non!!! Ne me laisse pas mourir dans **« le Bas-Astral »**.

-Je ne te lâche pas! Cramponne-toi!

-Non... non... je suis perdue! Je t'en prie... dis-moi... qui es-tu?

Le cheval de mer n'eut pas le temps de répondre qu'une affreuse vague moutonneuse s'éleva et le frappa de plein fouet. Sous le choc, l'hippocampe glissa entre les mains de Janie. Étourdi, il virevolta à un nœud marin* de distance de l'Humaine.

-Lamira! Lamira! s'écria-t-elle. Le reflux, par secousses, permettait aux voyageurs de s'entrevoir.

Janie aperçut au loin, le corps de l'animal aquatique, puis sa minuscule tête et... il disparut complètement! Elle ne savait plus dans quelle direction nager. Puis, la lame de fond l'éleva haut dans les airs. Cette fois-ci, elle cria à en perdre la voix et devint cramoisie, lorsqu'elle se retrouva face à face avec la gigantesque vague qui avait pris la forme de la redoutable Embrouillamini.

La sorcière plongea et avec ses bras ondulatoires, elle poursuivit Janie, en exécutant de grands mouvements circulatoires de brasse. Le soleil se cacha derrière le rideau de pluie grisâtre et un vent du *« Sud-Est »* vint réchauffer l'air. Alors, un immense mur brumeux se gonfla de gouttelettes.

Quelle chance inouïe! L'arrivée spontanée du brouillard lui permit de mettre une distance

---

* nœud marin : mesure de distance marine

considérable, entre elle et l'ombre menaçante. Mais la partie n'était pas gagnée pour autant. Le jeu de cache-cache commençait.

L'Humaine réalisa qu'Embrouillamini la poursuivrait toute sa vie. Elle ne voyait ni ciel ni terre. Avait-elle bien agi en suivant un inconnu? Elle se trouvait là, exactement où elle ne voulait pas se retrouver, avec des requins! Quelque chose lui frôla la jambe et provoqua la panique.

-Un requin! cria-t-elle affolée.

Apeurée, elle avala tout un bouillon, puis, à bout de force, elle passa sous les incontrôlables vagues. Les yeux grands ouverts, elle apercevait l'ombre de la sorcière se faufiler sous l'eau. Elle se débattit pour refaire surface. Complètement anéantie, elle était convaincue, cette fois-ci, que son heure était arrivée. Quelle sensation complexe; c'était désolant de se retrouver impuissante et, d'un autre côté, elle se trouvait à baigner dans une lumière blanche et c'était bon de lâcher prise en douceur. Elle se mit à tourbillonner doucement et vit en profondeur, une vallée aux falaises abruptes incrustées d'ouvertures mystérieuses. Puis, des voix l'interpellaient en écho, transportées par les vagues creuses.

-*Jjjjjjjjjanie! Jjjjjjjjjanie! Jjjjjjjjjanie!*

Était-ce Embrouillamini qui l'attirait dans un piège ou bien les « *Précieuses de la Maîtresse des Lieux, Rose-Flore Des Vents* » qui cherchaient à se faire repérer?

Elle réalisa, qu'il y avait pire dans la vie que la Sorcière, le requin… la noirceur et toutes ces craintes qui la rongeaient de l'intérieur. Elle avait été détournée de sa destination par des forces inconnues. Et ça, c'était très inquiétant de ne plus avoir le contrôle de son existence!

Le calme de l'endroit lui procura une grande paix intérieure. Elle se dit que cette transition serait passablement facile, puisque l'inquiétude avait disparu mirifiquement*. Puis, elle constata que le plus pénible à supporter demeurait sa corde d'argent qui semblait mettre un terme à sa vie, sans son consentement et... qu'elle ne possédait plus sa « *Clef du Paradis* »!

Subitement, des lumières aux couleurs de « *l'Arc-en-ciel* » irradièrent du fond marin et un puissant courant d'eau douce du Saguenay, mélangé au liquide salé de l'Atlantique, la prirent en charge. Elle sillonna les parois abruptes pour se retrouver tout près d'un haut-fond taillé dans de la roche. Quelques coups de pieds et elle pourrait s'y agripper, mais elle se sentait impuissante à remonter à la surface.

Janie avait parcouru sous l'eau, l'ancienne vallée glaciaire du « **Fjord du Saguenay** » jusqu'à la croisée de « **l'Estuaire du St-Laurent** » et cela, en un ion de seconde.

Elle était tentée d'abandonner la lutte, mais juste à penser à sa « *Clef du Paradis* », un élan de vie s'empara d'elle. Elle ressentit alors une grande chaleur la réchauffer et une voix l'interpeller... la rappeler...

-« *Jjjjjjjjjanie! Jjjjjjjjjanie! Jjjjjjjjjanie!* Tu dois persévérer... Courage! »

Alors, l'image de Mariange, son Ange Blanc et bras droit de son Ange de la Destinée, Altaïr 315, surgit dans ses pensées. Ne l'avait-elle pas sauvée « *in extremis* » de la bouche du crotale vénéneux?

-Ouiiiiiiiiiiiiiiiiiiiii! Je t'en supplie... aide-moi! s'exclama-t-elle, en dernier recours.

---

* mirifiquement : merveilleusement

L'Humaine devait croire, sans voir, qu'elle pouvait recevoir de l'aide. Ce oui... exclamatif... marqua toute la différence. Il renforça sa croyance et forma une immense bulle d'air dans laquelle elle put respirer comme par magie. Elle avait décidé autrement et cela avait activé son mécanisme de défense. Ce cri d'espoir lancé de tout son cœur, de toutes ses forces et avec toute la conviction du monde fit apparaître entre les flots son « *Ange Blanc* », rempli d'Amour inconditionnel. Elle la reconnut aussitôt.

-Mariange?

Janie flottait en extase et ce court moment sous l'eau semblait durer depuis une éternité.

-Oui! Altaïr 315 m'envoie pour te rappeler qu'il ne s'agit pas encore de ton heure!

La voix coulait doucement sous les vaguelettes comme une musique de fond.

-Je vais vivre!?!

Janie se sentait légère.

-Puisque tu l'as décidé!

L'Ange moderne se redressa et arrêta les vagues qui se brisèrent avec fracas derrière ses paires d'ailes opalescentes formées par ses longues manches.

Janie remonta à la surface tête première, dans une traînée de bulles qui la porta à flot. Immédiatement, elle s'agrippa au rebord de la paroi rocheuse formée de galets et prit une bonne bouffée d'air, puis elle toussa et cracha à fendre l'âme. Elle sursauta lorsqu'elle sentit des centaines de globules gazéifiées lui chatouiller les orteils. Quelle joie de revoir Mariange! Elle s'était infiltrée dans les petites sphères mousseuses de l'écume de mer et lui éclaboussait le visage.

L'Humaine rit. Elle l'avait échappé belle et son Ange Blanc l'avait sauvée pour la deuxième fois!

Où se trouvait-elle maintenant? Plus de sorcière; cette dernière avait disparu dans la brume, Lamira avait été englouti dans les flots et Mariange s'était volatilisée dans les bulles effervescentes. Elle leva les yeux vers le ciel pour y apercevoir les pieds de vent, dans un camaïeu de rayons jaune doré, briller tout en illuminant le gigantesque **« Phare du Sommet »**. Elle y perçut un message de bon augure. Quel soulagement! Elle avait évité le pire... le **« Cap Charivari »** et était parvenue, malgré tout, à **« l'Islet du Phare »**!

Le cap Charivari

CHAPITRE 30
CHLOÉ... LA FÉE ENCHANTERESSE

Ce paysage vaporeux et paisible la réconforta. Elle croyait flotter sur un nuage, surtout que, sur le massif fleurit, le beau temps y régnait en maître. Elle se releva, tout en jetant un coup d'œil rapide pour s'assurer que ce lieu ne représentait aucun danger. Une fois rassurée, elle se dirigea directement vers l'entrée du **« Phare »** afin d'y retrouver la *« Gardienne des Flots »*. À quelques pas, elle entendit une mélodie enchanteresse provenir d'une flûte de pan, et ce, de l'autre côté d'un parapet en aval de la tour. Les notes se frappaient à l'écueil à fleur d'eau et s'harmonisaient aux ressacs des vaguelettes. Elle suivit la musique qui se voulait accueillante, tout en contournant un énorme galet, puis à sa grande surprise, elle y découvrit une musicienne aux doigts de Fées!

-Hhhaaa!

Une créature unique jouait du flûtiau, assise sur les embruns d'une vague.

-Bonjour l'Humaine! Viens t'amuser avec moi!

Janie, honnêtement, ne désirait plus mettre les pieds à l'eau, mais fut agréablement surprise de rencontrer une Ondine! Elle se rappelait avoir admiré, à la **« Pierre-aux-Fées* »,** différents types

---

* voir : La Forêt Magique, Tome 1

« *d'Élémentaux* » qui séjournaient au **« Jardin des Émeraudes »**. Elle avait été attirée par les Fées des Eaux qui s'étaient masquées pour fêter son arrivée. Celle qui se présentait à ses yeux avait presque son âge! Elle n'hésita pas à se présenter!

-Je m'appelle Janie Jolly.

À la vue de la nouvelle venue, l'Ondine rangea sa flûte en un tour de main dans une feuille de vigne et se leva en gardant son équilibre sur les poussières d'eau.

-Et moi... Chloé.

Janie sourit.

-Chloé...oéoéoé! Quel drôle de coïncidence... tu portes le même prénom que ma jolie petite cousine! Elle n'osa pas lui avouer qu'elle lui ressemblait beaucoup, sauf pour les oreilles et les ailes.

-J'en suis flattée! J'aime les Humaines!

La Fée Chloé semblait de nature enjouée. Janie trouvait que les circonstances se montraient favorables pour lui demander de l'aide.

-Je suis perdue!

-Je dois admettre que tu as été bien guidée, car tu es recherchée par les partisans « *d'Octo MaCrapule* » et tous ces « *Intrus* ».

-Mais, je n'ai rien à voir avec cette crapule et... personne ne l'a aperçue depuis son supposé retour!

L'Humaine se souvenait qu'une part de ces canailles avait traversé les « *Portes d'Argent* » en pénétrant les virus de sa grippe. Malade, son contrôle de défense était affaibli. Mais pour l'instant, elle ne désirait pas en parler.

-Je sais! En s'en prenant à toi, Octo MaCrapule essaie d'atteindre l'Amiral.

-Qui t'a mise au courant?

-C'est Lamira! Un ami de longue date.

-Le pauvre... il s'est fait engloutir par une vague puissante.

Janie voulait éviter de faire allusion à l'attaque de la sorcière Embrouillamini. De cela, non plus, elle ne voulait parler.

-Il n'est pas très rapide, j'en conviens! Par contre, il possède beaucoup d'autres tours dans son sac!

Janie s'apitoya sur son sort.

-Je crois que je ne me sens plus la force de continuer ma mission! dit-elle, péniblement.

-Ai-je... bien entendu?!?

Janie n'osa pas répéter sa phrase. Voyant l'Humaine dans l'embarras, l'Ondine poursuivit...

-La force se trouve en soi. Ce qui compte, c'est la volonté de réussir. Cet ardent désir enclenche le processus de l'action! Et tu sais parfaitement t'en servir quand tu lâches prise sur ce qui peut te nuire.

-C'est vrai!

-Tu es parvenue à t'en sortir, grâce à ta « *Volonté* » de vivre!

-Ouais! La force intérieure déploie des énergies inconnues!

Janie se sentit revivre et Chloé rajouta...

-Pas mal... surtout lorsqu'on obtient un petit coup d'aile!

L'Ondine des Houles sourit à Janie et lui administra un clin d'œil rapide qui laissa échapper de sa pupille étoilée, une brève luminosité scintillante.

-Vous!

-Avec l'aide de Mariange... ton Ange lilial*!

-Elle était vraiment là?!?

-Tu en doutes, après tout ce que tu as vu?

-Je n'ai pas l'habitude...

---

* lilial : qui a la blancheur du lys

-Je comprends... c'est nouveau pour toi! Tu t'y habitueras.

-Merci de m'encourager!

-Je suis heureuse que Lamira ait réussi à te conduire à « l'Islet du Phare », et ce, malgré la tempête! Il a dû exécuter une manœuvre dangereuse afin que tu ne te retrouves pas sur le « Cap Charivari ».

L'Humaine n'avait aucune idée que le repaire du redoutable Brutus Malotru était érigé sous les pierres d'assise subaquatiques du « Cap Charivari ». Ce lieu était à éviter à tout prix, car il rejoignait dans ses bas-fonds... la « Vallée de l'Ombre »... et... le « Domaine des Sorcières »!

Chloé assise sur un embrun* effectua une pirouette et sauta sur la crête d'une vague, poussée par un vent déterminé. Elle déferla, puis glissa sur les galets pour atterrir près de la nouvelle venue, tout en l'éclaboussant.

-Voici mon ami Chinook, LeGrand Vent. Ce dernier s'enroula dans les cheveux de Janie, en les asséchant complètement. Je crois que tu as déjà eu la chance de le rencontrer.

Janie se demandait comment elle savait qu'elle avait chuté dans le gouffre et qu'elle avait reçu l'aide de ce dernier?

Chloé rit aux éclats de sa petite voix aiguë en s'approchant de l'Humaine au Grand Cœur.

-Ici, le vent possède des oreilles! dit-elle en écarquillant les sourcils.

Janie sourit. Elle ne ressentait aucun malaise en sa présence. En revanche, elle n'osait pas la toucher au cas où... elle disparaîtrait.

---

* embrun : pluie fine causée par les vagues qui se brisent

-Tu as l'air de bien connaître ce **« Cap »**!

-Effectivement, et il faut l'éviter à tout prix! Par contre, je maîtrise parfaitement cet océan, car mon peuple y vit au fond des abysses*!

Toute vêtue de mauve, l'Ondine souriait le cœur léger et l'éclat de ses grands yeux en amande, d'un brun cuivré, scintillait au soleil. Elle ressemblait étrangement à une petite terrienne... sauf pour ses oreilles plus longues et plus pointues semblables à ses ailes dentelées!

Chloé contourna l'étrangère et s'arrêta en face d'elle, puis ne put s'empêcher de toucher à l'abondante chevelure d'ébène de la nouvelle venue!

-Oh! Ils sont très doux.

La Fée Chloé palpait pour la première fois des cheveux humains. Ses cheveux en fibre de soie s'apparentaient à ceux de Janie, mais la texture était différente!

Chloé l'examina en détail, alors Janie lui sourit tout en lui exposant sa requête.

-J'ai besoin d'aide pour secourir mes amies!

-Et si on essayait de les retrouver?

Janie ne s'attendait pas à recevoir une réponse aussi vite. Elle réfléchit avant de répondre.

-Pas question! Il y a trop de danger!

-Bien pensé! Cet endroit est damné et il ne faut pas minimiser les risques!

-Euh! Toutefois, les *« Pierres Précieuses »* de *« Son Altesse Rose Flore DesVents »* ne doivent pas demeurer prisonnières de ce pirate. Vous savez certainement qu'elles agissaient comme *« Dames de Compagnie »* et sans elles... *« Sa Majesté »* mourra! Et puis, je dois délivrer mon amie Chanceuse des

---

* abysses : fosses sous-marines très profondes

mains d'Agaric. En fin de compte, je dois tous les sauver!

-Oh!?! Il n'est pas donné à tous de rencontrer de près ou de loin « *Rose-Flore DesVents et ses Dames de compagnie* »! Quelle chance incroyable s'est présentée à toi! s'exclama l'ondine.

-« *Son Altesse* » fait partie du « *Conseil du Triumvirat* » et elle est mandatée avec le Druide et le Gardien des Lieux, l'Illustre Farandole, d'autoriser des laisser-passer aux Créatures qui désirent de tout cœur aider autrui. Ils ont trouvé ma demande officielle acceptable et ainsi, j'ai pu faire connaissance avec le « **Maître des Lieux de la Forêt Magique** », le Grand Aristide, l'unique « *Magicien des Âmes* » en évolution!

-Je vois... il s'agit d'une mission importante!

La Fée Chloé connaissait toutes ces procédures, mais elle était émerveillée de constater qu'une petite humaine avait réussi ce tour de force. Elle était unique en son genre avec son « *Grand Cœur* »!

-Surtout... je ne sais pas où cette odyssée va me mener!

-Rassure-toi, je t'aiderai!

-Euh... Vraiment?

-Définitivement! s'exclama la « *Fée des Houles* », en battant des ailes.

Janie avait demandé et Chloé respecta, elle aussi, les désirs de la Terrienne. Elle trouvait que les Humains se mettaient beaucoup de barrières et de limites. Au premier échec, ils perdaient confiance en leur force intérieure et à la moindre occasion... ils criaient à la défaite.

-Allez viens! Montons au sommet du « **Phare** » pour admirer le magnifique paysage!

-D'accord! Peut-être aurai-je la possibilité de rencontrer la « *Gardienne des Flots* »?

-Rien n'est impossible dans « **l'Astral** »!

Chloé se dirigea vers la porte d'entrée qui était demeurée entrouverte.

-Tiens... des petits curieux de l'espace sont déjà entrés! J'espère qu'ils n'ont rien saccagé. Ces gamins jouent aux Pirates et pensent que ce « **Phare du Sommet** » leur appartient!

-D'où viennent-ils?

-Du « *Pays des Rêves* ».

-Comme la sorcière?

-Pas tout à fait! Il n'y a que les rêves en couleur qui font partie du « *Voyage Astral* »! Les autres apparitions, comme les sorcières, proviennent des rêves cauchemardesques influencés par les Créatures démoniaques de la « **Vallée de l'Ombre** ».

-Brouhhh! C'est un cauchemar?

Janie avait oublié qu'elle habitait le « **Monde Terrestre** », et ce, depuis que sa corde s'était nouée d'elle-même et que son cordon d'argent la coupait ainsi de la réalité ou de l'illusion.

-Les rêves ne sont pas tous agréables!

Janie en savait quelque chose. La Fée Chloé lui montra une vitre du phare cassée par les garnements afin de pénétrer à l'intérieur.

-Hum! Tu vois... ce que je veux dire!

Tout semblait normal lorsque Janie aperçut les petits chenapans se battre en duel à l'épée. Les frères jumeaux avaient renversé des bureaux qui leur servaient de bateaux. À grands coups d'épée, ils se livraient un combat sans merci contre des corsaires qui les avaient attaqués. Ils furent surpris quand ils constatèrent que des « *Créatures éthérées* » les surveillaient à distance. Une peur s'empara d'eux.

Aussitôt, la Fée Chloé, vite comme l'éclair, lança du bout des doigts une pincée de sable provenant du « *Marchand de rêves* » et les exhorta[*] à retourner dans leur lit!

-*Jubeo vobis revertique in corpori ac neque adesse in his locis sine numine. Arbiter dixit! Concede huc! Va in pacem!* (*Je vous ordonne de retourner dans vos corps physiques et de ne plus venir déranger ces lieux sans permission! Le maître l'a dit! Retire-toi et va en paix!*)

Janie la regarda, étonnée, lorsque les garçons disparurent en poussière d'étoiles!

-Bon enfin! Je les ai attrapés sur le fait alors j'ai pu agir! Et, je t'assure qu'au réveil... ils ne se souviendront de rien!

-Wow! Peux-tu me pulvériser?

-Je suis désolée... Ces formules ne fonctionnent pas sur les « *Rêves astraux* »! De plus, je croyais que tu avais tout un « **Monde** » à sauver?

-C'est vrai! Et... je ne peux partir sans ma « *Clef du Paradis* »!

-Bon point! Viens... suis-moi!

Elles gravirent des marches en colimaçon et montèrent jusqu'au faîte. Puis, elles se retrouvèrent dans la grande tour où elles admirèrent le fascinant « **Phare giratoire du Sommet** ». Le projecteur de lumière demeurait au poste et l'éclaireur veillait avec ferveur sur les allées et venues des bateaux. Elles sortirent sur le balcon circulaire et l'Humaine constata la hauteur vertigineuse qui la séparait du précipice. De ce côté de la falaise, les vagues se projetaient avec effervescence sur le dos du « **Phare du Sommet** ». Ce dernier ne bronchait pas, solide comme le roc sur lequel il avait été construit.

---

[*] exhorta : du verbe exhorter, donner l'ordre de

Janie aperçut une ombre à l'horizon et tout autour de « l'Islet ».

-Et là... que voit-on?

-Le « Cap Charivari »!

-Pas question que j'y mette le pied! Je reste ici!

-Tu ne dois pas avoir peur! Les craintes encrassent les « chakras » et paralysent les voies vers la réalisation de tes vœux les plus chers!

-Je sais!

Des petites flammes violettes s'éjectaient de son aura et la fée constata qu'une force intérieure habitait « l'Humaine au Grand Cœur ».

-Tu dois traverser cette zone d'interférence, car il paraît que le « Bas Astral » peut s'effondrer. Et si cela se produisait, les communications seraient rompues à tout jamais!

-C'est affreux! Et moi... j'ai mis ta vie en péril?

-Non! C'est la tienne qui est en danger.

Chloé ne lui divulgua pas qu'elles se retrouvaient temporairement, sous un halo de protection, effet magique conçu par la Fée Dauphine Harmonia! L'Humaine ne pouvait pas revenir dans son corps pour une raison qui ne lui avait pas encore été révélée! Chloé avait reçu l'ordre de l'accompagner dans sa démarche compte tenu de l'absence de Chanceuse.

-Je crois que j'aime les défis! lança Janie, essayant de garder le sourire.

Chloé ressentit toute la nervosité qui se dégageait du « corps astral » de Janie et rajouta...

-Pas n'importe lesquels, à ce que je vois! Tu seras heureuse d'apprendre que je suis envoyée par la Fée Dauphine Harmonia.

Janie sauta de joie et tout son corps resplendit de lumière.

-Wow! Quelle bonne Fée! Je savais que tous ne pouvaient pas s'être évaporés.

Il y avait tant de choses inexpliquées et inexplicables. La « *Troupe* » éparpillée se trouvait en danger, car leurs forces étaient dispersées. La Dauphine avait réussi à créer un voile de protection pour une durée limitée. Cela permettrait à l'Ondine de venir en aide à l'Humaine si... elle le demandait! La Fée Harmonia se devait d'intervenir pour les Fées puisqu'elle demeurait leur Dauphine. En aidant la Fée Chloé, elle donnait une chance à Janie de se tirer d'affaire, étant donné que l'Humaine était coincée dans le **« Bas-Astral »** à cause des nœuds que sa corde d'argent avait exécutés à son insu!

En outre, la « *Voix d'En-Haut* » gardait le silence des Dieux. L'Absolu voyait tout et n'allait aucunement intervenir dans les choix de vie de la petite « *Humaine au Grand Cœur* », puisque tout se déroulait comme prévu dans le « *Grand Livre Hermétique des Éphémérides.* »

Après ce long silence, Chloé rajouta...

-Ta Fée Marraine Kassandra est dans tous ses états surtout qu'elle tolère la Dauphine qui ne cesse de tomber dans les vapes depuis qu'elle sait que tu es coincée!

Toutes les deux s'esclaffèrent.

-C'est bien son genre!

Janie réalisa qu'elle était soutenue par sa « *Troupe* » malgré la distance qui les séparait.

-Kassandra!

-Oui! Elle essaie de calmer la Dauphine qui tournoie constamment sa baguette magique dans tous les sens, au grand désespoir de tous! Elle contrevient aux ordres du Mage, en t'aidant.

-Le Mage!

-Tu t'imagines… aucune Fée ne peut voir son visage tellement l'auréole qui l'entoure se veut grandiose. Il a bien interdit à la Fée Harmonia de se mêler de ta vie privée. Elle a donné comme excuse, qu'elle s'occupait des affaires de la **« NooSphère »** et qu'elle devait rester en contact avec toutes les Créatures, et surtout celles qui s'étaient égarées. En m'acheminant vers toi, elle savait qu'elle pouvait intervenir!

-Elle prend de grands risques pour moi… et toi aussi!

Janie retrouva son sourire et son *« Aura »* s'entoura d'un rayon rose violet tirant sur le mauve.

-Lorsqu'elle a appris par Pipistrelle… qu'une Humaine était piégée par Galapiat LeRaté et qu'elle était parvenue à s'évader avec un groupe d'esclaves et une bestiole en transformation, elle a tout de suite été convaincue qu'il s'agissait de toi!

-La Chauve-souris a réussi à la mettre au courant? Comment?

-Par transe! Cette technique de communication s'effectue seulement d'esprit à esprit. Tu sais, la cristallomancienne détient un étonnant pouvoir d'émission et de réception avec ses antennes mirobolantes.

L'histoire des Termites, ces rongeuses de vie, refit surface dans la mémoire de Janie. Ces insectes avaient dévoré le Grand-père du Vieux Sage de l'intérieur. Le Druide avait ordonné avec le *« **Conseil du Triumvirat** »* de bannir le *« Génie du Mal »*, Malfar Malfamé et ses vauriens de la **« Forêt Magique »** et de les confiner dans le **« Monde Morose »** des oubliettes pour le restant de leur existence! Pipistrelle était au courant que Malfar voulait s'accaparer de la Forêt Magique en détrônant l'Amiral, le Grand Monarque*. Cet exterminateur et son clan avaient été démantelés, mais ils étaient revenus en force par un procédé révolutionnaire, jamais vu auparavant! L'Humaine savait que la chauve-souris ne venait aider que dans les cas extrêmes.

-Incroyable! Ma mission doit prendre une tournure spéciale pour que la Dauphine mandate la cristallomancienne!

-Il n'y a aucun doute! Et comment pourrait-elle oublier sa Mini-Humaine... en évolution?

Janie, par contre, trouvait que dans cette lutte pour la survie, son *« Grand cœur »* s'enlisait dans la partie sombre de son *« Être »*. Elle pensait à toutes les transactions douteuses qu'elle avait élaborées avec ce fumier d'Agaric. Elle était trempée dans la chnoute** jusqu'au cou! Toutes ces magouilles pour sauver son amie Chanceuse l'endurcissaient et prenaient la place de sa naïveté sincère.

-La Dauphine va rétablir l'ordre!

-En tout cas, elle essaie par tous les moyens à sa disposition. Il ne s'agit pas d'un travail de tout repos de défier les noires conjurations*** et de renverser le pouvoir établi par de grandes puissances. Il n'y a aucun doute, elle n'a pas dit son dernier mot et rien ne l'arrêtera. Tu vois, elle a déjà commencé à mettre le nez dans cette conspiration!

-C'est dangereux!

-C'est délicat! Apparemment, dans la **« Vallée de l'ombre »**, une sorcière mène le bal. Et, de plus, elle sème la bisbille partout où elle passe.

---

* voir : La Forêt Magique, Tome 1
** chnoute : mot québécois voulant dire être dans le trouble
*** conjurations : pratique magique visant à éliminer les mauvais sorts

-Tu la connais?

-Non! Cette dernière demeure tout un mystère! La Fée Dauphine l'attend de pied ferme! Vraisemblablement, elle veut la contraindre à lâcher prise! Par contre, elle était folle de joie de savoir que tu avais reçu l'aide de ton Ange Mariange!

-Qui lui a révélé tout ça?

-Le Mage!

-Ce mystérieux personnage semble tout connaître!?!

-Là... où il y a de la « *Haute-Magie* »... il y a des « *Maîtres* »! divulgua la Fée Chloé.

Étonnée, Janie garda un long silence... puis, elle reprit la parole.

-La sorcière Embrouillamini est dans les parages. Je dois t'avouer qu'elle a fait chavirer Lamira et je ne crois pas qu'il ait survécu.

-Embrouillamini!?!

-Oui!

-Tu la connais?

-Non et oui... puisqu'elle me talonne! Elle a pris la forme d'une vague et Lamira a fini par couler à pic!

-Lamira demeure le meilleur Maître Nageur que j'aie rencontré dans ma vie! Cette ensorceleuse ne réalisait pas à qui elle s'attaquait, car elle ne l'aurait jamais provoqué! Ne t'inquiète pas... l'Amiral saura refaire surface!

-Pardon!?! s'exclama Janie, estomaquée.

-Hé oui!

-Impossible! Tu te trompes! Je n'aurais pas mélangé un papillon avec un hippocampe.

-Il a subi une transformation extrême pour te venir en aide... sa deuxième dans cette odyssée.

-Euh!!! Deux transformations, ce n'est pas vrai!?!

-C'est l'écho qui m'a transmis le message via le vent du Sud « *Eurus* »!

-Euh! Je... je ne l'ai pas reconnu!?!

Le Vieux Sage, le Druide de la **« Forêt Magique »** lui-même, avait essayé de former un égrégore de nuages et de s'y insérer pour parvenir à se téléporter dans le but de livrer un message important à l'Humaine. Il connaissait pourtant... parfaitement la « *Haute Magie* » et il n'avait pas réussi à exécuter son plan. Janie se questionna sur les autres Créatures loufoques* qui étaient apparues durant son parcours. Elle avait rencontré le Scorpionnidé... celui que l'on nommait le « *Quidam* », afin de taire son nom... qui portait malheur! Ensuite, Trompe-l'œil, le Lucifuge et le très contesté protégé du Gardien des Lieux, ainsi que Face-à-Claque, le Lapinoix, l'espion de Ketchouille. Tout ce monde fantastique demeurait, d'une manière ou d'une autre, bizarroïde. Elle se demandait quelle Créature avait été possédée par « *Son grand protecteur* » puisqu'il détenait le « *pouvoir des Avatars*** »!

-Ah oui! J'y pense... Que complotait Trompe-l'Oeil à mon arrivée avec Galapiat LeRaté?

-Trompe-l'Oeil?

-Affirmatif! Il avait l'air plutôt étrange.

Janie se souvenait parfaitement de l'avoir aperçu par la fente d'un rocher.

-Ça m'étonnerait! Tu es certaine... car c'est le protégé de Farandole!

-Tout à fait! Je crois qu'il s'agit d'un complot bien organisé, surtout que les « *Précieuses* » représentent un trésor inestimable!

---

* loufoques : drôles

** Avatars: prendre une forme différente ou apparaître sous un autre corps

-Je pense plutôt… que c'est toi qui vaux plus que tout! Ce n'est pas pour rien que l'Amiral se transforme pour te venir en aide!

-C'est incroyable! Il met sa vie en danger pour moi? Le Vieux Sage avait raison… c'est un super protecteur!

Janie n'avait pas oublié qu'ils possédaient, ensemble, une « *Destinée* » conjointe et il va sans dire que ce chemin de vie avait déjà commencé à s'opérer.

-En aucun cas, il ne doit montrer sa vraie personnalité. Il est recherché autant que toi et dans toute cette cohue, les « *Intrus* » pourraient en profiter pour l'attaquer, surtout l'abominable « *Malfar Malfamé* » *et son partenaire* « *Octo MaCrapule* »!

Janie se demandait à quoi pouvaient ressembler ces espèces de détraqués.

-C'est étrange toute cette histoire!

-Je pense que cette sorcière se plaît à causer de l'interférence pour nuire à ta mission!

-Elle a du culot d'oser revenir!

-Est-ce que tu t'attendais vraiment à autre chose? Cette dernière serait arrivée avec un nombre considérable « *d'Intrus* ». Les Sorcières possèdent plus d'un tour dans leur sac et ne se laissent, surtout pas, damer le pion facilement. De plus, elles sont rancunières, jalouses et laides!

Janie ne tenait plus en place, car elle savait très bien qu'Embrouillamini était apparue, au même moment qu'elle dans la **« NooSphère »** et qu'aucune créature, à part elle-même, n'avait risqué de traverser des indésirables.

-Ça, c'est le comble! Où se trouvent les autres crapules?

-Les Fées l'ignorent.

-Comment!?! Les Fées l'ignorent?!? Et toi... tu n'appartiens pas à leur **« Mégalopole »**?

-Je suis... une Ondine! Les Créatures Féériques ne possèdent pas toutes les mêmes facultés et nos responsabilités diffèrent avec nos grades!

-Bon d'accord! Et toi, je t'ai vu opérer la magie.

-Tu as raison... mais, je ne peux toucher aux affaires concernant les **« Hautes Sphères »**, ainsi que tout ce qui regarde le *« Sceau Ascensionnel »* et les *« Parangons »*!

-Les **« Hautes Sphères »**? Il y a encore plus haut?

-Plus haut! Certainement... il existe le **« Royaume du Monde des Maisons »**!

-Et... où se trouve ce **« Royaume »**?

-À l'intérieur de **« l'Étoile Polaire »** où immerge un long tunnel d'observation appelé... le grand *« TROU NOIR »*. Ce vide, qui semble dépourvu de matière, porte à confusion, mais il est le *« Portail »* vers les **« Dimensions »** gardées secrètes!

-Ouf!!! L'affaire est réglée pour moi! Je ne possède pas les capacités surnaturelles pour pénétrer dans ces mystérieux **« Mondes »**.

Janie ne savait plus que penser! Elle retomba dans la nostalgie, tout en descendant les marches derrière l'Ondine. Puis, aussitôt qu'elles se retrouvèrent à l'extérieur du *« Phare »*, Chloé par enchantement reprit sa flûte à bec. Immédiatement, le flûteau vibra quelques notes envoûtantes et tout le corps de l'Humaine se détendit en rayonnant de joie.

-Tu vois! La musique guérit le cœur!

Janie sourit, heureuse d'avoir au moins trouvé une amie sur ce long chemin rempli d'embûches. L'Ondine possédait un teint pâle et ce dernier s'harmonisait à la chevelure d'un blond platine qui reflétait plusieurs teintes de l'arc-en-ciel. Une couronne d'étoiles de mer et de fleurs marines siégeait sur sa tête et illuminait son visage délicat en faisant ressortir son regard pétillant d'intelligence. Puis, se dessinait un petit nez qui passait presque inaperçu, à cause de ses lèvres pulpeuses. Elle s'apparentait à l'Humaine, mais elle détenait des atouts de plus... des fines ailes en dentelle! Toutes les deux étaient de la grandeur d'une libellule.

Janie se consola. Jusqu'à présent, elle avait subi énormément de transformations, et ce, dans le but d'atteindre son odyssée... celle écrite dans le **« Grand Livre des Éphémérides »**!

CHAPITRE 31
SURPRISE APRÈS SURPRISE

Une magnifique terrasse entourait **« l'Islet »** bordé de lys et de glaïeuls aux couleurs surnaturelles. La *« Fée des Houles »* s'assit sur un banc de sable blond, à fleur d'eau... tout près de l'écueil.

Janie préféra prendre place sur un petit tertre aplati, tout à côté de l'Ondine et admirer le jardin fleuri.

-Où se trouve la *« Gardienne des Flots »*?

-Nous devrions la voir bientôt.

-C'est plutôt bizarre qu'elle ne soit pas ici puisque, c'est Lamira, enfin... dit-elle à voix basse, c'est l'Amiral qui m'a conseillé de m'adresser à la *« Gardienne »*!

-Il a dû confondre ... *« Flot et Houle »*!

-J'ai peut-être mal entendu dans tout ce brouhaha!

-Possible! Tu sais les *« Fées »* agissent parfois de manière surprenante!

-J'espérais que cette *« Gardienne des Flots »* puisse m'aider à rejoindre *« Son Altesse Grâce »*.

-Tu aimerais découvrir son *« **Royaume** »*?

-Ahhh... oui! Toi... tu peux?

-Je vais essayer... mais je ne suis pas convaincue du résultat!

-Si tu m'aides, mériteras-tu une sanction par ma faute?

-Je ne crois pas... si je respecte l'ordre hiérarchique des « *Lieux* ». Par contre, je suis certaine qu'une fois que tu auras pénétré le « ***Royaume*** » de « *Son Altesse* », elle s'occupera de toi comme d'une « *Princesse* »!

-J'espère qu'elle voudra bien entendre ma demande! Elle m'a tout de même apporté son aide lors de ma transformation. Et, peut-être est-elle au courant de l'endroit où se terre mon vieil ami le « *Druide* » et comment je pourrais retrouver les « *Précieuses* »?

-Probablement mais, localiser son « ***Royaume*** », qui se cache au bout de l'horizon sans fin, sur un circuit parallèle au firmament et dans « **l'Ionosphère** », ne sera pas une sinécure[*]! Il paraît que son « *Palais* » trône sur l'eau du « **Lac Enchanté** » et que ce dernier, à son tour, repose sur le dos des « *Ventus* ».

-Euh!!!

L'Humaine resta muette. Le « **Lac Enchanté** » flottait dans un « *Espace tridimensionnel* » et était retenu seulement par la jonction des vents!?!

L'Ondine rajouta...

-Le seul signe qui, apparemment, indiquerait la trajectoire à suivre... serait l'apparition d'un « *Arc-en-ciel* » en trois dimensions. Il semblerait que l'arc lumineux dégagerait tellement de brillance avec son voile flottant de gouttelettes perlées, qu'il aveuglerait même le soleil. Il s'agit d'un « ***Lieu Sacré*** » et ces « ***Lieux*** » protégés demeurent inaccessibles; par contre, des exceptions s'appliquent selon l'état d'âme des Créatures!

-Je ne suis pas venue jusqu'ici pour abandonner!

---

[*] sinécure : ne pas être un travail facile, harassant

Janie avait choisi de ne pas renoncer à ses rêves. Les mots qu'elle avait prononcés à haute voix, de tout son cœur et de toutes ses forces, lui donnèrent la force de persévérer. Réussirait-elle à se souvenir que ses paroles créaient dans la « **NooSphère** », tout ce qu'elle désirait? Ce « *Pouvoir* » qu'elle détenait, était probablement gardé secret à l'intérieur de son « *Sceau de Vie ascensionnelle* », afin de ne pas nuire à sa démarche personnelle.

-Alors, je t'y emmène!

Chloé respecta la demande de Janie. Ce temps sans fin se déroulait finalement bien.

-Merci de m'aider! Tu es vraiment gentille!

-Je te trouve charmante et je sais que ton but est loyal et généreux.

-Nous devons, auparavant, rencontrer la « *Gardienne des Flots* », car je dois lui présenter mes hommages.

L'Ondine lui sourit tendrement. Elle constatait qu'elle voulait tout exécuter à la perfection.

-D'accord… suis-moi! Je cherche une embarcation!

Janie souhaitait que la recherche soit plus facile cette fois-ci, que lorsqu'elle s'était retrouvée sur le bord du Fjord avec ce fumier d'Agaric! Chloé rit d'un rire clair et limpide, tout en sautant d'une vague à l'autre en y conservant son équilibre. Aussitôt, une kyrielle de Nénuphars arrivèrent en nageant en parfaite synchronisation. En tête de ligne, une plante aquatique vêtue d'un tutu vert mousse et d'une corolle* fuchsia, s'élança de ses pétales et avança en nage papillon vers Chloé.

-À votre service! dit l'éblouissante Layla de sa voix douce et gracieuse.

---

* corolle : ensemble des pétales d'une fleur

L'élégante herbacée des eaux flotta en direction de l'écueil, tout en dégageant un parfum envoûtant. Près de ses passagères, elle se mit à exécuter des mouvements circulaires avec ses longues jambes lamelliformes* de ballerine, en attendant l'embarquement.

Janie ne pensait pas se retrouver aussi vite devant la « *Gardienne des Flots* ». Nerveuse et excitée à la fois, elle effectua immédiatement une belle révérence. Chloé éclata de rire sous le regard étonné de Layla qui sourit timidement.

L'Humaine se redressa d'un seul bond et demeura droite et raide. Avait-elle commis une bévue?

-Euh! Pardon! Me suis-je trompée? questionna-t-elle à la fleur.

-Oui! répondit la nymphéacée dont les joues fuchsia tournèrent au rouge.

-Elle n'est pas la « *Gardienne des Flots* », dit Chloé sur un ton joyeux.

-C'est une blague!

Janie commençait à connaître les petits goûts plaisantins de l'Ondine. À son tour, elle s'amusait à gesticuler de plus en plus, pour divertir Chloé. La Fée aimait imiter les moindres gestes de l'Humaine, qu'elle prenait pour un jeu.

-Layla s'occupe des allées et venues!

-Euh!!! Ça alors! Elle agit comme moyen de transport?

-Tu as tout compris! Et maintenant, montons à bord!

Janie ne broncha pas de peur de salir cette jolie fleur avec ses bottes de cavalière et son chandail défraîchi et collé d'algues.

---

* lamelliformes : en forme de lamelles

-Je suis affreuse! s'exclama Janie en regardant sa tenue défraîchie de la tête échevelée jusqu'aux pieds boueux.

-Vraiment! Tu es dans un piètre état!

-Tu vois! Je ne suis absolument pas présentable. Et, je ne veux pas souiller les vêtements de cette Belle Dame Layla qui accepte si gentiment de m'amener à bon port!

Chloé sourit.

-Moi, je ne suis pas une grande Fée, mais je peux toujours essayer de remédier à la situation.

-Tu as le droit?

-Hum! Je crois que je risque des sanctions!

-Alors, oublie ça!

-Par contre, j'espère ne pas rencontrer « *Son Altesse* » en cours de route. Je me demande quel châtiment elle me réserverait de t'avoir laissée dans cette piètre allure vestimentaire?

-Un châtiment? Tu rigoles!

Les Fées de la **« Pierre-aux-Fées »** vivaient en harmonie. Par contre, s'il y avait violation des règles, elles pouvaient être mandatées à faire du service communautaire. Il y avait des lois dans tous les règnes.

-J'écoperai d'un avertissement!

L'Humaine pensa que la « *Gardienne des Flots* » instaurait sur son territoire des contrôles plutôt sévères.

-Être une Fée... ce n'est pas un travail de tout repos! s'exclama Janie.

-C'est particulier et valorisant à la fois!

-Tu lui expliqueras que j'ai été poursuivie par des malappris et une sorcière. Elle comprendra certainement et m'excusera de me présenter sans tenue adéquate!

-Ça! Tu peux compter sur moi!

-On verra bien ce qui arrivera!

L'Ondine, d'un regard intense, invita Layla à accoster. Le groupe de nénuphars, qui accompagnaient la tête de file, se précipita pour former un épais tapis de feuilles, verdoyant.

L'Humaine remarqua qu'une forme de communication s'était établie entre les deux entités. Le lys d'eau et ses consœurs s'inclinèrent avec leurs larges pétales recourbés, tout en gardant la fiole* baissée. Janie, fièrement, redressa le thorax, lorsqu'on lui fit une longue révérence!

Layla étala ses frondaisons**, en forme de pont jusqu'au bord de l'écueil afin que la Mini-Humaine ne se mouille pas. Tous trouvèrent qu'elle avait déjà été assez trempée!

Janie comprit qu'elles se parlaient par télépathie, car elle voyait des rayons s'éjecter du regard de Chloé et s'unir à Layla et ses collaboratrices. Puis, Chloé l'invita à prendre place.

L'Humaine, aussitôt, remercia la fleur.

-Bonjour lys d'eau, et merci de votre amabilité!

La nymphéacée, ravie, remua ses longs cils, tout en ignorant pour l'instant les bottes maculées de vase de la Terrienne.

-Bonjour Layla! Il me fait toujours plaisir de me retrouver en votre agréable compagnie.

Janie regarda Chloé et rougit. Elle craignait de salir tout le costume d'apparat de l'élégante nageuse.

-C'est l'heure de la balade! insista la fée.

Puis, elle fit réapparaître sa flûte enchantée. À chaque note cristalline qu'elle jouait, cette dernière

---

* fiole : tête
** frondaisons : apparition du feuillage

sautillait et allait couvrir les taches de boue que laissaient les pas de l'Humaine sur son passage et les saletés disparaissaient comme par magie.

Janie était impressionnée et, du même coup, se sentit apaisée. Chloé était tout de même la « *Fée des Houles* » et elle venait de lui prouver qu'elle pouvait exécuter des tours de magie. Debout cette fois-ci, l'Humaine attendit avant de s'asseoir; politesse obligeait... devant les Fées.

-Il n'y a pas que les taches qui se sont évaporées! lança Chloé.

Janie sursauta lorsqu'elle constata que **« l'Islet du Phare du Sommet »** s'était éclipsé au grand complet.

-Ohhh... c'est flllyant!!!

-C'est une île fantôme!

Janie était émerveillée... l'Ondine s'avérait une grande magicienne!

-Encore! s'exclama-t-elle.

Chloé, voyant l'Humaine heureuse et détendue, décida d'exécuter quelques tours de magie avec sa flûte à bec. Sous le regard admiratif de sa nouvelle amie, elle fit disparaître ses bottes et son sac en bandoulière.

-Oh!!! Ah!!! Euh!!!

-Ne t'inquiète pas, les effets personnels des Terriens retournent toujours, d'une manière ou d'une autre, à leur propriétaire!

La Fée souffla de nouveau dans son flûtiau qui laissa échapper des milliers d'étoiles argentées. Les cristaux enveloppèrent les passagères ainsi que la fleur aquatique qui attendait patiemment que la charmante invitée lui accorde l'honneur d'occuper un siège.

La « *Fée des Houles* » ordonna...

-Votis*!

L'Humaine comprit qu'elle avait donné l'ordre du départ à Layla. Chloé s'assit et Janie décida de l'imiter à son tour! Aussitôt qu'elle toucha à la feuille courbée qui lui avait été désignée, des milliers de paillettes aux éclats mordorés** apparurent et se mirent à tournoyer autour d'elle. Elle se releva pour les attraper au vol... Chloé l'imita! Lorsque la pluie de poussières étoilées se déposa au centre de la fleur, Janie demeura dans tous ces états!

-Ahhh! Ohhh! Plus rien ne sortait de sa bouche en point d'exclamation.

L'Ondine rajouta en riant...

-Vous n'êtes vraiment pas présentable... jeune damoiselle***!

L'Humaine se sentit flotter, pirouetta légèrement sur elle-même et dit...

-Être une Fée est un travail exigeant, mais tellement plaisant!

Janie admira son reflet dans l'eau miroitante. Elle se trouvait magnifique dans son nouveau costume d'Hawaïenne d'un bleu saphir, presque identique à celui le Chloé... mais cette fois-ci, les ailes en moins. Elle n'en revenait pas... la Fée risquait une sanction pour lui faire plaisir.

-Merci Chloé!

-En avant toutes, lança la Fée à Layla.

-Vos désirs sont des ordres *« Gardienne des Flots »*, s'exclama la radieuse Layla. On suit la trajectoire des Rayons Gamma... si j'ai parfaitement compris?

---

* votis : exécution, en langue latine
** mordorés : reflets dorés
*** damoiselle : demoiselle en ancien français

Janie demeura bouche bée, intimidée. Avait-elle bien entendu? Elle exécuta, au cas où, une petite révérence à Chloé. Aussitôt, Layla lui fit un *« oui »* avec ses corolles dans les airs afin de confirmer que Chloé s'avérait être la *« Gardiennes des Flots »*.

L'Humaine réalisa que les salutations, qu'elle croyait avoir reçues de la part des nénuphars avant l'embarcation, n'étaient pas pour elle.

-Oh... pardon! Je suis vraiment désolée!

-Ne le sois pas! Ce qui compte pour moi, ce ne sont pas les apparences extérieures, mais plutôt les valeurs intérieures, dit simplement la *« Gardienne des Flots... Chloé »*.

Janie radieuse et le cœur léger sourit de toutes ses dents.

-Merci!

-Pas de fla-fla avec moi! J'aime la vie simple et le grand air. On apprend la vraie nature des *« Êtres »* quand ces derniers ne connaissent pas notre rang social. Et, je te ferai remarquer que j'ai déjà vécu avec la Fée Dauphine. Je dois t'avouer que je détiens quelques manières bohèmes d'Harmonia et que, moi aussi, je vis au jour le jour! Par contre, je n'utilise pas ma baguette magique à toutes les sauces pour détourner l'attention!

-Partons... à l'aventure! lança Chloé.

Layla exécuta l'appareillage, aidée de ses consœurs. L'équipage vogua au gré du vent, entraînant les nouvelles amies vers une destination incertaine. Tout se déroulait à la perfection et *« l'Aura »* de Janie s'unifiait au dégradé de couleurs, aux teintes mauves, roses, violets, des lys flottants.

La **« Voûte Céleste »**, à fleur d'eau, permettait à un pan de sa coupole de s'élargir et de laisser échapper quelques rayons de soleil de plus. L'Humaine n'avait pas encore conscience que le beau temps se manifestait seulement sous cette coupole qu'avait créée la Fée Harmonia pour leur sécurité. La Fée Chloé était la seule avec les « *Élus* » à pouvoir lire, avec sa « *vision aurique* », ce qui était inscrit à la verticale sur les pieds de vent : talisman de chance... porte-bonheur... protection. Ces mots écrits en lettre d'or étaient remplis de « *Prana** » et déferlaient au dessus de leur tête, tout en pénétrant leur corps « *Astral* ». La protégée s'avérait à l'abri de la pluie torrentielle qui se débattait, à son insu, à l'extérieur de ce « *Cercle Magique* ». Le **« Monde Féérique »** lui portait secours et sans cette aide, Janie se serait retrouvée dans un bourbier encore plus grand.

-Regardez Chloé! On dirait que des écritures se forment dans les rayons du soleil!?!

La Fée comprit l'importance de la mission de « *l'Humaine au Grand Cœur* », elle était vraiment prédestinée!

-Tu peux lire...? Incroyable! J'aimerais que tu continues à me tutoyer. Nous sommes entre amies!

Janie se sentait revivre et se laissa bercer par les flots.

« *Galarneau* », l'astre du jour, suivait avec ses longs projecteurs la cohorte disparate** : une Humaine, une Gardienne, des Lys d'eau, mais sous ces apparences différentes, des liens magiques les unissaient. Cette fois-ci, seul « *L'Absolu* » dissimulé derrière **« l'Astre solaire »** pouvait connaître le résultat de cette rencontre magnifique.

Janie ne demandait pas mieux, l'harmonie demeurait au rendez-vous.

---

* Prana : énergie vitale
** cohorte disparate : groupe formé de gens différents

-« *Enfin, la paix!* » pensa-t-elle.

Toutes partirent à rire! Elles pouvaient toutes lire « *l'Aura* »! Janie ne pouvait pas cacher ses sentiments à ses consœurs de route.

Maintenant, Janie savait... qu'elles savaient!

Surprise après surprise

CHAPITRE 32
L'ARC-EN-CIEL

Janie et la « *Gardienne des Flots* » admiraient les nénuphars en silence. Elles se laissaient traîner par les lys d'eau qui parfois se rassemblaient par groupes et ensuite se séparaient pour se suivre un à la suite de l'autre. On aurait dit un interminable cerf-volant louvoyant à la surface scintillante du saphir liquide. Ce moment féerique s'avérait parfait!

L'Humaine était loin de se douter que « *L'Absolu* », lui aussi, surveillait à tous moments, ses moindres gestes. Il s'assurait qu'aucune créature ne nuise à ses choix personnels. Malgré toutes les interférences, elle était guidée, aimée et soutenue.

Maintenant, Janie, plus que jamais, devait tenir à ses convictions et vivre pleinement le plan de vie qu'elle avait choisi!

***

Janie ne savait pas que les rayons de soleil, qui illuminaient sa route entre les nuages, étaient déployés par la **« Haute-Sphère »**. Le *« Mage »* s'était réuni avec la *« Fée Dauphine Harmonia »* afin de la supporter dans sa démarche. Même si elle ne se rendait pas compte de leur présence, ils demeuraient toujours aux aguets. Le soleil radieux émit d'autres faisceaux, afin de lui réchauffer le cœur. Janie lisait à haute voix tous ces mots d'espoir. Chloé se leva sur la pointe des pieds et fit semblant de se jeter à l'eau.

-Profitons des rayons bienfaisants du soleil!

L'Humaine constata que la « *Gardienne des Flots* » voulait vraiment plonger.

La Gardienne souffla dans sa flûte et un mammifère marin apparut. Janie, surprise, sursauta. L'animal mesurait au moins un mètre de haut.

-Bonjour Blanchon!

-Hihi... hihi... haha... haha!

Un son strident et répété ressemblant à un rire sortit de la gueule du loup-marin!

-Il nous salue!

Janie n'osa pas l'approcher au cas où il la prendrait pour une anguille.

La Fée siffla de nouveau et le jeune phoque rapetissa d'un seul coup, juste assez pour que ses ailerons servent de glissade et de tremplin.

-Wow! C'est flllyant! Nous possédons un terrain de jeu aquatique, juste pour nous deux!!

La Fée Chloé tira la Mini-Humaine et toutes les deux glissèrent en tandem. Janie sauta les jambes repliées et aussitôt, l'Ondine l'imita! Elles firent un gros « *splash* » sur le ventre! Elles rirent et donnèrent libre cours à leur plaisir.

-Tu es une excellente nageuse!

-Merci! dit-elle fièrement. Elle avait pris beaucoup d'assurance depuis sa dernière baignade.

-Qui t'a appris?

-C'est ma Tante Bouggy... c'est une vraie sirène. Elle était la seule dans la famille à pouvoir nager comme une sirène!

Les yeux de Chloé pétillèrent d'admiration!

-Vraiment?

-Il paraît qu'à l'occasion... elle respirait sous l'eau!!!

-Une femme-poisson!?!

-Euh!!! Peut-être qu'elle a vraiment été une sirène dans une autre vie!

Chloé trouvait que Janie possédait beaucoup de maturité pour son jeune âge. Qui savait que l'on pouvait avoir plus d'une vie à vivre?

-Qui sait! On effectue un dernier saut en tandem? Blanchon riait en criant et en lançant des sons. Il était heureux de rendre service à la « *Gardienne des Flots* » et à « *l'Humaine au Grand Cœur* ». L'animal marin lui rappelait un de ses toutous favoris avec sa fourrure blanche. Elle l'avait conservé en souvenir dans un gros coffre à jouets dans son grenier.

La Fée replongea, cette fois-ci avec succès, sans exécuter de « *splash* ». Sous la couche liquide, les deux nageuses entendirent le bruit sourd d'une cascade. Blanchon les ramena rapidement à la surface avec son museau. À la sortie, des gouttelettes vinrent éclabousser leur visage ravi, en montrant leurs petites faces rondes.

-Ce sont les gouttelettes de « *Cascatelle* », l'amie de la « *Source* »!

-Tu crois?

-Je les ai vues s'arroser à la « **Pierre-Aux-Fées** » et je n'oublierai jamais leur frimousse!

-Tu es bien guidée!

-Hé Chloé! Regarde les perles d'eau deviennent multicolores!

Sous cette douce bruine, subitement, un arc-en-ciel pointa le bout de son nez. La « *Gardienne des Flots* » était émerveillée tout autant que l'Humaine.

-C'est le signe! cria Janie, tout énervée.

-L'entrée ne doit pas être très loin!

-Merci... merci... merci! s'écria Janie en émoi.

Blanchon déposa sans attendre les nageuses sur les nénuphars. Layla, entourée de ses consœurs, cessa de s'agiter pour admirer les nouveaux développements. Le mammifère marin amphibie en profita pour filer en douce, laissant les amies poursuivre la mission de la Terrienne.

Puis, apparut une magnifique Fée aux longs cheveux bouclés et aux reflets d'un noir bleuté qui s'entremêlaient aux vagues. Elle ne passait pas inaperçue dans sa robe de voile, aux tons de turquoise et incrustée de saphirs bleus. De longues manches dentelées en forme de cloche virevoltaient au vent. Janie observait tous les détails de cette scène inusitée. La Fée spéciale tendit les mains dans les airs et y laissa échapper, par son plexus solaire, « *l'Arc-en-ciel* ». Ce dernier se manifesta au grand complet et en trois dimensions dans **« l'Ionosphère »**.

-Je te présente la Fée Marraine Annaella de la « *Race Bleue* »!

-Je la reconnais!

La « *Gardienne des Flots* » ne s'étonna pas. Cette Humaine sortait de l'ordinaire.

L'arc, aux couleurs iridescentes, vibrait aux moindres battements de cœur de la Marraine Annaella. Ses bandes lisérées s'étiraient, grossissaient, s'éclaircissaient et formaient des vagues multicolores et flottaient au-dessus de **« l'Estuaire du Golf du St-Laurent »**.

-Quel exécution! s'exclama Chloé.

Une vision tridimensionnelle rendait ce spectacle... spectaculaire.

-C'est grandiose! rajouta Janie, émue aux larmes.

Elles réalisèrent qu'elles se trouvaient en dessous de **« l'Espace »** sans fin.

-Regarde comme l'eau devient de plus en plus cristalline. Nous devons certainement nous situer aux abords du « **Lac Enchanté** ».

-Super! C'est du vrai cristal! Cette eau est limpide et brillante comme tes yeux! dit Janie.

La Fée Chloé rougit, car elle était habituée aux encouragements, mais non aux compliments. Ces paroles flatteuses, et parfois dangereuses, appartenaient à la race Humaine... mais elle adorait!

L'arc-en-ciel, immédiatement, prit en charge les nouvelles venues en les déposant doucement dans une coquille de mer. Les nacrées flottaient sur l'eau et les attendaient pour la visite officielle. Aussitôt transférées, les nénuphars exécutèrent leurs salutations et disparurent dans les embruns.

Soudainement, elles se sentirent soulevées dans les airs, puis elles constatèrent qu'elles glissaient sur l'arc-en-ciel. L'arc passa au-dessus du soleil et en dessous de la « **Voûte Céleste** » pour les amener vers un autre « **Monde parallèle** ». Puis apparut, à l'opposé de la courbe, un majestueux rideau de perles aux couleurs irisées, formé par les gouttes d'eau.

À ce moment précis, l'arc lumineux s'élargit pour devenir un grand chapiteau. Janie réalisa qu'elle se trouvait aux « **Portes du Royaume** ». La magnifique Annaella, toujours présente, était unie au corps céleste. Inlassablement, elle maintenait, par son cœur, les « **Portes du Royaume de Son Altesse Grâce** » ouvertes. Annaella était encore plus resplendissante que dans son souvenir, lorsqu'elle l'avait aperçue aux « **Portes des Énigmes** » avec les autres « *Fées Marraines* » et exécutait, à la perfection, les ordres de la Fée Dauphine Harmonia.

Janie avait le vent dans les voiles puisque le « *Monde Féérique* » prenait plaisir à la supporter dans ses efforts. Elle était émerveillée devant ce rideau de perles chatoyantes, d'une beauté incomparable. L'écran perlé miroitait à la surface de l'eau avec un léger frétillement. Elle demeura un instant le souffle coupé. Le rideau de perles s'ouvrit lentement.

-Wow! Regarde... le **« Royaume »**!

Aussitôt qu'elles passèrent sous *« l'Arc-en-ciel »* avec leur embarcation nacrée, la Fée Marraine disparut en refermant la porte derrière les exploratrices. Le **« Lac Enchanté »** suspendu sous la calotte céleste semblait ne plus finir et brillait de tous ses feux, parsemé de milliers d'émeraudes scintillantes qui s'offraient en spectacle à perte de vue. Chloé regarda Janie qui était au septième ciel!

-Tu es rendue à destination! *« Son Altesse Grâce »* t'aidera à poursuivre ta *« Destinée »*!

-Merci de m'encourager.

La coquille dorée, en demi-cercle, voguait doucement en effleurant à peine les vaguelettes, sillonnant le **« Lac Enchanté »**. L'embarcation suivait l'itinéraire tracé d'avance par Janie. Mais ce passage, l'Humaine l'avait effacé de sa mémoire.

Elles se laissèrent emporter par les petites vagues couronnées d'écume qui connaissaient bien le parcours. Le **« Royaume »** se dessinait de plus en plus, sous leurs yeux ébahis. Puis, le coquillage de mer s'arrêta lorsque des douzaines de cygnes d'un blanc immaculé, deux par deux, s'avancèrent vers les invitées afin de les escorter.

-Voici... les *« Bora-Bora de Son Altesse Grâce »*. Ils vivent toujours en couple et ne se séparent jamais. Ils tiennent compagnie à la *« Maîtresse des Lieux »*.

-Tu les connais?

-Bien sûr! Nous, les fées, avons toutes été formées à la **« Cité Troglodyte »**! Certaines Créatures bénéficient du privilège de faire partie des *« Élites »*!

Janie se souvenait que seuls... le *« Monde féérique »* et les *« Parangons »* étaient initiés et demeuraient au courant de certaines pratiques magiques.

Les **« Bora-Bora »** les saluèrent d'un révérencieux battement d'ailes en parfaite harmonie, même s'ils étaient reliés entre eux par une chaîne en or.

-Ohhh!?!

Janie ne possédait aucun autre mot pour exprimer son étonnement, lorsqu'elle aperçut un belvédère[*], entouré d'énormes rotondes en albâtre enrubannées de tulle, qui soutenaient un Dôme en cristal.

Puis, de grands bassins d'eau étaient remplis de pétales de fleurs qui flottaient en se prélassant et en parfumant l'air, pendant que des sirènes assises sur les bancs du jardin en bambou discutaient entre elles, tout en peignant leur longue chevelure. D'autres se baignaient en regardant des colombes voltiger autour d'immenses plants de vigne qui regorgeaient de fruits. Certaines se laissaient sécher, l'instant d'un souffle, par le vent tiède et doux qui régnait dans ce site balnéaire[**].

Les nouvelles arrivées en avaient plein la vue. Une myriade d'oiseaux aquatiques, ainsi que les oies des neiges arrivèrent en trompe sur le rivage afin de les accueillir. Ces dernières formèrent un quai de débarquement pour que les deux nouvelles venues puissent accoster en toute sécurité. Les Cygnes

---

[*] belvédère : terrasse d'où la vue s'étend au long
[**] balnéaire : relatif aux bains de mer

baissèrent la tête pour exécuter une ligne parfaite et ainsi servir de passerelle.

Janie regarda la Fée Chloé d'un sourire mal à l'aise. Les Pennes de Cygnes opalescentes avaient revêtu leurs plus beaux atours pour l'arrivée de « *l'Humaine au Grand Cœur* ». Elles portaient de longues mantes duveteuses ornées de perles nacrées. Janie trouvait que sa tenue n'était plus de mise et n'osait pas mettre ses pieds nus sur ces magnifiques capes de cérémonie.

La jeune Fée avait tout deviné puisque Janie ne cachait jamais ses vraies émotions. L'Humaine entendit un son de flûte, suivi d'un vent tourbillonnant en sens inverse. Ce souffle s'avérait différent et le bruit de froissement d'étoffes qu'il émit en douceur... lui rappela avec quelle dextérité travaillaient les « *Doigts de Fées* » afin de confectionner, d'un tour de main, les robes destinées au « **Monde Féérique** ». Elle commençait à y prendre goût!

-Je m'occupe de ce détail banal!

Janie sourit à Chloé.

-Tu en es bien... certaine?

-Les Fées n'existent-elles pas pour exaucer des vœux? Et puis... ce petit extra, je le mettrai sur le compte de la Dauphine!

Les deux se regardèrent d'un sourire de connivence.

L'Humaine ne vit pas les « *Doigts de Fées* », qui confectionnaient sa robe, mais elle entendait leur soupir de satisfaction. L'instant d'y penser et le tour était joué! Janie n'osa pas s'examiner. Les clameurs des Cygnes lui suffisaient pour la rassurer sur son apparence, qui sans contredit, devait être impeccable, tout comme le sol qu'elle devait fouler se devait d'être préservé de toutes souillures. Cette condition s'avérait de première importance.

La « *Gardienne des Flots* », tout aussi élégante pour la circonstance, glissait aux côtés de Janie. Elle devait être la seule à marcher sur les Pennes de Cygnes des « *Bora-Bora* », ce rituel demeurait sacré comme le « *Carré Magique** »! Elle croyait flotter, tellement elle effleurait, à peine, la surface des Pennes. Chloé, toujours en suspension à côté de l'Humaine, la déposa sur le premier palier. Ce dernier était élégamment décoré de vases antiques garnis de lys, de callas et de roses blanches.

Puis, elles aperçurent une silhouette se dessiner derrière un voile aérien. La « *Gardienne des Flots* » lui sourit, ravie. Elle avait accompli son travail.

-Janie! C'est ici que nos routes se séparent.

-Non! Pas maintenant... tout est si beau.

-Je sais! Tu as demandé à rencontrer la **« Maîtresse des Lieux du Lac Enchanté »**, eh bien... ton rêve s'est réalisé! Va! On ne doit surtout pas faire attendre les « *Hauts Dignitaires* ».

Janie se voyait dans le regard de Chloé devenu brillant comme un miroir.

-Merci pour tout! prononça-t-elle, avec un vibrato dans la voix.

L'Humaine prit son air révérencieux et exécuta une superbe révérence à la « *Gardienne des Flots* ». Elle lui devait cette marque d'estime, puisque c'est ainsi que l'on rendait hommage à ceux que l'on respecte dans **« l'Astral »**. Chloé était honorée, cela se lisait sur son visage.

Janie était majestueuse dans sa robe d'époque en dentelle, cintrée sous le buste. Des pierreries

---

* voir : La Forêt Magique, Tome 1

précieuses étaient incrustées sur son bustier et parsemées tout le long de sa traîne en tulle qui recouvrait à peine ses sandales de cristal. De plus, sur sa tête frisée en boudin, siégeait à la perfection une superbe couronne de fleurs blanches et une unique perle baroque parait son front.

La Fée la laissa savourer ces quelques instants de pur bonheur. Puis, doucement, elle toussa pour la ramener à la réalité.

-Je dois retourner pour donner mon compte-rendu à Harmonia.

Le palier de marbre réagit en éjectant des faisceaux iridescents.

-Tu dois gravir les marches.

Janie regarda la « *Gardienne des Flots* » avec tristesse.

-C'est déjà le moment?

-Tu es entre bonnes mains!

-Je sais!

-Si tu réussis à parler aux Fées… s'il vous plaît, demande à la Dauphine ou à ma Fée Marraine Kassandra de ne pas oublier d'aviser l'Amiral, mon protecteur, que je suis rendue au **« Lac Enchanté »**! Donne-leur l'information qu'apparemment Galapiat LeRaté ou bien Brutus, enfin… que l'un d'entre eux serait en possession de ma « *Clef du Paradis* ». Ainsi, ma « *Troupe* » pourra me venir en aide à distance.

Je n'y manquerai pas! Et je suis certaine que l'Amiral ne doit pas se trouver très loin. Je ne crois pas qu'il se soit noyé.

Chloé n'osa pas lui révéler qu'elle communiquait par télépathie avec la Fée Dauphine Harmonia, car tout était embrouillé dans une partie de la **« NooSphère »**. Il n'y avait que quelques **« Mondes »** qui demeuraient intouchables. Ces **« Mondes »** étaient dirigés par **« l'Élite des Hautes Sphères »** sous la gouverne du *« M.A.G.E. »*; lieu secret où seuls les *« Grands Initiés »* pouvaient se téléporter, se dématérialiser ou se transmuter.

Janie regarda la belle Fée Chloé, la *« Gardienne des Flots »*. Son cœur battait fortement dans sa poitrine lorsqu'elle monta l'interminable escalier, au son de la flûte à bec de son amie. Le son s'éteignit à la dernière marche ainsi que les étincelles qui s'éjectaient des marches parsemées de pétales de roses or. Elle s'arrêta afin de respirer profondément, car elle savait qu'elle ne reverrait plus jamais l'adorable Ondine aux minuscules oreilles pointues! Elle avait vécu un très beau moment avec elle et ne devait rien regretter. Elle avait atteint son but, trouver... l'introuvable... le **« Lac Enchanté »**!

L'arc-en-ciel

CHAPITRE 33
L'INVITÉE D'HONNEUR

Cinq marches la séparaient du deuxième palier. Au sommet, se tenaient de chaque côté du rideau de tulle tissé de fils d'or, deux vigilants gardiens de l'empyrée*. La tenue vestimentaire des goélands ressemblait à celle que portaient les soldats romains dans l'antiquité.

Janie entendit une voix délicate lui adresser la parole.

-Vous avez demandé à rencontrer « *Son Altesse* » eh bien... la voici!

Aussitôt, les Cygnes Trompettes entamèrent une pièce musicale digne des plus belles présentations. Le rideau se leva et la porte-parole ailée salua Janie. Valérine, la vieille poule d'eau, dodelinait de la tête tout en lui faisant signe d'avancer. C'est alors qu'elle aperçut au loin, en grande beauté, « *l'Altesse Grâce* » gracieusement assise sur son trône.

-Venez, approchez mon enfant! lui dit « *l'Altesse* ».

Elle fut étonnée de constater que la « *Maîtresse des Lieux* » n'était nulle autre qu'un Cygne Royal. Plus rien ne la surprenait. Si Chanceuse pouvait parler, ainsi que les Nénuphars... pourquoi pas les Cygnes? Elle avança doucement vers la « *Souveraine* » et elle

---

* empyrée : partie la plus élevée du ciel

fit un arrêt afin d'accomplir une magnifique révérence.

-Je suis Janie Jolly.

-Vous êtes la bienvenue dans mon Royaume, petite « *Humaine au Grand Cœur* »! dit « *l'Altesse* » blanche comme neige.

L'Humaine, toujours en posture de salutation distinguée, attendait patiemment l'autorisation de se relever.

« *Son Altesse* » scrutait tous les agissements de la « *Mini-Humaine au Grand Cœur* ».

-Bien! Je vois que mes Pennes de Cygnes ont effectué leur travail de créativité avec succès! Je constate également que vous connaissez le protocole de la « *Cour* ». C'est parfait!

Janie, doucement, se redressa l'échine. Puis, à sa grande surprise, le « *Cygne Royal* » se leva et laissa glisser entre les mains de ses femmes de chambre la mante de longues plumes qui le recouvraient de la tête au pied. Aussitôt, les Colombes s'empressèrent de la déposer sur le trône.

Janie demeura confondue.

Le « *Cygne Royal* » fit peau neuve devant ses yeux ébahis. Sous ce manteau apparut une magnifique beauté… une « *Déesse* »! « *L'Altesse* » se déploya avec magnificence dans sa somptueuse robe de voiles aux teintes pastel de rose et de mauve. Un galon, étoilé de pierreries, cintré, révélait toute la délicatesse de son corps. Une couronne de violettes entremêlées d'opales et de diamants agrémentait sa coiffure raffinée. Son long cou délicat était paré de perles baroques, agencées parfaitement à ses ravissantes boucles d'oreilles d'époque. Elle souriait à sa visiteuse de passage et ses petits yeux de biche allongés imposaient le respect.

Janie se rappelait que le Vieux Sage, en disait grand bien! Elle savait aussi qu'elle ne siégeait pas sur le conseil du « *Triumvirat* », mais elle reconnaissait sa grande puissance. L'Humaine était complètement subjuguée devant autant de richesse. Le **« Royaume »** dégageait une odeur palpable d'abondance.

-Je tiens à vous remercier… pour les « *Pennes* ». Depuis ce jour, je n'ai cessé de vivre des expériences palpitantes!

-J'en conçois*… mais, aussi éprouvantes parfois!

-J'ai choisi… donc je dois vivre pleinement mes convictions!

-Vous êtes d'une grande sagesse pour votre âge!

« *Son Altesse* » remarqua que Janie zyeutait les alentours. Le visage de « *l'Humaine au Grand Cœur* » admirait ce palais sous chapiteau. Les colonnes du Temple étaient perdues sous la masse de fleurs et de voiles. La terrasse abondait de pots en grès remplis de pétales de toute provenance et de toute couleur. L'endroit lui rappelait son beau livre d'histoire sur le Tibre**, ce magnifique fleuve **« d'Italia »**! Elle avait étudié les fleuves avec Mamiche, car sa Grand-mère adorait le St-Laurent, immense fleuve qui se jetait froidement dans l'océan Atlantique tout comme le Tibre qui, pour sa part, rejoignait la Mer Tyrrhénienne***. Cette portion de la mer méditerranéenne était entourée d'une péninsule tout comme la Péninsule gaspésienne, cette grande presqu'île! La Gaspésie, bordée par la Baie des Chaleurs, demeure l'un des plus beaux endroits de

---

* j'en conçois : du verbe concevoir, imaginer
** Tibre: fleuve d'Italie
*** Tyrrhénienne : partie de la mer Méditerranée qui touche à l'Italie

villégiature à visiter dans la belle **« Province de Québec »**.

-Magnifique... n'est-ce pas? Par contre, la vraie richesse et la véritable beauté se retrouvent à l'intérieur de soi. Ce trésor insoupçonné s'appelle, ma petite, la *« Bonté de Cœur »*! Venez mon enfant, j'ai autre chose à vous montrer!

Janie s'approcha doucement de *« l'Altesse »* et se rendit compte qu'elle avait grandi, au fur et à mesure qu'elle avait monté les marches. Maintenant, elle atteignait la taille d'un écureuil!

« L'Altesse Grâce » gravit lentement les marches avec l'Humaine à sa droite. Elles se retrouvèrent sur le troisième palier, le plus grand, le Belvédère. La terrasse était bordée de statuettes anciennes et de guirlandes de fleurs. Janie contempla au loin un magnifique paysage qui s'étalait à perte de vue. Elle arrêta son regard sur une montagne au sommet enneigé.

-Voyez la **« Montagne Sacrée »**, dit *« l'Altesse »*.

-Flllyant!

« L'Altesse » sourit, les Humains utilisaient de drôles d'expressions!

-Très peu *« d'Élus »* parviennent à son pic!

-Je comprends!

Janie examina le faîte de la **« Montagne Sacrée »**. La cime s'entremêlait aux différentes nuances opalescentes que dégageait la **« Voûte Céleste »**. On ne pouvait définir laquelle... des deux extrémités débutait et laquelle tirait à sa fin, ou débutait, tellement la blancheur nacrée qui les unissait se confondait dans le décor.

-Cette **« Montagne »** demeure indissociable du **« Ciel »**! rajouta Grâce.

Janie oscilla ses arcades sourcilières, un autre lieu inconnu. Une couleur électrisante d'un vert fluorescent émanait de l'endroit et enrobait le massif d'un mystérieux halo.

-Elle est gouvernée par le *« Grand Shaman Chinchinmakawing »*.

-Un Shaman?

-Un grand guérisseur!

L'Humaine fixa la mythique **« Montagne »** en pensant que sa vie était remplie de surprises et de renouveau.

-Si je me souviens, elle est située non loin de la **« Pierre-Aux-Fées »**?

-Tout à fait! Vous possédez un bon sens de l'orientation... petite Humaine.

Janie, juchée dans **« l'Ionosphère »**, contemplait le panorama de haut, sur le dos de *« l'Arc-en-ciel »* et ce dernier se trouvait sur les ailes du Vent *« Eurus »* qui réchauffait l'atmosphère. Puis, elle s'exclama...

-Là-bas, regardez... les **« Cheminées des Fées »**!

-C'est tout à fait juste! Vous admirez l'autre versant de la **« Forêt Magique »**, celui qui demeure caché aux curieux!

Janie pouvait très bien voir...

-Mais, nous sommes dans la **« NooSphère »**?

-C'est en partie vrai! Un étage se trouve dans **« l'Ionosphère »** et l'autre dans **« l'Atmosphère »**, mais les deux se juxtaposent sur une ligne invisible et intangible*.

-Je suis déconcertée! Je n'arrive plus à savoir... où je suis!

-Je te comprends, il y a beaucoup de couches vibratoires qui s'interposent et se superposent; elles

---

* intangible : qu'on ne peut toucher

dissimulent différents « **Mondes** » parallèles et on peut s'y perdre facilement.

Janie se trouvait dans la « **NooSphère** » et dans « **l'Ionosphère** » donc dans deux « **Mondes** » à la fois. Cette découverte exceptionnelle s'avérait très excitante et mystérieuse!

-Suis-je... la seule à vivre cette expérience?

-Non! Plusieurs!

Janie croyait difficilement cela puisque, jusqu'à maintenant, les Créatures ne faisaient pas partie de la race humaine.

-Euh!?! s'exclama-t-elle.

-Les « *Visiteurs de l'Espace* », ceux que l'on surnomme... les « *Entités* », nous rendent visite dans des buts bien précis et appartiennent à différents « **Mondes des Univers** ». Ces visiteurs sont également assistés, tout comme toi!

Janie pensa... « *Une autre question qui demeurera sans réponse* ».

-Regardez... la nuée de masques volants! S'agit-il « *d'Entités* »?

-Eux?!?

« *L'Altesse* » aurait préféré que ces derniers ne se montrent pas la face. Ils venaient pour semer le doute dans « *l'Esprit de Janie* ».

-Ils ne semblent pas très sympathiques.

-Ces « *Perdus* » cherchent le trouble!

Les « *Entités* », aux visages métalliques, se collaient à la paroi du Dôme, en exécutant des grimaces afin d'apeurer l'Humaine. Elles essayaient de pénétrer la lumière qui entourait le havre de paix.

-Je n'aime pas ces égarés!!!

« *Son Altesse* » devait informer Janie au sujet de ce groupe « *d'Essences* » qui rôdait!

-Ceux-là... ce sont des « *Intrus* »!

Janie recula et faillit tomber à la renverse. Aussitôt, plusieurs « *Dévoués* » l'entourèrent pour la soutenir.

-Rassurez-vous, chère enfant! Elles sentent votre présence, mais ne peuvent vous voir! Rappelez-vous que vous résidez dans mon « **Monde** » et ce dernier, demeure impénétrable puisqu'il se situe dans une « **Nébuleuse Galactique**[*] ».

-Ouf!!! S'agit-il de Créatures venues du « **Monde Morose** »? Le monde des oubliettes?

-Effectivement! Je vois que tu t'y connais! Ces « *Esprits* » errants sont attirés vers la lumière blanche!

-Ils ont besoin d'aide?!?

-Pour l'instant, ils ne veulent rien comprendre et occasionnent plus de mal... que de bien!

Les « *Entités* » perturbantes et incapables de pénétrer la couche lumineuse criaient sauvagement. Folles de rage, elles se désintégrèrent, en une longue bande de fumée noire, tout en s'infiltrant dans les immenses cratères des volcans de la Vallée de l'Ombre. Les bouches géantes, en forme de cônes, crachèrent des gaz sulfureux.

-Ohhh!!! Les voilà qui entrent en éruption?

-Ah! Ces fauteurs de trouble qui ne veulent pas entendre la voix du cœur! Pourvu qu'ils ne rugissent pas pour demander de l'aide aux forces maléfiques qui les habitent! Ça... ce serait beaucoup plus grave! Nous vivons des périodes de transition remplies de changements.

« *Des bouleversements, pensa Janie. À bien y penser, sa carte du Ciel disait la vérité! Elle savait au plus*

---

[*] nébuleuse galactique : amas d'étoiles

profond de son cœur que ces changements étaient inévitables! »

-En effet! répliqua-t-elle les yeux dans la brume.

« *Son Altesse* » d'un geste rapide empoigna la vue panoramique qui avait été brouillée par les « *Intrus* » et la fit disparaître rapidement dans un bassin de feu.

-Ohhh!

-Il faut chasser ces fausses images de ta tête! Tu leur accordes trop d'importance! Je n'ai qu'une chose à te suggérer; fais attention à ce dont tu rêves... cela pourrait t'arriver!

Son « *Altesse* », d'un autre mouvement prompt, étala la paume de sa main et cette dernière, aussitôt ouverte, éjecta des cristaux iridescents. Elle souffla sur ces minuscules particules multicolores qui se fragmentèrent et englobèrent **« l'Ionosphère »** et redessina la **« Montagne Sacrée »** à l'état pur. Le paysage paisible réapparut!

Janie débordait d'imagination. Les volcans n'étaient pas en éruption, mais dans son mental... Janie les voyait en action. Par contre, « *l'Altesse* » savait très bien ce qui adviendrait... si Janie ne changeait pas sa manière de penser. **« L'Oeil Despote »** et la « *Sorcière* » s'ingéreraient dans sa vie, afin de la troubler encore plus profondément, puisqu'ils faisaient partie de son plan de vie.

-Beau tour de Magie!

-La Magie n'a rien d'un jeu.

L'Altesse ne rigolait pas au sujet de la mystagogie[*].

-Je sais! J'ai constaté les désavantages que subit la Fée Dauphine! De toute manière, je la trouve magnifique, même avec ses défauts, car je l'aime!

---

[*] mystagogie : mystère de la magie

-Cette chère Harmonia ne tient compte d'aucun avis! Elle recherche les nouvelles expériences et je crois franchement... qu'elle ne sera jamais rassasiée d'apprendre! Elle se met dans le pétrin par choix! Par contre, j'ai déjà vu pire comme attitude mon enfant! Certaines Créatures dotées d'un gros ego* osent défier les forces de la nature et le prix à payer demeure lourd de conséquences... ma petite!

-Tout comme les « *Entités* » errantes?

-Vous avez compris... maintenant... profitons du « *Moment Présent* »! Je manque à tous mes devoirs. Venez!

Aussitôt que « *Son Altesse* » se retourna afin de se diriger vers un immense jardin, son cortège, tout autour d'elle, se mit en branle et la suivit au pas en cherchant à satisfaire ses moindres désirs.

Grâce retrouva son sourire et prit place sur un long coussin au milieu du parterre, sous une pergola regorgeant de fruits qui souriaient, en attendant d'être cueillis. Elle fit signe à Janie de s'asseoir à ses côtés et cliqua des doigts. Immédiatement, les gardiens du Royaume en livré bleu, les « *Paons Ocellés* » commencèrent à éventer, avec leurs plumes, leur « *Altesse* » et son invitée d'honneur.

Tout ce décor fabuleux rappelait à l'Humaine l'époque romaine de ses livres d'histoires.

-Merci de votre hospitalité!

-Soyez la bienvenue au **« Lac Enchanté »**! J'aimerais vous offrir pour cette occasion spéciale, mes meilleurs amuse-gueules!

Elle tapa dans les mains et subitement entrèrent des « *Dévouées* » avec des plateaux d'argent remplis de canapés.

---

* ego : estime de soi

Une douzaine de sardines vêtues de longues tenues argentées, retenues dans le dos par une écharpe turquoise se présentèrent, l'une à la suite de l'autre, en se dandinant sur la pointe des arêtes. Les « *Dévouées* », trop menues, devaient s'improviser équilibristes. En trio, elles grimpèrent sur leurs ailerons, une par-dessus l'autre, afin d'offrir à l'invitée d'honneur, une panoplie de hors-d'œuvre aux saveurs locales... des fruits de mer!

Janie réagit en se tortillant sur place, elle détestait la texture des crustacés. Elle n'aimait que les filets de saumon... sans arête et cela à petite dose.

Son Altesse insista...

-Après vous!

Quelle horreur! Les sardines « *Dévouées* », vêtues de longues tenues argentées, placèrent sous son nez, une série de mollusques boursouflés. Ces derniers se vautraient devant Janie, afin qu'elle puisse apprécier leur chair dodue. D'un hochement de tête, elle refusa. Puis elle passa aussi vite par-dessus les huîtres marinières. Ce qu'elle préférait de celles-ci, c'était évidemment... les « *Perles* » qu'elles sécrétaient, mais aucun joyau ne semblait présent à la dégustation. Les plats se succédèrent sans interruption, mais rien ne satisfaisait l'Humaine.

Les « *Dévouées* », déçues, commencèrent à changer d'air.

-Je n'ai pas un très grand appétit! dit-elle, en saluant gentiment les sardines.

-Ne soyez pas gênée! Je vous propose cet arrivage frais du jour, insista « *l'Altesse* », au teint blanc et aux pommettes rosées.

-Je vous remercie.

Elle savait qu'elle ne pourrait pas y échapper puisque le fait de ne pas manger offenserait son hôtesse.

-Cela contient beaucoup d'oméga... un excellent aliment pour faire fonctionner adéquatement la matière grise de ton cerveau.

« Pas encore une leçon de nutrition », pensa Janie. Après l'ail pour chasser les mauvaises influences, le potage aux carottes pour les yeux, elle ne s'en sauverait jamais des conseils sur les bienfaits de la nourriture. Elle avait oublié que son *« Aura »* trahissait ses moindres émotions et que *« l'Altesse »*, tout comme les *« Créatures Astrales »* de hauts rangs, pouvait percevoir ses vraies intentions.

Puis, arrivèrent les homards bleus... le caviar blanc tant recherché, le crabe royal de l'Acadie et les crevettes de Matane. Tous ces beaux spécimens se bombaient le torse pour attirer son attention.

Elle réprima un haut-le-cœur...

Le nœud de sa corde d'argent venait de se défaire et elle ressentit de nouveau des sentiments terrestres. Soudainement, elle se souvenait que Papiche adorait ces mets raffinés. Elle ne voulait pas passer pour une capricieuse, mais elle ne connaissait pas beaucoup d'enfants qui raffolaient des crustacés sauf... sa petite cousine Chloé, âgée de 4 ans, qui appréciait les *« sushis »* et même les vers de terre. Bien entendu, ceux confectionnés en bonbon!

Un long soupir s'empara de l'Humaine. Le souvenir de son Papiche et de Chloé lui rappelait subitement... qu'elle ne résidait pas dans cet **« Espace indéfini »**, situé aux quatre vents. Elle réajusta sa pensée, lorsqu'elle remarqua qu'une *« Dévouée »*, plus élancée que les autres, demeurait debout devant elle tout en la fixant, en espérant qu'elle se serve. Elle vit sur le plateau, une crevette rose, aux yeux tout ronds, qui se trémoussait en exécutant des sauts périlleux sur une feuille de laitue qui lui servait de trampoline. La crevette en mettait plein la vue afin que Janie la choisisse.

-Je suis désolée, je suis végétarienne…

La petite crustacée, en sueur, réussit à basculer l'herbacée hors de l'assiette. Cette dernière heurta le plancher et aussitôt une note harmonieuse résonna et la feuille de laitue disparut en éclat de lumière.

Janie se sentait honteuse d'avoir menti. Elle finit par dire la vérité.

-Je vous trouve parfaite en tous points, mais je suis allergique aux fruits de mer! Et, je mange peu de viande.

La petite crevette devint toute rouge et redressa ses antennes. Elle n'avait pas perdu la face devant ses camarades et elle les rejoignit en plongeant dans un grand bassin d'eau salée. La belle vie continuait.

Les « *Dévouées* » en charge des fruits et des légumes, se précipitèrent alors pour lui présenter ce qu'elles avaient de plus croquant puisque l'Humaine les préférait à la viande. Cette fois-ci, elle devrait accepter l'offre pour sauver son honneur.

-Je prendrais bien, par contre, quelques olives. Les fruits de l'olivier, les olives, qui n'avaient pas bougé, se dressèrent en rangées; les vertes, les noires, les dénoyautées et les farcies se poussèrent pour s'emparer de la première place, tout en se gonflant, honorées d'avoir été sélectionnées. La « *Dévouée* » se présenta à l'Humaine en secouant le plateau de service afin de calmer les olives mûres qui débordaient d'enthousiasme; elles avaient été choisies. Elle ne voulait pas qu'elles tombent par-dessus bord.

Janie vint pour saisir l'une d'entre elles, mais aussitôt, une plus vigoureuse que les autres bondit en roulant dans le creux de sa main. Janie, ravie, écarquilla les yeux puis la croqua de bon cœur.

Après les olives, Janie accepta un jus d'orange... quel mélange bizarre! Elle voulait absolument leur faire plaisir! À la première gorgée, elle remarqua que la pulpe, en minuscules particules à l'intérieur de son verre, frétillait et lui souriait. Les yeux fermés, elle avala presque d'un seul coup le liquide jaune soleil, car tous les regards étaient braqués sur sa petite personne.

L'Humaine ne savait pas qu'au premier contact, sur les lèvres, les aliments disparaissaient. Un décret dans **« l'Astral »** annonçait que seule l'intention comptait pour satisfaire les besoins de nourriture de toutes les Créatures!

Les *« Dévouées »* et toute la panoplie de canapés l'applaudirent, ruisselants de joie d'avoir réussi à plaire à la Mini-Humaine.

-Désirez-vous autre chose? demanda Grâce.

-Merci... je suis rassasiée!

Aussitôt, les *« Dévouées »* sardines quittèrent les lieux, pliées en deux, tout en descendant les marches à reculons sur la pointe de leur arrête et tenant la tête baissée. Ce cérémonial se voulait des plus respectueux.

Janie était heureuse d'avoir fait plaisir à tous ces serviteurs et son *« Aura »* le démontrait parfaitement. Elle s'apprêtait à présenter sa requête lorsque *« Grâce »* tapa une seconde fois dans ses mains.

Immédiatement, une autre délégation de *« Dédiées »*, cette fois-ci vêtues de couleurs pastels, arrivèrent avec des seaux d'eau et des serviettes

teintées d'un vert mousse. Janie se demandait...
« *Pourquoi tout ce déploiement?* »

-C'est la cérémonie des pieds! dit l'Altesse en souriant devant l'air stupéfait de son invitée.

Cette coutume ancestrale, en usage au « *Palais* », préparait les « *Conviés* » pour la prochaine étape à franchir.

-Une initiation?!?

-Plutôt un rituel sacré de vie!

Ce « *Rite Magique* » allait prouver à Janie que rien ne s'avérait impossible pourvu qu'elle y crût!

CHAPITRE 34
LA FUSION DES COEURS

Les préparatifs allaient bon train, au son des trompettes. Un autre groupe de « *Paons Oscillés* » arriva avec des chaises à porteurs. Ils installèrent leur « *Altesse* » et son invitée d'honneur sur les palanquins* recouverts de coussins moelleux. Ensuite, ils les transportèrent sur un amphithéâtre situé en plein air. Assise sur un gradin élevé, Janie était traitée comme une véritable Princesse. Puis, le soleil s'estompa, afin de laisser place aux étoiles filantes. Un vrai feu d'artifice illumina le ciel.

-En quel honneur tout ce tralala?

-Vous allez assister à la danse de mes adorables « *Bora-Bora* »!

Aussitôt dit… aussitôt fait! Au loin, arriva directement d'entre les astres argentés, une envolée de météorites. Puis, ils éclatèrent en se parsemant dans l'atmosphère. Ces corps sphériques ressemblaient à des navettes spatiales. Ils flottèrent quelques instants dans le ciel, puis commencèrent leur descente en direction de l'amphithéâtre. Janie reconnut immédiatement les « *Inséparables de la Maîtresse des Lieux* ». Les « *Bora-Bora* » approchèrent lentement, un seul membre du couple portait sur son dos les « *Belles de Nanoufar* ». L'autre cygne accompagnateur ne manquait jamais à l'appel

_____

* palanquins : chaises à porteurs

puisqu'il se devait de protéger le « *Trésor* » qui se trouvait à l'intérieur des fleurs aquatiques. Les ailées amerrirent tout en douceur, en effleurant le **« Lac Enchanté »**. En place, les oiseaux, en groupe, formèrent des cercles parfaits, en gardant la face tournée vers « *Son Altesse* » afin d'effectuer la plus révérencieuse salutation à leur « *Dévas* * ». Le silence s'imposait. Pendant cette marque de politesse, les « *Belles* » glissèrent doucement du dos des « *Bora-Bora* », en se plaçant au centre de la surface circulaire, défini par le porteur. Ensuite, les cygnes se retournèrent pour faire face aux nénuphars. Les protecteurs se soulevèrent dans les airs pour les saluer. Les « *Belles de Nanoufar* », en vase clos, demeuraient calmes et rassurantes, mais… à l'intérieur de leur coupole, une petite étincelle couleur saphir brillait aussi bleue que le **« Lac »**.

Janie, le visage étonné, questionna à voix basse.

-De qui s'agit-il?

-Vous devinerez bientôt!

L'Altesse lui sourit en lui indiquant de garder le silence. Le respect s'avérait de mise lors de ces présentations. Les Cygnes, deux par deux, toujours retenus par leur chaîne d'or, tournèrent autour du groupe, puis autour des fleurs en parfaite synchronisation.

Janie n'osa pas rajouter un mot, tout comme les petits cygnes sur le dos de leur mère qui regardaient avec curiosité leurs grandes sœurs exécuter ce cérémonial complexe.

Puis, soudainement, aux sons des « *Cygnus* » trompettistes, les « *Feux Follets* » sortirent du **« Lac »** comme des fusées. Sitôt apparues, les langues de feu

---

* Dévas : créature lumineuse d'apparence humaine

s'élancèrent à toute vitesse en cercle, en contournant les « *Bora-Bora* » et allumèrent sur leur passage des « *Feux Grégeois** » qui provoquèrent de longues traînées de feu. Les « *Salamandres* », tout en flamme, plongeaient l'une après l'autre, en s'éteignant et en réactivant leurs flammèches aussitôt ressorties de l'eau. Ce processus réchauffait les « *Belles de Nanoufar* », réunies en talle. Grâce à cette opération, ces dernières conservaient leur chaleur et ainsi jouaient à la perfection le rôle de couveuses.

Janie savourait le spectacle de son et lumière, qui s'offrait à elle avec joie.

Les « *Cygnus* » effectuaient un autre prélude musical afin d'annoncer les nouvelles venues; les « *Demoiselles* », cousines célestes des « *Voltigeuses de l'air* »... les Libellules. Les insectes survolèrent l'espace, tout en dansant avec les étoiles. Elles entamèrent une chorégraphie aérienne, parées de rubans pastel de toutes les couleurs accrochés à leurs ailes. Par ce procédé, elles interpellaient l'action du vent à se manifester pour la prochaine étape.

Pendant cet instant virevoltant, les « *Feux Follets* » continuaient à lancer des flammèches, afin de maintenir la chaleur à la surface de l'eau. La représentation des « *Demoiselles* » prit fin en douceur, lorsque le vent s'introduisit, en agitant le « **Lac** ». Puis, d'une seule expiration, « *Souffle La Tendresse* » le vent transporteur d'énergie vitale, réactiva les flammes qui devinrent incandescentes!

-Je te préviens... l'action commence!

La « *Maîtresse des Lieux* », qui avait assisté à plusieurs reprises à ce genre de spectacle, préférait avertir l'Humaine afin qu'elle ne s'inquiète pas de la

---

* feux grégeois : feux pouvant brûler sur l'eau

suite des événements à effets spéciaux. Janie acquiesça d'un signe de la tête. Ce numéro s'avérait spectaculaire, du jamais vu.

Le « *Ventus* », souteneur du **« Royaume »**, tourbillonna avec ses longs bras et ainsi, il éleva les embruns. Les fines gouttelettes s'évaporèrent en emportant avec elles, les « *Salamandres* ». Puis, les langues de feu se laissèrent absorber par les vapeurs gazeuses et façonnèrent un mur de condensation autour de l'ensemble du groupe. Ce phénomène de diffusion provoqua une décharge d'énergie électromagnétique et forma un gros égrégore*. Les petites gouttes transformées, et rendues au zénith, s'unirent à une masse stellaire. L'agglomération en fusion grossit à vue d'œil et lança des filaments d'un bleu électrique qui se dirigèrent au-dessus des « *Belles de Nanoufar* » entourées de leurs « *Bora-Bora* ». Les inséparables se collèrent le bec, en modelant un cœur au dessus de leur lys d'eau.

-Il s'agit de la « *Danse de la Vie* »! déclara « *Son Altesse* ».

L'ensemble crépitait d'énergie électrisante qui, par enchantement, paralysait les spectateurs. « *L'Arc-en-ciel* » réapparut en coupole et attendit le signal de « *Galarneau* » pour changer de cap. Pour l'instant, le dôme multicolore retenait les rayons du soleil afin de conserver l'endroit tamisé.

Puis, un simple clignement de « *l'Astre du jour* » suffit pour que « *l'Arc lumineux* » secoue ses pinceaux colorés, dans le but de déverser une partie des cristaux incorporés dans son prisme sur la masse en attente d'un ensemencement. Les flocons teintés s'étalaient du violet au rouge et pénétrèrent le noyau

---

* égrégore : réunion de pensées formant une boule d'énergie créatrice

magnétique, puis tombèrent sur les gouttes de rosée qui se trouvaient en suspension à l'intérieur de l'égrégore.

Janie était étonnée de pouvoir voir au travers de cette masse électromagnétique en effervescence. Les gouttelettes jaillirent au contact de cette lumière vivifiante. Puis, à son tour, *« Galarneau »* entra dans la danse, en laissant échapper des jets de spicule[*] provenant de la **« Chromosphère solaire[**] »**. Ces jets enflammés s'introduisirent dans l'égrégore et activèrent les langues de feu. Les *« Salamandres »* s'avéraient prêtes à effectuer leur travail de propagation.

Le spectre électromagnétique ensemencé par l'énergie des *« Salamandres »* et rempli d'éclats atomiques, attendait le moment propice pour poursuivre son œuvre. Puis, venant de nulle part, **« l'Étoile Radieuse »** apparut au-dessus de *« l'Arc-en-ciel »*. **« L'Astre Central »**, prêt à l'action, ne lésinait pas pour utiliser tous les moyens afin de parvenir au but ultime. **« L'Étoile du Matin »**, habillée de perles et de voiles nacrés, traversa comme un éclair le ciel. Remplie à profusion de *« Souffle de Vie »*, elle s'élança comme une flèche et pénétra la membrane plasmique[***] remplie à bloc de particules gazeuses.

L'Humaine demeura profondément émue lorsque **« l'Étoile Polaire »** transperça l'égrégore. Elle provoqua la rupture de la masse électromagnétique qui éclata en milliers de morceaux. Une détonation assourdissante et spectaculaire se fit entendre. L'explosion résonna aux quatre coins du **« Lac**

---

[*] spicule : flamme solaire
[**] Chromosphère solaire: partie extérieure du soleil
[***] plasmique : composé de particules gazeuses en transformation

Enchanté » et illumina le ciel en pétaradant un bon moment avant d'éteindre dans l'eau ses dernières étincelles.

Les spectateurs applaudirent, puis se calmèrent avant la grande finale. Un silence absolu s'installa lorsque les « *Cygnus* » lyriques entamèrent la symphonie de l'hymne à l'Amour. Janie constata que les ultimes vestiges flottaient au-dessus des « *Belles* », toujours sous la surveillance des « *Bora-Bora* ». Les particules électrisantes tourbillonnaient, tout en s'infiltrant dans les « *Belles* ». Les fleurs aquatiques tremblèrent lorsque leurs petites lumières intérieures, d'un bleu saphir, s'activèrent, tout en lançant des flammèches de plus en plus intenses.

Janie, émerveillée, regarda « *Son Altesse* ». Elle espérait qu'elle lui dévoile qui se cachait à l'intérieur des « *Nénuphars bleus* ».

-Voici… la grande finale! chuchota-t-elle.

L'Humaine demeura le souffle coupé lorsque les « *Aurores Boréales* », en beauté, apparurent au sommet du « *Dôme* » multicolore en l'éclipsant totalement.

Les « *Boréalis* », en symbiose* totale avec le ciel, dansaient. Sinueuses, elles se torsadaient, entre elles tout en émettant de longues sonorités envoûtantes.

Janie avait déjà aperçu ce phénomène cosmique, un soir tombant, sur le quai avec ses cousines Dulong. Ces lueurs dentelées valsaient tout en créant une atmosphère mystérieuse et fascinante et en sillonnant une grande partie de la voûte étoilée du territoire du Témiscamingue. Cette belle région du Nord-Ouest demeurait un patrimoine régional québécois et ses manifestations boréales se plaisaient

---

* symbiose : union de deux choses qui dépendent l'une de l'autre

436

à venir la visiter! Janie n'osait y croire... cette manifestation s'avérait encore plus grandiose, et même magique!

Illuminées par les faisceaux des « *Boréalis* », les « *Belles de Nanoufar* » nymphéacées commencèrent lentement à étendre leurs pétales.

Doucement, tendrement, la musique de la **« Sphère Astrale »**, intouchable, s'ajustait aux déploiements des « *Belles* ». Les lys d'eau présentaient gracieusement leurs nouveaux trésors à la foule. Les spectateurs applaudirent, en ne se touchant pas les mains, afin de garder la quiétude d'esprit dans cet endroit de paix.

Janie s'exclama.

-Non! Mais... c'est une naissance!

« *Son Altesse* » sourit de bon cœur.

-Oui!

-Ici!?!

-Tu te trouves dans le « *Couvoir des Fées* »!

D'un regard, « *Son Altesse* » ordonna à un couple de « *Bora-Bora* » d'approcher l'incubateur. Elle désirait que son invitée puisse voir de près... ce à quoi ressemblait une Fée, avant de recevoir ses « *Pouvoirs* ». Les facultés magiques étaient transmises par la Reine des Fées, Gloria. Un seul coup de « *Baguette magique* » de sa part, au niveau du troisième œil, et les Éléments choisis montaient de degré dans le « *Cercle Magique* »! L'apprentissage secret se déroulait dans la **« Grotte Troglodyte »**.

Janie observa le poupon Fée. Le bébé couché en boule commença à s'étirer, puis essaya d'utiliser ses fines ailes de soie. D'un battement, elle se leva, puis... trois autres battements et youp!

-Elle vole déjà?

-Les Fées se veulent autonomes dès leur naissance!

-Wow! Elle ressemble à une Humaine et lui rappelait inévitablement la Fée Chloé.

-Regarde bien petite... il y a différentes « *Races* » d'entités féériques.

Effectivement, aussitôt qu'une fleur venait à éclore, une minuscule créature différente apparaissait. Janie fut ravie d'entendre « *Son Altesse* » lui dévoiler les spécifications morphologiques « *Astrales des Fées* ».

-Ces entités naissent avec toutes leurs dents et elles repoussent instantanément si nécessaire.

Janie pensa immédiatement à son Papiche qui aurait aimé ne plus porter de dentiers. Il aurait adoré ce procédé de régénération automatique.

Puis, la « *Maîtresse des Lieux* » continua...

-Ces Créatures possèdent un sang froid comme les poissons et ne ressentent aucune douleur.

Ça... Janie n'en était pas totalement convaincue, surtout en ce qui concernait les vertébrés aquatiques. Mais la « *Maîtresse des Lieux* » ne s'occupa pas de cette pensée de Janie et continua.

-Leurs cheveux, par-ci par-là, poussent rapidement et parfois en touffes. Les petits yeux bridés et les oreilles pointues sont toujours présents... il s'agit de leur marque officielle les classant dans la race des Créatures surnaturelles, dénommées les « *Élémentaux** ». En grandissant, plus les Fées évoluent, plus leur chevelure s'allonge, ainsi que leurs ailes. En ce qui concerne les « *Créatures Féériques* » masculines comme les « *Elfes* », le déroulement s'avère presque identique, à quelques cris aigus de joie de différence. Par contre, ces lutins aiment

---

* Élémentaux : Dirigeants du monde éthérique : Fées, Gnomes, Sylphes et Salamandres et régissent les quatre éléments, la terre, l'eau, l'air et le feu

porter des couleurs vives, des bottes et des chapeaux en forme de cloche.

Janie se réjouit, puisque sa « *Vision Astrale* » était revenue. Sans l'intervention des énergies électromagnétiques, elle n'aurait jamais aperçu ce « **Monde Fééérique** » qui était microscopique.

La première petite fée présentée, assise sur son nénuphar, sauta sur l'épaule de l'Humaine et subitement rit aux éclats. « *Son Altesse Grâce* », devant les grands yeux en point d'interrogation de Janie, intervint.

-Elle t'a adoptée!

-MOI!?

-Eh oui!

-Comment vais-je faire?

-Premièrement, tu lui donnes un nom!

Janie rougit et décida de laisser parler son cœur.

-Bout de chou... je te prénommerai « *Rose* » puisque tu ressembles à une Humaine et aussi, afin que tu ne m'oublies jamais!

-Soit, la bienvenue... « *Rose* »! répéta la minuscule Fée, afin de s'assurer de sa couleur.

La foule, en délire, l'applaudit en scandant son prénom en chœur. Et instantanément, elle devint rose foncé de la tête aux pieds.

Janie, par ses affirmations, venait de déterminer la « *Race* » de sa filleule!

-Que dois-je dire maintenant?

-Rien!

-Vous en êtes convaincue, je me sens un peu mal à l'aise et... je ne voudrais pas manquer à mes devoirs!?!

-Le jour où elle sera élevée au « *Rang des Fées Assistantes* », elle te remerciera une seconde fois de l'avoir guidée dans son choix de vie!

-Vraiment? Et comment?

-En t'offrant un souhait! Ce cadeau... tu ne pourras l'utiliser qu'une seule fois, pour toi seulement, et cela, seulement dans **« l'Astral »**!

-Pas avant... comme aujourd'hui où demain?

-Tu dois demeurer patiente! Même si le temps n'existe pas... tout ne s'exécute pas en un clin d'œil! dit-elle en souriant.

Janie ne devait pas pousser sa chance trop loin, de crainte d'exaspérer *« Son Altesse »* qui se montrait compréhensive à tous les points de vue. Elle avait déjà beaucoup reçu.

-Je te... je vous... enfin... merci mille fois!

La *« Maîtresse des Lieux »* rajouta.

-Et toi... petite Rose, tu dois rejoindre la **« Grotte Troglodyte »**, là, tu obtiendras tes pouvoirs et je te confirme que tu seras formée par la *« Fée Marraine Kassandra »*.

L'Humaine sursauta en croyant voir apparaître son amie, la Fée de la **« Forêt Magique »**. Rose, toute joyeuse donna rapidement un minuscule bec à la volée sur la joue de sa marraine, puis elle s'éclipsa.

Janie aperçut un tunnel, rose vermeille, attirer la petite.

-Non!

« Son Altesse » la calma.

-C'est la porte d'entrée de la **« Grotte Troglodyte »**!

-Oh! Wow! C'est flllyant! Oups... quelle bonne nouvelle! Je pourrais...

« Son Altesse » avait tout deviné.

-Impossible! Il n'y a que les Fées qui peuvent pénétrer à l'intérieur d'une baguette magique.

-Quelle astuce inimaginable!

Le tunnel se situait à l'embouchure de la baguette magique de la *« Reine des Fées Gloria »!* Janie entendit des... pif... paf... pouf et elle vit des cylindres de toutes sortes de couleurs, aspirer les nouveaux venus. Tous avaient recours au même procédé pour se téléporter.

Puis, « *Son Altesse* », d'un seul claquement des doigts, fit réapparaître le **« Lac Enchanté »** dans sa plénitude.

-Je vous remercie pour ce spectacle unique!

-Il n'est pas donné à tous de pouvoir y assister, dit-elle, d'un regard soutenu.

Janie lisait parfaitement entre les lignes. Tout ce qui était sacré devait demeurer secret. Une interdiction formelle avait été décrétée et toute Créature, en flagrant délit, se verrait passible*... d'un châtiment, tout comme Chanceuse en avait reçu un... de la part de l'Illustre Farandole, afin qu'elle garde le silence de l'oubli!**

« *Son Altesse* » savait pertinemment que « *l'Humaine au Grand Cœur* » respecterait cette condition. Janie sourit quand elle vit, à nouveau, son « *Aura* » qui s'éjectait au-dessus de sa tête en couronne mordorée.

-Je suis prête à entendre ta demande maintenant que tu as franchi ce rite de passage. Tu vois... tu peux compter sur l'aide! Il s'agit d'y croire!

Janie ne tenait plus en place et tourna en rond, folle de joie puisque « *Grâce* » avait lu dans ses pensées. Le moment de solliciter son aide était arrivé. Elle termina son demi-tour pour se positionner devant « *Son Altesse* » lorsqu'un mal de tête subit la frappa et la força à se plier en deux. Aussitôt, sa corde d'argent lui serra les tripes et essaya d'expulser

---

* passible : qui mérite une amende
** voir: La Forêt Magique, Tome 1

ses « *Corps Subtils* » en provoquant des spasmes. Ils recommençaient à s'étirer de nouveau, en tout sens. Si elle ne réussissait pas à les contrôler, elle devrait effectuer un autre nœud.

-Attends! Je vais t'aider!

« *Grâce* » ne voulait pas qu'elle emploie la technique des nœuds, car un faux nœud engendrerait la mort de l'Humaine dans **« l'Astral »**. Cette expérience de vie pour l'instant n'avait pas été écrite à « *l'Encre des Génies dans le Grand Livre des Éphémérides* ».

« *Son Altesse* » n'avait pas la compétence d'une Fée, mais, par contre, la **« Maîtresse des Lieux du Lac Enchanté »** possédait des atouts particuliers et... ce titre était attaché à une foule de facultés surnaturelles. « *Grâce* » alla placer sa main vibrante d'énergie derrière la tête de Janie, afin d'harmoniser ses « *Corps Subtils* » et ainsi élever son taux vibratoire qui semblait diminuer sans raison apparente. Elle se demanda ce qui pouvait perturber la démarche de la petite « *Terrienne* ». Par contre, il lui fallait son consentement.

-Est-ce que tu désires recevoir mon aide?

-Oui! dit-elle en grimaçant, incapable de se relever.

La « *Maîtresse des Lieux* », aussitôt, apposa sa main sur sa nuque et perçut sans le vouloir, un pan de vie terrestre présentement inconnu de l'Humaine. « *Janie était en fort mauvaise posture! Ce que lui réservait l'avenir allait la bouleverser. Maintenant, « Grâce » comprenait... pourquoi ses corps subtils et... même son corps physique agissaient ainsi. Ils étaient pris au piège par sa corde d'argent* ».

Les rayons violets qu'émettait « *l'Altesse* » réussirent à stabiliser et à énergiser les corps qui perdaient de leur fluide astral. Le « *corps astral* » de l'Humaine ne pouvait demeurer éternellement dans « *l'Astral* » puisqu'il était toujours branché à son « *corps physique* ».

Janie se releva, complètement rétablie et radieuse.

-Je vous remercie!

« *Son Altesse Grâce* » ne lui révéla pas... ce que la transe* lui avait dévoilé. Ces visions ne feraient qu'affaiblir le courage de « *l'Humaine au Grand Cœur* ».

---

* transe : état dans lequel la personne communique avec les esprits

CHAPITRE 35
LA TRANSFORMATION

Pendant que Janie était entourée de petits soins et d'attentions, le **« Monde de la NooSphère »** était ébranlé et la **« Voûte Céleste »** en subissait les contrecoups. Par leurs vibrations négatives, ces *« Esprits »* tordus et les *« Intrus »* malintentionnés donnaient naissance à cet environnement hostile.

*****

Au beau milieu du *« Paradis »* perdu aux quatre vents, Janie avait repris de la vitalité. Elle regarda *« Son Altesse »* dans le blanc des yeux et n'hésita pas à la questionner.

-Permettez-moi d'aller dans le vif du sujet? Êtes-vous au parfum* de l'affaire concernant les *« Précieuses »*?

-J'espère qu'elles ne courent aucun danger.

De toute évidence, *« l'Altesse »* ne semblait pas informée des dernières nouvelles. Le *« Monde Féérique »*, lui aussi, possédait des lacunes dans la gestion des informations, constata l'Humaine.

-Brutus Malotru les détient!

-Ai-je bien entendu... Brutus? Quelle fatalité s'acharne sur la **« NooSphère »**!

---

* mise au parfum : informée

« *Grâce* », contrariée, se mit à exécuter les cent pas tout en se faisant ventiler par les plumes arrondies des « *Paons ocellés* ».

-Je dois leur venir en aide! s'exclama Janie.

-Je suis avec vous!

La « *Maîtresse des Lieux* » gardait un regard lointain et mystérieux.

-Je crois que ce Malotru détient aussi ma « **Clef du Paradis** ».

-Et peut-être, le « *Trésor* » d'une valeur inestimable que le « *Druide* » tente désespérément de retrouver.

-Il est vivant?!? s'exclama l'Humaine

Janie, heureuse et soulagée à la fois, oublia les conventions et lui sauta au cou. Une troupe de guerriers accoururent de partout cette fois-ci, vêtus d'une livrée écarlate. Ces derniers n'avaient pas besoin d'armes pour effrayer. Les « *Hommes-Oiseaux* » avaient le corps d'un corps humain et la tête d'un coq à crête rouge. Ces guerriers avaient été entraînés pour des combats ultimes. Aucune Créature ne pouvait approcher, encore moins toucher, à « *Son Altesse* ».

Janie se rendit compte qu'elle avait dépassé les limites permises.

« *Son Altesse* » ordonna de la main à ses « *Gardes du Corps* » de ne pas attaquer. Personne n'avait osé agir de cette manière envers une « *Altesse* » en démontrant autant de reconnaissance. La sincérité du cœur de Janie transperça son voile de résistance et la fit sourire. « *Grâce* » tapota doucement le dessus de la tête de l'Humaine, en signe d'affection. Tous se détendirent. Elle la prit par les bras et la regarda dans les yeux.

-Bien vivant mon enfant!

-Vous croyez?

Dans le feu de l'action, « *l'Altesse* » devenait moins protocolaire et plus volubile[*].

-Janie... quelle question! Tu as entendu parler de cette recherche d'envergure dans la **« Forêt »**? Tous les régiments, les bataillons, les escadrons et les marmitons que nous avons déployés... rien de tout cela n'était vrai! Il s'agissait d'un canular monté de toutes pièces! On a utilisé cette astuce pour déjouer les « *Intrus* ».

-PARDON?!?

-Le « *Druide* » doit demeurer introuvable pour s'acquitter de cette mission importante. Aucune créature ne doit découvrir sa retraite. Après consultation avec le « *Conseil du Triumvirat* » tout a été mis en branle pour retrouver, sans délai, Malfar Malfamé et ses Intrus qui tentent de détrôner une seconde fois l'Amiral. Puis, il y a ce Brutus Malotru qui prétend savoir qui détient le « *Coffre aux Trésors* ». Il s'agit de tout un complot.

L'Humaine réalisa qu'elle trempait jusqu'au cou... dans une magouille sordide. Ces vauriens les talonnaient, elle et l'Amiral, depuis le début de sa traversée. Ils avaient profité de son inertie causée par les virus de la grippe, lors de son premier voyage, pour pénétrer, en catimini, dans **« l'Astral »**!

-Tous les Intrus savent parfaitement qu'Octo MaCrapule veut retrouver, soit le coffre, soit la clé!

-J'en conviens. Écoute! Je dois t'apprendre une nouvelle importante! Imagine-toi... qu'il y a une taupe qui se promène dans la « *NooSphère* »! Voyant l'air interrogateur de l'Humaine, elle rajouta... je ne peux révéler son nom, puisqu'il a demandé un

---

[*] volubile : parlait beaucoup

pardon. Par contre, ce mouchard nous a confirmé que... Galapiat LeRaté aurait échangé une « *clé* » avec Agaric Va-Nu-Pieds. Brutus Malotru aurait eu vent de cette transaction et il se promettait bien d'en faire son affaire*.

-Je le savais! Ce vaurien d'Agaric était au courant depuis, le début! Il s'agit de « *Ma Clef* »!

-C'est ce que je pense! Tu sais lire entre les lignes ma petite. Bravo! Il aurait, à son tour, marchandé ta « *Clef* ».

-NON!? Quel rapace!

-C'est mieux ainsi!

-Je ne trouve pas!

-C'est toi qu'il devait rendre à Brutus.

-MOI!?!

« *L'Aura* » de Janie lançait des fléchettes rouges dans tous les sens.

-C'est l'entente que Galapiat avait convenu avec ce célèbre corsaire des mers!

-Me vendre!?! Il est fou à lier!

Janie avait sauvé sa peau et celle de Slobuzenja juste au bon moment puisque le rattus s'apprêtait à la livrer.

L'Humaine fulmina.

-Quel culot! Il me prend pour son esclave!

-Je sais! Après ta disparition, il devait agir vite et proposer quelque chose de grande valeur et c'est là qu'il est intervenu avec « *Ta Clef* », en prétendant qu'il s'agissait de celle qui ouvrait le « *Coffre au Trésor* ».

-Et ce Malotru l'a cru? Quel rusé, ce rat!

-Cela a éveillé les soupçons d'Octo MaCrapule.

---

* en faire son affaire : s'en charger

L'insecte géant devait faire gaffe* car des ennemis convoitaient, à nouveau, son « *Trésor* ». Il n'entendait plus à rire, surtout depuis qu'on avait découvert sa cachette dans le puits perdu**. Il était bien décidé, d'une manière ou d'une autre, à récupérer son précieux butin!

-Je n'ai jamais rencontré cette Créature!

-Tu préfères éviter cette tarentule géante!

-Une araignée!?!

-Venimeuse!

-Brouououuuu! s'exclama Janie, les frissons lui parcourant le corps.

-Il paraît qu'Octo MaCrapule avec ses acolytes, les « *Araignées d'eau* » ont tout tenté pour tirer les vers du nez à ce va-nu-pieds, sans succès!

-Oh non! Chanceuse doit être morte de peur!

-Agaric a échappé à une mort certaine, en répétant à plusieurs reprises aux exécutants de la fripouille d'Octo, que tu ne valais vraiment rien et que tu pouvais repartir dans ton **« Monde »** sur-le-champ et ne plus jamais revenir!

-Qu'est-il advenu de Chanceuse?

-Notre mouchard n'a rien révélé à son sujet.

Janie ne voulait pas pleurer. Elle changea de sujet pour se donner du courage.

-Je dois accomplir ma mission! Pour l'instant, il n'y a rien d'autre qui compte autant dans ma vie!

L'Humaine était profondément engagée dans son odyssée, tellement qu'elle confondait le rêve et la réalité. Alors, « *Grâce* » décida de lui révéler ce que contenait ce précieux et mystérieux « *Coffre aux*

---

* faire gaffe : faire attention
** voir : La Forêt Magique, Tome 1

Trésors » tant convoité, afin qu'elle comprenne l'importance de sa *« Clef du Paradis »*.

-Ce que je vais te dévoiler... doit demeurer entre nous!

Janie saisit, par le regard impérieux[*] de la *« Maîtresse des Lieux »*, que ce secret faisait partie des *« Lois »* inviolables. Elle acquiesça d'un hochement de tête.

-Ce *« Coffre aux Trésors »* est marqué du *« Sceau ascensionnel »* de l'union nommée *« M.A.G.E »*. Il contient les gènes de *« l'Essence des Parangons »*.

-L'organisation des *« M.A.G.E »*.

Ketchouille son ami imaginaire faisait partie de cette association mystique... serait-il instigateur du projet?

-L'essence même de la *« Vie »* serait en péril, si jamais Octo MaCrapule devenait le détenteur de ce *« Grand Mystère »*. Cela signifie que la *« **Race Humaine** »* est compromise! Et ta *« Clef du Paradis »* pourrait bien ouvrir ce coffre!

-*« Ma Clef »*?

-Les clefs à quatre dents possèdent des *« Pouvoirs »* insoupçonnés!

-Qui vous a raconté cette histoire?

-La taupe! Et cela, juste avant que tu ne découvres **« Mon Royaume »**!

Janie se demandait qui pouvait vendre tous ces renseignements et à quel prix.

-Je dois agir... immédiatement!

-C'est vraiment trop risqué!

-Cette odyssée me concerne et je ne dois pas chercher à fuir, mais plutôt à aider!

-Tu es la seule à choisir ton *« Chemin de Vie »*!

---

[*] impérieux : autoritaire

-Maintenant, j'ai absolument besoin de votre aide! Réussir à ramener toute seule ma *« Clef du Paradis »*, les *« Précieuses »* et le *« Coffre »*, tiendrait du miracle!

La *« Maîtresse des Lieux »* avait tout prévu d'avance. Elle ne pouvait pas passer aux actes à sa place, car le choix final revenait de droit à *« l'Humaine au Grand Cœur »*. *« Son Altesse »* frappa dans ses mains et aussitôt, la sujette responsable des biens précieux, Callas, l'Aracée des Marais, apporta un coffret sur un tissu de velours d'une blancheur impeccable.

-Tiens! Je te confie la vraie *« Clé du coffre »*!

-La *« Clé »*! s'exclama Janie en s'étouffant. Je... ne... peux... pas... accepter...

Doucement, *« Grâce »* ouvrit l'écrin.

-Tu es sa nouvelle propriétaire!

-Ohhh! Wow!

La *« Clé »* miroitante projetait des lueurs d'une telle intensité que Janie avait peine à voir ce qui la rendait aussi lumineuse. Puis, elle constata qu'elle était accompagnée d'un collier de diamants, plutôt une rivière de diamants.

-Je suis prête à sacrifier ce *« Trésor »* pour la sauvegarde des Dames de Compagnie de *« Sa Majesté Rose-Flore DesVents »*. Nous, les *« Maîtres et Maîtresses des Lieux »*, demeurons en parfait accord et travaillons ensemble pour la Paix!

Janie, émerveillée, se sentit intimidée par l'éclat des bijoux précieux.

-Vraiment! Je... Vous... Vous ne changez pas d'idée? C'est incroyable... il s'agit d'un *« Trésor Royal »*! Cette *« Clé »* ne passera pas inaperçue!

« Grâce » sentit l'Humaine nerveuse et lui sourit afin de la calmer.

-Tu as demandé de l'aide et cette « *Clé* » te servira pour troquer* avec ce pirate ta propre « *Clef du Paradis* »!

Janie se ressaisit. Elle possédait maintenant, entre les mains, un outil de taille pour réussir son exploit!

-Mille fois merci!

-Ces « *Diamants* », dont la réputation légendaire n'est plus à faire, apportent la richesse aux cœurs généreux puis, elle hésita et mine de rien rajouta... je t'assure qu'il ne pourra pas y résister.

-D'accord! Mais, il y a un petit problème. Ce repaire, ne se situe-t-il pas dans les abysses?

-Tu tombes pile dans le mille marin**. Cette fosse abyssale a une profondeur de 11 000 milles marin et longe une côte volcanique.

-Je ne tiendrai pas le coup!

-Si tu le veux vraiment, tu peux réussir.

-C'est facile à dire, mais moi je ne suis pas un triton***! Par contre, aujourd'hui... j'aimerais bien l'être!

-J'ai quelque chose pour toi!

La « *Maîtresse des Lieux* » fit un signe de la main et les fleurs sauvages, les Callas DesMarais, réapparurent cette fois-ci avec un petit flacon cristallisé qu'elles remirent à l'Humaine. Janie ouvrit grand les yeux, car elle reconnut immédiatement la bouteille en cristal de roche que lui avait remis la Fée Kassandra.

-Mais... comment avez-vous réussi?

---

* troquer : échanger

** milles marin: mesures de navigation ; un mille marin vaut plus ou moins un kilomètre

*** triton : sorte de salamandre

-Les baguettes magiques des Fées peuvent accomplir des miracles! Voilà! Le moment est enfin venu d'utiliser cette eau de source!

Janie la prit délicatement entre ses mains tremblantes.

-Mais... c'est de la téléportation!?!

-Il s'agit de la dématérialisation... et c'est l'une des pratiques secrètes de la *« Haute Magie »*!

-La *« Gardienne des Flots »*, la Fée Chloé, ne possédait pas le pouvoir de converger le matériel en énergie invisible... mais vous?

« Son Altesse » constata que l'Humaine aurait aimé être téléportée.

-La *« Gardienne des Flots »* connaissait parfaitement ce procédé. Ce système de transport n'est pas recommandé pour les *« Êtres humains »*! Il risquerait de les désintégrer!

-Bon! Avez-vous une autre option à m'offrir?

-Pas une téléportation, ni une dématérialisation, seulement... une transformation!

-Une métamorphose? Ça, c'est flllyant!

« Grâce » lui sourit, heureuse de pouvoir l'aider pour cette partie du trajet.

-Te sens-tu prête?

-Et comment!!!

-Si tu le veux bien... maintenant, passe-moi ton flacon!

Janie lui tendit la petite bouteille en cristal ciselé.

« Son Altesse » l'ouvrit lentement.

-Oh!

Janie crut qu'elle y verrait apparaître un bon Génie lorsqu'une fumée grisâtre s'échappa du goulot.

« Grâce » plaça ses mains au-dessus de la tête de l'Humaine et déversa le liquide aqueux sur les

fontanelles de Janie, tout en psalmodiant une invocation.

« *Aurum Solis, Aurum Solis adolere tu aequor excuterer propugnatorem* » (*Soleil D'or, Soleil D'or transforme-toi en liquide étanche et protecteur.*)

Janie reconnut une partie de sa formule magique, celle qu'elle avait utilisée pour la transformation de son « *Carré Magique* ». L'Humaine était étonnée qu'une si petite bouteille contienne autant de « *Potion Magique* ».

-Ça commence à chauffer! s'exclama-t-elle nerveusement.

L'eau douce activée par son adrénaline stimula son système sanguin. Au fur et à mesure que le liquide descendait le long du corps de Janie, il la réchauffait graduellement. Puis, l'eau de source réagit en la recouvrant de la tête aux pieds, tout en s'épaississant et forma une croûte jaunâtre. L'Humaine ressentit des picotements lorsque la pâte sablée devint hydrofuge*. Elle finit par ressembler à une éponge poreuse.

-Tu seras parfaitement étanche!

-C'est du gâteau!

-Non... c'est de la magie!

Janie sentait sa nouvelle pellicule moulée se durcir.

-Tu vois! Ça commence à agir.

L'Humaine devient blanche comme de la craie pour ensuite tourner au jaune.

-Où vais-je mettre la clé?

-Regarde... tu as une poche ventrale!

Janie trouvait cela bizarre... À la place du nombril se creusait une petite ouverture, en forme de sac. Elle inséra, rapidement, dans la matrice poreuse, la

---

* hydrofuge : imperméable

« *Clé* » et la « *Rivière de Diamants* » retenues par un anneau d'argent.

-J'ai l'air d'une éponge!

-Pas pour longtemps! Tu changes à chaque instant! Tu ressembles plutôt à une étoile de mer.

-Ça me console! Une étoile de mer... une astérie! Euh!?! C'est donc moi... la nouvelle venue?

-C'est toi, la chargée de cette mission! Celle qui doit ramener tous les « Trésors » à bon port!

-Vous me demandez d'exécuter un miracle!

-Ce n'est pas moi... qui exige!

-Mais qui alors?

-Ton « *Plan de vie* », celui que tu as déjà choisi d'avance!

-Je ne me souviens de rien! Je suis si près de mon but que... je ne vais pas abandonner!

-Tu as parfaitement raison et maintenant... écoute bien! Lorsque tu constateras que ta peau reprend sa blancheur d'albâtre*, cela t'indiquera que le compte à rebours est commencé.

-Ce qui veut dire?

-La période transitoire arrive à sa fin! Malheureusement ou heureusement, tu ne pourras pas rester sous l'eau indéfiniment!

Janie trouvait ce processus génial puisqu'elle possédait un avantage sur son adversaire... elle était à l'épreuve de l'eau. Seule la durée d'immersion demeurait indéterminée et déterminante.

-C'est bien! Mais...

-Voyons, quelqu'un m'a dit que tu n'aimais pas les... « mais »!

-Je sais! Mais... euh!?! Toute cette histoire m'énerve... et lorsque je doute, j'utilise ces petits

---

* albâtre : matière minérale blanche

mots à volonté. Et puis... j'ai tout de même failli me noyer!

-Si tu suis le plan à la lettre, tu t'en sortiras... haut la main!

-Quel plan?

-Le voici! dit-elle en prenant un air grave empreint de mystère. Avant de l'exécuter, tu devras t'assurer de bien te trouver en présence des « *Précieuses* ». Ta « *Clef du Paradis* » et la « *Clé du Coffre* » devront être en place, prêtes à être échangées. Je te précise que c'est seulement à ce moment-là que les « *Diamants magiques* » se détacheront de l'anneau qui retient la « *Clé* ». À l'instant où les diamants se sépareront, ils interviendront en créant une illusion d'optique. À partir de cet instant, aucune marge d'erreur ne sera permise!

-Ouf! Mais, comment cela!?!

« *Son Altesse* » ne lui expliqua pas que la « *Clé* » n'ouvrait aucun « *Coffre* ». Il ne s'agissait que d'une « *Clé exécutoire* » qui servait d'appât. Par contre, la « *Rivière de Diamants* » possédait des forces secrètes lorsqu'elle se désagrégeait en particules scintillantes.

-Les diamants rendront le flibustier aveugle pour un long moment! À ce moment-là, fuis immédiatement en prenant ce qui te revient de droit! Et... sauve les « *Précieuses* »!

Janie devint songeuse... Parviendrait-elle à son but? De plus, elle devait s'ajuster à ce nouveau corps étoilé qui se durcissait tranquillement.

-C'est tout un contrat! Vous êtes convaincue que la magie s'opérera? soupira-t-elle.

-Je me porte garante de son efficacité... à cent pour cent!

Janie ne semblait pas aussi persuadée que la « *Maîtresse des Lieux* ».

-Ouf!

-J'en conçois... c'est un défi majeur à relever pour une jeune fille. Par contre, j'ai tout prévu! J'ai fait appel à une Créature afin qu'elle t'aide à trouver le passage qui mène au bateau pirate.

-Quel passage et de qui s'agit-il?

Janie se sentait oppressée, elle devrait se sortir de cette situation précaire le plus tôt possible avant que cette dernière ne se termine en queue de poisson.

-Il s'agit de Strados... l'Intrados[*]! Lui seul connaît l'endroit où se situe le **« Guyot[**] »**!

-Un... je ne suis pas certaine d'avoir parfaitement compris?

-Un *« Intra »*!

-Un monstre marin!?!

-Pas du tout! Cette créature possède d'autres facultés d'adaptation et diffère quelque peu physiquement de la race humaine; c'est un Mutant!

-Euh!?! Il saura me faire traverser ce **« Guyot »**?

-Certes! Il se nomme Strados Pelagos[***] et il connaît les abysses mieux que n'importe qui!

-Un mutant! Aïe, aïe, aïe!   -

Effectivement, il a subi une transformation irréversible, afin de s'adapter à sa nouvelle vie.

-Une métamorphose?

-Oui!

-Si j'ai bien compris, il s'appelle Strados Pelagos!

-C'est bien ça! Et il habite *« La Sphère bleue »*.

-Une ville sous-marine?

Janie, sous le choc, jaunit davantage, tout en durcissant un peu plus.

---

[*] Intra : celui qui vit à l'intérieur
[**] Guyot volcan au sommet aplati au fond de la mer
[***] Pelagos : qui vit dans les profondeurs

-C'est un « *Monde biologique* » reconstitué, situé dans les abyssales. Ce rescapé compte parmi nos alliés de la Paix depuis belle lurette. Il saura te guider à travers les fonds marins! Fais-moi confiance!

Janie n'avait jamais soupiré autant de sa vie. Ce qui l'attendait était vraiment une sale affaire!

CHAPITRE 36
LE MONDE D'ANAÏS

L'odyssée dans les grandes profondeurs abyssales troublait Janie plus qu'elle n'osait le dire. La transformée suivit « *Son Altesse* », la lumineuse « *Divas* », sur la pointe de ses bras étoilés. « *Grâce* » contourna les colonnes cannelées* de la terrasse à ciel ouvert. L'Étoile de mer en devenir descendit derrière « *Son Altesse* », aidée par deux « *Dévouées* » qui la soutenaient, afin qu'elle ne dégringole pas les marches en zigzag. Rendues sous la rotonde du panthéon des « *Célébrités* », situé sur le versant opposé du « **Royaume** », « *l'Arc-en-ciel* » réapparut en trois dimensions, au zénith, tout au-dessus du « **Lac Enchanté** ».

Janie ressentait la fin de son séjour. Puis, le signal du départ sonna. Tous : les « *Dévouées* », les « *Paons ocellés* », les « *Gardiens Thériantrophe* » et surtout les « *Nymphéas* » deux par deux avec les « *Bora-Bora* », étaient cordés en rang d'honneur, afin de *saluer* « *l'Humaine au Grand Cœur* ». La transformée émue attendit patiemment les derniers conseils de « *Son Altesse* » avant de la quitter. Cette dernière s'approcha de la chargée de mission, sans toutefois la serrer dans ses bras. Cette fois-ci, elle aurait bien aimé, mais les spicules calcaires de l'étoile l'en empêchaient.

---

* cannelées : garnies de sculptures

-J'ai choisi « *l'Asteria* » puisqu'elle demeure tenace malgré les intempéries et que ses épines te serviront de défense.

-Merci!

-Et tu n'es pas si moche que ça!

La « *Maîtresse des Lieux* » d'un seul clignement des yeux rajusta l'allure de l'Humaine transformée. L'étoile de mer était en beauté avec ses éventails sophistiqués aux teintes pastel. Les couleurs adoucissaient l'apparence de sa peau rugueuse. Ses larges manches mordorées l'aideraient à conserver la position verticale plutôt que de ramper dans les fonds marins, à l'horizontale.

Janie sourit en voyant son reflet dans l'eau.

La « *Divas* » poursuivit...

-Le Druide ne me pardonnerait jamais de te laisser t'aventurer sans guide, mon enfant!

-Vous croyez?

-J'en suis persuadée! Je connais une Créature qui se fera un plaisir de t'amener jusqu'à Strados.

-Un guide! Oh! Merci, merci!

L'aura de Janie éjecta de toutes parts des couleurs chaudes et rassurantes. Malgré sa raideur, elle exécuta une révérence de marque, en déployant ses éventails souples. Le sourire naïf de la transformée réjouit « *Grâce* » qui rit de bon cœur.

Puis, « *Grâce* » se dirigea vers un socle rocheux, cristallisé par l'usure de l'eau et se retourna pour lui présenter son guide.

-Je te présente l'unique Anaïs Serena.

Janie demeura le bec cloué, en apercevant la créature fabuleuse. Une superbe sirène l'attendait. Elle brillait dans son costume en paillette. Son visage entouré par sa longue et soyeuse chevelure d'un blond doré dégageait de la douceur. Sa crinière bouffie par le vent contournait son corps et lui servait de vêtement. Ses cheveux, ornés de coquillages tombaient jusqu'au bas de sa croupe arrondie. Une autre mèche lui couvrait la poitrine. Une ceinture décorée de perles rares démarquait sa taille longiligne qui finissait en queue de poisson. La femme-poisson agitait ses écailles mordorées pour attirer l'attention. Les sirènes aimaient qu'on admire leur beauté. Cette dernière se redressa sur sa queue pour saluer « *l'Altesse* » et termina sa salutation par un superbe plongeon acrobatique.

-Formidable!

« *Grâce* » était ravie de voir sa protégée sourire de satisfaction.

-Suov**vous** tes**ê** te**prê**? demanda Anaïs dans un dialecte inconnu.

Janie n'y comprit rien! Il ne s'agissait pas d'une langue connue, ni même de la langue verte des Gnomes, ni des tops. Il s'agissait d'une nouvelle langue à découvrir! Mais elle comprit cependant le mouvement que la sirène exécuta pour l'inviter à s'asseoir sur sa queue en forme de fauteuil.

-Encore une fois, merci! dit-elle, en souriant de bon cœur, tout en regardant « *Son Altesse* » dans toute sa luminosité. Nous reverrons-nous?

-Qui sait?

Janie prit place sur le siège-dos de la sirène qui agita vigoureusement sa chevelure afin que la navigatrice s'agrippe à ses longues boucles flottantes.

-Tuot**tout** tse**est** en**bi**? demanda Anaïs, avec un sourire ravissant à désarmer les matelots.

L'Astérie jeta un dernier regard vers « *Son Altesse Grâce* ». Le rideau de perles se referma à l'instant où la « *Divas* » revêtit son manteau de Pennes. Une larme perla sur les joues de Janie. L'instant d'après, le **« Royaume »**, au grand complet, avait disparu et un éclair traversa l'azur du *« Dôme »* céleste.

Mais Janie ne désirait qu'avancer dans sa mission.

-Oui... je suis prête! dit-elle en se retournant vers Anaïs.

La Vénus aquatique sembla comprendre la vibration positive de consentement qui se dégageait de l'étoile de mer. Sans plus attendre, elle plongea d'un seul bond spectaculaire sous les eaux.

Janie ne pensait pas qu'elle pénétrerait immédiatement dans le fond océanique. Elle n'était pas encore habituée à sa nouvelle peau et ressentit une forte pression au niveau du thorax. Subitement, elle avait de la difficulté, à s'ajuster à sa nouvelle respiration d'animal marin.

Anaïs s'enfonça, à une vitesse record, dans la masse liquide. Une distance considérable les séparait maintenant de la surface de l'eau.

Cette fois-ci, Janie commença à tirer sur les attelles chevelues de la femme-poisson. Anaïs se retourna pour vérifier ce qui se passait. Elle remarqua que l'Humaine transformée n'avait pas encore respiré et que la panique s'emparait d'elle. Anaïs, rapidement, l'attira en face d'elle.

-Aç**ça** en**ne** av**va** sap**pas**?

Janie, les joues gonflées d'air, gesticula afin qu'elle la remonte à la surface.

-Pires**res**! La Serena lui indiqua d'ouvrir sa bouche.

Il n'était pas question qu'elle l'écoute, elle avait déjà assez avalé d'eau lors de sa dernière plongée. Janie était persuadée que l'huile ne contenait pas les vertus que « *Grâce* » lui avait prônées*. Le seul avantage pour l'instant demeurait que son corps étoilé restait beaucoup plus flexible dans l'eau.

Anaïs, d'un geste rapide, poussa sur ses joues afin de les dégonfler.

Janie s'en voulait d'avoir été bernée de la sorte. Elle allait se noyer. Elle laissa échapper un peu d'air. Ses yeux d'ébène s'agrandirent et roulèrent; elle n'avait plus le choix de respirer. Lorsqu'elle ouvrit la bouche, à sa grande surprise, un long frisson parcourut son corps. Ses petits trous ventraux d'étoile de mer activèrent les cils absorbeurs de son système de distribution d'oxygène. Ces derniers prirent en charge l'intérieur de sa gorge. Elle sentit alors que ses cordes vocales s'étiraient. Puis sa glotte, placée entre ses organes vocaux, se renfla. Les épiglottes, ces languettes situées dans la gorge, se fermèrent sur son larynx et permirent à son gosier de se gonfler et ainsi de bloquer sa trachée. Le niveau d'air, lentement, se dispersa dans ses cils diffuseurs. Elle s'étouffa, et à la place d'avaler l'eau, elle effectua un énorme rot qui forma une grosse bulle. Le transfert de l'air s'était exécuté à la perfection. Les petites ciliatures**, ces machines de production et de distribution, transformaient parfaitement les éléments chimiques de l'air, en oxygène. Puis, elle se mit à respirer normalement et son corps augmenta de volume. Elle devint aussi grande et magnifique que la sirène. Elle s'était transformée à son tour en une créature fabuleuse : une « *Thériantrophe**** », un peu à la manière des « *Gardiens de Son Altesse Grâce* »!

---

* Prônées : vantées
** ciliatures : cils d'une cellule
*** Thériantrophe : créature fabuleuse mi-humain, mi-animal

Anaïs ne semblait pas surprise du changement… car les étoiles de mer pouvaient atteindre un diamètre d'un mètre.

-**Ci**mer! répondit Janie, devenue mi-humaine et mi-animal.

-Venue**bien**! dit-elle, en se balançant.

Janie instantanément parla la langue des amphibiens[*]. Le langage de l'animal résonnait comme le chant d'une grenouille, le genre de coassement qui normalement se voulait bruyant au sol, mais qui retentissait sous l'eau comme une sorte d'écho sonore. L'Humaine réalisa que les sirènes parlaient le verlan, une sorte d'argot[**] dans laquelle les syllabes des mots étaient inversées. Elle avait appris une nouvelle langue! Maintenant, elle était polyglotte tout comme Philomène, la Gnomide!

-Ej**je** siv**vis** jours**tou** veca sel**les** biens**amphi**. Sli**ils** n'tno**ont** sap**pas** el**le** xiohc**choix** ed**de** ler**par** el**le** lecte**dia** sed**des** rènes**si**.

Janie apprit que les amphibiens avaient développé la langue des Sirènes.

-Tenant**main** ej**je** sius**suis** te**prê**… lons**al**-y!

Anaïs exécuta les ordres de l'Astérie.

Des coraux magnifiques défilaient sous leurs yeux grands ouverts. Certains spécimens de poissons amicaux approchèrent cette nouvelle espèce d'étoile de mer qui au lieu de nager, marchait en glissant sur l'eau. Les autres familles d'Astérides[***], curieuses, voulaient toucher aux ligaments noirs comme l'ébène qui sortaient en chute libre du bout de l'un de ses

---

[*] amphibiens : vertébrés munies de branchies qui respirent par leur peau
[**] argot : langue propre à certains individus d'un milieu particulier
[***] Astérides : étoiles de mer

bras. Devant l'air étonné de l'Humaine transformée, Anaïs rajouta…

-Se**lais**-sel**les**, glouglouglou les**el** musent**s'a** Glouglou… glouglou! Les**el** tnos**sont** fensive**innof** te**et** vent**peu** et**te** ver**sau** al**la** eiv**vie**! Ec**ce** tnos**sont** ed**de** glouglou seiarv**vraies** rières**guer** te**et** d'enu**une** taine**cert** nière**ma** set**tes** sines**cou**!

Janie ricana lorsque de minuscules étoiles de mer s'amusèrent à jouer avec sa queue de cheval. Les petites voltigeaient en spirale tout en s'entortillant dans sa couette de cheveux. Elles aimaient déjà se camoufler dans ce nouveau labyrinthe en touffe. Il s'agissait pour elles d'un vrai terrain de jeux et la Sirène les encouragea fortement à s'y insérer.

-Set**tes** soeurs**con** tnos**sont** reuses**heu** ed**de** ette corer**dé**!

Ensuite, Anaïs lui présenta d'autres mollusques aussi colorés les uns que les autres. Les oursins, curieux, sortirent de leurs abris sous roche pour rencontrer la transformée et s'accrochèrent à ses bras étoilés. Ils formèrent sur le rebord de ses embranchements une série de pompons décoratifs. Janie, entourée de ces nouveaux amis, se croyait dans un immense aquarium.

Au milieu de la ribambelle de poissons, Janie l'Astérie se sentait en milieu connu et s'amusait gaiement. Elle s'enfonçait, sans vraiment s'en rendre compte, dans les profondeurs abyssales.

Anaïs prit plaisir à lui présenter des créatures inconnues. Elle aimait contempler l'Humaine transformée qui s'émerveillait devant tant de nouveauté.

-CC**C'**tes**est** croyable**in**!?!

-Sel**les** sdnof**fonds** rins**ma** tnos**sont** plis**rem** ed**de** prises**sur**.

-Moi-**dis**... ùo**où** es**se** ve**trou** al**la** « Re**sphè** Euelb**bleue** »?

Anaïs lui montra un chemin presque imperceptible dans les hadales[*].

-À**llà**! À**à** qnic**cinq** les**mil** sdueon**nœuds** rins**ma**! Ruop**pour** tant**l'ins**, me**mê** is**si**, el**le** « Aume**Roy** » a**a** paru**dis** suon**nous** mes**som** jours**tou** snad**dans** el**le** « cal**lac** chanté**en** ». À**à** sent**pré**, suon**nous** vons**de** nétrer**pé** snad**dans** Tique**l'Atlan**!?!

-Ment**com** lons**al**-suon**nous** re**fai**? questionna Janie.

-Nuon**nous** vons**de** vre**sui** elle lif**fil** ed**de** uae'**ll'eau**! Te**et**, que**lors** en-ciel-**l'Arc** seras'**éclip** àl**là**, suon**nous** rons**se** snad**dans** céan**l'o**!

-Wow**wow**! s'exclama la transformée.

Les exploratrices tournoyèrent de joie; plus elles avançaient, plus le « **Lac** » s'illuminait.

-Merais**ai**-ut**tu** siter**vi** am**ma** gune**la**?

L'Humaine, qui n'avait jamais visité un endroit aussi mystérieux, écarquilla les yeux devant cette offre unique et alléchante.

-Tse'c**c'est** niol**loin**?

Puis, Janie se rappela que son huile ne tiendrait pas éternellement.

Anaïs comprit l'importance de sa mission.

-Ec**ce** rase ruop**pour** neu chaine**pro** siof**fois**!

Janie sourit et se demanda s'il y aurait une autre occasion. Le contraire semblait plus plausible.

---

[*] hadales : les plus grandes profondeurs océaniques

Chemin faisant, accompagnées des étoiles de mer et des poissons fluorescents, elles nageaient allègrement et s'arrêtèrent tout à coup, lorsqu'elles aperçurent...

-Garde**re**!!!... el**le** min**che**!!!

Janie discerna une rangée de méduses. Aussitôt, Anaïs envoya un signal par ondes sonores, produit par des battements rapides et saccadés de sa queue.

Les guides gélatineux, en forme de globes, s'illuminèrent au contact des vibrations. Cette lumière phosphorescente teintait l'allée principale d'un bleu acier. L'endroit ressemblait en tout point à une piste d'atterrissage.

Puis d'un seul coup, l'Arc-en-ciel disparut. Immédiatement, les méduses se décuplèrent afin de prendre la relève, en continuant d'éclairer la voie, afin que la nouvelle venue ne perde par de vue la route à suivre. Janie réalisa qu'elle était arrivée à destination. La sirène regarda Janie s'exclamer!

-Ho**oh**... ho**oh**... ho**oh**!?!

Subitement, l'Humaine transformée ressentit ses petits trous ventraux se contracter. Elle s'examina pour vérifier si elle avait blanchi. Heureusement, sa décoloration n'avait pas débuté, donc le compte à rebours n'était pas commencé. Ce spasme au niveau ventral ne lui rappelait même pas que sa *« corde d'argent »* pouvait encore la ramener au bercail.

Un long tapis roulant déferla entre les méduses illuminées, et seules les deux créatures fabuleuses purent défiler sur la couche houleuse en mouvement. Anaïs lui désigna, au bout de l'allée, une masse en ébullition.

Heureuses et côte à côte, les deux amphibiens avancèrent au rythme du roulis des vagues qui glissaient sous leur appendice. Puis, au moment où Janie devançait Anaïs… d'une brasse*, une énorme vague de fond la happa au passage et la transporta à toute vitesse devant un bassin en effervescence.

Elle se rendit compte qu'elle avait été séparée de sa protectrice.

-Naïs**a** cria-t-elle à plein bouillon sans obtenir de réponse.

Anaïs Serena était disparue sous la nappe d'eau?!? Même les méduses s'étaient volatilisées!

Elle n'en croyait pas ses yeux. Elle se retrouvait seule dans la grande profondeur marine. Son cœur battait la chamade. Cette fois-ci, elle réalisa combien elle était vulnérable, lorsqu'elle entendit des bruits de radar comme ceux qu'émettent les sous-marins qui se déplacent, afin de remonter à la surface. C'est alors qu'elle vit de minces plaques océaniques s'entrechoquer, tout en se superposant. Elle se trouvait complètement entourée par des milliers de bulles en effervescence qui provoquaient une force d'attraction. Elle se sentit tirer vers les bulles qui devenaient de plus en plus grosses. Puis, au centre, jaillit devant ses yeux estomaqués, un énorme dodécaèdre** en « *Pierre de Lune* » teinté d'un bleu cristallisé. Il ne pouvait exister d'autre forme aussi parfaite dans tous les **« Mondes des Mondes »**!!!

---

* brasse: ancienne mesure de longueur
** dodécaèdre : figure à douze faces

CHAPITRE 37
LA SPHÈRE BLEUE

La « *Sphère Bleue* » ressemblait à un vaisseau interplanétaire. La plaque océanique mobile, sur laquelle elle reposait, arrêta de tourner lorsque les bulles diminuèrent d'intensité. Janie aperçut une plate-forme étroite se dérouler dans sa direction. Puis, l'appareil s'immobilisa à quelques mètres d'elle. L'Astérie gardait son équilibre, soutenue par les petites poches d'air en effervescence. Un bruit de soute se fit entendre et du bout de la surface plane sortit un conduit cylindrique muni de paliers. Cette tubulure ressemblait à un étroit ascenseur.

Une mystérieuse force d'attraction électromagnétique l'attira sur le gradin sans qu'elle puisse reculer. Une fois à l'intérieur du cylindre, tout se referma automatiquement. Heureusement, elle pouvait voir au travers de cette soute transparente, sinon elle aurait étouffé. Elle se demandait comment elle parviendrait à respirer comme avant dans cet espace clos. Cette pensée la quitta à l'instant où elle entrevit Anaïs.

-Anaïs... cria-t-elle à tue-tête, en frappant de toutes ses forces sur le verre qui résonnait.

La sirène lui sourit en la saluant de la main. Le tube s'éleva, s'arrêta, puis continua à s'élever. À chaque palier, il exécutait son petit manège, sans toutefois la laisser sortir de l'habitacle. Lorsque la soute atteignit le troisième niveau, une porte triangulaire s'ouvrit au même instant où elle perdait de vue la chère femme-poisson.

Une plaque tournante la dirigea vers une console de commande en sélénite*. Janie se rendit compte que l'écran cathodique** effectuait ces opérations sans recevoir de commandement verbal. Le moniteur se trouvait entouré par deux immenses piliers de cristaux qui subitement jouèrent une musique vibrante et énigmatique. De toute évidence, cette mélodie devait annoncer l'arrivée d'un éminent personnage puisque les colonnes carrées, formées de minéraux cristallisés, émirent des reflets bleuâtres au rythme de leurs vibrations sonores. Soudainement, elle reconnut ces luminescences qui lui rappelaient les gemmes adulaires*** que portait Philomène à son bras.

Ces « *Pierres de Lune* », en grande quantité, possédaient un immense pouvoir... plus grand que pouvait l'imaginer son amie lilliputienne. Janïe sentit un serrement dans sa poitrine lorsque les piliers de feldspaths**** se divisèrent en deux rangées droites pour subitement se transformer en soldats. L'écran géant pivota sur lui-même et se convertit en un piédestal cristallisé. Janie demeura au garde-à-vous devant cette sculpture colossale de quartz qui se dressait sous ses petits yeux ronds.

Les Gardiens, toujours au poste, attendaient impatiemment l'arrivée du « *Suzerain des océans* ». Puis, une autre musique vibrante, au tintement

---

* sélénite : sorte de sel
** cathodique : avec du courant, rayons fluorescents
*** adulaires : pierreries fines, pierres de lune
**** feldspaths : roches volcaniques

sourd de verre frotté, résonna comme le son d'un tuba. Le monolithe* se divisa en deux parties courbes et laissa apparaître le Chef des Mutants de l'Intrados. « Strados Pelagos » aussitôt, s'anima et s'avança vers la nouvelle venue. Il était son nouvel accompagnateur et le seul à connaître le passage secret, le « **Guyot** », qui menait au repaire de Brutus. Janie demeura sidérée lorsqu'elle remarqua le visage de la créature mi-humaine, mi-animale.

Strados Pelagos se tenait debout devant l'Humaine. Sa tête craquelée et ovale reposait sur un robuste cou doté de saillies en forme de plaquettes sur le côté. Janie pouvait voir ses voies respiratoires couvertes d'un filtre qui bougeait à chaque respiration. Ses épaules tombantes étaient soutenues par son thorax. Sa cage thoracique était recouverte d'algues qui couvraient une partie de son abdomen bombé. Ses bras élancés et ses longues jambes étaient constitués de muscles flexibles recouverts par endroits, de poils qui prenaient place entre ses écailles. D'autre part, sa peau cuirassée et lézardée imperméabilisée semblait le protéger des intempéries.

Puis, elle se ressaisit lorsque le mutant prit la parole. Il parlait sa langue, mais sa voix avait une tonalité électronique.

-Je suis Strados, le chef des survivants des Intras. On m'appelle le « *Rescapé* ».

Les oscillations de sa voix vibraient en cercle autour de son enveloppe corporelle. Janie pouvait voir les fréquences vibratoires émises par Strados, se diriger en mouvements oscillatoires dans sa direction pour ensuite rebondir sur son « *Aura* ». Elle constatait que toutes paroles, actions, pensées

---

* monolithe : un seul bloc de pierre

produisaient des vibrations et réalisa que tout ce qui demeurait normalement invisible, entraînait des répercussions sur toutes les vies.

L'Humaine thériantrophe*, moitié humaine, moitié animale et non greffée comme les Mutants, voulut parler, mais une brusque contraction de sa poche ventrale la força à prendre une forte inspiration. Ce spasme poussa sur son gosier métamorphosé et le fit vibrer. Aussitôt, elle laissa échapper un mince filet d'eau de sa minuscule bouche. Elle croyait qu'elle allait s'étouffer lorsqu'un son sortit de son arrière-bouche.

-Excusez-moi!

Janie avait régurgité. Elle ne savait pas que sa glotte s'ouvrait pour contrôler son débit d'air. Immédiatement, elle se redressa poliment afin d'effectuer sa plus belle révérence. Avant même qu'elle abaisse la tête, à sa grande surprise, le mutant lui fit un salut révérencieux, accompagné de ses gardiens. Tout ce cérémonial de respect s'accomplit au son des instruments à vent.

L'Humaine transformée demeura bouche bée. Pour la première fois de sa vie, ces salutations s'adressaient vraiment à elle!

-Excusez-moi de vous avoir regardée à la loupe! Nous devons procéder à cette opération envers toute Créature n'appartenant pas à notre race. Nous ne pouvons être contaminés, il s'agit de notre survie! Vous venez de subir une inspection en règle... une désinfection, une oxygénation bio et une

---

* thériantrophe : moitié humain et moitié animal, créatures préhistoriques que l'on retrouvait dessinées dans les cavernes.

revitalisation! Vous êtes passée par la *« chambre de décompression »* multifonctionnelle!

-Pardon!?!

-Il s'agit d'une remise en fonction de vos organes biodégradables! Soyez la bienvenue, à la **« Sphère Bleue »**, petite *« Humaine au Grand Cœur »*.

-Merci! J'apprécie vraiment votre aide.

-Le Druide et l'Amiral comptent parmi nos plus précieux alliés dans **« l'Astral »**.

-Je constate qu'ils œuvrent dans plusieurs **« Lieux Secrets »**!

-Que puis-je faire pour vous, à part vous montrer le passage secret qui vous mènera à l'entrée du repaire de Brutus Malotru... le **« Guyot »**?

-J'aimerais beaucoup revoir mon accompagnatrice Anaïs afin de la remercier.

-Vous comprenez qu'elle ne peut pénétrer ce **« Lieu secret »** et qu'elle doit rester dans son **« Monde Océanique »**. Vous êtes dans une zone hautement protégée.

-J'en conviens.

Janie savait qu'elle demeurait sous le *« sceau du secret »*!

-Par contre, je possède une méthode infaillible pour ce genre de requête... voilà!

Le mutant étendit sa longue main palmée à trois doigts. L'Humaine connaissait ce geste et se rappelait parfaitement qu'il agissait souvent comme une baguette magique dans le **« Monde Astral »**. Effectivement, un jet bleuté sortit de son majeur et fit disparaître une partie des couches d'oscillations houleuses qui se trouvaient derrière le dodécaèdre. Les vagues tumultueuses servaient de forteresse, afin qu'aucune créature ne puisse voir la **« Sphère Bleue »**.

Janie déborda de joie en apercevant à nouveau la belle Anaïs. L'Humaine transformée se précipita vers la sirène et du bout des doigts toucha la paroi vitrée. Au contact, la vitre modifia ses molécules qui s'étirèrent pour permettre à Janie d'atteindre Anaïs. Elle voulut passer sa membrane pointue munie d'une menotte* au travers du mur, mais elle demeurait incapable de le traverser, car il était encore trop épais. Les atomes chimiques n'avaient pas terminé leur changement de texture. Puis, la paroi devint mince comme une pellicule de plastique. Les molécules complètement transformées, adhérèrent à la peau de Janie et épousèrent son corps comme un gant. C'était comme si rien ne la séparait de la sirène.

-Wow! s'écria-t-elle.

Janie réussit à saisir Anaïs et à lui donner une chaleureuse accolade. Strados regardait les deux créatures qui s'étaient finalement rejointes de manière inusitée.

Les au revoir terminés, Anaïs sourit à l'Astérie et rajouta…

-Suis**pour** at**ta** te**rou**… a**lla** ne**mien** rête**s'ar** c**i**! Ai**j'ai** té**é** noréé**ho** ed**de** voir**t'a** nue**con**!

-Moi aussi!

Puis, les bulles reprirent de leur puissance et repoussèrent Anaïs derrière le mur de protection en ébullition et elle disparut définitivement. Janie avait le corps d'étoile renflé de larmes. Elle se retourna vers le mutant et le remercia d'un signe de tête, incapable de prononcer un seul mot, puisque le chagrin pour l'instant prenait toute la place.

-Je sais! Les séparations demeurent toujours difficiles pour les humains.

---

* menotte : petite main

Sur ces paroles, l'Astérie se redressa sur les pointes de ses longues jambes afin de se donner une bonne contenance et réussit finalement à se présenter avec une attitude gagnante.

-Je suis Janie Jolly! Et, j'ai besoin de votre aide pour trouver le repaire de Brutus Malotru.

-Je vois… le plus recherché et l'un des plus dangereux.

-Je suis envoyée par la **« Maîtresse des Lieux du Lac Enchanté »**.

-Les Méduses, ces cloches lumineuses et coordinatrices des lignes d'atterrissage, m'ont rapporté que vous étiez arrivée à nos portes, tel que convenu et que vous aspiriez retrouver votre *« Clef du Paradis »*. Votre mission s'avère drôlement importante pour que le Druide vous laisse pénétrer dans la **« Sphère Bleue »**, lieu hautement caché. Ce qui me surprend le plus dans votre cheminement, c'est que l'on ait effectué une transformation sur vous. Je n'ai jamais vu cela auparavant!

Il la contourna et l'examina sans relâche trouvant ce spécimen à *« multi corps »* plutôt remarquable. Une humaine qui avait osé repousser les limites de l'impossible. Pourtant, jadis, il avait fait partie de cette race oubliée au fond des mers.

Janie le dévisagea tout autant, puis, il rajouta…

-Il reste des braves qui n'ont pas peur de se mouiller sur **« Terre »**… et surtout pour de bonnes causes! Suivez-moi! Le Druide m'a demandé de vous remettre un présent, afin de vous prouver que je veux votre bien et qu'il ne vous a pas perdu de vue.

Janie demeura surprise; son vieil ami le Sage ne l'abandonnerait donc jamais.

-Merci!

Elle était vraiment étonnée de recevoir un cadeau du « *Vieux Sage* ».

-Je profite de l'occasion pour vous montrer nos installations, du moins, celles en surface, s'empressa-t-il de rajouter en ressentant l'impatience de son invitée à poursuivre sa mission.

Janie suivit Strados le « *Pélagossien* * », sans dire un mot. Elle était trop curieuse de découvrir l'intérieur de l'incommensurable **« Sphère Bleue »** qui émettait des vibrations sonores à chaque fois qu'ils traversaient des portes de verre.

-Nous voici dans la serre flottante. Elle fonctionne grâce à cette tour hydraulique** qui demeure en action à l'aide des ondes centrales de l'eau des abysses. Cette force naturelle provenant des fonds océaniques se renouvelle constamment et permet à notre tourelle de tourner sans arrêt.

-Wow! Ce lieu est grandiose!

-Il y a plus d'un milliard de mutants qui vivent sur notre plateforme abyssale.

Janie n'y voyait personne... où pouvaient-ils bien se cacher? Mais, elle n'avait plus qu'une seule idée en tête, recevoir la surprise annoncée!

Strados se plaça au milieu de la serre et leva un couvercle en pierre taillée qui recouvrait un bassin flottant.

-Il s'agit d'une couveuse!

-Un incubateur?

Janie, sous la chaleur intense de l'endroit, se déshydratait et, dans l'excitation, elle ne remarqua pas qu'elle avait perdu un peu de sa flexibilité.

---

* Pélagossien : nom inventé, désignant des humanoïdes mutants et vivants dans les grandes profondeurs, survivant d'un grand cataclysme.

** hydraulique : qui fonctionne à l'eau

Elle se pencha pour y apercevoir, sur un lit de mousse végétale, un globule gélatineux de forme ovale.

-Voici... pour vous!

Janie était réticente à prendre le petit globule sphérique.

-Un œuf? Pour moi? Du Druide?

-Il contient un germe de vie! m'a-t-on dit. Le Sage, votre ami, me l'a fait parvenir par l'intermédiaire de Lamira, l'hippocampe!

-L'Amiral ... il ne s'est pas noyé!?! Pourquoi n'est-il pas resté?

-Vous avez su qu'il s'agissait de votre « *Grand Protecteur* »?

-La Gardienne des Flots, Chloé m'a mise au courant!

-Je vois! Lamira... pardon, l'Amiral n'a pas la constitution requise pour vivre sous l'eau aussi longtemps que vous et il ne pouvait pas subir une deuxième transformation de suite! Je l'ai sauvé juste au bon moment!

Janie constatait bien que ses fidèles amis effectuaient tout ce qu'il leur était possible pour l'aider à distance. Par contre, elle pensait que le Druide lui aurait remis un indice de chance... mais une gélatine n'avait rien d'un porte-bonheur!

-À vous les honneurs!

L'Humaine transformée étira sa longue main étoilée et prit la cellule. Elle l'examina. Lorsqu'elle la toucha au centre, cette dernière grossit et proliféra à la vitesse de l'éclair. Elle se demandait bien ce qui allait arriver et demeura estomaquée au moment où elle entendit un drôle d'éternuement.

-Atchoum! Atchoum! Atchoum!

-Pas possible.

La nouvelle venue clama son arrivée.

-Iiinnncrrrédddulllllllle! couina la souris

Le Druide avait réussi une téléportation!?! Elle aurait préféré voir apparaître une autre créature. Cette coquine avait rongé les câbles de la voie ferrée du « *Rapide®Escargot* ». Elle avait mis la vie de Janie en danger, celle de Chanceuse et du même coup, occasionnée toute une frousse au Gnome Rabougri.

Il y avait autre chose que l'Humaine ne savait pas. La bestiole avait apeuré tous les Gnomes de la **« Grotte Cryptique »**. Rabougri et Trompe-l'Oeil en avaient eu plein les bras, lorsqu'elle avait crié et bavé comme une enragée.

-Vous la reconnaissez?

-À qui le dites-vous! Grignotine Yo, la clonée de **« l'Antre de l'Illustre Farandole »**!

Janie resta perplexe, le clonage était interdit et devait demeurer secret. Le Druide devait sans doute avoir une raison valable pour demander à l'Illustre Farandole l'autorisation de la téléporter. La souris, mini et charmante, tentait de communiquer, mais elle parlait si vite que Janie ne parvenait pas à comprendre le sens de la conversation.

-Jjjaiii ééétééé hhhiii... eeenvvvoyééééee pppourrr tttee vvveeennnirrr eeennn aaaiiidddeee! Llleee Dddruiiiddddeee nnn'ééétttaittt pppasss cccerrrtttainnn qqqueee jjj'aaarrriiivvveeerrraiiisss ààà ééécccclooorrreee!!!???!!! Hhhiii... hhhiii... hhhiii! Tttuuu eeesss pppplutttôttt mmmigggnonnnneee eeennn éééééétoiiiillleee dddeee mmmerrr!

Janie s'étira la touffe de cheveux qu'elle avait sur la tête, en essayant de comprendre le sens des phrases couinées, en rafale, par la bestiole. Le Druide avait réussi, avec succès, une téléportation. Peut-être parviendrait-il à la téléporter à son tour?

Strados trouva cette trotte-menu[*] plutôt audacieuse.

-Le Vieux Sage est un vrai génie! Et... quelle parole! s'exclama Janie.

-Votre ami le Vieux Sage agit toujours en connaissance de cause et jamais, il n'exécute les choses à moitié.

-Vous le connaissez bien?

-Qui n'a pas rencontré dans sa vie le plus puissant « *Régisseur* » des demandes existentielles?

La souris surexcitée donna les recommandations formelles qu'elle avait reçues du Druide.

-Tttuuu dd**doi**sss ddd**emm**meurrrerrr iiiciii... lllee Dd**drui**dddeee... lll'aaa ooord**ddon**nnnééé!

-Où est-il?

-Il poursuit Malfar Malfamé et ses complices. Il demeure incognito car la partie est loin d'être gagnée.

-Et... Balbuzard au Grand Étendard?

-Il surveille sans répit la **« Forêt Magique »** avec l'aide de la Fée Reine Gloria et ses serviables Princesses, PréciBella et Victoria.

-Et, ce bon Farandole?

-Il garde à vue les entrailles de la **« Terre »**, afin que les Intrus ne découvrent pas les **« Lieux Sacrés »**.

-Ouf! Ils ont un travail colossal à exécuter!

Grignotine rajouta à toute vitesse.

-Iiilsss ooontttt pp**press**sqqqueee tttoussss lllesss ééé**lé**ééémmmentttsss... hhhiii... eeennn mmmainnn. Eeetttt... Tttoiii... tttuuu nnneee dd**doi**ssss pppasss qq**qui**ittterrr... lllaaa **« Ss**sp**hèè**èrrreee B**bble**ueee ».

-Je suis désolée de te décevoir, mais je ne vais pas attendre éternellement, car plus je retarde, plus je

---

[*] trotte-menu : souris

perds ma flexibilité! Je dois retrouver sans faute... les « *Dames de Compagnie de Sa Majesté Rose Flore Des Vents* » avant que je redevienne normale!

Strados ne dit rien... son intuition lui confirma que Janie n'en ferait qu'à sa tête. De toute manière, il n'avait pas un mot à dire puisque la vie de l'Humaine était en jeu.

-Nnn**non**nn!?! Ooo**nn**n dd**doit**tt sss**suiii**v**vvreee**... hh**hiii** hh**hiii**... lll**esss** iii**nssstt**t**truccctttions**ss ccc**carr**r ccc'**est**tt tt**trop**pp hh**hoo**o ddd**dannngggee**er**rreu**xxxx ppp**réééss**s**ennntttee**e**mmm**m**en**ttt!

-Je sais ce que je dois accomplir, répliqua Janie.

Elle se demandait si elle allait tenir le coup, car elle sentait de plus en plus sa peau se contracter et se relâcher.

-Je veux que vous m'indiquiez le tunnel que je dois traverser pour me rendre au repaire de Brutus Malotru!

-Bien sûr!

Elle avait exigée... et Strados devait exécuter les demandes de l'Humaine transformée.

-Je vous remercie grandement de votre hospitalité!

Strados fit bouger ses branchies en signe de reconnaissance. Les ouvertures oblongues* dentelées longeaient le derrière de ses oreilles atrophiées et descendaient en croissant vers sa gorge. Le choc majeur qu'il avait subi avait provoqué la chute de ses cheveux; seule une longue tresse derrière la nuque avait résisté au traumatisme émotionnel.

Chemin faisant, il lui expliqua comment il en était arrivé à bâtir cette « **Cité Biologique** ». Grignotine demeurait sur l'épaule de Janie en surveillant tout autour d'elle. Janie était persuadée que cette

---

* oblongues : plus longues que larges

480

ratoureuse enregistrait tout ce qu'elle apercevait, dans sa mémoire. Elle n'arrêtait pas de lancer des petits cris perçants d'étonnement, en tournant les yeux, à tous les faits et gestes inhabituels.

-Hhhiii... hhhooo... hhhaaa!!!???!!!

Strados ne semblait pas s'étonner du comportement étrange de la souris. Il continua de renseigner l'Humaine sur les événements qui avaient transformé sa vie et celle de milliers d'autres.

-Lorsque notre terre a été submergée par un énorme raz de marée, plus de la moitié de notre **« Monde »** s'est écroulé sous les eaux! Ce désastre s'est produit avec une telle rapidité que personne n'a eu un ion de seconde pour réaliser que nous avions pénétré la zone bathypélagique[*]. Nous avons également traversé la croûte magmatique[**] terrestre par une incommensurable crevasse causée par des volcans en éruption. Puis, s'en suivit le plus grand des cataclysmes[***]. Les survivants se sont retrouvés éparpillés sous le manteau de la **« Terre »**!

-Quelle catastrophe!

-Nous avons été sauvés par *« Les Omégamiens »*.

-Les... Omé... gamiens?!?

Janie n'avait jamais entendu parler de ces créatures auparavant. De toute manière, les *« Pélagos »*... aussi, lui étaient inconnus avant qu'elle ne rencontre *« Son Altesse Grâce »*!

-Les Omégamiens vivaient avec vous dans les fonds marins? questionna-t-elle, étonnée.

---

[*] bathypélagique : zone sous-marine océanique comprise entre 3000 m et 6000 mètres
[**] magmatique : qui vient des volcans
[***] cataclysmes : désastres naturels d'une grande ampleur

-Non et oui! Ces derniers habitent une autre planète nommée... **« Oméga »**! Ils parviennent jusqu'à nous en utilisant des vaisseaux interstellaires ultrasoniques. Ils parviennent dans nos profondeurs en traversant un *« Triangle »* de l'Archipel océanique.

-Des extra-terrestres!

-Des êtres... extra. Ça, c'est irréfutable!

-Ils parlent notre langue?

-Ils communiquent par télépathie. Aucune créature vivante sur la **« Terre des Hommes »** ne possède la force mentale de ces *« Êtres Bleus »* venus de l'espace intersidéral.

-Une **« Planète »** inconnue?

-Plutôt... une **« Galaxie »**. Cette dernière est située dans le grand **« Trou Noir »**, entre les **« Astres Intergalactiques »** et, évidemment, à des années lumières de **« l'Univers des Univers »**!

-Ces *« Êtres Bleus »* sont géniaux... ils peuvent revenir et retourner dans leur **« Galaxie »** par le **« Triangle »**. Impossible de les repérer au beau milieu de **l'Océan Pacifique**! C'est ingénieux comme cachette!

-Oui! Mais, il y a encore mieux. Ils sont bien organisés, plus que tu ne peux le croire! Ils utilisent une autre voie pour ressortir sans se faire remarquer.

-Vraiment?!? s'exclama Janie qui voulait en savoir plus long.

-Ils ont recours aux volcans gris!

-Les volcans... les plus dangereux et les plus susceptibles d'entrer en éruption!?!

Janie n'aimait pas ça. Elles les trouvaient un peu trop audacieux à son goût. Cela lui rappelait les *« Intrus éthérés »* qui avaient essayé de pénétrer la lumière et qui avaient fait rugir les volcans, au **« Lac Enchanté »**.

-Ce sont des créatures pacifiques! rajouta-t-il, devant l'inquiétude qui transpirait de « *l'Aura* » de l'Humaine transformée.

-Leurs vaisseaux ne sont jamais en panne?

-Non... puisqu'ils emmagasinent l'énergie des deux **« Pôles »**, celui de **« l'Arctique »** et de **« l'Antarctique »** pour recharger leur soucoupe. Ces deux points éloignés se revitalisent en absorbant l'électricité magmatique que dégage à profusion la **« Pleine Lune »** dans l'atmosphère pendant les équinoxes et les solstices.

-C'est super flllyant!

Janie resta ébahie... le **« Noyau Central des Océans »** était habité!?! Qui aurait cru? Strados poursuivit pendant qu'elle admirait la serre hydraulique et biologique, sous verre, construite en *« Pierre de Lune »*.

-Nous avons relié les grottes souterraines par des galets et des pierres de toutes tailles.

-Ils vous ont aidés?

-Voyant la détermination que nous avions à améliorer notre vie, les Omégamiens nous ont conseillés dans notre projet d'aménagement. Nous avons installé un système d'air naturel en utilisant les algues venues de leur planète ainsi que d'autres matériaux. Sans eux, nous ne serions plus vivants!

-Ce sont des génies en connaissance spatiale!

Janie ne pouvait qu'admirer les nouvelles techniques employées. La serre avait été aménagée afin que ces Créatures vivent en parfaite harmonie avec leur environnement créé sur mesure. Tout était ajusté, dosé et programmé pour le bon fonctionnement du développement des potagers et des jardins. Seuls des sels minéraux étaient ajoutés, car ils faisaient partie des valeurs nutritives considérées essentielles à la structure de leur corps marin. La lumière s'adaptait à chaque courbe de croissance des végétaux. Dans la **« Sphère Bleue »**, tout avait été mis au point pour l'arrosage intérieur, le drainage et le séchage. Toutes ces techniques s'effectuaient sous l'influence des lampes jaunes à vapeur de sodium[*] qui agissaient comme détecteurs de mouvement. La luminosité activait les systèmes mis en place pour fournir les besoins vitaux de chaque larve, pousse, œuf et créature.

Janie admirait l'immensité de ce jardin biologique qui ressemblait à un vrai coin de paradis. Le potager était composé de mille et un légumes aux couleurs claires dans des teintes complètement différentes de celles de la **« Terre »**. Les tons de mauve et magenta étaient à l'honneur dans le paysage panoramique. Les arbres à guirlande roses, les feuilles mauves et le sol tapissé de mousse dorée donnaient une atmosphère de sérénité. Les vergers prenaient des formes inimaginables par la diversité de leurs fruits. Tous ces produits, petits et gros, grimpants ou rampants, étaient imprégnés d'odeurs subtiles qu'elle n'avait jamais perçues, ni senties auparavant. Janie se demandait où était logé tout le peuple sous-marin qui habitait ce havre de paix.

-Aucune créature n'apprécie l'endroit? questionna-t-elle.

-Ce lieu de méditation, de relaxation, d'oxygénation et de nutrition devient occupé à chaque rayonnement doré que projette notre *« Soleil D'Or »*. Dans le langage des Humains, cela veut dire à toutes les deux heures sonnant! La place se remplit continuellement et c'est pour cette raison que nous

---

[*] sodium : sel

procédons à une rotation afin que tous puissent profiter pleinement de ce site de ressourcement... sauf les jours de « *Lunaison* » comme aujourd'hui.

-Wow! Tout est tellement bien organisé!

Tout en visitant l'immense sphère, à sa grande surprise, elle aperçut au centre de l'immense jardin biologique, un énorme soleil sphérique. Janie, émue, respira profondément. Le « *Soleil D'or* » de sa formule magique existait bel et bien.

-Nous avons bâti un vrai paradis!

-Et combien de résidents comptez-vous?

-Des milliers!

-Euh! Ils habitent tous ici, à l'intérieur de la **« Sphère Bleue »**?

-Mes frères et sœurs vivent dans la **« Mégapole de la Sphère Bleue »**, située à un niveau sous-jacent à la serre. Il existe plusieurs dodécaèdres de différentes couleurs, mais vous ne pouvez pas les apercevoir.

Janie nageait en pleine fiction.

-À cause des bulles!

Janie commença à sentir une certaine aisance, voire un assouplissement dans ses articulations. L'endroit, très humide, dilatait son corps marin.

-En partie! Venez... puisque vous tenez absolument à rencontrer un des nôtres!

Janie s'attendait à entendre sonner le gong et à voir les portes s'ouvrir... mais non! Plutôt, ils contournèrent l'immense « *Soleil D'or* » et, au bout d'un long corridor, ils pénétrèrent dans un abri vitré, lequel contenait d'immenses bassins de différentes couleurs. Elle faillit tomber à la renverse lorsqu'elle aperçut un descendant de la race mutante en train de cueillir des larves. Ce dernier travaillait ardemment sans se préoccuper des arrivants, trop occupé à la cueillette des transplantations. Le mutant, pas plus haut que trois pommes, aurait pu passer inaperçu dans ce bassin feuillu parmi les larves d'hémerodromes*, s'il n'avait pas sifflé.

-Nous sommes les « *As* » du greffage! rajouta Strados, en invitant de la main son jardinier. Viens, mon ami que je te présente!

Le résident se retourna, le sourire fendu jusqu'aux oreilles pour saluer les visiteuses. Janie sursauta et Grignotine, à son tour apeurée, essaya de rentrer dans un des trous de l'Astérie pour se cacher, sans résultat positif.

La créature, afin de les accueillir, roula sur elle-même tout en rebondissant. Puis, elle s'arrêta devant Janie et se balança d'avant en arrière quelques instants, car elle avait de la difficulté à garder son équilibre sur ses six jambettes qui subitement étaient sorties de son corps sphérique. Des antennes siégeaient sur sa tête ronde et ces appendices allongés retenaient deux yeux de poisson vitreux qui se mouvaient comme des ressorts. Sa bouche, au centre de son ventre, était accompagnée par deux autres ouvertures sur le côté qui s'amusaient à s'ouvrir et à se refermer à chaque respiration. Ses longs bras filamenteux s'étiraient comme des élastiques et étaient munis de plusieurs doigts translucides. De toute évidence, il avait été greffé à partir des cellules d'un têtard, d'une pieuvre et d'une méduse. Le Maître maraîcher attendit que l'Humaine transformée lui tende la pointe de son étoile.

-Je...

Janie n'osa pas s'avancer de peur de rester collée à la gélatine.

---

* hémerodromes : petites mouches dont les larves sont géantes

-Ce sera pour une prochaine fois, annonça Strados, en constatant que son jardinier en chef était couvert de résidus visqueux.

L'Humaine ne voulait surtout pas laisser des traces de ses cellules, au cas où on tenterait d'exécuter d'autres genres de transformations ou des greffes! Elle ne devait courir aucun risque avec ces génies de la science régénératrice... ils pouvaient parfois frôler la folie! Elle lui administra tout de même un petit salut militaire qui sembla lui plaire.

-Je vous présente Frioul. Il possède de remarquables connaissances dans le domaine des transplantations. Tout ce qui concerne les larves, les œufs, les végétaux chlorophylliens* et leurs descendants... il connaît. Il demeure notre « *cloner* » officiel! Et aussitôt, il rajouta... Maître Frioul, une nouvelle espèce d'amphibien arrivera sous peu, par les portes centrales du **« Lagon »**. J'aimerais que vous y jetiez un coup d'œil! Je vous y rejoindrai, car j'ai besoin de votre aide pour ouvrir... le canal.

Le globule sursauta et cligna des yeux en regardant son chef. Il roula tellement vite qu'il disparut dans l'humus** servant de nid à la fertilisation des plants.

L'Humaine se sentit soulagée. Elle ne serait pas contaminée et bientôt, elle arriverait au fameux passage secret qui menait au repaire de Brutus Malotru. Puis, elle remarqua au fond de la salle, une Créature d'allure féminine assise sur un long canapé ovale, construit en carapace de tortue qui les surveillait à distance. L'étrangère était entourée d'aquariums dans lesquels pataugeaient des animaux

---

* chlorophylliens : contenant de la chlorophylle
** humus : décomposition végétale

marins et des plantes aquatiques. Ces derniers n'avaient rien en commun avec nos espèces connues sur « **Terre** ». D'ailleurs, l'humanoïde ne ressemblait en rien à Strados et pourtant Janie était certaine qu'elle était un membre des Pélagos.

Strados, à toute vitesse, se dirigea près de la femme et lui porta mille attentions, tout en lui tenant l'aisselle. Il s'empressa de lui donner à manger, en plongeant sa main dans un des amples réservoirs en vitre. Elle sembla ravie lorsqu'il lui donna des larves de poissons, fraîchement écloses qui flottaient en suspension dans l'eau. La mutante la prit de ses petits bras mous, la lança adroitement dans sa bouche et l'avala tout rond. Puis, se retournant vers Janie, Strados lui présenta l'inconnue.

-Voici ma douce Zirka!

Il n'y avait aucun doute, cette Créature était sa bien-aimée. Janie espérait qu'elle soit rassasiée, car elle se demandait si elle aimait déguster les « *Astérides* ». Grignotine chicota dans l'oreille de Janie. À son tour, elle souhaitait qu'elle déteste le goût des souris. Strados répliqua doucement... nous ne raffolons pas des fruits de mer piquants et encore moins de la chair blanche et amère!

Les nouvelles venues, satisfaites, n'osèrent rien rajouter.

Zirka, la mutante, avait conservé certains traits humains. Même si elle n'avait plus de cheveux, de sourcils ni de cils, ses grands yeux bleus pétillaient d'intelligence. Son corps sinueux était élancé jusqu'à la taille et était recouvert d'une couche d'algues verdâtre, tout comme Strados. Ses bras tentaculaires tenaient lieu d'organes tactiles. Janie demeura sidérée lorsque la Créature s'approcha d'elle en rampant et en sifflant. Elle étouffa un cri, puisqu'elle avait une peur atroce des reptiles. Aussitôt devant Janie, la bien-aimée de Strados se recourba sur la pointe de ses deux éléments. Les deux membranes en forme de pointe situées au bout de sa queue lui servaient de jambes et de pieds à la fois. « *Une femme-serpent!* » Il ne manquait plus que cela pour rendre l'Humaine nerveuse.

Grignotine se cramponna à Janie transformée et, à ce moment précis, la souris pensa qu'elle aurait préféré que la téléportation n'ait pas réussi. Janie exécuta rapidement et nerveusement une révérence à Zirka. Cette mini courbette plut à la femme-serpent. Elle lui sourit en dardant sa langue fourchue.

-N'aie crainte! Elle vous salue! Ici, nous parlons par télépathie. J'ai dû abaisser mes vibrations afin de communiquer avec toi dans ta langue, dit humblement Strados.

En entendant ces mots, Janie se rappela subitement qu'elle n'appartenait pas au **« Monde de la Sphère Bleue »** et qu'elle demeurait en mission spéciale. Elle ressentit, cette fois-ci, une autre contraction et ses membres étoilés se ramollirent davantage. Elle jeta un coup d'œil furtif à son corps. Par chance, il n'avait pas encore commencé à changer de couleur. Elle, qui se croyait presque invincible, constatait qu'elle détenait plus d'une peur dans la vie : le noir, le vide, les sorcières et les serpents.

Strados passa son bras sous celui de sa femme, puis ensemble, ils marchèrent en direction d'une autre porte triangulaire.

L'Humaine métamorphosée n'avait jamais vu rien de comparable à cette **« Sphère Bleue »** qui demeurait unique en son genre. Le Chef de l'Intrados lisait dans ses pensées et rajouta...

-Si je n'avais pas vaincu mes peurs, je n'aurais jamais rencontré les « *Êtres Bleus* » et... sans eux, nous serions tous morts!

Curieuse, elle posa rapidement une question.

-Dites-moi, comment peut-on reconnaître ces « *Omégamiens* »?

Strados hésita, mais Janie avait demandé.

-Eh bien... ces créatures ressemblent à des reptiles!

Janie comprit immédiatement que Zirka s'apparentait à cette race venue de « **l'Espace Intersidéral*** ».

« *Wow! Une race préhistorique* » pensa-t-elle.

Grignotine sursauta lorsque l'Astérie éructa**. Son système provisoire se détériorait. L'Humaine transformée commençait à manquer d'eau, et son « *Corps Astral* » réagissait de l'intérieur en lui envoyant des signaux. Janie paniqua et Strados en conclut qu'il devait se presser.

-Je t'amène au canal. Il est situé dans la « *Grotte de Cédras* ».

Zirka intervint...

-Je dois vous quitter et retourner à « *l'Intrados Natal* », je sens venir le jour.

Elle salua de la tête et, d'un bond d'un mètre, disparut de leur vue.

Strados, à son tour, poursuivit...

-Nos corps transformés sont nettement supérieurs à la majorité des « *Humains* ». Nous n'avons jamais trop chaud, ni trop froid. Nous mangeons par désir et non par nécessité et nous pouvons modifier nos vibrations. Nous communiquons par télépathie, et sommes tous amphibiens. Par contre, nous ne

---

* espace intersidéral : entre les astres
** éructa : du verbe éructer, faire un rot

pouvons pas voler dans les airs, mais… nous y parviendrons! Notre plus grand chagrin est que nous ne pouvons concevoir qu'un seul embryon par couple. Nos hormones biodégradables se désintègrent après la première conception.

-Et… le clonage?

-Nous n'avons jamais réussi. Je vais devenir… le premier canalisateur de notre génération! Ce qui signifie dans vos mots, que je serai bientôt Père!

-Mais d'où viennent les autres?

-Ils existaient déjà quand nous avons sombré dans les abysses. Nous avons exécuté, dans nos laboratoires, des greffes de cellules, de gènes et d'organes, mais jamais de créature complète!

-Qui vous a montré?

-Les « *Êtres Bleus* »!

-Je vois!

-Et votre enfant deviendra…?

-Il sera la première progéniture du « *Clan Strados Pélagos* »… mi-mutant et mi-bleu, un hybride subaquatique : l'Élu des survivants!

-C'est incroyable! s'exclama Janie. Elle se sentait un peu déroutée, car c'était d'une certaine manière une nouvelle espèce. Il ne s'agissait pas de robots… mais bien de deux espèces de Créatures, greffées et amalgamées, parvenues à éclore dans les abyssales. Cet exploit, toutefois, s'avérait magnifique et affolant à la fois.

Grignotine chicota encore dans l'oreille de Janie. Elle voulait voir l'embryon de la nouvelle ère!

-Hhhiiii, pppeuttt-ttt-ttt-onnn vvvoirrr lllaaa cccouuuvvveuuussseee?

Janie comprit que Farandole avait dû échanger quelques notions « *d'apprenti-cloner* » avec Strados.

-Nous devons passer par le lagon.

-Un autre arrêt! s'exclama Janie.

-Tu dois récupérer tes forces pour traverser le canal. Et la couveuse se trouve dans la grotte.

-C'est bien, j'ai besoin d'air! dit Janie.

La souris clonée était ravie que l'Humaine accepte l'offre et encore plus ravie de constater que Janie ne cherchait pas à s'évader. On l'avait formellement avisée qu'elle pouvait prendre la poudre d'escampette à n'importe quel moment afin d'accomplir sa mission de longue haleine.

-Nous y allons, immédiatement! rajouta le rescapé.

Strados fit signe de le suivre de son bras élancé. Ils traversèrent plusieurs passages vitrés où des crustacés venaient les saluer au passage. Voyant l'air interrogateur de l'Humaine transformée, il rajouta…

-Nous les appelons les « *Écrabés* ». Il s'agit d'un mélange parfait d'écrevisse et de crabe. Et, le plus fantastique est que cette espèce ne pince pas! Elle gratte et nettoie! Je les emploie pour enlever mes résidus calcaires, une tâche qui demande beaucoup de dextérité!

-Oh! Wow! Ça… c'est une greffe. Tout à fait révolutionnaire!?!

Ils parcoururent plusieurs tunnels, sans rencontrer d'autres créatures. Seuls, les mollusques osaient les regarder passer de l'extérieur de l'aquarium. Ils attendaient leur pitance*! Strados pesa sur un des multiples boutons et des larves tombèrent par des petites fontaines servant à les nourrir.

-Ces tunnels m'appartiennent. Il n'y a que moi qui les utilise avec ma famille et quelques relations amicales.

---

* pitance : nourriture

-Oh!!! Je vois, s'exclama Janie, heureuse de constater qu'elle faisait partie de son cercle d'amis.

-On peut facilement s'y perdre, car ces souterrains mènent à différents atolls[*]!

Janie le croyait sur parole. Ils contournèrent un long passage vitré du dodécaèdre pour enfin apercevoir un étang salé aux reflets bleu émeraude.

-Nous sommes arrivés dans la **« Grotte de Cédras »**.

La luminosité multicolore venue des fonds marins ajoutait au charme mystérieux de l'endroit. Le quai flottant de la **« Sphère Bleue »**, transparent, ne masquait en rien la beauté féérique du rocher à fleur d'eau. À l'extrémité de ce passage, elle y trouva d'autres entrées. Elle se demandait laquelle la mènerait au repaire. Elle n'aurait su le dire... puisque les devantures aux facettes biseautées ressemblaient à des miroirs et se reflétaient l'une sur l'autre.

Le lagon laissait échapper une odeur envoûtante. Janie fut charmée par les grosses fleurs cristallisées suspendues au plafond de la caverne. Elles diffusaient autour d'elles, tous les reflets qu'elles pouvaient capturer. Des lierres au feuillage triple descendaient en grappes de la voûte et couvraient les côtés de la grotte, tout en procurant de l'oxygène. Des pierres, d'un gris argenté, cheminaient le long des rochers servant de bancs et de lits chauffants; une vraie station balnéaire!

-Nous sommes dans la **« Grotte de Cédras »**!

Janie remarqua subitement que plusieurs portes étaient ouvertes. Elle se retrouvait à l'intérieur d'un atoll creusé dans du roc, et ce, sous l'eau, mais dans

---

[*] atolls : groupe d'îles de la mer

un port subaquatique où aucun liquide ne pouvait pénétrer.

-Hhhooohhhiiihhhaaa! s'écria la souris.

Janie constata soudainement que les yeux de Grignotine changeaient de couleur. Du noir charbon ils devinrent orange brûlé… presque rouges, tout en lançant des étincelles par ses pupilles qui ressemblaient à des « *flashes* » électroniques. Elle était convaincue qu'elle filmait à l'insu du « *Chef des Intrados* ». Janie était persuadée qu'elle avait été aussi envoyée comme agent spécial.

L'Humaine se laissa envoûter par la tranquillité du lieu et se permit d'examiner la grotte de long en large. Tout près des fleurs de cristal aux couleurs iridescentes, elle remarqua, collé à la paroi du récif, un gigantesque cocon en forme d'anneaux fibreux.

-Le **« Lagon »** abrite aussi le réservoir de **« l'Intrados Natal »**!

Janie remarqua, au centre d'une alcôve, Zirka lovée sur un œuf d'or. La femme-serpent sourit à la visiteuse. L'humaine constata que peu importait le milieu, les Mères demeureraient toujours des mères. Cette image d'amour maternel et de protection… elle la connaissait bien et cela la rassurait. Strados lança un rayon d'admiration à Zirka qui s'enroula encore plus autour de l'œuf afin de le couvrir de chaleur et de le protéger davantage. Puis, un craquement se fit entendre de l'extérieur et immédiatement, une aile de **« l'Intrados Natal »** se referma.

-Silence…! commanda Strados, d'un coup sec.

Janie resta figée et Grignotine se raidit les oreilles. Il se passait un événement inattendu. Strados se dressa et ferma les yeux, tout en apposant ses trois doigts droits sur sa tempe. Aussitôt, il se dirigea vers une sortie.

-Une urgence! Je vous demanderais de ne pas sortir de cet endroit! La **« Sphère »** est indestructible et à l'épreuve de l'eau.

-Et Zirka?

-Elle demeure avec vous, en lieu sûr. **« L'Intrados Natal »** appartient aux *« Omégamiens »*. Profitez-en pour vous détendre!

Séance tenante, une vapeur hydratante se dégagea des pierres plates. Cette dernière avait pour but de purifier, oxygéner et de régénérer les cellules transplantées présentes dans le sang. L'Humaine transformée n'était pas convaincue que ce système soit adapté à sa nouvelle condition.

Une fois traversé la porte de verre, Strados apposa un de ses longs doigts fins au centre de son front et disparut instantanément. Il avait procédé à un tour digne d'une haute voltige d'Alchimiste.

Janie tournait en rond. Elle ne désirait pas s'allonger comme Grignotine. Cette dernière semblait apprécier les vapeurs relaxantes qui collaient à sa peau et qui montaient embuer les vitraux. L'Astérie voulait conserver son huile. Elle arrivait à son but et avait la ferme intention de délivrer les *« Dames de Compagnie de Son Altesse»*.

-Jjjaaannn**nie**eee… vvv**viens**sss! dit-elle, tttuuu ddd**dois**sss aaatttten**ddd**dreee aaa**aveccc** m**mm**oiii!

Janie sourit pour rassurer la souris.

-Je regarde autour et je reviens!

Grignotine n'aimait pas ce petit sourire en coin qui laissait planer des doutes. Puis, la bestiole se détendit en pensant qu'elle ne pouvait rien exécuter avant le retour de Strados Pélagos… l'Intrados. Elle lâcha la garde.

Janie ressentit une démangeaison dans le creux de ses mains étoilées… cela annonçait toujours des imprévus. Elle trouvait que l'aide tardait à venir. Et si... elle n'arrivait pas?

De l'autre côté des vitraux triangulaires, des bulles d'air se mirent à pétiller dans le lagon et même à bouillonner. Zirka demeurait enfermée dans la **« Coupole »** natale avec son œuf en voie d'éclosion et ne semblait pas préoccupée par cette eau en effervescence. Une épaisse pellicule argentée recouvrait le nid par mesure de sécurité. Janie cherchait une allée qui la mènerait à une sortie. Elle ruisselait de sueur, et les minis trous à la surface de son ventre, lentement se dilataient davantage. Elle voulait se mettre à l'abri des émanations thermales[*] qui, de plus en plus, la ramollissaient. Cette hausse de température la faisait transpirer; son huile d'amphibien sortait de son corps et risquait d'entraver sa mission. Les vapeurs sulfuriques s'échappaient du dessous du **« Lagon »** qui dormait sur un geyser. Ce dernier agissait comme un bain turc. Les roches en fusion lançaient des jets argentés tellement elles étaient surchauffées.

Grignotine s'étira le cou afin de suivre les moindres mouvements de l'Étoile de mer, mais sa tête devenait lourde et difficile à tenir. Puis, elle s'allongea sur le dos... ce qui était inhabituel pour une souris. Lentement, ses yeux commencèrent à se fermer.

Janie découvrit un amas de pierres recouvert d'un couvercle de roche. Heureuse, elle voulait faire part de sa découverte à la clonée. Avant qu'elle ne puisse l'interpeller, elle constata qu'elle venait tout juste de tomber dans un sommeil profond. Puis, elle sursauta quand elle la vit se dématérialiser complètement sous ses yeux ahuris!

---

[*] thermales : eaux minérales chaudes

-Gri... grignotine! s'exclama-t-elle.

L'Humaine ne savait pas que les clones ne devaient pas s'endormir. Ils pouvaient seulement relaxer. Et lorsqu'ils arrivaient à un relâchement complet, ils couraient le risque de s'autodétruire.

L'échauffement provoqua une surcharge de vapeur qui soudainement souleva l'étoc*. Ce dernier sursauta par la chaleur intense et retomba à la renverse.

Janie avait totalement oublié le rocher, puis décida d'y jeter un coup d'œil. Elle y vit... à sa grande surprise, non pas le passage, ni le guyot, mais bien un immense triangle flottant. Zirka derrière la paroi plastifiée de l'alcôve ne broncha pas, complètement absorbée à couver son œuf. Au même instant, un autre craquement suivi d'un énorme tremblement changea le cours de l'histoire. Janie se trouvait toujours au-dessus du conduit qui servait de bouche d'aération. L'air normalement poussé, sous la secousse brusque, s'inversa instantanément et l'aspira! Propulsée dans le fond du lagon, elle se retrouva immédiatement à l'extérieur de la **« Sphère Bleue »**. Elle essaya de revenir à l'intérieur sans succès. Puis brusquement, le quai referma ses portes et aussitôt, des roches commencèrent à se détacher de l'atoll. Une énorme vibration souterraine résonna lorsque la **« Sphère Bleue »**, coincée, essaya de déclencher sa roue d'engrenage afin de plonger, le plus tôt possible, dans sa région bathypélagique.

L'Humaine transformée rota et reprit sa respiration d'amphibien à l'instant où elle vit passer Zirka, au dessus de sa tête. La femme-serpent voguait, sans subir les contrecoups des plaques rocheuses qui dégringolaient. Complètement

---

* étoc : tête de rocher émergeant à marée basse

enveloppée dans une pellicule souple et épaisse avec son œuf, elle suivait une trajectoire précise confortablement insérée dans cette matrice[*] artificielle à l'épreuve des chocs.

Janie décida de se mêler aux longues algues qui tiraient le cocon flottant et qui se dirigeaient, tout comme un coussin gonflable, en direction du « *Triangle* ». Elle respira tout en échappant des petites bulles par ses trous ventraux. Son système commençait à prendre des fuites. Elle se laissa traîner en espérant retrouver le chef des « *Intrados* ». Et, à sa grande surprise, tout en relevant la tête, elle aperçut Strados et des milliers de Mutants retenir la **« Voûte du Bas Astral »** qui se fragmentait dans les **« Abysses »**. L'heure était fatidique et plus aucune créature n'entendait à rire. Leur visage était marqué par un profond mécontentement.

Janie se retrouvait maintenant, sans Grignotine et sans abri. Elle constata que le « *Triangle* » changeait de position et s'élevait quelque peu au-dessus de Zirka. Elle réalisa qu'il s'agissait du « *Vaisseau Mère des Omégamiens* ». Un « *Être* », tout bleu, sortit avec quelques membres de son groupe homogène afin de porter main forte aux Intrados. Il était plutôt difficile de les différencier, tellement ces nouveaux venus se ressemblaient.

Le Chef des « *Omégamiens* » rejoignit Strados en fendant l'eau de son thorax. Ce dernier n'avait pas encore remarqué la présence de Janie qui virevoltait. Instinctivement, elle savait qu'il s'agissait des « *Extra-terrestres* ». Elle fut surprise de la ressemblance remarquable avec les « *Reptiliens* ». Ces

---

[*] matrice : sac protecteur comme un utérus

créatures préhistoriques étaient surnommées, dans les livres d'histoires, les « *Gris* »!

Les vagues se cassaient au contact des « *Omégamiens* ». Ces voyageurs interplanétaires s'amalgamaient à l'eau comme s'ils étaient composés eux-mêmes de ce liquide. Puis, ils réussirent à décoincer l'engrenage des plaques océaniques. Les roches volcaniques qui bloquaient leur rouage reprirent leur place! Ces immenses plaques océaniques servaient de portes à la **« Sphère Bleue »** et une fois dégagées, le système de défense déclencha le signal d'alarme annonçant le déverrouillage complet. Immédiatement, le dodécaèdre propulsé par des milliers de bulles en effervescence s'enfonça dans les entrailles de l'hadal.

Janie se retourna et reçut de plein fouet une lame[*] de fond qui l'emporta dans un grand tourbillon. Le Pélagos, convaincu que l'Humaine en transformation et son amie la clonée demeuraient toujours en sécurité dans l'habitacle familial, monta dans la soucoupe volante avec Zirka et sa future progéniture. Elle se devait d'accoucher dans **« l'Espace Intersidéral »**.

À l'intérieur des eaux, tout se déroulait d'une manière plutôt inattendue. L'Astéride tournoya sous l'effet des ondulations et roula dans le creux d'une vague qui n'en finissait plus de la submerger. Cette dernière l'entraîna, bien malgré elle, dans les profondeurs hadales. Désorientée, elle se sentit étouffer et rota, mais n'avala aucun liquide. Elle descendait, flottait, redescendait puis, elle réussit finalement à toucher à une surface aplatie. Étourdie, elle se demanda si elle se retrouvait dans la plaine

---

[*] lame : vague

abyssale lorsqu'elle entendit une voix intérieure l'interpeller.

À son grand soulagement, elle reconnut immédiatement « *Mariange, son Ange Blanc* ».

« *Hé! Tu possèdes tous les atouts pour réussir* » !

C'est alors qu'elle se souvint qu'elle possédait la « *Rivière de Diamants* » et sa précieuse « *Clé* »! Elle tapa sur son ventre pour s'assurer qu'elle ne les avait pas perdues dans ce remous produit par la soucoupe volante. Les diamants, à la hauteur de leur engagement, s'illuminèrent dans sa poche ventrale. Heureusement, tout était demeuré en place.

Janie, seule, devrait suivre son instinct pour la suite de son aventure qui s'annonçait plutôt houleuse.

CHAPITRE 38
L'AFFRONTEMENT

Le violent remous avait transporté Janie jusqu'à l'entrée du fameux **« Guyot »**, sans qu'elle ne s'en rende compte. Étourdie, elle finit par se stabiliser et se questionna. Où se trouvait-elle? Plus de vague pour interférer, plus de corail pour s'agripper, elle était laissée à elle-même, flottant à la dérive. Privée de lumière, un long frisson parcourut ses bras étoilés et la fit trembler de tout son corps. Agitée par de violents tremblements, la rivière de diamants et la clé diamantée se mirent à scintiller à l'intérieur de sa poche ventrale. Cette lueur venant des bijoux, lui permit de voir dans l'obscurité. Elle se retrouvait dans une chambre construite en cristaux de feldspath. La paroi naturelle cylindrée formait un immense réservoir; celui-ci semblait vide. Puis, une forte pression hydrostatique[*] se manifesta et la transporta lentement, en position verticale, dans un entonnoir circulaire. Elle réalisa qu'elle devait se trouver dans le passage secret. Le **« Guyot »** demeurait la seule route pour l'amener directement au repaire du barbare Brutus Malotru.

Elle se laissa doucement remonter et remarqua que l'eau changeait de couleur pour un bleu outremer. Elle respirait beaucoup mieux, s'ajustant à la variation de pression qui devenait moins lourde.

---

[*] hydrostatique : pression qu'exerce l'eau sur un corps immergé

-« *Enfin un peu de clarté!* » pensa-t-elle.

Parvenue à une certaine hauteur, elle constata qu'elle atteignait le sommet d'un relief sous-marin.

Le **« Guyot »** appartenait à une ancienne chaîne de volcans endormis sous les eaux abyssales et les créatures évitaient cet endroit comme la peste! Immédiatement, elle pensa à la sorcière Embrouillamini en regardant les parois recouvertes de lave durcie qui prenaient toutes sortes de formes bizarres. Elle respira longuement, puis remarqua qu'elle venait de sortir d'un volcan sous-marin qui avait la forme d'un cratère. Pour l'instant, le volcan rigide semblait étouffé sous les eaux. Puis, sa tête associa les mots... lave... cheminée... cratère...

-« *Oh non! Je suis sur le territoire de la* **« Vallée de l'Ombre »**!

Elle devint écarlate, car elle avait dépassé la **« Zone Interdite »** de la **« Forêt Magique »**. Elle pouvait bien être perdue. Janie se retrouvait juste en dessous de la **« Vallée de l'Ombre »**. Cette zone était interdite aux Créatures, seules les égarées s'y perdaient! Elle se demanda si cette vallée s'avérait aussi dangereuse dans ses bas-fonds qu'à la surface. Elle prit une grande respiration afin de se calmer et conserver tous ses moyens. Le danger demeurait palpable.

Sortie du **« Guyot »**, elle se retrouva entourée d'une plaine usée par l'érosion volcanique. Puis subitement, elle vit de petits yeux rouges fluorescents clignoter et croiser son regard. Cette fois-ci, elle trembla de la tête jusqu'au bout de ses bras étoilés et sous le coup de l'émotion, son corps se décolora. Elle croyait qu'il s'agissait de *« l'Œil Despote »*. Pourtant, ce dernier ne devait posséder qu'un seul œil rouge. Il ne s'agissait donc pas de la créature maléfique! Elle aperçut alors de visqueuses anguilles sortir d'entre les algues corallines* en se tortillant dans sa direction. Elle devait se méfier des nouvelles venues puisqu'elles possédaient des yeux rouges. Janie ne tarda pas à connaître leur intention véritable. De façon sinueuse, les bêtes avançaient vers l'Humaine et leur petit regard perçant paraissait mal intentionné. Effectivement, ces longs poissons commencèrent à lui lancer des décharges électriques. Elle n'était pas la bienvenue sur ce territoire étranger et elle devait se défendre, en évitant de faire trop de vagues. Aussitôt, elle se colla aux pierres volcaniques et essaya même de s'y incruster, feignant d'y chercher de la nourriture. Puis, elle changea de direction pour les persuader qu'elle n'allait pas jouer dans leur baille**. Elle ne voulait pas être paralysée par le venin de ces créatures aquatiques et mourir mille lieux sous les mers. Janie tapa une fois de plus sur sa poche ventrale et sans attendre, la brillance des diamants éblouit les anguilles qui se dissimulèrent entre les volcans et s'enfuirent lorsqu'elles constatèrent que la luminosité bloquait leur courant électrique.

-« *Génial !* » pensa l'Humaine transformée.

Elle apprécia davantage sa nouvelle couverture qui l'aidait à se sortir des embûches et tapota doucement les diamants rarissimes afin de les remercier. Ces gemmes, pour l'instant, lui servaient de protecteurs, puisque Lulubie, la Cheftaine des Libellules, ainsi que Lumina ne l'avaient pas encore retrouvée. Plutôt difficile pour ce genre d'insectes de pénétrer les profondeurs océaniques.

---

* corallines : algues rouges rappelant le corail
** baille : territoire d'eau

L'étoile de mer suivait à la trace les serpents d'eau. Elle ne devait plus se trouver dans les **« Abysses »** puisque des algues brunes apparurent. Elle les contourna, car elles obstruaient la route. Les pierres précieuses exécutaient un travail formidable en continuant de lancer de petits éclairs aveuglants et donnaient une chance à l'Astérie de fuir les lieux, en repoussant l'ennemi. Elle se glissa lentement entre des fragments volcaniques et recula en apercevant…

-Oo**oh**hh! Lll**ee** pair**e**re!

Il demeurait à peine perceptible, amarré dans le remous boueux. Le *« Bateau Pirate »* était presque entièrement recouvert de mousse végétale vert-de-gris. Le repaire et son navire qui faisaient tant parler d'eux n'étaient rien d'autres qu'un dépotoir et une vieille carcasse d'os de requin en décomposition. Janie scruta attentivement les alentours avant de s'approcher de l'écueil* sur lequel reposait la coque** percée. Les anguilles avaient disparu et les algues s'étaient éparpillées au loin. Elle remarqua que le drapeau en berne affichait une tête de mort. N'était-ce pas le sigle *« d'Octo MaCrapule »*? À bien y penser, tous ces *« Intrus »* possédaient un lien en commun. Il lui fallait connaître lequel!?! Elle essaya de repérer le *« coffre au trésor »* d'un premier coup d'œil rapide; aucune trace à l'horizon. Alors, elle passa à l'étape suivante. L'Humaine avança doucement en regardant à droite et à gauche, se laissant flotter au-dessus du repaire. Elle devait découvrir la cache des *« Dames de Compagnie de Sa Majesté »*.

Seul persistait le calme plat. Cela semblait trop beau pour être vrai. À moins que… Brutus Malotru

---

* écueil : obstacle dangereux, rocher
** coque : le corps du bateau

se soit allongé pour une petite sieste? Janie savait que les poissons demeuraient conscients même pendant leur sommeil! Elle devait libérer le moins de bulles possibles pour ne pas se faire repérer! Elle contourna un rempart construit de côtes fracturées qui soutenait le navire en place, aidé par d'autres os rongés par l'eau et enfoncés dans la vase qui servaient de plancher. En catimini, elle monta à bâbord du bateau de fortune, évitant les plantes aux poils absorbants qui voulaient se coller à son corps. Ce silence demeurait plutôt alarmant. Puis elle entendit des voix prononçant son nom en douce cascade... *Janie! Janie! Janie!* Elle reconnut la voix des « *Précieuses* », mais elle ne pouvait pas les voir, car elles étaient ensevelies sous une pile de cages à homard en décomposition. Rien ne laissait présager qu'on l'espionnait derrière l'amas rocheux.

Elle sursauta lorsqu'elle aperçut des ballonnements surgir entre les pierres concassées. Puis elle recula, en voyant un long visage des plus saisissants lui dire...

-Ih**hi**!!! Euq**que** ches**cher**-ut**tu**... rieuse**cu** téride**as**?

Le son de cette voix résonnait comme une tuyauterie qui se déverse. La créature étala son sourire de mépris fendu jusqu'aux oreilles en échappant des bulles entre ses dents crochetées. Quelle horreur! Elle se retrouvait, sans défense, devant ce terrible prédateur qui devait être, sans nul doute, l'écumeur des Mers.

L'Humaine modifiée constata que sa taille étoilée d'astéride avait diminué et que maintenant, elle ne mesurait que quelques centimètres. Grosse comme un petit fretin*, elle était devenue un appât facile à manger pour ce carnassier aux six cents dents!

Brutus Malotru savait qu'il avait affaire à une espèce rare. Janie était furieuse d'être tombée dans l'embuscade tendue par les anguilles qui se tortillaient de rire avec le brochet. Le Pirate avança vers sa proie, en sortant sa proéminente mâchoire inférieure.

« *Quelle catastrophe!* » pensa Janie. Elle devait trouver, au plus vite, une raison valable pour qu'il ne l'attaque pas.

Le poisson à dents-de-scie arrêta brusquement ces menaces physiques, lorsqu'il entendit le mot...

-Ej**je** sius**suis** cheuse**cher** ed**de** « *sorstré* »! dit-elle sur un ton de grande experte.

Brutus, ce célèbre corsaire, demeurait un redoutable trafiquant de la pire espèce. Il avait survécu à des centaines d'appâts et à des tonnes de racleurs de fonds marins. Il était plus que costaud, il était l'invincible. Ses empreintes de survie le prouvaient, car elles sillonnaient son corps comme des marques de bravoure. Ce dur à cuire restait l'un des rares flibustiers des mers à piller sans vergogne** et à s'amuser à faire peur à tout son entourage.

-Nu**un** « *sortré* »!?! Iaj**j'ai** neu fre**of** roup**pour** iot**toi**!

Janie essayait de contenir sa joie... mais dans l'excitation, elle grandit de quelques centimètres. Brutus savait que l'Étoile de mer... n'était pas un véritable astéride. Il avait été avisé par les flots et les appellations des « *Pierres Précieuses* » de la venue de l'intruse! Il devait se méfier de cette créature

---

* fretin : petit poisson
** sans vergogne : sans scrupule, sans gêne

terrestre qui avait pris des moyens extraordinaires pour sauver les *« Dames de Compagnie »* de Son Altesse Grâce, en oubliant sa propre « *Vie* »!

L'Humaine remarqua que... plus elle gonflait... plus son huile magique se résorbait par ses orifices ventraux. Elle retient une grimace en constatant que des petits ronds blancs venaient d'apparaître sur son corps. Il ne lui restait plus beaucoup d'options, puisque le compte à rebours avait commencé!

-Tu ne pensais tout de même pas que... je ne t'avais pas reconnue sous ton déguisement loufoque!? dit le brochet en s'adressant à Janie dans la langue des humains.

-U**tu** et**te** pes**trom**!

-N'essaie même pas de me convaincre avec cette touffe d'ébène sur ta tête!

Janie remarqua qu'une infime partie de ses mains et de ses pieds dépassaient quelque peu de ses membres étoilés.

-Euh!?!

Elle n'avait rien d'autre à ajouter. Il lui serait maintenant difficile de passer incognito pour le reste de sa mission.

-Je connais aussi parfaitement la manière dont fonctionnent vos communications. Je l'ai appris par vibration, sous l'eau, quand des marins, des pêcheurs et même des braconniers rageaient, rouspétaient, criaient à répétition au-dessus de l'eau. Les mots résonnaient sous l'eau. Ils étaient furieux lorsque je m'échappais de leur puise ou de leur filet, et cela, à plus d'une reprise! Certains ont même perdu leur ligne à pêche. Je gagne toujours! ricana-t-il, dans un long glouglou.

-Que veux-tu m'offrir... espèce de malotru? rajouta-t-elle.

Brutus ne cessait de fixer les gemmes qui scintillaient.

-Aimerais-tu posséder une Escarboucle!?!

Elle hésita un instant avant d'accepter l'offre, puis détecta un petit rictus qui sautillait nerveusement au coin de la gueule du poisson. Elle était convaincue qu'il bluffait.

-Cette gemme n'existe pas... mon vieux!

Elle décelait de l'agressivité émaner du corps de cette créature.

-Bon... d'accord! J'ai une autre offre! Une clé « Passe-partout »! lui proposa-t-il.

-Seules les « Clefs » à quatre dents possèdent une valeur marchande. Je m'intéresse à ces dernières uniquement!

Janie, dont les cellules de son Astérie provisoire* se désintégraient, devait prouver que ce petit embarras ne l'empêchait pas de négocier. Elle allait le marchander jusqu'à l'os!

-As-tu... au moins de l'argent? questionna le brochet avec des yeux remplis de convoitise.

-Tu parles... j'ai une fortune en poche!!!

-Et toi... possèdes-tu... un « Coffre »?

-Qu'en penses-tu? dit-il en dégoulinant de sueurs froides.

Janie sortit de son sac ventral, la pochette qui contenait la « Clé » et, bien entendu, la « Rivière de Diamants ». Elle la déposa sur une vieille bottine de cuir trouée qui servait de table, de lit et de bureau.

---

* provisoire : qui ne dure qu'un peu de temps

Elle essaya de lui tirer les vers du nez[*], en rajoutant…

-Une clé, sans « *Coffre* », qui ne possède pas quatre dents… ne vaut rien! Brutus surexcité effectua un long cercle autour d'elle.

L'Humaine entendit de nouveau les voix insistantes des « *Précieuses* ». Elles étaient bel et bien enfouies sous les décombres. Janie avait appris à ne jamais dévoiler ses vraies intentions à un ennemi. Ces relâchements étaient propices à se faire prendre au piège et à subir du chantage. Elle devait l'affronter. Elle devait vaincre ses peurs et lui prouver qu'elle était capable de surmonter n'importe quel obstacle.

Le flibustier n'arrêtait pas de tourner, en essayant de voir ce que contenait la pochette. Janie en profita pour la brasser et la rebrasser, en souriant. Les diamants sortis de la poche ventrale mais toujours à l'intérieur de l'étoffe de velours, ne se gênaient pas pour s'illuminer. On pouvait presque deviner leurs formes, tellement ils étincelaient.

-Je t'échange la clé contre ce minable collier!!!

-Tu veux rire… ce bijou est loin d'être minable!

-Ce n'est que du toc!

Janie faillit s'étouffer, lorsqu'on filet d'eau entra dans sa glotte. Elle devait se dépêcher car il ne lui restait plus un instant à perdre.

-Tu peux penser ce que tu veux!

Cela piqua la curiosité de Brutus.

-Hum… fais voir!

-Pas avant que tu me montres les gemmes que tu caches, là-bas, sous les débris! lança-t-elle, sûre d'elle-même.

-Ce sont des joyaux de pacotille! ricana le pirate.

---

[*] vers du nez : parler quelqu'un en posant habilement des questions

Janie fit semblant de ne pas comprendre et entra sa main dans le sac... Aussitôt, des éclats en sortirent en hypnotisant le flibustier par leur brillance et, du même coup, repoussèrent les serpents électriques.

Brutus ordonna immédiatement aux anguilles d'apporter ce que l'Humaine demandait. Elles fuirent. En furie, il exigea aux crabes à sardines d'effectuer le boulot à la place des peureuses.

Janie retenait son souffle pour garder le plus d'oxygène possible. Elle n'avait jamais vu de sa vie autant de crustacés avec des pinces aussi longues et effilées! Elle n'osa pas bouger, lorsque l'un d'entre eux passa près d'elle et la frôla d'une de ses dents carnassières, courtes et larges, qui se situait sur le côté de sa carapace circulaire. Sa dentition pointait vers l'avant comme une arme.

-Mariol, mon dur à cuire*, va me chercher les fragiles pleurnicheuses!

Il exécuta l'ordre de son chef et amena sa trâlée de pinces avec lui. Pendant qu'ils tassaient les débris épars, Brutus se tenait aux aguets et scrutait les alentours. Janie se demandait ce qui pouvait l'inquiéter. Le crabe ne tarda pas à apporter un vieux casque de scaphandrier et le déposa sur l'ancre de miséricorde** cimentée dans le sable. Janie n'en croyait pas ses yeux. Les « *Dames de Compagnie* » étaient entassées comme des sardines dans cette boule de métal rouillée par l'érosion.

Le Pirate ouvrit la visière avec son épée qui était dissimulée sous une rangée d'écailles de sa nageoire droite. Le couvercle grinça sous l'effort déployé pour le décoller de son ancrage. Ensuite, il prit un rubis et

---

* dur à cuire : personne qui ne se laisse pas dominer, ni émouvoir
** ancre de miséricorde : l'ancre la plus forte du bateau

le fit luire dans l'acier argenté de son sabre. Les autres pierres retenues dans un filet ne possédaient plus la force de briller.

L'Humaine resta estomaquée. Les « *Précieuses* » s'étaient métamorphosées radicalement. Janie se souvenait de les avoir rencontrées aux **« Portes de l'Antre »**. Elles se démarquaient dans leur tenue de bal, vêtues de robes de « *Marquise* ». Elle ne s'attendait pas à les retrouver sous leur apparence naturelle; c'est à dire... sans éclat, à l'état brut et dans un état pitoyable. Effectivement, le toilettage des objets de valeur ne faisait pas partie des priorités du boucanier. Les gemmes végétaient dans un dépotoir, recouvertes de déchets et de matières grasses. Quel contraste pour ces « *Dames de Compagnie* » qui étaient habituées à vivre dans le luxe. Ces dernières la reconnurent au premier coup d'œil et, de toutes leurs forces, recommencèrent à l'interpeller, une à la suite de l'autre.

-*Janie! Janie! Janie! Janie! Janie! Janie! Janie!*

-Tu peux constater qu'elles crient ton nom depuis que tu as mis les pieds dans l'eau!

L'Humaine préférait ne pas écouter sa conversation. Ce brochet commençait à lui taper sur les nerfs.

-Fais voir la cargaison! lança-t-elle, en jouant à l'experte.

-Tiens... attrape!

Il lui projeta le rubis avec le revers de la lame argentée de son épée. Elle attrapa de justesse la pierre avec laquelle il tentait de la déjouer, en la faisant passer pour « *l'Escarboucle* » ou une « *Dame de Compagnie* ». À première vue, elle faillit s'y méprendre. Puis, de toute évidence, il ne s'agissait pas de l'une des « *Précieuses* » puisqu'elle connaissait la marque secrète des « *Précieuses* ». Le visage des « *Dames de Compagnie de Son Altesse Grâce* » devait être incrusté sur la gemme qui l'identifiait. L'effigie* prouvait qu'elles étaient les authentiques « *Précieuses* » et qu'elles appartenaient à la « *Couronne Royale* »! Et ça, le corsaire n'en savait rien! Puis, elle continua à l'examiner minutieusement sous tous ses angles. Pendant cet instant d'inattention, trop préoccupée à découvrir si le rubis s'avérait être « *l'Escarboucle* », les crabes, comme des chars d'assaut, s'étaient alignés devant les serpents d'eau qui montaient la garde. Le groupe avait profité du manque de vigilance** de la transformée pour l'encercler. Elle releva la tête pour constater qu'elle était retenue en captivité par un assortiment de crustacés et de poissons astucieux. Le pirate avait injecté un colorant naturel dans un quartz synthétique. Ce dernier ternit rapidement sous ses yeux aberrés. Folle furieuse, elle se précipita sur le tricheur. Les monstres marins attendaient l'ordre d'attaquer et se resserrèrent sur la transformée. Elle réalisa qu'elle avait exécuté une fausse manœuvre, mais se sentit soulagée lorsqu'elle se mit à grossir.

Brutus, rusé comme un vieux loup de mer, avait changé de couleur et avait éjecté de sa gueule plusieurs bulles en écarquillant ses écailles. Étonnamment, son épée tomba. Aucun poisson n'osa la ramasser puisque Janie avait atteint la grandeur de leur capitaine. Elle se dressa davantage et tous reculèrent, même Brutus. Elle s'approcha du masque de scaphandrier afin d'être tout près des gémissantes

---

* effigie : représentation, image d'une personne
** vigilance : surveillance attentive

« *Précieuses* ». Elle constata qu'elles étaient gravées et, avant tout, elle reconnaissait leur voix claire. Elle n'avait plus qu'une pensée, s'emparer du casque dans lequel étaient entassées les « *Dames de Compagnie* » en souhaitant qu'il flotte.

Pour se consoler, elle pensa que si les « *Précieuses* » avaient conservé leur costume de grand apparat comme la première fois qu'elle les avait rencontrées, cela aurait été impossible de toutes les sauver de cette armée d'édentés qui n'attendaient qu'un faux mouvement pour attaquer.

-Traître! Tu as essayé de me passer de la camelote! À présent... je veux les vraies « *Précieuses* »!!!

-Contre quoi? insista-t-il d'un rire sarcastique. Il ne tenait plus en place. Il devait posséder, à tout prix, ce « *Trésor* »!

Elle le fit languir, puis enchaîna...

-Vu que « *l'Escarboucle* » n'était que du toc, j'imagine qu'il en va de même pour la clé que tu m'as proposée auparavant?

Brutus hésita puis, d'un coup d'œil, avisa son chefaillon* adjoint, camouflé dans un banc de sable, d'aller chercher l'autre butin.

-Je veux bien vous la montrer, mais elle n'est pas négociable!

-C'est dommage!

Brutus se demandait quelle sorte de pierres pouvait contenir la pochette pour éclairer ainsi les lieux.

-Je la conserve parce qu'on m'a assuré qu'elle détenait, à elle seule, une grande portée historique. Elle ne me sert à rien car... je ne possède aucun coffre!

---

* chefaillon: petit chef sans importance

Il venait de dire ce qu'elle désirait entendre. Maintenant, elle était persuadée qu'Octo MaCrapule était en possession du « ***Coffre*** », mais, qu'il cherchait la clé. Le « ***Coffre*** » s'avérait d'une importance cruciale, et encore plus déterminant que sa « ***Clef du Paradis*** ». Le « *Secret des Dieux* » y était conservé et il contenait des données de vie, inconnues de la plupart des « *Créatures* ». La survie de la Création était en jeu!

-C'est bien ce que je pensais! lança-t-elle, en ricanant... Tu ne possèdes, en fin de compte, pas grand-chose!

Brutus devait défendre sa grande renommée. Il ordonna à son chefaillon, d'un air hautain, de lui remettre le petit récipient terne.

-Bo... va chercher la boîte de métal!

Janie trouvait que certains animaux des fonds marins revêtaient une apparence plutôt monstrueuse, mais jamais autant que le colossal poisson qui arriva. L'énorme « *Baudroie** » arrivait tout droit des abyssaux et l'Humaine se demandait ce qu'il trifouillait** dans ces parages boueux. Normalement, ce genre de monstre vivait dans la grande noirceur et ne sortait que rarement des profondeurs. Il avait dépassé les limites de son territoire hadal. Brutus Malotru devait être un puissant pirate, puisqu'il ordonnait à ces créatures épeurantes des bas-fonds, de lui obéir. Une chance qu'elle avait grossi, car il l'aurait bouffée avec ses dents fines. Sa bouche était presque aussi large que la longueur de son corps et bougeait d'en avant en arrière. Il la regarda de ses calots couverts d'une

---

* Baudroie : sorte de poisson qui s'appelle aussi lotte de mer
** trifouillait : du verbe trifouiller, mettre en désordre en remuant

mince couche de liquide gluant, et la toucha de son filament terminé par un lobe juste au dessus de son énorme tête aplatie. Ce lobe servait d'appât afin d'attraper ses futures proies!

Janie frissonna puis elle remarqua que la boîte de conserve qui contenait sa clé avait déjà été utilisée et vidée de son contenu. L'huile de foie de morue flottait toujours sous l'eau. L'Humaine constata que le couvercle était retenu par une minuscule clé rouillée. Il ne pouvait s'agir de *« Sa Clef du Paradis »*.

-À bien y penser... je préfère garder ma *« Rivière de Diamants »*! dit-elle, le casque de scaphandrier à ses côtés, tout en tapochant de l'autre main sa pochette.

Les diamants, toujours dans l'étui de velours, s'illuminaient à chaque fois qu'elle les frappait et attirait le regard de Brutus!

-UNE RIVIÈRE DE DIAMANTS!!!??? Surexcité, il rajouta rapidement : je ne parlais pas de cette clé, en lui désignant le bout de métal tourné et huileux, mais bien de celle-ci... la voici! Bon, ouvre!

Le poisson marin tourna la clé rouillée pour ouvrir la boîte de sardines, dévoilant ainsi, sa *« Clef du Paradis »*.

Janie retenait, une fois de plus, son souffle étant donné que des petites bulles commençaient à sortir de ses minuscules ouvertures. De gentils oursins s'étaient greffés à l'Astéride durant son long parcours, en voyant sa détresse. Discrètement, ils lui procuraient de leur oxygène gazeux par leur peau. Janie se sentie soulagée. Brutus exposa la vraie *« Clef »* devant ses yeux. Elle se retint pour ne pas la lui arracher car tout n'était pas en place pour le retour.

Puis, sans délai, elle poursuivit.

-C'est regrettable! Il n'y a que les collectionneurs qui désirent acheter ce genre de « *Clef* » désuète! Ouais! Elle possède bien quatre dents, dit-elle d'une voix de spécialiste, mais... elle rajouta en souriant... elle n'est pas coulée dans de l'or pur et les petites pierres incrustées ne sont que des zircons*! Il ne s'agit pas d'une vraie de vraie, comme celle que je possède dans ma pochette de velours!!!

Brutus se mordit la lèvre inférieure en tremblant...

-Quelle clé?

Janie sourit...

-Celle-ci!

Elle introduit ses petits bouts de doigt qui dépassaient de la pointe étoilée et défit l'anneau qui rattachait les deux bijoux ensemble. Puis, elle la fit miroiter devant les yeux hallucinés de Brutus. Il demeura incapable de réagir. Cette clé valait une fortune.

Janie faisait tout ce qu'elle pouvait pour le dérouter. Elle était si près de son but. Les « *Précieuses* » demeuraient à sa portée et pour comble de bonheur... « **Sa Clef du Paradis** » se trouvait aussi sur les lieux. Elle ne pouvait demander mieux. Là! Tous les éléments se trouvaient en place pour revenir au bercail!

Le boucanier de mer... s'énerva et voulut précipiter les accords pour une raison inconnue de Janie. Il aspirait tellement à mettre le grappin sur l'un de ses bijoux qu'il tremblait en sortant ses proéminentes mâchoires et ses six cents dents. Il n'entendait plus à rire, mais au lieu de se jeter sur sa proie, en dernière instance, il changea d'idée.

---

* zircons : pierres qui ressemblent au diamant

-J'accepte! dit-il, les yeux remplis de désir.

Immédiatement et avec une fougue étonnante, vu l'état dégénérateur de son organisme d'échinoderme, Janie fut surprise de la force qu'elle déploya pour s'accaparer, sans difficulté, du casque de plongée. Puis, aussi rapidement, elle lui remit la « *clé* » à la place de la rivière de diamants.

-Euh!!! Non, pas la clé... je veux la, la... Puis, il révisa ses positions, il ne pouvait refuser cette offre. Déjà, il mijotait, le moyen d'effectuer un autre marchandage.

-Je prends!

Janie était au bout du rouleau[*] et commença à trembler de l'intérieur. Avant qu'il ne puisse rajouter un autre mot, elle retira, lentement, la « *Rivière de Diamants* » et la déposa à côté de la clé diamantée, sur la pochette de velours.

-Vous pourriez marchander, pour votre survie, la clé et garder pour vous... la « *Rivière de Diamants* »! Vous serez le flibustier le plus riche des Mers, sans compter tout le pouvoir que vous détiendriez! Vous deviendriez le seul « *Seigneur et maître des Mers* »!

Brutus buvait les paroles de Janie. Il était écrit dans ses yeux qu'il désirait posséder les deux bijoux exclusifs!

-Je suis parfaitement d'accord!

Le boucanier semblait de plus en plus nerveux. Il lui extirpa les bijoux.

Janie, aussi rapide que le pirate, lui usurpa la boîte métallique et l'enfouit dans son sac ventral. Elle détenait enfin « ***Sa Clef du Paradis*** »!

Dans toute cette précipitation, Brutus échappa la « *Rivière de Diamants* ». Aussitôt, les diamants se

---

[*] au bout du rouleau : très fatiguée

détachèrent en bloquant la vue à tous, sauf à Janie. Le brochet, n'y voyant rien et fou de rage, se précipita à l'aveuglette sur son butin pour le ramasser. Il ordonna qu'on lui ramène toutes les pierres précieuses qui s'étaient éparpillées dans toutes les directions. Les poissons osseux et toute la panoplie de crustacés éblouis se tamponnaient à tour d'arêtes et de pinces et aucun ne parvenait à les saisir. À chaque tentative, les gemmes glissaient entre leurs dents.

Envouté par l'éclat, Brutus en oublia complètement Janie. Elle s'enfuit avec les mini étoiles de mer qui l'encerclèrent et les oursins collés à sa peau, ses nouveaux amis des bas-fonds. Quel soulagement… « *Anaïs* » ou la « *Maîtresse des Lieux du Lac Enchanté* » avait pris soin de l'entourer de toutes parts!

Les mini cousines demeurèrent estomaquées de voir que l'Astérie transformée avait changé de couleur. Elles-mêmes, d'un brun-rouge-orangé blanchissaient après la mort! Janie était rendue à un point critique de sa transformation! Elle et ses amis essayèrent de retourner par le fameux passage du « **Guyot** »! Il leur était impossible d'y pénétrer car un geyser, soudainement, jaillit et bloqua l'entrée en la repoussant fortement. Apeurée, Janie prit rapidement une autre direction puisque le volcan endormi semblait vouloir se réveiller. Il ne lui restait qu'un espoir, remonter à la surface de l'eau le plus vite possible! Elle tempêtait car elle avait toute la misère du monde à nager. Elle manquait de flexibilité. Ses mains et ses pieds étaient toujours coincés dans le carcan de l'astérie en perte d'autonomie. Brutus n'avait pas dit son dernier mot et la poursuivait. La « *Rivière de Diamants* », de toute évidence, ne lui suffisait pas! Elle sursauta lorsqu'elle remarqua son corps commencer à se décomposer en petits lambeaux.

Le malotru la rejoignit sans peine, habitué à naviguer dans les eaux troubles. Janie demeura estomaquée lorsqu'il lui lança des charbons en plein visage. La « *Rivière de Diamants* » était revenue à l'état brut. C'est alors qu'elle se rendit compte que la « *Maîtresse des Lieux* » lui avait remis de faux diamants. Brutus cria...

-Attaquez l'ennemie!

Une centaine d'échinodermes[*] de toutes sortes s'étaient greffés à elle, en cachette, pendant son odyssée. Ces derniers s'échappèrent de sa queue de cheval pour donner l'assaut aux poissons électriques. Janie n'avait pas réalisé que les oursins, que l'on surnommait les « *Guérilleros* » dans le **« Monde Océanique »**, s'étaient camouflés sous le commandement d'Anaïs, afin de l'aider si nécessaire. Ce moment était arrivé! Les épineux marins s'élancèrent comme des bombes à retardement et enfoncèrent leurs aiguillons dans le visage de leurs adversaires. Criblées d'épines venimeuses, les anguilles se tordaient de douleur. À son tour, à la manière d'un ninja, elle tira une, deux, trois minis étoiles de mer sur la margoulette[**] de Brutus. Ce dernier, la figure boursoufflée par les dards vireux[***], se précipita vers l'Humaine. Il était si proche qu'elle pouvait presque compter toutes ses dents et elle remarqua qu'il portait déjà, à son cou, la « *Clé* » taillée en pointe de diamant. Ce bijou n'avait pas

---

[*] échinodermes : oursins
[**] margoulette : visage
[***] vireux : vénéneux

perdu de son éclat et de toute évidence n'était pas du toc!?!

Puis, face à face, ils s'affrontèrent un bon moment!

-En parlant de traître... tu devrais te regarder! lui ballonna-t-il.

Puis... il recula. Ses yeux sortirent de leur orbite et demeurèrent figés lorsqu'il vit un gigantesque mollusque grisâtre s'élever derrière Janie. Il devint drabe* comme le sable. Lui seul, savait à qui il avait affaire. Le coupable devait payer selon la « *Loi* » du retour... il ne le savait que trop bien!

L'Humaine, ressentant la peur qui envahissait son agresseur, se retourna à son tour, pour constater qu'une masse se détachait des fonds océaniques. Le brochet se sauva immédiatement avec sa brochette de crustacés et de poissons barbares. Elle comprit l'enjeu au moment où elle reconnut l'immense créature.

-Nonnnnonnn! Glouglouglou.

Elle s'étouffa devant une paire d'yeux vitreux. À sa grande surprise, la Créature l'ignora pour s'attaquer, avec ses longs tentacules, à Brutus. Elle allongea ses huit appendices tentaculaires et les projeta à bout portant dans toutes les directions. Janie et ses amis mariniers essayaient de s'esquiver de peine et de misère, entre les bras fuyants de l'animal marin. Cette dernière ne possédait plus le contrôle de ses impulsions et fracassa d'une seule taloche le rafiot, qui ne fit pas vieux os**, tout comme le repaire et les pierres volcaniques. La bête n'arrêta que lorsqu'elle n'y vit plus rien! L'eau devint tellement brouillée qu'une noirceur s'installa avec un

---

* drabe : couleur beige
** ne fit pas vieux os : ne dura pas longtemps

grondement déchirant provenant de l'intérieur des entrailles de la pieuvre noire, dénommée « *Morgate* »! La pieuvre était arrivée d'une manière spectaculaire. Janie, à son grand soulagement, constata qu'elle ne s'était pas attaquée à sa personne et l'avait plutôt traitée avec indifférence. Mais, elle se demandait pourquoi elle s'attaquait au brochet. Elle respira profondément jusqu'à ce qu'elle entende Brutus crier au loin...

-Elle vient chercher son butin!

Le crétin! Il avait osé marchander ce qui ne lui appartenait pas! En vérité, il ne possédait vraiment rien! Qui avait marchandé les « *Précieuses* »avec la pieuvre? La créature carnivore, au lieu de donner une autre taloche au poisson, le rejoignit en deux coups de brasse, l'empoigna et l'avala tout rond. Brutus avait dépassé les bornes et enfreint les lois marines en volant les biens de « *Morgate* »! Elle était en droit d'exiger un dédommagement.

La pieuvre grimaça, se secoua la tête et recracha le vertébré aquatique. Elle n'aimait pas le goût exécrable de ce poisson et recherchait plutôt les mets fins. Rapidement, elle empoigna la « *Clé* » en pointe de diamant.

Janie espérait que la pieuvre géante ne revienne pas à la charge contre elle. Maintenant, il ne lui restait que les « *Précieuses* » pour négocier. Comment parviendrait-elle à s'en sortir, sans encore mettre **« Sa Clef du Paradis »**, en jeu?

L'affrontement

CHAPITRE 39
SAUVE QUI PEUT!

La mer devint noire comme de l'encre lorsque la « *Pieuvre Noire* » s'empara de l'océan tout entier. Elle devait reprendre son « *trésor* », qu'elle avait marchandé, à l'insu de tous, avec Malfar Malfamé. Rageant, elle agita si fortement ses tentacules qu'elles formèrent un énorme maelström*. Janie vit une lueur d'espoir lorsqu'elle constata que le tourbillon marin aspirait l'énorme Créature aquatique. L'Humaine au visage étoilé et boursoufflé manquait de plus en plus d'oxygène. Les oursins se débattaient pour boucher ses ultimes trous qui s'agrandissaient avant la décomposition finale et s'affairaient à la pousser vers la surface.

Cette montée lui paraissait une éternité, puisqu'elle avait une charge supplémentaire à soutenir. Même si elle était aidée des échinodermes, le casque de plongée qui contenait les « *Précieuses* » ballotait et demandait à être dirigé. Ce n'était pas le moment de flancher. Janie ne regarda pas derrière, trop empressée à trouver la sortie. Même épuisée, elle continuait à nager. Puis, à sa grande surprise, elle vit une faible luminosité. Il lui semblait que cette petite lumière jaunâtre, à peine perceptible, lui traçait le chemin à suivre. « *Le phare!* » pensa-t-elle sur le coup de l'émotion. « *Impossible!* » Elle respirait

---

* maelström : tourbillon

difficilement. De toute évidence, elle était rendue à bout de force. La pression de l'eau l'accablait car l'enduit d'étanchéité s'était considérablement aminci. Les oursins, découragés, tournaient autour de l'Humaine, tout en l'aidant à soutenir le casque de plongée afin que sa charge soit moins lourde. Elle toucha à sa poche ventrale et sa « *Clef du Paradis* », malgré le tumulte, s'y trouvait toujours. Elle se sentit en paix en pensant que si elle ne terminait pas sa course, au moins les « *Précieuses* » auraient la vie sauve, puisque les oursins les protègeraient.

Janie ouvrit la bouche pour prendre une respiration et d'un geste rapide, les hérissons de mer lui couvrirent la tête avec le casque de scaphandrier. Visiblement soulagée, elle essaya de ne pas perdre de vue la lumière jaune qui devenait plus intense et scintillait de façon saccadée, à répétition. Janie finit par reconnaître le code.

-« *S.O.S... C'EST MOI TON AMIE* »!

L'Humaine n'osa pas crier sa joie de peur d'avaler du liquide. « *Enfin... du secours!!!* » pensa-t-elle. Chanceuse l'apercevait sous les vagues houleuses et la guidait, à travers l'eau trouble vers le **« Phare du Sommet »**. Finalement, Janie toucha une roche à fleur d'eau et s'y accrocha fermement. Elle enleva le casque et sortit la tête de l'eau. Alors, elle prit une grande respiration... tellement grande qu'elle s'étouffa. C'est alors qu'elle remarqua que son corps n'était plus un Astéride. Cela tenait du miracle qu'elle soit vivante! Elle s'assura que les « *Précieuses* » étaient toujours dans le casque.

L'orage ruisselait sur sa figure encore livide* et malgré tout, elle pouvait reconnaître la silhouette de sa sœur cosmique, au haut de la **« Tour »**.

Les oursins violacés se regroupèrent pour l'aider à grimper sur les galets usés qui se trouvaient au niveau de la grève. Janie, la tête sortie de l'eau, roula, glissa, tout en essayant fortement de sortir des vagues qui la retenaient! Elle réussit, même si la pluie lui martelait le visage, à se libérer des rouleaux et s'étendit sur le rocher à fleur d'eau afin de récupérer. Elle prit, de nouveau, de petites respirations à répétition... et enfin une très grande! Cela était étrange de respirer normalement. Puis, elle se releva et courut en panique vers la tour de contrôle. La tempête menait le bal et l'océan se débattait autant que l'Humaine.

-Zzz hi... vite, grimpe! zézaya Chanceuse par la fenêtre du phare.

Pendant que Janie rejoignait sa sœur cosmique, les échinodermes transférèrent leur charge, à des camarades sur le terrain, qui étaient venus leur porter secours. La route des oursins s'arrêtait là... dans l'eau! Les étoiles de mer, elles aussi, étaient demeurées dans le creux des vagues et se tenaient serrées afin de monter la garde.

Chanceuse lui ouvrit immédiatement la porte d'entrée, tout en lui tendant les bras.

-Chanceuse!

-Zzz oh... Janie! Zzz ah... Janie! Tu es saine et sauve!

L'Humaine n'en revenait pas de constater les changements qui s'opéraient sur le corps de son amie; elle possédait une main presque parfaite et s'avérait

---

* livide : extrêmement pâle

aussi grande qu'elle. Comme le moment n'était pas venu de raconter en détail sa transformation, elle se promit de lui en reparler plus tard.

-Je te croyais perdue! Comment as-tu fait pour me reconnaître?

-Zzz oh! Tes cheveux sont uniques! Une étoile de mer avec une queue de cheval, c'est facile à identifier!

Chanceuse prit sa sœur cosmique par la main et l'attira à l'intérieur du phare.

-Venez-vous mettre à l'abri! s'écria Janie, puisque le vent s'intensifiait.

Chanceuse se demandait à qui elle pouvait parler en voyant apparaître, derrière son amie, un casque de scaphandrier avancer seul.

-Zzz euh!?! Qu'est que c'est!?!

-Mes nouveaux compagnons de route... les oursins... euh!!!

Janie, à son tour, demeura stupéfaite car sous la lourde boule de cuivre, des centaines de colimaçons transportaient les « *Précieuses* ». Ces derniers avaient pris la relève des oursins.

-Zzz... il faut faire vite! Zzz... je dois éteindre le phare! Zzz...on ne doit pas découvrir notre cachette.

-Regarde! dit-Janie le souffle court, en lui montrant les pierres camouflées dans le casque.

-Zzz... euh! Zzz... je savais que tu réussirais!

Rendue au sommet du phare, Chanceuse éteignit le phare et aussitôt Janie la questionna à voix basse.

-Qui t'a libérée des pattes d'Agaric et de ses lombrics?

-Zzz... oh! La belle « *Gardienne des Flots* »! Grâce aux indications que lui a procurées l'Amiral, elle a pu me retracer. Zzz, elle a profité du raz de marée. La grande confusion régnait et elle en a profité pour me sortir de ce sale pétrin. Le va-nu-pieds a perdu pied en luttant pour sa vie et il est disparu avec son gang, sous les eaux troubles et tumultueuses.

La Fée Chloé avait mis le pied sur le rocher à fleur d'eau et « l'Islet » était réapparu. Elle avait demandé à Chanceuse de lancer des signaux au-dessus du « **Fjord** », étant convaincue que l'Humaine rechercherait la « **Tour** » et son phare giratoire.

-Elle t'a rejointe avant que la « **Voûte du Bas-Astral** » ne tombe?

-Zzz euh!?! Personne ne comprend ce qui est arrivé! La « **Voûte du Bas-Astral** », pour une raison inconnue, a été secouée, a grondé, mais elle a tenu bon!

-Moi... je sais!

L'Humaine avait vu ce qui s'était passé dans les hadales. Les Omégamiens n'avaient pas que replacé les plaques sous-marines des portes de la « **Sphère Bleue** », mais avaient aussi replacé l'axe de la « **Voûte** ». Chanceuse ne la questionna pas plus, car la tempête rugissante qui se déchaînait à l'extérieur, l'inquiétait. Puis, le ressac redoubla d'intensité et vint frapper avec force la « **Tour** ». Le sommet craqua sous l'impact. Janie accroupie contre une paroi de la forteresse gardait toujours une main sur les « *Précieuses* » qui reprenaient de leur beauté, tout en examinant de près, les escargots qui les secouraient.

Morgate, la pieuvre, encore dans les grandes profondeurs, n'avait pas dit son dernier mot. Subitement, le sol rocheux se mit à vibrer comme un rouleau compresseur.

Les amies se relevèrent d'un seul bond pour regarder à l'extérieur. Elles tombèrent aussi vite sur le dos en apercevant une gigantesque vague noire, avec deux yeux rouges de colère, s'agglutiner aux vitres. Janie n'osait pas le croire, mais la pieuvre commençait à posséder certains traits de la *« Sorcière Embrouillamini »*! Morgate, survoltée, se cramponnait à la **« Tour du Phare »**. Elle avait finalement retracé son usurpatrice[*] et maintenant, elle semblait vouloir s'attaquer à l'Humaine plutôt qu'à son *« Trésor »*! Elle se colla davantage et essaya de déraciner la **« Tour »** avec ses tentacules. Puis, hypocritement, elle inséra ses appendices à succion à l'intérieur du phare afin d'attraper... les *« Précieuses »*.

Les sœurs cosmiques s'élancèrent de tous côtés pour éviter les coups. La pieuvre, sourde et muette, possédait une vue étonnante et commença astucieusement à les encercler. Elle n'avait pas l'intention, de toute évidence, de lâcher prise.

-Zzz... eurk! Sauve qui peut! s'écria la coccinelle en se dirigeant vers la sortie du haut, qui menait à une passerelle extérieure.

Elles étaient conscientes que les secours de la Fée Chloé n'arriveraient pas assez rapidement pour les sortir de ce foutu bourbier. Janie, devant la porte, n'hésita pas à la défoncer d'un bon coup de pied. Cette dernière, aussitôt partit au vent. Tiraillée par le *« Ventus »*, Janie retenait les *« Précieuses »*, aidée par les escargots à bout de souffle. L'indomptable Ravageur Vandal était au rendez-vous et s'était dressé du côté de la pieuvre. Les désespérées se tenaient tant bien que mal sur la longue rampe métallique qui entourait la **« Tour »**. Le plancher craquait de toutes parts. Un tentacule rampant empoigna le pied de Janie qui lança un cri de mort.

-Nonnnnnnnnnnnnnnnnnnnnnn!

---

[*] usurpatrice : voleuse

Chanceuse vit une étoile de mer surgir de la queue de cheval de l'Humaine. Elle la saisit fermement et la projeta rapidement en direction de la pieuvre qui ne s'attendait pas à une attaque de leur part.

-Zzz… attrape ça, zzz… si tu le peux!

Morgate, atteinte à l'œil, gesticula. Elle ne voulait pas perdre la vue et replia ses longues pattes à ventouses sur son organe blessé et, en se protégeant, échappa Janie. Chanceuse savourait sa victoire. Les sœurs cosmiques devaient envisager la seule option qui se présentait à elles et non la moindre. Elles n'avaient pas d'autre choix que de sauter du haut de la tour. C'était leur dernière planche de salut puisque la pieuvre avait réussi à soulever la **« Tour »**.

-Zzzzzzzzzzzzzz… je vole! Accroche-toi!

Cette fois-ci, les sœurs cosmiques n'allaient pas se quitter.

-Chanceuse… non!!!

Trop tard… la Coccinelle s'était élancée de la « **Tour** », en tirant vivement sur son amie. Elle essaya de planer, mais ses ailes ressemblaient maintenant à une étoffe de soie, volant au vent. Elles voletèrent quelques instants, mais Ravageur montra le nez et se mit à les manipuler comme des marionnettes.

D'un coup sec et rapide, il la fit plonger tête première avec le casque de plongée et les centaines d'escargots. Les « *Précieuses* » crièrent. Elles en avaient assez de l'eau et de ses profondeurs. Immédiatement, la cohorte de gastéropodes[*] les entoura. Ces derniers avaient retourné leur coque à l'envers, ainsi les deux amies pouvaient flotter, en retenant les « *Précieuses* », ravies de ne pas caler.

Chanceuse, pour sa part, ne pouvait plus voler et décida de se laisser tomber, afin de se retrouver aux côtés de sa sœur cosmique.

-Nous sommes perdues, cria Janie.

Elle jeta un regard de détresse à la Coccinelle en transformation qui ne flottait pas, mais nageait!!!

-Tu nages?

Chanceuse sourit…

-Zzz… je ne t'abandonnerai zzz… jamais!

La Fée Chloé lui avait montré des mouvements de brasse lors du raz de marée. Les amies, côte à côte, se dirigèrent vers la terre ferme, puisque « **l'Islet du Phare** » avait disparu, lorsque la « **Tour** » s'était effondrée. La rêche pieuvre semi aveugle, retrouva ses esprits et se remit à la poursuite des voleuses.

---

[*] gastéropodes : mollusques rampants sur un large pied central

-On ne se lâche pas! s'exclama Janie, en revoyant le visage haineux et crevassé de Morgate, la cracheuse d'encre.

La pieuvre se retourna et s'attaqua alors aux sœurs cosmiques. Elle s'éleva, déterminée à les séparer, tout en ramenant ses tentacules autour de l'Humaine et en repoussant violemment la Coccinelle et les escargots. La fin approchait.

La peur paralysa Janie qui, subitement, rapetissa jusqu'à devenir aussi petite qu'un coléoptère. Bien que minuscule, elle gardait la tête hors de l'eau tout en essayant de passer inaperçue, pour quelques instants, aux yeux de la pieuvre hystérique. Morgate cherchait partout l'Humaine, et furieuse, elle déclencha d'énormes vagues rugissantes qui déferlèrent dans toutes les directions. C'était le chaos total. Puis elle retraça Janie, grâce à Chanceuse qui essayait de la rejoindre. La pieuvre extirpa son « Trésor », des pieds des escargots qui tombèrent à la renverse. Ces derniers, apeurés, étourdis et démunis par la lame de fond que produisit la pieuvre, se dispersèrent tout en se dirigeant vers le rivage. Morgate retenait toujours Janie dans le creux d'une ventouse et s'apprêtait à ramener son butin dans les profondeurs abyssales.

Juste avant d'être plongée de force dans l'eau, Janie s'écria...

-Chanceuse... les « Pré... cieu... ses »!

La Coccinelle, épuisée, flottait grâce aux oursins qui étaient revenus, à contre courant, pour servir de bouées de sauvetage.

Un grand silence s'installa sous l'eau qui s'habilla, pour l'occasion néfaste, d'une pellicule verdâtre. Janie s'enfonça dans les profondeurs et fit ressortir son air très lentement de sa bouche. Elle tourbillonna et aperçut en culbutant dans le roulis de l'eau... Embrouillamini collée à la peau de « *Morgate* ». La pieuvre ressemblait à un zombie et était visiblement contrôlée par la vilaine Sorcière. Cette dernière lança un sort sous l'eau avec son petit auriculaire crochu et la pieuvre devint totalement paralysée. Pétrifiée, elle s'effondra comme un bloc de ciment dans le fond marin.

Les sorcières n'abandonnent jamais. Embrouillamini avait suivie Janie à la trace et s'était servie de la pieuvre pour parvenir à ses fins. L'Humaine, épuisée, devenait une victime facile à ensorceler ou à transformer définitivement. Une fois son œuvre terminée avec la pieuvre, elle accourut vers Janie qui nageait de toutes ses forces dans la direction opposée. Dans l'énervement, elle avala un gros bouillon. Son regard devint hagard par les efforts fournis pour s'évader. Un grand calme s'empara d'elle... elle avait déjà vécu cette expérience auparavant. Elle ne contrôlait plus rien et sentait que, bientôt, elle quitterait son « *corps* »... plutôt... toutes ses « *enveloppes subtiles corporelles* ». Puis, elle effectua difficilement une dernière tentative pour remonter à la surface car elle se souvint que la Fée Chloé était allée chercher du secours. Elle se retourna lentement et aperçut, à sa grande surprise, « *Mariange* », le bras droit de son « *Ange de la Destinée, Altaïr 315* » qui s'apprêtait à la défendre. L'Ange Blanc d'une autre époque exécuta une culbute et se plaça, « *in extremis* » entre les rivales, juste avant que la maligne Sorcière ne l'attrape. Puis, elle extorqua des mains d'Embrouillamini le casque de scaphandrier et le lança en direction de Janie. Ce dernier n'était pas complètement submergé et contenait assez d'air pour la garder en vie un certain moment. Janie y inséra la tête rapidement et respira un grand coup.

Elle crut rêver quand les deux créatures commencèrent à s'affronter! Le noir macabre de la Sorcière contrastait avec le blanc pur de Mariange. Les eaux se séparèrent sous les coups noirs et blancs des lutteuses coriaces. Les deux adversaires débattaient le Bien du Mal... l'une voulant détruire l'Humaine et l'autre la sauver à tout prix!

L'intérieur des eaux se retrouva, une seconde fois, dans le chaos total et une vague déferlante renversa le casque de scaphandrier.

Janie remonta à la surface, tout en rejetant lentement, le peu d'air qui lui restait dans ses joues gonflées. Immédiatement, elle chercha des yeux les « *Précieuses* » remontées à la surface, et aperçut un énorme dauphin qui émit un son joyeux ressemblant en tout point aux rires des fées. La tête commençait à lui tourner... et le mammifère la sortit des eaux tourmentées avant qu'elle ne s'évanouisse. Elle demeura surprise qu'une créature inconnue lui sauve la vie!

Le dauphin bariolé, venu des bas-fonds du Fjord, avait été prévenu par nulle autre que le télépathe Strados, que l'Humaine et la souris n'étaient plus dans **« l'Intrados »**.

Janie, à bout de force, se laissa transporter sur le long dos du mammifère marin. Ce dernier lui tapa un clin d'œil de connivence. Elle trouvait son allure loufoque et son attitude désinvolte. Il lui rappelait, d'une certaine manière, la Fée Dauphine Harmonia. Récupérant et adossée sur une nageoire du dauphin, elle vit l'arc-en-ciel se pointer au dessus de sa tête. Le sifflet insonore avait exécuté un travail de maître puisqu'un revenant blanc comme neige descendit de l'arc rubané.

-Ti-Boule Blanc! s'exclama-t-elle faiblement, mon fidèle compagnon!

Majestueusement, son cheval blanc déposa son chanfrein sur le dos du dauphin. Celui-ci, avec sa queue de poisson, roula Janie sur la croupe du Cheval argenté.

-Tu me ramènes au bercail!

Ti-Boule Blanc, pour toute réponse, hennit. Il se devait d'amener l'Humaine sur son « **Continent** ». Janie au contact de sa crinière grandit. Elle se retourna pour remercier le « *Dauphin* » multicolore, mais l'animal marin était déjà parti, en laissant une trace irisée sur l'eau devenue paisible. Elle entoura de ses bras son cheval blanc et demeura un long moment la tête enfouie dans sa toison épaisse, parfumée à l'eau de rose.

-Ti-Boule... mon Ti-Boule Blanc!

En toute sécurité, elle traversa « **l'Ionosphère** ». Puis, elle lui demanda d'une voix faible.

-As-tu vu Chanceuse et les Précieuses?

Le cheval n'eut aucune chance de lui dire que les « *Précieuses* » avaient été remises à « *Sa Majesté Rose-Flore Des Vents* » par l'intermédiaire de la Fée Dauphine Harmonia... le fameux dauphin bariolé, car la corde d'argent de Janie la tira de son rêve « **Astral** ». Elle sut immédiatement, par les soubresauts, qu'elle revenait dans son « *corps physique* ». Le cheval ailé devait, lui aussi, poursuivre sa route; sa mission était bel et bien accomplie.

Sauve qui peut!

CHAPITRE 40
RETOUR RENVERSANT!?!

Le « *corps astral* » de Janie traversa les « ***Portes du Savoir*** » et demeura suspendu dans les airs. L'Humaine, qui avait déjà vécu ce genre d'expérience auparavant, ne paniqua pas. Elle chercha des yeux son « *corps physique* », mais ne le trouva pas. Elle était un peu perdue et chercha Ti-Boule Blanc aux alentours. Puis, elle aperçut en dessous de son « *corps astral* », une scène plutôt étonnante. Des pleurs attirèrent son attention. De plus, une ambulance quittait le « **Manoir** » du camp des « *Rêveries* » et sa sirène émettait des hurlements d'urgence! Elle n'avait pas d'autre choix que de suivre le véhicule puisque sa corde d'argent lui dictait sa conduite. Pendant ce temps, Janie n'avait pas remarqué que Ti-Boule Blanc était resté derrière les « ***Portes du Savoir*** ». À son tour, il examina la scène inusitée, mais la vit sous un angle différent de celui de Janie.

***

Il se demandait... pourquoi le « *Corps Astral* » de Janie courait au-dessus de ce camion d'urgence. Puis, il vit un groupe de jeunes, les yeux bouffis, retournés au campement... la tête basse et le vague à l'âme. Impuissant devant cette situation, il fut attiré par des sanglots étouffés.

Étonnamment, Ti-Boule Blanc se retrouva en face d'une carcasse inerte et encore chaude. Un homme visiblement attristé par la macabre découverte sanglotait près du cadavre d'une bête. Il avait peine à reconnaître le costaud Vincent, courbé de douleur. L'animal n'avait jamais vécu cette expérience et de son chanfrein poussa le dos de son gardien. Il ne comprenait pas ce que l'écuyer radotait.

-Non! Non! Reviens! se lamentait Vincent.

« Ne te fais pas de chagrin… je suis là, regarde! » articula le cheval, en langage humain.

Le soigneur n'entendit rien et ne ressentait aucunement les coups de museau que lui administrait le périsprit* de la bête. C'est alors que Ti-Boule Blanc réalisa que cette carcasse était la sienne. Poussée par l'instinct de survie, l'enveloppe semi-matérielle du cheval devant la difficulté à communiquer avec Vincent décida de pénétrer son corps. Il fut surpris de se retrouver dans l'incapacité d'y retourner puisqu'il rebondissait à chaque tentative sur sa carcasse rigide. Il essaya de nouveau, mais il n'y pouvait rien. Son *« corps physique »* ne répondait plus à son *« corps astral »*.

À ce moment précis, Ti-Boule Blanc vit sa corde d'argent coupée aux extrémités de ses deux corps. Son *« corps physique »* et son *« corps astral »* s'étaient séparés pour toujours. Aussitôt, à la vue de cette déconnexion, il réalisa que sa vie terrestre était arrivée à sa fin. Une fois cette situation admise, une lumière polarisée venant de **« l'Étoile Polaire »** l'attira comme un aimant devant les grandes **« Portes d'Argent »**.

---

* périsprit : enveloppe semi matérielle qui unit le corps à l'esprit

Ti-Boule Blanc se retrouva à nouveau au **« Royaume des Cieux »**. Il y rejoignit *« l'Archange Uriel »* aux portes de l'entrée, qui l'accueillit une seconde fois, à bras ouverts. L'Être Supérieur Angélique avait apprécié le dévouement de la créature animale qui possédait, maintenant, une *« Essence »* devenue inatteignable.

Le cheval argenté revenait pour une seconde fois près de l'Archange aux cheveux d'or, puisqu'il lui avait donné, auparavant, un laissez-passer « V.I.P », afin d'aider Janie pour une dernière fois. Uriel, cette fois-ci l'attendait en présence du *« Gardien du Palais des Âmes Groupes »* de son règne et ce dernier l'invita à traverser les *« Portes »*! Il accepta d'emblée de pénétrer dans *« l'Univers de la Lumière Céleste »*. Il traversa un long passage qui déboucha au portail des *« Ultimes Portes d'Or »*. Là, une série de *« Créatures Célestes Spécialisées »* l'attendaient pour le guider dans sa nouvelle vie. Les gardiens chérubins sonnèrent l'arrivée du nouveau venu avec tambours et trompettes, pendant que les *« Portes d'Or »* se refermaient derrière le spectre de l'animal. Le visage en extase, Ti-Boule Blanc sourit... puisqu'il était arrivé à destination dans le **« Monde des Maisons »**!

*****

Le véhicule d'urgence, pour sa part, s'arrêta devant un hôpital et les portières s'ouvrirent avec grand fracas. Janie se sentit libérée et se précipita, avec sa corde d'argent au-dessus de la civière. Elle n'avait pas encore vu le visage du blessé, mais juste à observer le personnel médical qui l'attendait, la personne devait être en grave danger.

Janie essaya de se frayer un chemin entre les docteurs pour vérifier l'état de l'accidenté. Les infirmiers et médecins procuraient les premiers soins quand, à toute vitesse, ils coururent à l'intérieur. À ce moment précis, elle réalisa qu'il s'agissait d'elle-même. L'urgentologue lui administra une médication qui circula rapidement dans ses veines et, immédiatement, elle se mit à trembler et à réagir fortement avec des spasmes nerveux qui s'inscrivaient sur son visage terrassé de douleur. Puis, comme par miracle, son corps éjecta une poussée d'adrénaline et la souffrance disparue totalement!

Sa corde d'argent flottait au-dessus de son « *corps astral* ». Ce dernier se superposait avec ses autres « *corps subtils* », en attente que tous soient parfaitement alignés à son « *corps physique* » pour y pénétrer. Le tout en place, le cordon plongea dans son « *corps physique* ». C'est alors que Janie ressentit un élancement traverser sa boîte crânienne. Pour une cause inconnue, le fil d'argent se trouvait coincé entre son enveloppe « *éthérique* » et son « *corps physique* ». Alors, un puissant « *black-out* » se produisit. Après un laps de temps, la lumière revint et elle se vit étendue sur un lit d'hôpital.

Le « *Corps physique* » de Janie était en état de choc. Sa randonnée équestre s'était terminée en course folle et Ti-Boule Blanc, apeuré, s'était cabré. Elle était passée par-dessus son cheval et, par la suite, son corps avait percuté un rocher. Maintenant, sa boîte crânienne voulait éclater sous les coups violents du flux sanguin. Compressé, ce dernier voulait faire exploser ses vaisseaux. Elle s'était violemment frappé la tête et fracturé des côtes. Son état de santé, pour l'instant, restait stable, mais était considéré critique. Elle était plongée dans un coma.

Elle pouvait tout entendre autour d'elle, mais demeurait incapable de réagir. Quelle sensation indescriptible!

Le médecin, visiblement inquiet, exigea un repos complet pour récupérer le plus rapidement possible de sa commotion cérébrale. Mamiche, les yeux rougis de peine, lui envoyait des messages télépathiques[*] d'amour que Janie ressentait et cela la réconfortait. Elle était bien entourée. « *Je t'aime ma poupée… je t'enveloppe de lumière blanche. Je souhaite que cette énergie te protège. Je suis là et je t'aime!* » répétait, des dizaines de fois, sa Grand-mère dans son for intérieur. Anthony, à sa droite, restait figé et muet, lui-même en état de choc. Sa sœur allait peut-être mourir. Il regrettait intérieurement toutes les conneries qu'il lui avait débitées[**] ces derniers temps.

L'ambiance était tellement fébrile que l'on pouvait palper le pouls de l'amour inconditionnel qui vibrait à l'intérieur de la chambre. Toute la famille se rassembla autour du cadet pour le réconforter.

-On doit la laisser se reposer! ordonna le médecin.

Les visites furent remises. La nuit fut longue pour Anthony qui ne pensait qu'à retrouver sa grande sœur. Inquiet, il aurait voulu demeurer près d'elle. Le lendemain, on lui permit un petit tête-à-tête. Lorsqu'il l'aperçut, il trembla, le cœur à l'envers, car elle s'avérait encore plus blanche que la veille. Il lui prit la main, et ce, tous les jours, pendant une semaine. En silence, il espérait la voir réagir.

Les parents d'Anthony voulurent diminuer ses visites auprès de Janie, car il commençait à souffrir d'insomnie. Anthony insista pour y retourner une

---

[*] télépathiques : transmission de pensée par l'esprit
[**] débitées : dites

autre fois, il se reposerait ensuite pendant deux jours. Cette huitième journée devait porter fruit. Cette fois-ci, il l'entoura de ses bras, tout en lui soufflant des mots à l'oreille.

-*Janie, Janie, reviens... ma sœur... je t'en supplie donne-moi un signe de vie! Si tu guéris, je referai le... notre signe de... bouche cousue, croix sur le cœur et... et... tout ce qui te plaira!* »

Il mâchouilla ses lèvres lorsqu'il prononça cette dernière phrase, mais il était prêt à tout faire pour qu'elle recouvre la santé. Ce contact honnête et sincère fit vibrer le *« corps astral »* de sa sœur et ce dernier, de l'intérieur, se secoua. Mais... aucune réaction physique. Il répéta sa demande en insistant un peu plus et la serrant encore plus fort.

-*Janie, Janie, reviens... ma sœur... je t'en supplie, donne-moi un signe de vie! Si tu guéris, je referai notre signe et... tout ce que tu voudras!*

Cette fois-ci, n'en pouvant plus, en larmes, il la secoua littéralement et ses parents, qui entrèrent dans la chambre au même instant, s'avancèrent en toute hâte pour l'arrêter.

-Anthony... ça suffit! Calme-toi! lui dit son père péniblement, en se retenant de le punir; il voyait bien que son fils était en grande détresse.

Janie demeurait toujours entre deux **« Mondes Parallèles »**, lorsque son périsprit se prépara à tenter, une dernière fois, une rentrée dans son *« Corps Physique »*. Il avait fait plusieurs tentatives afin de s'aligner parfaitement, avec ses autres *« Corps Subtiles »*, mais il rebondissait à chaque essai. Janie comprit le dilemme, lorsqu'elle vit un nœud au milieu de sa corde d'argent. Elle se rappela, en avoir fait un pour demeurer plus longtemps dans **« l'Astral »**. Par contre, elle ne se souvenait pas de la provenance de ce dernier. Elle avait complètement oublié qu'il s'était formé à son insu, lors de sa chute dans le ravin, au cours de son évasion avec Slobuzenja et Chanceuse. Et suite aux secousses provoquées par les bras d'Anthony, la corde devint lâche et finit par se démêler. Immédiatement, ses corps reprirent leur place et instantanément, Janie se mit à délirer.

-J'ai mal... j'ai mal à la tête!

À la grande surprise de tous, Janie se toucha l'estomac. Sous le regard stupéfait de tous, elle se mit à papilloter légèrement les yeux. Le médecin se précipita de toute urgence auprès de sa patiente, car le moniteur cardiaque avait sonné. Il lui injecta un liquide qui stabilisa son cœur en détresse.

Anthony était soulagé. Il retourna à la maison avec Mamiche et Papiche. Ses parents demeurèrent au chevet de leur fille en attendant le nouveau verdict du médecin. Une semaine de coma léger, c'était à prendre au sérieux.

Après un long mois d'observation, elle prit enfin congé de l'hôpital, au plaisir de toute la famille. Par contre, il n'y avait aucune folie à faire, la consigne était claire, nette et précise... elle devait rester au lit pendant dix jours afin d'éviter une rechute.

Elle subit un choc encore plus grand, lorsqu'un matin, après une semaine de convalescence, elle apprit la mort de son Ti-Boule Blanc. Elle tomba dans une léthargie* qui affecta toute la famille. Janie ne voulait recevoir aucune visite à l'exception de son amie Sophie. Sa copine la visita à plusieurs reprises et lui apportait ses bonbons préférés, des jujubes!

---

* léthargie : torpeur, nonchalance extrême

L'été n'était pas tout à fait terminé, mais l'école approchait à grands pas.

Vincent, à la suite de cette nouvelle brutale, ne se pardonna pas de l'avoir laissée aller seule. Il n'osa pas se rendre à son chevet. Il lui envoya par l'intermédiaire du bon vieux Victor, l'ami d'enfance de Mamiche, un bouquet de marguerites cueillies dans le champ, non loin du sentier en cul de sac. Le Mentor avait vieilli et sa tête s'était dégarnie d'un seul coup. Il avait donc remis sa démission, se sentant coupable d'une certaine manière. Au lieu de lui remonter le moral, ce bouquet avait rendu Janie encore plus nostalgique; jamais plus elle ne verrait son Ti-Boule Blanc, son Mentor... et son beau Vincent!

Elle pleura toute la journée. Petit à petit, Mamiche lui faisait entendre raison, tout en lui expliquant que la mort n'était que le début de la vie. Janie n'avait jamais perdu un être cher de sa vie, alors la douleur qu'elle ressentait était intense, lorsque Mamiche lui dit un jour...

-Tu sais ma poupée... nous venons tous du « Ciel » et nous retournons tous au « Ciel »! En fin de compte, cela veut dire que nous sommes présentement ensemble et que... nous nous retrouverons ensemble, un jour ou l'autre!

Cette phrase la marqua. Après mûre réflexion, elle finit par réaliser qu'un jour, elle reverrait son Ti-Boule Blanc et qu'elle devait profiter pleinement du « moment présent » avant de se retrouver, au moment venu, avec son autre groupe « d'Âmes »! Et puis le Grand-père du Vieux Sage n'avait-il pas promis à son descendant*, le petit chêne, de l'attendre aux **« Portes d'Or du Monde des Maisons »**?

Janie, tranquillement, retrouva son moral au fur et à mesure qu'elle reprenait des forces. Puis, une bonne journée, elle se sentit en paix avec les événements marquants qu'elle avait vécus. Complètement rétablie, elle avait eu la permission de se lever. Et par un bel avant-midi, elle décida de s'habiller pour les surprendre au petit déjeuner familial. Elle s'installa à sa coiffeuse pour mettre ses boucles d'oreilles, se coiffa et se pinça les joues pour se donner un peu de couleur. Lorsqu'elle se leva afin d'aller rejoindre les siens, elle entendit un léger bourdonnement lui chatouiller les lobes. Ce bruit ne ressemblait en rien aux vrombissements qu'émettait Ketchouille. Ce n'était pas, non plus, celui occasionné par ses maux de tête. Ce bruit, par contre, se voulait bien particulier avec son petit vroum. Elle se rappelait l'avoir entendu, mais ne se souvenait pas où ni quand.

« *Mais… qu'est-ce ça peut bien être?* » pensa-t-elle.

Elle se dirigea vers son miroir et remonta ses cheveux. Elle les retint avec le nouveau bandeau qu'elle avait reçu en cadeau de son amie. « *C'est la nouvelle mode!* » lui avait dit Sophie, lors d'une visite et « *je crois que Christophe va adorer!* »

Elle examina son oreille et décida de retirer sa boucle d'oreille afin de scruter attentivement. Quelle ne fut pas sa surprise d'apercevoir un petit point orangé bouger dans l'anneau de sa boucle d'oreille. Il s'agissait certainement d'un bébé coléoptère qui devait provenir de son bouquet de marguerites, désormais séché.

---

* descendant : être venu du premier et après celui-ci

-« Eh bien, tu parles d'une affaire bizarre! Que fais-tu là, toi »? questionna-t-elle surprise.

Elle sourit et les larmes lui coulèrent sur les joues en songeant à Chanceuse.

« Encore une fois! pensa-t-elle... je n'ai pas été à la hauteur! J'ai été incapable de sauver ma sœur cosmique! » Elle prit doucement l'insecte qui était gros comme un grain de sable dans ses mains et se dirigea vers la fenêtre pour le laisser s'envoler.

-Ne t'inquiète pas! Je ne te garderai pas prisonnière!

Janie, maintenant, savait l'action bienfaisante que toutes les Créatures exerçaient sur l'écosystème* y compris les mini bestioles. L'Humaine secoua le doigt dans tous les sens mais la mini bestiole restait agrippée en zézayant. Elle ne désirait pas retourner à l'air libre. Elle était vraiment attachée à elle. Puis subitement, l'insecte s'envola à nouveau dans ses cheveux et se colla à son oreille en zozotant.

-Non! Ce n'est pas vrai!

Elle crut reconnaître ce zézaiement. Alors, Janie se dirigea vers son bureau d'ordinateur et ouvrit le tiroir à la recherche de sa loupe. Elle déposa la bestiole, qui se laissa choir, sur un papier blanc et l'examina du côté grossissant de la loupe.

« Non! Impossible! » pensa Janie.

-Zzz zzzz... Zzzzanie... c'eszt moi! lisait Janie sur les lèvres de la bestiole.

-Euh!?!

Janie n'en revenait pas, elle devait rêver!

Anthony, qui passait près de sa chambre, entendit ses commentaires et se demanda comme toujours ce

---

* écosystème : équilibre naturel à la protection de tout l'environnement

qui pouvait bien encore arriver d'incroyable dans la vie bouleversée de sa sœur?

-Janie! Ça va? Il entra directement, afin de s'assurer qu'elle se portait bien.

Elle eut juste le temps de lancer sa feuille de papier dans son placard.

-Sors tout de suite!!! s'énerva Janie.

Anthony trouva son comportement étrange, mais obéit sur-le-champ, car il devait suivre les consignes: ne pas contrarier sa sœur. De plus, il avait lui-même promis d'exécuter toutes ses demandes.

-Bon... elle est sauvée, cria Anthony à tue-tête. Tout est revenu à la normale!

« *Ouf!* » soupira-t-elle, le cœur soulagé.

Une chance que son frère n'avait pas eu vent de l'affaire. Janie retourna au placard et ouvrit la porte... et la referma aussitôt. L'instant d'une fraction de seconde, une chose impensable venait de se produire. Elle la rouvrit de nouveau.

-Incroyable! dit-elle, d'une voix éteinte.

-Zzz... bonjour Janie! Zzz... euh! Me voici!

Chanceuse devrait regagner le **« Monde éthérique »**, le plus tôt possible. Les coccinelles n'ont qu'une durée de vie limitée lorsqu'elles sont sur Terre. Par contre, dans **« l'Astral »**, elles pouvaient vivre indéfiniment. Son énergie vitale, pour l'instant, s'était métamorphosée et avait permis aux gênes de la coccinelle de traverser le « *Voile de transparence* ». Il était évident que Janie devait la retourner dans la **« NooSphère »**.

TSE'C... ESUECNAHC! RUEDNARG ENIAMUH!?!

Retour renversant!?!

Note de Janie

Mamiche... comme tu crois que la « Princesse aux yeux d'ébène » a déjà existé, eh bien, ce qui suit devrait t'intéresser au plus haut point.

Mamiche... Il n'y a que toi qui puisse croire à ce genre d'histoire abracadabrante!!! L'autre jour, j'ai traversé, comme par magie, le miroir de ma chambre. Lorsque le soleil pénétra par ma fenêtre et le frappa, je me suis décomposée en petites particules brillantes comme le « Prâna ». Je suppose que mes atomes se sont amalgamés à cette énergie Vitale à l'instant où je me suis collée à la paroi du miroir. Ce dernier se mit à effectuer des mouvements ondulatoires de grande envergure. L'instant d'après, la glace grise éclata en mille morceaux métalliques. Comme un coup de vent, je suis apparue dans l'histoire de la « Princesse aux yeux d'ébène », à l'époque médiévale des Rois et des Maîtresses des Lieux!!! Chose encore plus surprenante, je me suis retrouvée, là où la légende d'Einaj avait débuté et bizarrement, tout se déroulait comme si le temps ne s'était jamais arrêté!

Mamiche... je me suis transformée en doublure de la Princesse Einaj, j'étais en elle et elle en moi. Je t'écris la suite comme je l'ai vécue et ressentie!

*****

J'ai ressenti tout ce que la Princesse vivait. Tout comme elle, j'étais marquée par le destin à épouser, un jour, le plus « Noble des Nobles », le Chevalier Ehpotsirhc. On allait bientôt me proclamer la « Maîtresse des Lieux du Royaume D'Erret »! Tout comme la Princesse Einaj, je déclarais solennellement, mon appartenance au Prince devant mes... nos parents. Je remarquai que notre joie contagieuse les rendait profondément heureux.

La tournure qu'allaient prendre les évènements historiques de l'éblouissante Princesse Einaj, donc de moi-même, était loin de me plaire, pour la bonne raison que je connaissais déjà la fin renversante. Tu sais, je t'ai tellement demandé de me la raconter que je la connais sur le bout de mes doigts. Je me suis toujours demandé qui pouvait posséder « l'Escarboucle ». Je n'aimais pas vraiment la fin et je me suis dit... que c'était le bon moment d'inventer une « deuxième finale » pour mon propre plaisir. Mais, je n'y suis pas parvenue car j'avais complètement oublié que je ne pouvais pas intervenir dans la vie d'autrui, seulement dans la mienne!

*****

J'entendis des tintements de lames de sabres qui me ramenèrent auprès d'Einaj, dans la Tourelle aux oubliettes. Les cimeterres, à double tranchant, tintaient à chaque changement de garde. J'avais parfaitement compris que le « Souverain », le Roi Lycanthrope*, entêté comme un âne, allait tout tenter pour me marier. La situation tourna au vinaigre lorsque le Souverain apprit que le Chevalier voulait m'épouser. Ehpotsirhc avait fait la demande

---

* voir : La Forêt Magique, Tome 1

officielle, comme il se devait de le faire auprès de son Roi, sans connaître les désirs égoïstes de ce dernier. Ce fut alors le début de la fin.

Étonnamment, j'étais dans la peau d'Einaj, mais je réalisais que j'étais restée dans ma chambre. Je me voyais dans mon lit, tortillant mon oreiller dans tous les sens et le laissant tomber sur le tapis comme le ferait un somnambule. J'étais consciente d'être aux deux endroits en même temps, mais je ne voulais pas ouvrir les yeux de peur de tout faire disparaître!

Suite aux ordres du Souverain, notre beau Chevalier fut convoqué en cachette pour entreprendre une odyssée qui, supposément, valait son pesant d'or. Fidèle à son allégeance et vouant une confiance aveugle en son Roi, Ehpotsirhc accepta la requête comme tout bon Chevalier. Il partit un soir de lune gibbeuse, dans des Forêts inconnues des Dieux. J'avais tenté, pour Einaj, de retenir mon magnifique chevalier servant, en essayant de me cramponner à sa cape de velours rouge. Mais, mon corps Astral ne put le retenir et son manteau sans manche me glissa entre les doigts. Nous demeurions toujours prisonnières, entre les mains de ces cerbères* et nous passions des journées à implorer le retour de notre beau héros afin d'être sauvées!

J'étais subjuguée**, car je me trouvais vraiment à vivre cette saga qui se déroulait dans la 4e dimension, celle où le rêve et la réalité s'imbriquent.

Toujours entre le rêve et la réalité... je ne savais plus où donner de la tête. Quelques larmes subitement perlèrent sur mes joues en feu, je savais

---

* cerbères : gardiens sévères
** subjuguée : fascinée

que j'étais incapable de mettre un terme au duel qui aurait lieu. La foule rassemblée clama si fort que la résonance de leurs cris tumultueux fit craquer les murs de ma chambre. Cette secousse perturba ma concentration et tout ce brouhaha faillit définitivement me sortir de ce processus magique! Afin d'éviter un départ précipité, je me suis retenue, sans grand succès, au long voile d'Einaj. Par chance, mes pieds soudés aux siens m'empêchèrent de revenir en arrière! La douleur de perdre mon amoureux demeurait plus forte que tout!

Le moment devenu critique... je ressentis, dans mon propre cœur, tous les battements affolés qu'émettait celui d'Einaj, puisque nous résonnions au même diapason. Puis... une chance unique se présenta. Elle n'hésita pas un instant à prendre ses jambes à son cou et s'élança dans les bras de son amoureux. J'étais soudée à ses mollets et je suivis donc tous ses mouvements. Le lieu fut envahi de cris de joie et les villageois, ainsi que tous les membres de la cour, se bousculèrent afin d'encercler les inséparables! Le peuple en délire n'entendit pas le pire : LE TIR FATAL!

J'étais tellement près de mon prince que je me surpris à crier de toute mon âme.

« Nonnnn! »

Un silence de mort régna sur la place. À ce moment précis, la lumière dorée qui m'habitait rebroussa chemin. Je sentis le sol se dérober sous mes pieds et la foule disparaître. J'étais secouée et mon « corps astral » se déconnecta de celui d'Einaj. J'essayai d'y pénétrer à nouveau, mais, à chaque tentative, nos « corps éthériques » se repoussaient en rebondissant l'un contre l'autre comme des ballons. Je compris qu'à partir de ce moment, je ne pouvais agir que comme spectatrice.

Devenue témoin oculaire, une chose unique me fut révélée. Je ne pensais pas que « Notre Histoire de Grand-mère », la saga familiale, allait bouleverser toute ma vie et... la tienne aussi Mamiche!

Je regardai la scène finale qui se déroulait dans l'émoi total! Ni moi, ni la populace hystérique ne pûmes détacher le regard de la scène finale. Les yeux dans les yeux, les amoureux communièrent un adieu solennel.

Incroyablement, l'action s'arrêta, comme un vieux film en dérangement. Ensuite, la Princesse me fixa, comme pour m'aviser de ne pas manquer la suite des évènements! Après ce coup d'œil d'Einaj, toutes les scènes de l'histoire se déroulèrent au ralenti, et en noir et blanc!

J'étais toujours à ses côtés et faillis m'effondrer lorsqu'Einaj fut prise d'un malaise atroce qui lui serra la poitrine. Même si j'étais séparée d'elle, je ressentais toutes ses souffrances! Einaj s'écroula de douleur au pied de son Prince.

Tu ne vas pas croire la suite de l'histoire. J'ai une petite nouvelle à t'annoncer : elle ne se termine pas comme tu le croyais. Eh bien... voilà! À ce moment précis, une lune noire apparut. L'Astre provoqua instantanément une tempête si terrible, que tous les villageois, en état de panique, se sauvèrent dans toutes les directions sans égard pour personne.

Ce que je vis me chamboula. Voilà! L'Escarboucle allait s'engouffrer dans les entrailles de la Terre. Bon sang... Mamichou!?! Même si je me retrouvais entre deux « Mondes », ma tête me certifie que j'avais parfaitement vu! Tu n'en croiras pas tes yeux... Le bijou luminescent ne s'enfonça pas dans le gouffre comme l'avait raconté le « Guénillou » à mes... nos arrière-grands-mères! Je l'ai vu, en plein vol, dans toute sa luminescence éclairer le ciel d'un rouge rubis. Je n'étais pas la seule! Je vis un personnage se dessinant sous la pluie et qui me fixa. C'était évident que je le dérangeais. Et pour cause... de sa main couleur de lune, il profita de cette cohue pour s'emparer de l'Escarboucle. Je l'ai vu... très bien vu. Maintenant... il n'y a pas que la « Lune Désastre » qui a vu l'usurpateur*.

Comment se fait-il que depuis toutes ces années, personne n'ait remarqué ce détail pertinent? Le « Guénillou »... avait-il détenu l'Escarboucle!?! Peut-être avait-il volontairement omis d'en parler pour servir ses propres besoins? Étais-tu au courant qu'un personnage essayait de cacher l'existence de l'Escarboucle et dans quel but? Ce voyage Astral, dans le corps d'Einaj, m'aura permis de découvrir que l'Escarboucle n'est pas disparue dans les entrailles de la Terre.

J'ai hâte de te revoir!

Bisous xxxxx,

... ta Poupée.

---

* usurpateur : personne qui s'empare de quelque chose